KB074337

어디선가
베토벤

'DOKOKADE BEETHOVEN' by Shichiri Nakayama

Copyright © Shichiri Nakayama 2017
All rights reserved.
Original Japanese edition published by Takarajimasha, Inc., Tokyo.

Korean translation rights arranged with Takarajimasha, Inc. through
Tuttle-Mori Agency, Inc., Tokyo and Enters Korea Co., Ltd., Seoul
Korean translation rights © 2020 by Blue Hole Six

어디선가
베토벤

나카야마 시치리 장편소설

이연승 옮김

블루홀6

옮긴이 **이연승**

아사히신문 장학생으로 유학, 학업을 마친 뒤에도 일본에 남아
게임 기획자, 기자 등으로 활동하며 폭넓은 경험을 쌓았다.
귀국 후에는 여러 분야의 재미있는 작품을 소개하고 우리말로
옮기는 일에 집중하고 있다. 옮긴 책으로 아오사키 유고의
『체육관의 살인』 시리즈를 비롯해 아키요시 리카코의 『성모』,
우타노 쇼고의 『D의 살인사건, 실로 무서운 것은』, 『디렉터즈 컷』,
미쓰다 신조의 『붉은 눈』, 시즈쿠이 슈스케의 『범인에게 고한다』,
『염원』, 오츠이치의 『하나와 앨리스 살인사건』, 이노우에 마기의
『그 가능성은 이미 떠올렸다』, 이시모치 아사미의 『절벽 위에서
춤추다』, 오승호(고 가쓰히로)의 『도덕의 시간』, 나카야마 시치리의
『테미스의 검』, 『네메시스의 사자』 등이 있다.

어디선가
베토벤

1판 1쇄 인쇄 2020년 6월 22일   1판 2쇄 발행 2023년 8월 30일

지은이 나카야마 시치리   옮긴이 이연승
책임편집 민현주   **디자인** 디자인비따   **제작** 송승욱   **발행인** 송호준

발행처 블루홀식스   **출판등록** 2016년 4월 5일 제 2016-000100호
주소 경기도 파주시 회동길 483-1   전화 031-955-9777   팩스 031-955-9779
이메일 blueholesix@naver.com

ISBN 979-11-89571-27-6 03830

프롤로그

대통령의 목소리가 희미하게 떨렸다.

─참으로 희한한 일이지. 이것이 바로 음악의 힘 아니겠나? 미사키. 콩쿠르 심사위원들이 자네에게 상을 주지 않았다고 들었네. 그러나 자네 연주는 우리에게 기적을 선사했네. 자네가 연주한 녹턴 덕분에 스물네 명의 사람들이 소중한 목숨을 구한 거야. 심사위원들이 상을 주지 않았다면 우리가 대신 자네에게 감사와 영광을 전하고 싶네. 정말로 고맙네, 미사키. 자네의 음악이 언제까지나 쇼팽의 영혼과 함께하기를 기원하겠네.

TV 화면에서 파키스탄 대통령이 이쪽을 응시하고 있다. 아니, 지금 그가 보는 것은 아마도 미사키 요스케라는 사람일 것이다.

집에서 아무 생각 없이 TV를 보던 나, 다카무라 요는 파키스탄 대통령의 입에서 미사키 요스케의 이름이 나온 순간 잠시 몸이 굳었다.

설마 이런 상황에서 그의 이름을 다시 듣게 될 줄이야.

뉴스 도중에 방송된 긴급 메시지였다. 평일 오후 9시가 지난 황금 시간대에 방송되니 분명 다른 방송국들도 지금 이 메시지를 다루고 있을 것이다.

그러나 메시지의 의미를 진정으로 이해하는 시청자는 일본에 몇 명이나 있을까.

이번 쇼팽 콩쿠르 결선에는 일본인 참가자 두 명이 올랐다. 과연 콩쿠르 최초의 일본인 우승자가 탄생할 것인가. 일본 언론과 음악 팬들의 관심은 오로지 그것에만 쏠렸다. 그러나 미사키 요스케라는 피아니스트는 그들의 그런 하찮은 기대를 초월해 콩쿠르 성적 따위는 비하지 못할 거대한 업적을 남겼다.

방송에 나온 '5분간의 기적'이라는 자막은 이제 모든 방송국이 사용할 것이고 내일은 신문과 잡지 지면을 장식할 것이다. 지금껏 일부 음악 팬들만 알던 미사키 요스케라는 이름이 전 세계에 알려진 순간이다. 또 공교롭게도 그는 콩쿠르에서 우승하지 않음으로써 더욱 유명해졌다.

뉴스 보도를 접한 나는 그의 활약상에 뿌듯했지만 한편으로는 약간 쓸쓸하기도 했다. 왠지 그가 나와는 동떨어진 곳에 가 버린 존재처럼 느껴졌다.

그러나 곧 다시 마음을 가다듬었다. 다른 사람도 아닌 미사키다. 만약 우리가 다시 만나면 미사키는 그 그리운 얼굴에 환한 미소를 지으며 가볍게 한 손을 들고 "여어" 하고 나를 향해 뛰어올 것이다. 콩쿠르에서 우승했다고 해도 아무 일 없었던 것처럼 행동할 것이다. 미사키 요스케는 그런 사람이다.

미사키 요스케의 소식에 더불어 콩쿠르 기간에 바르샤바를 뒤흔든 일련의 테러 사건의 범인이 체포됐다는 뉴스도 나왔다. 범행 동기는 아직 자세히 알려지지 않았지만 뜻밖의 범인의 정체에 전 세계가 경악했다.

범인을 체포한 건 폴란드 경찰이라고 하는데 나는 그 뒤에서 미사키의 그림자를 느꼈다. 콩쿠르 개최 전부터 비밀리에 활동하던 테러리스트가 콩쿠르 폐막, 즉 미사키 요스케가 귀국하기 직전에 체포됐다. 그런 사실에서 아무것도 알아차리지 못할 만큼 나는 어리석지 않다. 이번 사건의 해결에도 분명히 그가 한몫했을 것이다.

생각해 보면 미사키 요스케는 오래전부터 그랬다. 음악으로 다른 사람을 홀리는 마성의 매력과, 복잡하게 뒤얽힌 사안을 단숨에 해명하는 신비로운 재능을 전부 갖추고 있었다. 그러니 나는 전적으로 그를 믿으면서도 한편으로 왠지 모를 두려움도 느꼈다.

느닷없이 내 기억이 과거로 날아갔다.

그와 처음 만난 2000년 봄.

그 무렵 나는 세상을 몰랐고, 인간을 몰랐고, 나 자신에 대해서도 몰랐다.

　나는 그와 같은 반이었다. 같은 교실에서 공부하던 기간은 그리 길지 않다. 그러나 그 짧은 시간은 내게 그전에도 앞으로도 없을 만큼 꽉 찬 시간이었다. 이유는 말할 것도 없다. 미사키와 함께 그 시간을 보냈고, 또 내 인생을 좌우할 만한 사건을 맞닥뜨렸기 때문이다.

　미사키와 내가 다니던 고등학교에서 사람이 죽었다. 누가 봐도 살인 사건이었다.

　당시 열여덟 살이었던 우리에게 어두운 그림자를 드리운 사건.

　그것은 내가 알기로 미사키 요스케의 첫 번째 사건이었다.

I *Vivo cantabile*
생기 있게 노래하듯이

I

　현립 가모키타 고등학교는 신설 학교였고 우리는 2기생이었다. 그래서 후배가 들어오고 나서야 비로소 세 학년이 모두 모이게 되었다.

　신설 학교라고 해도 지어지기까지 여러 우여곡절이 있었다고 들었다. 고등학교 부족에 시달리던 기후현 의회가 고등학교 설립에 오케이 사인을 내린 것까지는 좋았지만 건설지를 둘러싸고 마찰이 생긴 것이다. 지역 유치 대결은 아니고 오히려 그 반대였다. 학교를 지을 만한 땅을 찾지 못했다.

　결국 기후현 중앙부에 있는 주노 지역에 학교를 짓기로 했다. 이 주노 지역은 산과 강에 둘러싸였고 평지가 적은 곳이다. 게다가 그 평지에는 대부분 시가지가 형성돼 있어 학교를 새로 지을 공터가 없었다. 시가지 외에는 주로 농지인데 그런 곳의 주인들도 재산이라곤 토지가 유일해 현의 매입 요청에 잘 응해 주지 않았다.

곤경에 빠진 학교 설립 위원회가 떠올린 묘안은 '부지가 없으면 만들면 된다', 즉 헐값에 산지를 사들여 경사면을 깎아서라도 평지로 만들자는 계획이었다.

이 계획은 효과를 발휘해 높은 토지 매입 비용을 개발 비용으로 돌려서 무사히 용지를 확보하게 됐다. 그러나 안 그래도 저렴한 산지를 더 후려쳐서 매입한 탓에 산 중심지에서 상당히 먼 고지대에 학교 건물을 짓는 결과를 초래했다. 거리는 약 1킬로미터. 경사가 너무 험한 탓에 자전거를 타고 갈 수도 없어 학생들은 매일 본의 아니게 등산을 해야 했다. 험한 오르막길 끝 고지대에 우뚝 선 건물을 처음 본 사람들은 하나같이 놀라고 한숨부터 지을 것이다.

가모키타 고등학교의 특색은 하나 더 있다. 학교에 일반과 말고 음악과가 있다는 점이다. 학교를 건립할 때 기존 고등학교에는 없는 매력적인 뭔가가 있어야 한다는 발상과 초대 교장의 음악적 취향이 맞아떨어져 생겼다고 한다.

실은 내가 가모키타 고등학교에 가려고 마음먹은 이유도 바로 그것이었다. 음악을 전문적으로 배우려면 근처 다른 도시까지 장거리 통학을 해야 해서 같은 지역에 음악과가 있는 고등학교가 생긴 것은 내게 아주 좋은 일이었다.

물론 나보다 어머니가 더 간절히 바라기는 했지만.

그리고 우리가 무사히 2학년에 올라갔을 때 음악과에 전학생이 한 명 들어왔다.

"미사키 요스케라고 합니다."

전학생은 그렇게 운을 떼고 고개를 숙였다.

첫 만남인데도 남학생들은 대부분 뭔가 위축되는 듯했고 반대로 여학생들은 흥미진진하게 몸을 앞으로 뺐었다.

당연하다면 당연했다. 이 전학생은 몸매가 호리호리하고 얼굴은 작았는데 그 얼굴이 얄미울 정도로 잘생겼다. 초식남은 아니지만 그렇다고 육식남 스타일도 아니다. 우아한 외모를 보면 어느 좋은 집안에서 태어난 도련님이 딴 길로 새지 않고 올곧게 자란 느낌이었다. 우리처럼 산속에서 나고 자란 남자들과는 전혀 다른 세계에 있는 생물처럼 느껴졌다. 여학생들의 눈빛이 변하는 것도 어쩔 수 없었다.

"미사키는 피아노를 전공한다는구나. 우리에게도 곧 연주를 들려줄 기회가 있겠지."

음악과 담임인 다나하시 선생님이 소개하고 미사키의 어깨를 툭툭 두드렸다. 선생님의 얼굴이 왠지 의기양양해 보여서 신경 쓰였는데 그 이유는 나중에 밝혀지게 된다.

빈자리는 창가 옆으로 내 바로 옆자리였다. 지금껏 내키는 대로 쓰던 빈자리를 쓸 수 없게 되어 왠지 진지를 빼앗긴 것 같아 기분이 썩 좋지 않았지만 어쩔 수 없었다.

"앞으로 잘 부탁해."

미사키가 내게 인사를 건넸다. 영 마음에 안 드는 녀석이다. 게다가 주눅 든 기색이 전혀 없는 게 더 아니꼬웠다.

"다카무라, 학교생활에 대해 잘 알려 줘라."

다나하시 선생님은 잊지 않고 내게 안내 역할을 맡겼다.

귀찮았다. 나는 가이드가 아닐뿐더러 사내놈을 데리고 돌아다니며 학교를 안내하는 게 달가울 리 없다. 또 얼굴도 잘생겼다. 이런 아이와 함께 다니면 비교나 당할 테니 기분 좋을 리 없었다.

내 마음을 아는지 모르는지 미사키는 "앞으로 잘 부탁해" 하고 미소 지었다. 그 천진난만한 미소도 왠지 거슬렸다.

"뭐, 그래."

나는 대충 맞장구치고 고개를 돌렸다.

곧 첫 교시 수학Ⅱ B 수업이 시작됐다.

음악과여도 기초 과목 다섯 가지의 커리큘럼은 일반과와 같다. 그러나 꼭 음악 전공이어서는 아니지만 반 아이들의 수학 점수는 별로 높지 않았다. 아니, 정확히 말하면 일반과보다 상당히 낮다. 수학 선생님도 그걸 알아서인지 수업에 별 열의가 없었다.

그리고 그 시간부터 전학생은 곧장 자신의 진면목을 보이기 시작했다.

"풀어 볼 사람?"

수학 담당인 사쿠마 선생님이 칠판에 문제를 적었다.

$3x^2+ax+4=bx^2-2x+c$가 항등식이 되도록 계수 a, b, c의 값을 구하라.

물론 손을 드는 사람은 아무도 없었다. 사쿠마 선생님은 아이들을 둘러보다가 처음 보는 낯선 얼굴에 주목했다.

"미사키. 네가 풀어 볼래?"

나는 속으로 '아, 또 시작이다'라고 생각했다. 아마 다른 아이들도 그렇게 생각하지 않았을까.

공부 못하는 반 아이들을 가르치는 것은 가르치는 사람도 힘들고 따분하기 마련이다. 그래서 그런지 사쿠마 선생님은 가끔 심심풀이로 누구 한 명을 지목해 문제를 풀게 하고 그 아이가 곤란해하는 모습을 즐기는 짓궂은 버릇이 있었다.

"어떠니? 풀 수 있겠어?"

사쿠마 선생님이 얄밉게 채근했다. 여기서 못 풀겠다고 포기하거나 일어서서 머뭇거리면 선생님의 속이 후련해질 텐데, 미사키는 자리에서 일어서더니 곧장 칠판을 향해 성큼성큼 걸어갔다. 그리고 분필을 들자마자 한 치의 망설임도 없이 뭔가를 쓱쓱 적기 시작했다.

$(3-b)x^2+(a+2)x+(4-c)=0$

$3-b=0$, $a+2=0$, $4-c=0$

따라서 $a=-2$, $b=3$, $c=4$

사쿠마 선생님은 미사키가 칠판에 쓴 답을 보고 말문이 막힌 듯했다.

고요한 교실 안에서 분필을 내려놓는 소리만이 크게 울려 퍼졌다.

"아마도 이게 정답 아닐까요?"

미사키가 입을 열자 사쿠마 선생님은 고개를 칠판 쪽으로 향한 채 "……아, 그래" 하고 중얼거렸다. 마치 계획한 장난이 실패로 끝난 어린아이 같은 표정이었다.

선생님과 달리 미사키는 태연하게 자기 자리에 돌아왔다. 미사키를 바라보는 여학생들의 눈빛에 또다시 동경의 기운이 서렸다.

그러나 나는 마음이 도통 편치 않았다.

잘생긴 것도 모자라 머리까지 똑똑하다니.

이렇게 스펙도 좋은 녀석이 왜 하필 이 반에 들어온 거야.

나는 남몰래 가장 앞줄 오른쪽 끝에 앉은 스즈무라 하루나의 얼굴을 훔쳐봤다. 하루나도 자리로 돌아가는 미사키를 멍하니 바라보고 있었다.

하루나의 그런 표정을 보는 것은 처음이었다.

이제는 그냥 아니꼬운 수준이 아니다. 나는 미사키에게 또렷한 악의를 품기 시작했다.

쉬는 시간이 되자 아니나 다를까 여학생들이 미사키 주변을 에워쌌다.

"저기, 미사키. 전에 다니던 학교는 어디였어?"

"머리가 무지 좋은 걸 보니 혹시 명문고?"

"부모님은 무슨 일을 하시니?"

"어디 살아?"

"피아노 전공이라고? 다음에 꼭 들려줘!"

다행히 그 안에 하루나는 보이지 않아서 나는 가슴을 쓸어내렸다.

미사키를 보니 그는 뜻밖에도 쏟아지는 질문 공세에 당황하는 모습이었다. 이것저것 묻는 아이들의 얼굴을 힐끔거리며 어떻게 대답해야 좋을지 고민하는 듯했다.

나는 미사키보다 여자아이들의 목소리가 귀에 거슬렸다. 이런 기세라면 곧 이상형이나 어떤 화장품을 쓰는지 등의 질문도 튀어나올 것이다.

"야, 너희. 시끄러워."

나는 여학생들 사이에 비집고 들어가 소리쳤다.

"미사키가 싫어하잖아. 배려 몰라, 배려?"

그러자 당연하다는 듯이 역습을 당했다.

"우리가 왜 너한테 그런 소리를 들어야 해?"

"미사키가 싫어하는지 네가 어떻게 알아?"

"웃기네. 인기 있어 보이니까 질투하는 거야?"

"맞아, 맞아."

비난 당하는 동안 몸에서 힘이 쭉 빠졌다.

여학생들이 입을 모아 더 크게 떠들기 시작했지만 여기서 화를 내면 그러지 않아도 평범한 얼굴이 더 못생겨진다.

"그렇게 잘 보이고 싶으면 일대일로 대화하는 게 더 낫지 않아? 옆에서 보면 쓸데없이 기운만 낭비하는 것처럼 보여."

그렇게 제 입으로 말하고서 가슴이 덜컥했다.

곁눈질하니 하루나가 내 쪽을 힐끔거리고 있다. 내 말대로 일대일로 잘 보일 기회를 재고 있었던 걸까.

우리가 서로 어색해하며 얼굴을 마주 보고 있을 때 2교시를 알리는 종소리가 울렸다. 여학생들은 불완전 연소를 한 것 같은 떨떠름한 얼굴로 자기 자리에 돌아갔다.

시끄러운 여학생들을 쫓아내고 안심하고 있자 누군가가 옆에서 손을 불쑥 내밀었다. 미사키의 손이었다.

"네 덕분이야. 고마워."

"어?"

"원래 그런 데 약해서."

눈앞에 있는 손에 눈길이 쏠렸다.

나 역시 피아노를 쳐서 그런지 남의 손가락이 어떻게 생겼는지 관찰하는 버릇이 있었다.

미사키의 손가락은 키에 걸맞지 않게 길어서 최대한 펼치면 한 옥타브를 여유롭게 짚을 수 있을 것 같았다. 어쩌면 10도까지 갈 수 있지 않을까. 그리고 일상생활에서는 별로 쓰지 않는 약지와 새끼손가락, 그리고 소지구*가 유독 불거져 있었다.

나는 자연스럽게 미사키가 내민 손을 맞잡았다. 울퉁불퉁하지만 놀라울 만큼 부드러웠다.

틀림없다. 이것은 밤낮없이 피아노 연습에 열중하며 자신도 모르게 이상적으로 변형된 피아니스트의 손이다.

"나, 나도 앞으로 잘 부탁해."

도시락을 다 먹을 무렵, 미사키가 자리에 돌아왔다.

"다카무라, 미안한데 음악실에 좀 데려다줄 수 있어?"

"음악실? 그렇게 서두르지 않아도 어차피 내일 3교시가 악기 연습이라 갈 텐데."

"지금 당장 가 보고 싶어서 그래."

전혀 강압적이지 않고 오히려 부드러운 말투가 내 마음을 움직였다. 부성애를 자극한 것은 아니지만 어떻게든 도와주고 싶은 마음이 절로 고개를 든 것이다.

"흐음. 어쩔 수 없군. 그럼 따라와."

"고마워."

정중한 감사 인사를 받고 오히려 내가 당황하고 말았다.

"아, 아니야. 어차피 할 일도 없으니."

*   손바닥에서 새끼손가락 쪽의 볼록한 부분.

"그럼 신세 좀 질게, 다카무라."

미사키와 함께 교실을 나가려 하자 곧장 여학생들의 뜨거운 시선이 쏟아졌다.

뭐야. 왜 나를 질투하는 건데! 미사키는 남자야! 난 남자를 좋아하지 않는다고! 아니, 혹시 이건 나만의 BL*적 발상?

교실을 나가자 이번에는 복도에 있던 아이들의 관심이 쏟아졌다. 다른 반 여학생들이 미사키를 보자마자 놀란 듯이 옆을 지나쳐 간다. 우리 반 아이들처럼 시끄럽게 떠들지는 않지만 왠지 멸종 위기 희귀 동물을 보듯이 쳐다봐 마음이 싱숭생숭했다.

"다카무라, 왜 그래?"

"뭐가?"

"아니, 왠지 초조해하는 것 같아서."

"저기, 넌 원래 그렇게 눈치가 없어?"

"응?"

"설마 다른 사람들이 널 어떻게 볼지 의식해 본 적이 없는 건 아니지?"

그러자 미사키는 여우에 홀린 듯한 얼굴로 잠시 생각에 잠겼다가 나를 보며 말했다.

"없어."

* 남성 캐릭터 간의 연애를 소재로 다루는 장르.

거짓말이나 농담을 하는 것 같지는 않았다.

외모가 잘났는데도 이렇게 자각하지 못하는 부류들이 가장 짜증스럽다.

"피아노를 연주할 때는 건반만 보니까. 듣는 사람들까지 신경 쓸 겨를이 없어."

"아니, 그게 아니라."

대답하면서 왠지 모를 기시감을 느꼈다. 연주 중에는 오로지 타건에만 집중하느라 다른 사람을 신경 쓰지 못하는 사람. 그런 사람이 내 주변에도 한 명 있기 때문이다.

문득 궁금해졌다.

"혹시 오늘은 헤어스타일이 마음에 든다든가, 이렇게 미소 지으면 매력적으로 보일 것 같다든가, 피아노를 치다가 허기를 느끼거나 한 적도 없지?"

"응. 그런 데는 별로 관심이 없거든."

"역시 그렇군."

"역시?"

"너랑 꼭 닮은 사람을 한 명 알아. 피아노를 칠 때는 다른 곳에 절대 한눈팔지 않고 불러도 대답도 안 하지. 그러다가 저녁 시간이 지난 것도 몰라 가족들이 직접 밥을 차려 먹어야 할 때도 있어."

"오, 유명한 피아니스트분이셔?"

"……우리 엄마. 피아니스트는 아니고 그냥 평범한 피아노 선생님이야."

미사키는 오, 하더니 흥미로운 것처럼 말했다.

"역시 음악과에 들어오는 아이들은 다들 환경이 비슷하구나."

"그럼 너희 어머니도?"

"응. 전직 피아니스트셔. 그런데 남을 가르쳐 본 적은 없을 거야."

"너희 어머니도 연주 중에는 똑같아?"

내가 두 눈 옆에 손가락을 세워 보이자 미사키는 곤란한 듯이 웃었다.

"응. 그래서 나도 저녁을 늦게 먹을 때가 많았어. 초등학교에 들어가기 전까지는."

"초등학교에 들어가기 전?"

"초등학교에 들어간 다음부터는 내가 저녁 먹을 시간을 깜빡하게 됐거든."

그 뒤로 나는 피아노 연주자가 있는 집안의 폐해에 대해 미사키와 대화를 나눴다. 친구에게 전화가 걸려 와도 피아노 소리 때문에 밖에 나가서 받아야 한다는 것. 밤중에 연주를 시작하면 곧장 이웃집에서 항의하러 온다는 것. 습기와 열기를 피해야 해서 아무리 추워도 피아노가 있는 방에는 난로를 두지 못하는 것. 어쩌면 가족보다 피아노를 더 소중히 생각하는 건 아닐까 이따금 의심한 적이 있다는 것.

뭐야.

나랑 같은 부류였잖아.

내가 생각해도 계산적이지만 대화를 나누는 동안 미사키를 향한 적개심은 어디론가 사라져 버렸다.

"저기, 하나 물어도 돼?"

"응."

"왜 이 학교를 골랐어? 수학 시간 때도 궁금했는데 여긴 별로 공부를 잘하는 학교가 아니잖아. 음악과는 더욱 그렇고."

"어차피 음악을 전공할 거면 항등식 같은 건 못 풀어도 상관없어."

"아니, 아무리 그래도 기후시 같은 곳에 있는 음악과 병설 학교 중에는 더 좋은 학교도 많잖아. 그러니까, 장거리 통학을 할 만한 학교가."

"부모님 일 때문에 어쩔 수 없었어."

"너희 아버지는 뭐 하시는 분인데?"

"……공무원."

미사키는 감정이 실리지 않은 목소리로 대답했다.

이번에는 내가 "오" 하고 맞장구칠 차례였다.

음악과에 다니는 학생들에게는 대부분 공통된 문제이니 솔직히 말하자면, 음악을 배우려면 돈이 많이 든다. 일례로 이곳 가모키타 고등학교도 일반과와 음악과의 1년 수업료 차이가 크다(차액은 주로 설비비와 악보비). 그뿐만이 아니다.

학교 밖에서 개인 레슨을 받는 아이는 따로 레슨비가 들고, 각자 연주하는 악기를 정기적으로 수선, 관리하는 비용도 무시할 수 없다.

다시 말해 자녀를 음악과에 보내는 부모는 아주 여유가 있거나 아니면 아이에게 과도한 기대를 품는 부모 중 하나다. 실례지만 평범한 공무원의 수입으로는 감당하기 버거울 거라고 생각했다.

음악실은 4층 북쪽 끝에 있었다. 문은 평범한 교실 문과 다르지 않고 창문에도 특별히 방음 처리는 되지 않았다. 만약 도심지에 있는 학교라면 연주 소리가 새어 나가는 순간 근처에 있는 가정집에서 불만이 쏟아질 테지만 이런 산속에서는 새나 산짐승 정도가 항의하러 올 것이다.

내부를 보고 실망할 것이 분명하다. 그러나 생각과 달리 미사키는 음악실에 들어가자마자 표정이 환해졌다.

"와, 멋지다!"

그는 감탄하며 가장 먼저 음악실 가운데에 덩그러니 놓인 두 대의 그랜드 피아노 앞으로 갔다. 한 대는 야마하, 그리고 다른 한 대는.

"벡스타인을 언제나 칠 수 있다니, 이건 행운이야."

미사키는 그 다른 한 대 앞으로 뛰어가더니 피아노 덮개를 사랑스럽게 쓰다듬었다.

"응? 어떻게 잠깐 보고 벡스타인인 줄 알아?"

"그야 당연하지. 겉모습부터 다르니까. 피아노계의 스트라 디바리우스. 리스트에게 최고의 악기라는 찬사를 들은 명품. 음악과가 있는 고등학교 중 벡스타인이 있는 곳이 전국에 몇 개나 되려나?"

미사키는 흥분을 감추지 못하며 피아노 덮개를 열더니 건반 하나 위에 손가락을 얹었다.

따아아안.

허공으로 사라져 가는 음을 미사키는 귀로 음미했다.

"아, 역시 소리가 또렷해. 게다가 울림도 강해. 어마어마 할 정도로."

그리고 정중하게 피아노 덮개를 다시 덮는가 싶더니 벽 쪽 으로 달려가 벽면에 손바닥을 갖다 댔다.

"그런데 방금 그 음의 울림은 오로지 벡스타인만의 효과가 아니야. 이 벽도 크게 공헌하고 있어."

"벽?"

"이건 말이지, 방음벽이 아니야. 조음 패널이라고 해."

평소에는 들어 보지 못한 낯선 단어였다.

"방음벽은 그냥 소리를 차단만 해 주는데 이 조음 패널은 괜찮은 수준의 흡음 성능에다 산음散音 기능까지 있어. 그러 니까 이 음악실에서 피아노를 치면 이곳보다 더 넓은 데서 연주하는 듯한 음장 효과를 얻을 수 있는 거야. 특히 저음역 대에서 효과가 두드러져. 내가 듣기에는 제어 음역의 최저 수준까지 확장되는 것 같네."

지금까지와 사뭇 다른 말투에 나는 당황했다.

"사실은 말이지. 가모키타 고등학교를 고른 데에는 이런 설비가 있다는 소문을 들은 영향도 커. 창립 이후 교장 선생님과 음악과 담임 선생님이 음악실에 파격적인 비용을 투자했다고 했어. 그런데 이건 정말 소문 이상이네. 이렇게 축복받은 환경은 정말 드물어."

이 녀석은 대체 뭘까.

평범한 대화를 나눌 때와는 완전히 다른 사람이다. 이런 사람은 무슨 마니아라고 불러야 할까.

피아노 마니아?

아니면 음향 마니아?

"이것도 특유의 정취가 있어서 좋네."

미사키는 감개무량한 것처럼 중얼거리고 다른 쪽으로 걸어갔다.

그곳에는 천장 근처 벽에 어느 작곡가의 초상화가 걸려 있었다.

악성樂聖 루트비히 판 베토벤.

악성이 펜과 악보를 든 채 눈을 치뜨고 이쪽을 응시하는 유명한 초상화다. 미사키는 초상화를 올려다보며 고개를 연신 끄덕였다.

"그거, 이상하지 않아?"

나는 마치 변명하듯 말을 보탰다.

"음악실에는 보통 바흐나 쇼팽, 모차르트 같은 초상화도 같이 걸어 놓잖아."

"누가 그러더라. 이곳 음악과 담당인 다나하시 선생님의 취향 때문이라고. 이 세상에 위대한 작곡가는 수없이 많지만 베토벤에게서는 작품 외에도 배울 점이 많아."

미사키의 이야기가 왠지 낯설지 않게 들렸다. 그도 그럴 것이 평소 다나하시 선생님이 입버릇처럼 반복하는 베토벤을 향한 찬사와 똑같았다.

"청력을 잃는다는 건 작곡가에게 사형 판결이나 마찬가지야. 실제로 베토벤은 여러 번 자살을 떠올리기도 했대. 그런데 그는 그런 난관을 뛰어넘어 작곡이라는 행위에서 삶의 가치를 되찾고 교향곡 제3번 〈영웅〉과 〈피아노 협주곡 제3번〉 같은 걸작을 완성했어. 대단하지. 정말 대단해. 곡을 쓸 당시 영웅은 나폴레옹을 암시했다는 설이 지배적이지만 나는 그렇게 생각 안 해. 영웅이란 오히려 작곡자 베토벤 본인을 뜻하는 게 아닐까 싶어."

초상화를 올려다보는 미사키의 눈이 기이하리만큼 반짝반짝 빛났다.

저 모습은…….

좋아하는 아이돌 가수를 바라보는 여학생의 눈빛보다 훨씬 더 반짝이고 있다.

"베토벤을 좋아하나 보네."

"좋아한다고? 말도 안 돼."

미사키는 고개를 절레절레 흔들었다.

"베토벤은 내 삶의 나침반 같은 존재야."

마치 신을 숭배하는 신자의 모습이다.

미사키가 내뿜는 분위기에 압도돼 있을 때 갑자기 음악실 문을 열고 침입자가 모습을 드러냈다.

"웅? 먼저 온 손님이 있었군."

우리를 보자마자 겸연쩍은 듯이 말한 사람은 이와쿠라 도모키였다. 같은 음악과 학생이지만 복장이 조금 다르다.

위에는 교복을 입었는데 밑에는 칼카니 청바지가 보인다. 힙합 음악을 좋아하는 비행 청소년처럼 보이고 싶을 테지만 교복을 걸친 순간 이미 비행 청소년으로서는 실격이다.

"근데 한쪽은 못 본 얼굴이네. 일반과 학생인가?"

나는 노골적으로 어처구니없어하며 말했다.

"이와쿠라. 넌 오전에 없었으니 모르겠지만 애도 음악과야. 오늘 전학 왔어."

"아, 너도 음악과구나. 잘 부탁해. 미사키 요스케라고 해."

미사키가 예의 바르게 고개를 숙였지만 이와쿠라는 수상쩍어하듯 상대를 보며 좀처럼 입을 열지 않았다.

잠시 후 이와쿠라가 내 쪽을 돌아봤다.

"여긴 조용하니 5교시까지 눈 좀 붙이려고 했는데……. 뭐

됐어. 다른 곳을 찾아보지.”

“5교시라면……”

“음악 이론. 그 수업은 지루하지 않거든.”

오전 네 개 수업은 모두 일반 교과목이다. 이와쿠라는 일반 교과목은 자주 수업을 빼먹는다. 아무리 특정 수업에만 관심이 있다고 해도 그의 출석률은 너무 극단적이었다.

하지만 굳이 내가 나서서 뭐라고 하고 싶지는 않았다. 작년에 오지랖이 넓은 여학생이 이와쿠라에게 웬만하면 수업에 빠지지 말라고 지적한 적이 있는데 ‘남의 인생에 신경 꺼. 이 호박아’라는 대답을 듣고 울음을 터뜨린 바 있다.

그날 이후 이와쿠라의 단독 행동을 두고 뭐라고 하는 사람은 없어졌다. 오직 한 사람, 다나하시 선생님만 제외하면.

“그건 그렇고, 전학생. 너 좀 웃기네. 아니, 웃기다기보다 신기하네.”

“뭐가?”

“음악실에서 너처럼 즐거워 보이는 녀석은 처음 봐.”

“응? 너도 음악을 좋아해서 음악과에 들어온 거 아니야?”

“나를 떠나 모두가 다 음악을 좋아한다고 할 수는 없을걸.”

이와쿠라는 의미심장하게 미소 지었다. 다른 사람을 깔보고 업신여기는 미소다.

“전학생이니 이곳이 꼭 천국처럼 느껴질지 모르겠지만, 뭐 오래는 못 갈 거야. 이제 곧 기대와 달리 여기가 얼마나 쓰레기장 같은 곳인지 깨닫게 될 테니."

이와쿠라는 마지막 말을 남기고 음악실을 나갔다.

2

처음에는 왠지 마음에 들지 않던 상대여도 그에게 나와 같은 약점이 있다는 걸 알게 되는 순간 갑자기 친근해지는 경우가 있다. 미사키가 정확히 그런 사례였다.

잘생긴 외모와 똑똑한 머리. 그 두 가지만으로도 뭇 남성들을 적으로 돌리기에 충분하지만 미사키가 보여 준 뜻밖의 마니아 기질과 어머니에 대한 공통점이 우리 사이의 거리를 메워 주었다.

전학 온 지 얼마 되지 않은 데다가 외모만으로 남학생들의 반감을 사는 바람에 자연히 내가 미사키와 함께 움직일 때가 많았다. 그리고 알고 지낼수록 저항하기 어려운 미사키의 매력에 나도 모르게 푹 빠지게 되었다.

일단 미사키는 본인 입으로 말한 것처럼 어처구니가 없을 만큼 자의식이 희박했다. 남자라면 누구든 그렇지만 수염이 자라는 나이가 되면 자신의 외모, 특히 여학생들의 시선을 지나치게 신경 쓰게 된다. 나도 그랬다. 매일 아침 거울 속에서 곱슬머리와 싸우고 데오도란트를 빼 먹지 않았다.

그러나 미사키라는 아이는 그런 면에는 놀라울 정도로 무신경했다. 들어 보니 수염은 거의 깎지 않고 아침에는 세수와 양치질만 한다고 한다(하지만 땀을 많이 흘리는 체질이 아니라 체취는 느껴지지 않았다). 평소 복장 같은 것에도 특별히 신경을 기울이지 않는다는 것은 체육 시간에 옷을 갈아입을 때 뒤집힌 티셔츠를 그대로 입고 나간 사실로 증명됐다.

외모에 신경을 기울이지 않는 것과 관련이 있는지 몰라도, 미사키는 여학생들에게도 관심이 없었다. 아니, 관심이 없다는 말은 정확하지 않다. 더 구체적으로 말하면 '악기를 연주하지 않는 여자에게는 관심이 없다'일 것이다. 예를 들어 미사키도 같은 음악과 여학생들에게는 관심이 있었다. 그러나 우리를 비롯한 수많은 남학생이 여학생의 몸매 쪽에 저도 모르게 시선이 가는 것과 달리 미사키는 오직 여학생들의 손가락만을 봤다. 연주하기에 좋은 손가락인지 아닌지를 확인하는 것이다. 신체 건강한 고등학교 2학년 남학생치고는 지나치게 이성에 관심이 없다. 그렇다고 동성에 관심이 있느냐고 하면 그 역시 과녁을 크게 벗어난다. 만화를 좋아하는 어떤 여학생이 명작이라는 BL 만화책을 그에게 보여 주자 미사키는 어쩔 줄 몰라 하는 표정을 지었다. 그런 만화의 어디에서 재미를 느껴야 할지 아예 모르는 듯했다.

또 머리가 똑똑하기는 하지만 그 안에 담긴 지식이 한쪽으로 많이 치우쳤다는 것도 밝혀졌다. 이과 계열에는 문제없음. 음악에 관해서는 어쩌면 담임인 다나하시 선생님 이상.

그러나 사회와 국어는 낙제 수준이었다. 특히 고전의 품사 해석에 이르러서는 두 손 두 발을 다 든 모양새였다.

미사키는 그런 자신의 성향을 두고 "언어처럼 감각적인 것을 일일이 해석하는 게 대체 무슨 의미가 있는지 모르겠어"라고 변명했다.

이런 약점이 또렷해질수록 나 말고도 미사키에게 말을 거는 아이가 늘었다. 꼭 독점권을 침해받는 것 같아서 기분이 썩 좋지는 않았지만 같은 반 남학생들도 미사키를 자못 흥미로워했다.

그중에서도 가장 먼저 미사키에게 접근한 사람은 같은 반에 있는 반다이 미키야스였다.

"미사키, 너 우리 밴드에 들어오지 않을래? 물론 키보드 담당으로."

모두의 명예를 위해 미리 말해 두겠는데, 우리 반 학생들은 공부나 평소 언행에 다소 문제는 있어도 음악과인 만큼 모두 음악을 좋아했다. 그중에서도 반다이가 이끄는 밴드는 일본의 유명 록밴드인 B'z의 카피 밴드로 교내에서도 인기가 꽤 있었다.

반다이의 제안에 미사키는 살짝 머뭇거리며 말했다.

"고맙지만 난 못할 것 같아."

"피아노를 칠 수 있잖아."

"흐음, 그렇게 잘 치는 건 아니야."

"사흘 뒤에 연습이 있는데 그때 들러. 테스트해 줄게."

그러자 옆에서 이야기를 듣고 있던 하루나가 갑자기 끼어들었다.

"그러고 보니 아직 한 번도 미사키의 연주를 못 들었네. 다카무라, 넌 들었어?"

하루나의 질문에 나는 고개를 흔들었다.

"자, 잠깐만. 하루나. 애초에 넌 B'z 같은 밴드에 관심이 없잖아. 괜히 끼어들지 마."

"B'z 따위보다 미사키의 피아노 연주에 관심이 있거든."

"따위라니! 넌 마쓰모토 다카히로*의 위대함을 아직 몰라!"

"저기. 10년도 안 돼서 경박하게 유행이 변하는 J-POP과 클래식을 똑같이 취급하지 말아 줄래?"

"멍청아. B'z는 올해로 12년째야!"

"바흐는 올해로 315년째다!"

하루나와 반다이가 말싸움을 벌이는 동안 미사키는 곤란해하는 표정 그대로 굳어 있었다. 그 모습을 보고 나는 확신했다.

미사키는 피아노를 별로 잘 치지 못하는구나.

어머니가 전직 피아니스트라고 해서 아들도 반드시 피아노 실력이 뛰어나다고 할 수는 없다.

---

*　일본 록밴드 B'z의 기타리스트.

피아노 마니아라고 해서 연주 실력도 뛰어나다고 할 수는 없다.

미사키를 소개할 때 다나하시 선생님이 왠지 의기양양했던 것은 멸시의 의미였던 것이다. 그런 생각이 들자 미사키가 왜 곤란해하는지 알 것 같았다.

나는 두 사람과 미사키 사이에 끼어들었다.

"둘 다 그만해. 미사키가 곤란해하잖아. 싸울 거면 다른 데 가서 싸워."

그러자 하루나가 입술을 쭉 내밀었다.

"다카무라, 넌 언제부터 미사키의 매니저가 된 거니?"

"매니저는 연예인한테나 붙지. 난 단순한 보호자야. 자, 얼른 저리 가. 휘이, 휘이."

반다이와 하루나가 머쓱해했지만 정말로 어쩔 줄 몰라 하는 미사키의 표정을 보고 부루퉁하게 자기 자리로 돌아갔다.

미사키는 머리를 긁적이며 미안한 것처럼 나를 봤다.

"음…… 뭔가 네 도움을 받은 것 같네. 고마워."

"신경 쓰지 마."

나는 가슴을 쭉 펴고 대답했다. 하루나의 반응에는 다소 질투도 느꼈지만 그땐 정말로 내가 미사키의 보호자가 된 듯한 기분이었다.

음악과 2학년의 커리큘럼은 전문 교육 과정이 서른세 단

위로 정해져 있다. 그중 악기 연습이 1단위, 합주와 합창이 각각 1단위. 그리고 레슨이 2단위다.

레슨은 금요일 3, 4교시 두 시간 동안 한다. 앞선 한 시간은 다 함께 피아노를 연주하고, 후반 한 시간은 각자 전공하는 악기를 연주한다. 다시 말해 피아노를 전공하지 않는 아이도 부전공으로 반드시 피아노를 쳐야 하는 것이다.

그날은 미사키가 전학 온 이래 첫 번째 레슨이었다. 음악과 안에서도 피아노를 전공하는 아이와 그렇지 않은 아이 사이에는 실력 차이가 크다. 그리고 같은 피아노 전공 중에서도 톱클래스와 나머지 아이들 사이에는 감히 넘볼 수 없는 격차가 있다. 글자 그대로 옥석들 사이에 끼어서 연주하는 셈이라 실력이 없는 아이에게는 벌칙 게임이나 마찬가지인 수업이었다.

그 톱클래스에 속한 아이가 바로 하루나였다. 연주 순서는 평소대로 7번, 곡은 하루나가 자주 치는 쇼팽 에튀드 작품 10-3 마장조 〈이별의 곡〉.

곡을 쓴 쇼팽 자신이 '이보다 더 아름다운 선율은 만들지 못할 것이다'라는 말을 남긴, 달콤하면서도 애달픈 멜로디가 유명한 곡이다.

하루나가 첫 소절을 연주하자 아이들이 모두 자세를 가다듬었다. 이 곡은 원래 기교적인 면보다 레가토*의 미묘한 조정과 표현력에 중점을 둔 곡이다. 그러니 음을 그저 좇는 것이라면 초등학생도 할 수 있지만 쇼팽이 피아노로 만들어 낸 하모니를 제대로 표현할 수 있는지는 별개의 문제다. 또 기교적인 난도가 높은데 중간부에 잇달아 나오는 6도 외에 다른 곡에서는 보기 드문 4도 연타도 숨어 있다. 손이 작은 사람에게는 절대 만만한 곡이 아니다.

하루나도 손이 별로 큰 편은 아니라 그런지 난관으로 일컬어지는 부분을 포지션 이동으로 해결했다. 다소 불안하기는 해도 미스터치를 범하지는 않는다. 하루나 나름대로 쇼팽의 달콤한 선율과 격정을 균형감 있게 표현하는 것처럼 들렸다.

5분에 약간 못 미치는 연주가 끝나자 박수가 터졌다. 역시 음악과 톱의 연주라 그런지 나 같은 초짜가 지적할 실수는 하나도 없었다. 다나하시 선생님도 팔짱을 낀 채 연주가 끝나도 말을 덧붙이지 않았다.

그러다가 다나하시 선생님이 대뜸 목소리를 높였다.

"미사키, 네가 한번 쳐 볼래?"

곧장 반 아이들의 시선이 미사키에게 쏠렸다. 드디어 귀공자의 실력이 만천하에 공개된다는 기대감에 아이들의 눈빛이 반짝였다.

---

*　　legato, 음과 음을 부드럽게 이어서 연주.

실은 나는 그때 다나하시 선생님의 지시를 듣고 조금 화가 났다. 순서대로 가면 미사키의 순서는 마지막쯤인데 그걸 무시하고 하루나의 연주 직후에 미사키를 지목하는 건 단순한 괴롭힘이라고 생각했다.

그러나 정작 미사키 본인은 "네" 하더니 순순히 두 대가 늘어선 피아노 쪽으로 향했다.

미사키는 피아노 앞에 서서 다음과 같은 한마디를 입에 담았다.

"선생님, 벡스타인으로 쳐도 될까요?"

그 말을 듣고 나를 비롯한 음악과 아이들은 모두 깜짝 놀랐다.

벡스타인은 원래 졸업식이나 발표회가 아니면 쓰는 일이 거의 없고 그것을 떠나 왠지 두려운 마음에 뚜껑조차 쉽사리 열지 못하는 피아노였다. 그런 피아노를 미사키는 아무 망설임도 없이 치겠다고 한 것이다.

나는 곧장 미사키의 마음을 이해했다. 어차피 망가질 거면 화려하게 망가지는 게 낫다. 비극도 어떻게 연출하느냐에 따라 코미디가 된다. 왕년의 명기인 벡스타인을 지목해 최대한 멋지게 망가져 준다면 그것만으로 반 아이들의 웃음을 살 수 있다고 생각했을 터였다.

"오, 그래. 그러려무나."

다나하시 선생님도 미사키의 마음을 읽었는지 더없이 친

절히 승낙했다. 뭐야, 설마 미사키가 반 아이들과 더 친해지라고 미리 짜 맞춘 고스톱?

"혹시 신청곡 있나요?"

"아니, 그냥 네가 좋아하는 곡을 치렴."

미사키는 말없이 고개를 끄덕이고 의자 높이를 조정하더니 손가락을 건반 위에 쓱 올렸다.

연주를 시작한 첫 번째 소절. 소리를 듣고 아마 그 자리에 있던 모두가 소스라치게 놀라 숨을 집어삼켰을 것이다.

베토벤 피아노 소나타 제14번 작품 27-2 올림다단조 〈월광〉.

〈열정〉, 〈비창〉에 이은 베토벤 3대 피아노 소나타 중 한 곡이다. 그러나 그때 모두가 숨을 멈춘 것은 그게 유명한 곡이라서가 아니었다. 첫 번째 소절이 어마어마한 무게감을 발산했기 때문이다.

제1악장 아다지오 올림다단조.

미사키의 손가락은 셋잇단음표로 구성된 분산화음을 담담히 연주한다. 눈을 감지 않아도 눈앞에 호수가 펼쳐졌다. 어두운 한밤의 호수. 잔물결도 없이 모든 빛을 빨아들이는 칠흑의 호수에 단 한 줄기의 달빛이 비치고 있다.

베토벤이 직접 〈월광〉이라는 제목을 붙인 것은 아니다. 그의 사후 시인 루트비히 렐슈타프가 이 곡을 두고 "스위스의 루체른 호수에 뜬 조각배가 달빛의 파도에 흔들리는 듯하다"

라고 평했다는 점에서 이런 제목이 붙었지만, 미사키의 연주는 그런 선입견과 별개로 내게 호수 위에 걸린 달을 연상시켰다.

그야말로 서글픈 선율이다. 꼭 음악과 학생이 아니어도 수십, 수백 번은 들었을 선율일 텐데 소리가 처음 귀에 닿자마자 슬픔이 가슴을 옥죈다.

1악장의 주제는 아르페지오*와 G음의 반복으로 이뤄져 있다. 단순한 구성인데도 화성 변화가 듣는 이의 마음을 꽉 붙잡고 놓아 주지 않는다. 그저 건반을 두드리고 음표를 좇을 뿐이면 중학생도 할 수 있겠지만 이런 수준의 서정성을 자아내려면 악보를 외우는 것 외에 또 다른 무언가가 필요하다. 그러니 알면 알수록 어려운 곡이다. 바꿔 말해 연주하는 사람의 역량을 이토록 고스란히 드러내는 곡도 없다.

미사키의 연주는 그런 모든 계산을 가볍게 뛰어넘어 내 가슴을 파고들었다. 아니, 옆에 나란히 앉은 다른 아이들도 마찬가지일 것이다. 지금껏 반에서 피아노를 가장 잘 친다는 평가를 받던 하루나는 자존심이 산산조각 난 것처럼 아연실색했고, 미사키에게 밴드 가입을 제안한 반다이는 예상을 뛰어넘는 퍼포먼스를 보며 입을 반쯤 벌리고 있다.

평소 다른 사람의 연주에 별 관심이 없는 이와쿠라조차 반

---

*　arpeggio, 화음을 동시에 연주하지 않고 아래에서 위로 또는 위에서 아래로 연주.

응이 눈에 띈다. 두 손을 아래로 축 늘어뜨린 채 미사키보다는 그의 열 손가락을 뚫어지게 바라보고 있었다.

분산화음으로 구성된 하모니를 들으며 왠지 시간의 흐름이 느려진 것 같은 감각에 휩싸인다. 자주 들어서 익숙한 멜로디인데도 시간 감각이 흐트러지는 것은 아름다운 하모니에 오감이 지배당했기 때문일 것이다.

곡이 전개부에 들어서자 가장 먼저 제시된 주제의 움직임이 활발해진다. 셋잇단음표의 분산화음은 고음부로 옮겨 가 조금씩 위로 솟으며 절정을 맞이하고는 다시 천천히 내려간다. 이 움직임이 고요한 제시부와 맞물려 열정의 크기를 표현하지만 미사키의 연주는 거기서도 음의 진폭이 대단히 크다. 악보 지시를 벗어나지 않으면서도 타건의 강약만으로는 가늠할 수 없는 피아니즘으로 열정을 표출하고 있다.

기본적으로는 음울하고 조용한 멜로디에 이토록 마음이 흔들리는 건 악센트를 집어넣는 방식이 절묘해서일 것이다. 내 변변치 못한 악곡 분석 능력으로는 정확히 표현할 수 없지만 테크닉이 테크닉처럼 느껴지지 않는 기법이라 불러야 할 것이다.

멜로디는 재현부에서 또다시 완만해지고 평온한 움직임을 보인다. 정情에서 동動, 동에서 정으로 흘러 하모니의 변화를 만든다. 단순한 구조인데도 긴장이 극한으로 치닫는 것은 연주자가 자제심과 순발력을 겸비했으니 비로소 만들어지는 효과다. 그런 의미에서 미사키의 연주는 베토벤의 작곡 의도를 더없이 정확히 표현하고 있다.

오른손의 셋잇단음표와 왼손의 중후한 옥타브. 반복되는 고요한 멜로디는 마치 잘라 내면 피가 날 정도의 절절함을 담고 있다. 절실한 기운이 듣는 이의 마음을 흐트러뜨리고 있다.

나는 그 슬픔의 정체가 마치 내 것인 양 이해되는 느낌이 들었다.

이것은 이루지 못할 사랑을 지켜보는 슬픔이다.

1801년에 작곡한 이 소나타는 베토벤이 당시 제자이자 연인이었던 줄리에타 귀차르디에게 바친 곡이다. 베토벤에게 이 사랑은 절대 이룰 수 없는 슬픈 사랑이었다. 열네 살이라는 나이 차도 그렇지만 무엇보다 백작 딸과의 신분 차이가 베토벤에게 절망을 안긴 것이다.

이룰 수 없는 사랑의 슬픔은 만국 공통의 감정이다. 비단 나이나 신분 차이 때문만은 아니다. 사랑하는 사람 앞에서 마음을 털어놓지 못하는 답답함, 털어놓아도 받아들여지지 않을 때의 고통. 곡 주제의 셋잇단음표는 그런 감정을 연상시켰다.

나는 경악했다.

지금 눈앞에서 건반을 두드리는 사람은 나와 같은 열여덟 살이다. 고작 18년, 인생 경험에 그리 큰 차이가 있지도 않을 것이다.

그러나 미사키의 연주는 내 가슴에 저릿한 통증을 선사하고 있다. 미사키가 자아내는 멜로디가 마음의 가장 섬세한 부분을 뚫고 들어온다. 이런 연주를 듣는 건 처음이었다. 지금껏 들어 온 다른 학생들의 연주와는 수준을 넘어 아예 성향 자체가 다르다. 음악과 학생들의 연주는 주로 정확한 타건에 중점을 두는 데 반해 미사키의 연주는 그런 단계를 초월해 듣는 이에게 아예 비평할 마음 자체를 들지 않게 한다.

나는 선율에 몸을 맡긴 채 필사적으로 떠올리려 했다.

우리와 미사키의 차이는 대체 뭘까.

차원이 다른 악보 암기 능력일까. 아니면 오랜 연습 끝에 길러진 건반 지배력일까.

아니다. 내 속에서 다른 내가 부정했다. 음악가를 꿈꾸고 목표로 하는 사람이라면 누구든 그 정체를 대략 눈치챌 수 있을 것이다.

엄연히 눈앞에 존재하는 사실이지만 그것을 인정하기가 두려웠다. 그런 갈등 때문에 혼란스러운 와중에 귀에 들어오는 소리는 더 큰 절망을 드러내고 있다.

평정심을 유지하지 못하고 있자 재현부가 마지막 부분에 접어들면서 음이 아래로 뚝 떨어진다. 잠시 후 완만해진 템포로 한 음, 그리고 마지막 한 음.

미사키가 칭찬을 아끼지 않은 벡스타인의 강하고 오래가

는 소리가 허공에 머물러 있다. 내 귀와 마음은 영원히 그 여운에 잠기기를 바랐다.

그러나 틈을 주지 않고 다음 악장이 시작됐다.

제2악장 알레그레토 내림라장조.

1악장과 2악장이 쉴 새 없이 이어지는 것은 베토벤이 새롭게 시도한 방식이다. 그전에 쓰인 피아노 소나타는 각 악장이 저마다 주장하는 바가 달랐는데 베토벤은 모든 악장을 융합해 하나의 곡을 구성하는 양식을 택했다.

2악장은 분위기가 단숨에 바뀌어 업템포가 된다. 잔잔한 수면 위를 통통 튀듯 소리가 춤을 춘다. 아니, 춤춘다기보다 허공에 두둥실 떠 있는 느낌이다. 악보에는 미뉴에트*나 스케르초**가 적혀 있지 않지만 1악장을 지배하던 긴장감이 어느새 자취를 감추고 듣는 이에게 안도감을 선사한다.

들썩이는 리듬, 춤추고 싶어지는 멜로디 때문에 자연히 몸이 움직인다.

미사키가 벡스타인 피아노를 연주하는 건 아마도 오늘이 처음일 것이다. 그런데 이 통일감은 대체 뭘까. 마치 오랜 세월을 함께해 온 파트너처럼 미사키는 벡스타인을, 벡스타인은 미사키의 특성을 아낌없이 끌어내고 있지 않은가.

특성 중 하나는 바로 강한 타건이다. 저 부드러워 보이는

---

*   4분의 3 또는 8분의 3박자의 우아하고 약간 빠른 춤곡.
**   베토벤이 미뉴에트 대신 소나타, 교향곡 등의 3악장에 채용한 3박자의 쾌활한 곡.

손가락에서 나오는 것으로는 믿기 어려울 정도의 강력한 힘 덕분에 벡스타인이 낭랑하게 노래 부르고 있다. 그저 귀에 거슬리는 무작정 크고 날카로운 음이 아니라 속이 꽉 찬 작살 같은 소리다. 그러니 아무리 강해도 공중에서 퍼지지 않고 듣는 이의 귀와 마음에 일직선으로 꽂힌다.

벡스타인이 이런 소리를 내는 피아노였나. 이렇게나 포용력 있는 음을 내는 피아노였나.

발표회에서 다나하시 선생님이 벡스타인을 연주하는 것을 무대 위에서 들은 적이 있지만 그때는 이런 식으로 소리가 울리지 않았다. 명기로 칭송받는 벡스타인이 고작 이 정도였나 하고 실망한 기억이 있다. 그러나 그것은 단순히 연주자의 역량 부족 때문이었다. 끝없이 솟구치는 영롱하고 맑은 고음, 영원히 퍼지는 저음. 모든 것은 피아니스트의 기량이 만들어 내는 성과였다.

나는 문득 신경 쓰여서 다나하시 선생님의 얼굴을 엿봤다. 미사키의 실력을 알고 있었는지 놀란 표정이 아니다. 선생님은 그저 당황하고 있었다. 미사키, 그리고 벡스타인의 잠재 능력을 처음 접한 것 같은 분위기였다.

중간부에 접어들자 멜로디의 경쾌함이 수그러든다. 1악장에서 맛본 긴장감이 느닷없이 되살아나는 순간이다.

그러나 그것도 오래가지는 않는다. 가라앉은 선율은 유달리 강한 음을 내며 다시 일어서더니 또다시 유연하게 춤추기 시작한다. 여기서부터가 바로 재현부다.

미사키는 춤추는 선율을 자아내는 동시에 그 자신도 춤추고 있었다. 손가락만 움직이는 게 아니라 손목부터 팔, 어깨, 그리고 등과 상반신을 흔들고 있다. 아니, 페달을 빈번히 밟는 다리까지 포함하면 몸 전체를 흔든다고 해야 할 것이다. 다른 연주자가 비슷한 행동을 하면 기이하게 보일지도 모른다. 그러나 미사키는 자신이 연주하는 멜로디와 동화되어 극히 자연스럽게 보였다.

잠시 후 미사키의 움직임이 줄어들자 동시에 소리도 압축됐다. 이렇게 2분 남짓의 댄스가 마무리를 맞이한다.

한 박자 뒤에 미사키의 손가락이 눈에 보이지 않을 정도로 빠르게 움직이기 시작했다.

3악장, 프레스토 아지타토. 올림다단조.

미사키는 첫 타건부터 질주를 시작했다. 약음으로 시작하는 1주제는 분산화음을 끝없이 상승시키다가 가장 높이 오른 지점에서 스포르찬도(특히 강한 악센트)를 집어넣은 후 곧 다시 돌아온다. 반주를 맡은 왼손과 멜로디를 맡은 오른손이 모두 건반 위를 내달리며 한시도 쉬지 않는다. 눈에 보이지 않는다는 말은 절대 비유가 아니었다. 정말로 내 눈에는 손가락의 잔상만이 남았다. 손목부터 아랫부분이 마치 정밀 기계처럼 달리고 있다. 멜로디는 뭔가에 쫓기듯 절박하게, 리듬은 가파르게 뛰어오른다. 소리가 종횡무진 음악실 안을 뛰어다닌다.

화려하면서도 격렬하게.

빠르면서도 신중하게.

원래라면 대칭점에 있을 요소들이 하나가 되어 내 마음을 덥석 움켜쥔다. 거듭되는 상향과 하향으로 심박수가 치솟고 건반을 스포르찬도로 칠 때마다 호흡이 턱턱 멎는다.

1악장과 전혀 다른 격렬한 멜로디지만 악보를 보면 두 악장의 주제가 모두 아르페지오와 G음의 반복이라는 것을 알 수 있다. 다시 말해 같은 요소를 오직 패시지*의 차이만으로 다르게 연출하는 것이다.

시간이 갈수록 타건은 더욱 강력해진다. 이따금 딴, 딴 하고 울리는 저음이 심장을 꿰뚫는다.

압도적이었다. 1악장의 긴장감, 2악장의 안도감 따위 저 멀리 날려 버릴 기세로 음이 질주한다.

그 격렬한 감정 변화에 나는 불안해졌다.

베토벤의 마음이 벡스타인에 빙의된 것만 같은 공포를 느꼈다.

〈월광〉의 작품 번호는 27-2. 베토벤의 작곡 이력 안에서는 중기, 즉 난청 증상이 나타나기 시작한 시기에 쓰인 곡이다. 이전 곡과 형식과 내용이 바뀌었고 희로애락을 더 절실

---

*   passage, 선율 사이를 높거나 낮은 방향으로 급하게 진행하는 부분.

히 표현하게 되었다.

이 3악장의 격렬함은 베토벤의 심정 그 자체다. 이루지 못한 사랑에 대한 절망, 미처 미련을 버리지 못한 연인을 향한 애정이 노도처럼 밀려든다.

음악과에 있으면서도 음악이 이토록 사람의 마음을 뒤흔들 줄은 상상도 못했다. 음악이 안도감과 쾌감을 부른다는 것은 전부터 알고 있었다. 그러나 허공에 흩뿌려지는 불안감과 도망치고 싶어질 정도의 절실함을 몸소 체감하게 될 줄은 몰랐다.

나도 모르는 사이에 호흡이 얕아졌을 것이다. 갑자기 입속이 바싹 메마른 것처럼 느껴졌다. 보아하니 두 손에는 땀까지 쥐고 있다.

이렇게 말도 안 되는 일이 있을까. 나는 자문해 봤다.

지금 눈앞에서 피아노를 치는 사람은 나와 같은 열여덟 살 소년이다. 그러나 손가락이 만들어 내는 소리, 자아내는 멜로디는 성숙한 피아니스트의 것이다. 도대체 나와 미사키는 어디가 어떻게 다른 걸까.

나를 제외한 다른 청중도 아마 비슷한 생각에 사로잡혔을 것이다. 어떤 아이는 칠칠치 못하게 입을 반쯤 벌리고 있고, 또 어떤 아이는 눈 한 번 깜빡이지 않고 미사키를 뚫어지게 응시하고 있다. 자존심이 무너졌을 하루나도 지금은 완전히 선율의 노예가 되어 미사키의 뒷모습에서 눈을 떼지 못하고 있다. 반다이는 마치 한 대 얻어맞기라도 한 것처럼 어깨를 축 늘어뜨리고 있고 이와쿠라는 괴물을 목격한 사람처럼 눈을 부릅뜨고 있다.

중간부에 접어들자 끝없이 격렬했던 곡조가 살짝 누그러진다. 분산화음으로 내달린 전개부의 리듬과 다르게 이번에는 멜로디가 앞에 나선다. 그러나 이 멜로디는 안도감 속에 긴장을 머금고 있다. 격렬한 소리가 이어지다 보면 귀와 정신이 모두 피로해지고, 도가 지나치면 불감증을 부를 수도 있다. 이 조바꿈은 어디까지나 이다음 앞둔 재현부까지의 짧은 휴식이다. 이를 알고 있으니 긴장의 정도가 더 높아진다. 또 이 선율은 반복되기만 하고 완결되지 않아서 다음으로 펼쳐질 절정부에 더 큰 기대를 품게 한다.

이것이 바로 음악의 마력이다. 1악장을 들으면 이어서 2악장도 듣고 싶어진다. 2악장을 들으면 마지막 악장을 듣기 전까지는 자리에서 일어서지 못한다. 의존성이 강한 마약과 비슷하다.

단순한 음소의 집합체, 단순한 선율의 연결이 듣는 이의 마음을 쥐락펴락한다. 소리에 구속받고 싶어진다. 소리에 얻어맞고 싶어진다. 그리고 역시 소리에 의해 해방되고 싶어진다.

불현듯 미사키의 몸이 거대해 보였다.

봄날의 햇살처럼 미소 짓던 미사키, 풀지 못할 문제를 눈앞에 두고 곤란해하던 미사키의 모습은 어디에도 없다. 지금 우리 눈앞에 있는 사람은 명기 벡스타인을 자신의 팔다리처럼 조종하고, 베토벤에게 빙의돼 그의 영혼을 대변하는 사람이다. 표정은 흔들림 없는 자신감에 가득 차 있고 피아노를 치는 쾌감에 몸 전체를 희미하게 떨고 있다.

이제는 나도 인정할 수밖에 없다.

우리와 미사키의 차이. 높디높은 장벽이 되어 우리 사이를 구분 짓는 것.

그것은 바로 재능이다.

평범한 사람이 제아무리 노력하고 수많은 눈물과 땀을 흘려도 결코 도달하지 못하는 마지막 한 걸음. 태어날 때부터 신에게 선사받은 채 오직 본인만이 자각하지 못하는 보물. 미사키는 그것을 지닌 것이다.

흔히들 99퍼센트의 노력과 1퍼센트의 재능이라는 말을 한다. 그러나 그것은 1퍼센트를 손에 넣은 자만의 이기적인 자기 평가에 불과하다. 평범한 사람의 99퍼센트의 노력은 1퍼센트의 천재에 훨씬 못 미친다. 평범한 사람이 땀 흘린 아흔아홉 시간을 천재는 고작 한 시간 만에 초월한다.

평범한 사람인 내가 분한 것은 그런 분한 감정조차 깨부술 기세로 미사키의 재능이 폭발하고 있어서다. 불공평한 대우, 재능을 선사받지 못한 불운을 쓰러뜨리며 미사키의 연주가 지금 내 마음을 사로잡고 있다. 그런 보잘것없는 감정 따위 산산조각 내는 음악의 힘을 보여 주고 있다.

그때 선율이 살짝 아래로 떨어지더니 다시 천상을 향해 솟구친다. 재현부다.

1악장처럼 열정을 가로막는 것은 이제 없다. 이 재현부에 악곡 전체의 중심이 있다고 해도 과언이 아니다.

오른손의 멜로디가 왼손의 리듬을 덮친다.

왼손의 리듬이 오른손의 멜로디를 잘게 새긴다.

선율이 미친 듯이 꿈틀거리고 몸부림치며 포효한다.

소리가 작렬한다. 리듬이 시간을 절단한다.

미사키는 고요히 흥분하고 있었다. 냉정한 눈빛으로 입술을 한일자로 꾹 다문 채 몸속에서 지금 막 발산되려는 것을 필사적으로 억누르는 것처럼 보인다.

3악장도 마침내 코다*를 맞이하려 했다.

미사키는 마지막 트랙을 전력을 다해 질주하기 시작한다.

고뇌와 비창을 에너지로 바꿔 종결부를 향해 돌진한다. 이는 소나타라는 이름의 정열, 피아노의 형태를 빌린 광기였다.

이제는 숨이 멈춘 것을 넘어 온몸을 꼼짝할 수 없었다. 미사키가 두드리는 화음이 전신을 관통하고 연주하는 리듬이 몸에 새겨지는 상황을 그대로 내버려 둘 수밖에 없다.

카덴차**와 비슷한 장대한 코다에서 미사키는 미친 듯이 날뛴다. 딴눈을 팔지 않고 오직 하나의 목표 지점을 향해 돌진

*   coda, 악곡이나 악장의 끝부분.
**   cadenza, 악곡이 끝나기 직전에 독주자가 연주하는 기교적이며 화려한 부분.

한다.

잠시 후 선율이 아래로 떨어지더니 잠시 바닥에 드러눕는다. 그리고 또다시 천천히 일어나 마지막 포효를 내지른다.

상대의 숨통을 끊는 마지막 일타.

마침표의 일타.

여운이 길고 길게 이어진다. 나는 꿈꾸는 듯한 상태로 아직 음악의 속박에서 해방되지 못했다. 이곳에 있는 모두가 그랬다.

미사키는 순간 온몸의 힘이 빠진 것처럼 요란하게 한숨을 내쉬었다. 긴장으로 굳은 얼굴이 풀리자 평소의 미사키로 돌아왔다.

"브라보!"

한발 앞서 속박에서 풀려나온 다나하시 선생님이 박수를 쳤다.

그러나 뒤따르는 학생은 몇 명 없었다. 박수를 보내는 아이들도 뭔가 당황한 것처럼 힘없이 손바닥을 툭툭 맞부딪히기만 한다.

나는 모두의 심정을 뼈저리게 이해할 수 있었다.

박수를 치는 것 자체가 주제넘게 느껴졌다.

이는 음악과 안에서 가장 뛰어나다거나 하루나보다 잘 치거나 하는 수준이 아니다. 예를 들자면 초등학교 운동회에 올림픽 메달리스트가 불쑥 참가한 형국이다. 그런 사람이 달리기 시작하면 초등학생들은 박수를 보내기 이전에 놀라서 말문이 막힐 것이다.

그만큼 우리와는 차원이 다른 연주였다.

나는 갑자기 부끄러워졌다. 미사키의 당황하는 모습과 다나하시 선생님의 생각을 모두 반대로 해석했다는 것을 깨달았기 때문이다.

미사키가 반다이의 밴드에 참여하는 걸 망설인 이유는 그들과 연주 수준이 크게 차이 날 수 있음을 염려했기 때문이었다.

다나하시 선생님이 의기양양하게 미사키를 소개하고 흔쾌히 피아노 앞에 앉힌 것은 그의 실력을 잘 알고 있었기 때문이었다.

나처럼 얼빠진 놈이 있을까.

분명 나도 모르게 얼굴이 달아올랐을 것이다. 불붙은 것처럼 얼굴이 뜨거웠다.

미사키는 마치 아무 일도 없었던 것처럼 개운한 얼굴로 제자리를 향해 걸어왔다.

이제는 한 대 때려 주고 싶었다.

하지만 그때 어떤 사실을 눈치챘다.

미사키가 피아노 앞에 앉은 지 이미 20분 가까이 흐른 뒤다. 〈월광〉의 전 악장 연주 시간은 17분 남짓이니 당연하다면 당연하지만 나는 시간의 흐름을 까맣게 잊고 있었다.

참으로 신비로운 시간이었다.

연주 중에는 한 시간 정도로 느껴지기도 했는데 끝나고 보니 찰나와 같기도 하다. 이렇게 시간 감각을 잃은 것은 대규모 홀에서 들은 클래식 콘서트 이후 오랜만이었다.

곰곰이 생각해 보면 다나하시 선생님이 미사키에게 연주를 권했을 때도 설마 피아노 소나타의 모든 악장을 다 칠 줄은 예상하지 못했을 것이다. 그래도 중간에 끊지 못한 것은 미사키의 실력을 알았을 다나하시 선생님도 그 연주에 매료돼서일 것이다.

분하지만 인정할 수밖에 없다.

미사키의 연주는 그런 연주였다.

나는 미사키가 옆에 앉기도 전에 입을 열었다.

"너 진짜 너무하네."

"응?"

미사키는 깜짝 놀라 나를 봤다.

이 자식, 시치미나 떼고.

"그렇게 피아노를 잘 치는데 자랑할 수준은 아니라고? 사람을 바보 취급하는 데도 정도가 있지."

"아니, 그게 정말 자랑할 정도는 아니라……. 음, 뭐가 거슬렸는지 모르겠지만 화나게 했다면 사과할게. 미안."

미사키는 당황한 것처럼 고개를 꾸벅 숙였다. 연기하거나 시치미를 떼는 것처럼 보이지는 않는다.

그리고 깨달았다.

지금까지 미사키는 제 입으로 피아노를 못 친다는 말은 한 번도 하지 않았다. 자랑할 수준은 아니라는 말도 겸손과 같은 것이다. 모조리 내 착각에 불과했다.

연주를 들으면 알 수 있다. 미사키는 자기 연주가 뛰어나다고 생각하지 않는다. 건반 위에 두 손을 올릴 때와 마지막 음을 친 뒤에도 의기양양해하는 표정은 일절 보이지 않고 마치 평소처럼 행동했다.

순간 분노가 사그라들었다.

미사키가 아무리 눈꼴시다고 해도 연주를 들은 뒤에는 아무래도 상관없다는 생각마저 들었다.

솔직히 말한다. 나는 그의 연주를 딱 한 번 듣고 완전히 미사키의 팬이 되고 말았다.

"그렇게 순순히 사과하는 모습이 또 너답네. 음, 아까 그 말은 농담이었어."

"농담? 정말이지? 화내지 않는 거지?"

"그래. 화 안 내. 그보다 나 자신이 싫어졌어. 여러 의미로."

"응? 뭐야. 그럼 또 신경 쓰이잖아. 뭐가 싫어졌는데?"

미사키는 걱정하듯이 내 얼굴을 살폈다.

역시나 한 대 때려 주고 싶었다.

3

레슨을 마치고 나와 미사키가 교실에 돌아가고 있을 때 뒤에서 누군가가 말을 걸었다.

"야. 너 대단하네."

이와쿠라가 미사키의 어깨를 붙잡았다. 평소처럼 휴대용 오디오의 이어폰을 귀에 꽂고 있다. 이 녀석은 화장실에 갈 때도 귀에서 이어폰을 떼지 않는다.

"음악실에서 봤을 때 평범하지 않다고는 생각했는데, 다른 의미에서 평범하지 않은 놈이었군."

"고, 고마워."

"그런데 말이지, 전학생."

"미사키라고 해."

"너, 앞으로 점점 더 혼자 붕 뜨게 될 거야."

그러자 미사키는 이해가 안 된다는 표정을 지었다.

"왜?"

대답을 듣고 이와쿠라는 당황한 듯했다. 나는 속이 조금 시원해졌다. 연주에 대해 이야기를 나누며 미사키의 특징 하나를 파악했기 때문이다.

이 미사키 요스케라는 아이는 자각이라고는 전혀 하지 못한다.

피아노 연주뿐만 아니라 자신의 외모, 행동, 발언. 그 모든 것에 자의식이 결여돼 있다. 좋게 표현하면 천진난만, 나쁘게 표현하면 어수룩. 그러니 자신이 사람들 사이에서 유독 튄다는 사실을 털끝만큼도 느끼지 못하는 것이다.

이와쿠라는 꼭 신기한 동물이라도 보는 것처럼 미사키를 바라보다가 다시 말을 이었다.

"지난번에 기대와 다를 거라고 한 말은 취소할게. 네가 이 학교에 전학 온 건 벡스타인 때문 아니야?"

미사키가 입을 열려고 할 때였다.

"정말 대단했어! 미사키의 연주!"

갑자기 우리 사이에 하루나가 끼어들었다.

"정말 두 손 두 발 다 들 정도야. 대체 어디서 배웠어? 야마하나 카와이사가 세운 학교에 다녔던 건 아니지?"

"응. 전에 살던 곳 이웃집에 피아노 선생님이 계셨어."

"오, 역시 그랬구나. 미사키의 운지運指에는 이상한 버릇 같은 게 없어서 훌륭한 분한테 배우지 않았을까 예상했어."

"어이, 하루나. 지금은 내가 대화 중이라고."

"뭐 어때. 어차피 넌 피아노도 안 치잖아."

하루나 때문에 이와쿠라가 뒤로 밀려나는 모양새가 됐다. 이와쿠라는 잠시 우리를 노려보는가 싶더니 고개를 홱 돌리고 다른 곳으로 가 버렸다.

하루나는 지금 마치 여기에 미사키밖에 없는 것처럼 끊임없이 떠들고 있다. 조금 전 자존심에 상처 입은 모습과는 달리 마치 아이돌 가수 주위에 모여든 팬 같은 표정이다.

"모든 악장이 훌륭했지만 특히 3악장이 대단했어. 처음부터 끝까지 그런 타건이라니. 체력이 그렇게도 유지되는구나. 나라면 열 번째 소절쯤에서 손가락이 못 버텼을걸. 그건 체력이라기보다 악력 덕분이겠지? 평소에도 훈련 같은 걸 하니? 나는 연타에 약하거든. 어떡하면 너 같은 지속력을 가질 수 있을까?"

기관총처럼 재잘거리는 하루나는 마치 딴사람 같았다. 그 증거로 미사키가 살짝 곤란해하며 미소 짓는 것을 보더니 하루나는 퍼뜩 정신을 차렸다.

"아…… 미, 미안. 나만 일방적으로 떠든 것 같네."

같네가 아니야. 그게 맞아.

하지만 미사키는 이런 순간에도 자의식이라고는 없어 보였다.

"괜찮아. 음악과 피아노에 관한 이야기라면 하루 종일 들어줄 수도 있어. 하루나랑 피아노 이야기를 하다 보면 시간 가는 줄도 모를 것 같네."

아니, 그러니까 아무렇지도 않게 그런 말을 하지 말란 말이야.

미사키는 단지 '피아노'에 방점을 찍고 한 말이겠지만, 하루나는 '하루나'에 비중을 두고 들었을 것이다.

아니나 다를까 하루나는 시간이 갈수록 얼굴이 붉게 달아

올랐다.

"그, 그럼 다음에 또 봐."

그렇게 하루나도 도망치듯 다른 곳으로 가 버렸다.

"오늘은 왠지 말을 걸어 주는 사람이 많네."

미사키는 자못 즐거워 보였다. 나는 그를 보고 한숨 섞어 말했다.

"방금 파일럿 이야기가 떠올랐어."

"응? 파일럿?"

"이라크 전쟁 때 바그다드를 폭격한 파일럿 이야기. 바로 아래에 수만 명이 있어서 폭탄을 떨어뜨리면 어마어마한 사람들이 죽는 상황. 하지만 폭탄을 투하할 때는 버튼 한 번만 누르면 되니 아무 망설임도 없이 버튼을 누른다. 그 행위는 너무도 쉽고 간단해 양심의 가책조차 느끼지 못한다."

"아, 그건 나도 어디선가 들어 본 적 있는 것 같네. 그렇게 양심의 가책을 느끼지 못하는 것이 현 시대의 전쟁을 상징한다고 했었나."

미사키는 마치 남의 이야기처럼 받아들이는 듯했다.

양심의 가책을 느끼지 못한다는 게 바로 너라는 말이라고.

실제로 미사키가 연주한 피아노 소나타 〈월광〉은 일종의 파괴 무기였다. 고작 피아노 소나타 한 곡이 셀 수도 없을 만큼 많은 것을 파괴했다. 그런데 폭탄을 투하한 장본인은 그 참상을 눈치채지도 못하고 있다.

이를테면 하루나. 하루나에게는 불과 몇십 분 전까지만 해도 음악과 톱이라는 자부심이 있었다. 그 자부심이 미사키의 〈월광〉을 듣는 순간 산산조각 났고, 그것도 모자라 하루나는 그의 피아니즘의 노예가 돼 버렸다. 자존심을 버리면서까지 미사키에게 달려온 모습에서는 제삼자의 눈으로 봐도 패배 선언 이상의 무언가가 느껴졌다.

이를테면 반다이. 미사키가 연주하는 동안 그는 얼간이처럼 입을 반쯤 벌리고 있었다. 그리고 연주가 끝난 다음에는 멀찌감치 서서 가까이 다가오려 하지 않았다. 나는 그가 지금 어떤 심정일지 잘 안다. 미사키에게 실력 없는 학생 밴드의 키보드를 맡아 달라고 한 것으로 모자라 직접 테스트까지 해 주겠다고 한 자신이 참을 수 없이 부끄러울 것이다. 만약 미사키에게 키보드를 맡겼다고 가정해 보자. 그럼 미사키에게 모든 관심이 쏠리고 보컬이든 베이스든 다른 멤버의 존재감은 제로가 됐을 것이다. 반다이도 자존심에 상처가 생겼을 테지만 하루나처럼 미사키를 향한 신봉으로 이어지지 않은 것은 그가 엄청나게 기가 죽었다는 것을 뜻한다.

그 밖의 모든 음악과 학생들.

그들의 반응은 점심시간 때 드러났다. 평소에는 단순히 동물원 원숭이를 보는 것처럼 미사키 주변에 모여들던 학생들이 오늘은 나 말고는 아무도 없다. 하루나 쪽을 보니 다른 여학생들 사이에 껴서 왠지 원망 섞인 눈빛으로 내 쪽을 힐끔거리고 있었다.

미사키와 친한 나는 오늘도 미사키와 마주 보고 앉아 도시락통 뚜껑을 열었다. 다른 날과 달리 오늘은 뭔가 기이한 압력이 온몸에 전해졌다. 일거수일투족, 숨 쉬는 것조차 감시당하는 듯한 기분에 휩싸였다. 다른 아이들의 시선이 화살처럼 꽂혔지만 미사키는 여전히 평소와 똑같은 얼굴로 도시락을 먹고 있다.

"저기, 미사키."

"응?"

"혹시 뭔가 안 느껴져?"

"응? 아, 어제랑 같네."

"뭐가?"

"어제랑 똑같이 네 반찬이 닭고기 튀김이야. 닭고기를 좋아해?"

미사키 주변은 마치 보이지 않는 결계로 둘러싸인 것 같았다. 질투와 증오, 선망과 동경, 배척과 거부. 다양한 것이 자신을 덮쳐도 당사자는 아무것도 느끼지 못한다.

"미사키, 너 관찰력에 자신 있어?"

"응? 자신 있다기보다는…… 아, 그래. 다른 사람이 피아노를 칠 때 손가락 움직임은 유심히 볼 때가 많아. 그런데 그게 왜?"

"그 관찰력을 조금은 연주가 아닌 다른 것들에 발휘해 보는 건 어떨까?"

"흐음."

미사키는 어째서 그런 말을 하는지 잘 모르겠다는 듯이 고개를 갸웃했다.

"전에 다니던 학교에서도 자주 들은 말이야."

"자주 들었으면 실행에 옮겨 봐도 되잖아."

"나름대로는 노력하고 있어. 실은 같은 반 여학생들한테 다른 사람의 마음을 무시하지 말라는 말을 몇 번 들었거든. 울면서 뭐라고 하더라고. 그런데 이제는 그 이유가 뭔지 조금은 알 것 같아."

"뭔데?"

"분명 나도 모르는 사이에 뭔가 실례되는 행동을 했겠지."

그게 아니야. 나는 면박하려다가 그만뒀다.

자의식이 없으니 다른 여학생이 자신을 좋아하는 것도 느끼지 못한다. 그리고 다행인지 불행인지 미사키는 사춘기 남자아이치고는 이성에게 관심이 전혀 없다. 아니, 이성은 고사하고 동성에게서 받는 선망이나 질투도 느끼지 못한다. 그러니 그런 연주를 보인 직후에도 아무렇지 않게 도시락을 먹고 있다.

"솔직히 물어도 돼?"

"응. 뭔데?"

"아까 그 〈월광〉을 들은 아이들이 얼마나 기가 죽었는지 알아?"

"……분위기가 뭔가 달라진 건 알겠어. 내가 그렇게까지 눈치 없는 건 아니야."

"그건 다행이군."

"하지만 이유를 잘 모르겠어. 내가 피아노를 조금 잘 쳤다고 해서 왜 다른 아이들이 풀 죽어야 해?"

"왜냐니. 그야……."

"콩쿠르 같은 곳이면 모를까 여긴 학교잖아. 1, 2등이 그리 영향을 주는 것도 아니야. 저마다 목표로 한 걸 배우고 익히면 그걸로 충분하지 않아?"

순간 가슴이 철렁했다.

미사키는 우리 음악과를 완전히 오해하고 있다. 그러니 이런 긍정적인 사고밖에 못하는 것이다.

내 설명이 부족했다. 전학 온 뒤로 늘 미사키 옆에 붙어 안내 역할을 맡았는데도 스스로 열등감 같은 것 때문에 지금껏 입 밖에 내지 못하고 있었다.

이곳에 모인 음악과 아이들이 음악을 전공하는 건 사실이다. 클래식과 팝, 록과 랩 등 취향은 저마다 갈릴지언정 다들 음악을 좋아하는 것도 맞는다.

하지만 따지고 보면 그뿐이다.

앞으로 학교를 졸업해 음대에 진학하고 미래에 음악가를 목표로 한다. 그런 생각을 하는 아이는 반에서 하루나 정도

밖에 없을 것이다. 아니, 나도 직접 하루나에게 물어본 적은 없으니 하루나가 피아니스트를 목표로 한다고 단언할 수도 없다.

이 학교에서 음악과는 일반과보다 공부를 못하는 아이들이 모였다는 이미지다. 학교에 들어올 때는 시험을 치르는데, 수학을 포함한 모든 교과목의 평균 점수가 일반과보다 낮아서 일반과에서 떨어진 아이들이 주로 음악과에 들어온다. 경쟁률이 1배수 수준이라 희망하는 아이는 거의 탈락 없이 입학할 수 있다는 특전도 있다. 한마디로 미끄럼 방지 틀 같은 존재인 것이다.

당연히 머릿속이 음악으로 가득 차 있고 앞으로도 오직 그 길만을 걷겠다는 아이들보다는 일반과에 못 가서 들어온 아이들이 모인 느낌이 더 강하다. 음악을 좋아하는 것은 틀림없지만 그것을 무기 삼아 미래를 개척해 갈 생각을 하는 학생은 아예 없다고 봐도 좋다. 음악은 즐기는 것이지 배우는게 아니라고 생각하는 아이가 대다수다.

그러니 서로의 연주를 도약의 발판 삼아 절치부심하는 분위기도 없다. 음악 이론과 솔페주*도 그저 수업으로만 들을 뿐이지 그것을 자신의 연주 기술에 적용하려는 아이는 없다.

매일 느긋하고 한가롭게 시간을 보낸다. 막연하게 음악 관

---

*   음악의 기초 교육 중 시창력, 독보력, 청음 능력 등을 기르는 교과 과정의 이름.

련 특수 교과목을 이수하는 것 외에는 일반 고등학생과 똑같다. 연습과 레슨 시간 때만 이곳이 음악과라는 분위기를 아주 조금 맛보고 의기양양해져서 선민의식에 잠긴다. 3학년이 되면 어쩔 수 없이 진로를 정해야 한다는 어려운 상황에 놓이게 되지만, 그전까지는 이 기분 좋은 미온수 같은 낙원에서 유유자적 고교 생활을 즐기고 싶다. 아마 이곳의 아이들은 대부분 그렇게 생각하고 있을 것이다. 얼마 전 이와쿠라가 쓰레기장 같다고 한 말은 바로 그런 의미다.

그러나 미사키의 피아노 소나타는 우리의 이 낙원을 철저히 파괴해 버렸다.

우리는 귀기 어린 연주와 압도적인 피아니즘을 접하고서 우리가 하는 음악이 얼마나 수준 낮고 치졸한지를 깨닫게 되었다. 미사키와 비교하면 하루나의 연주도 그저 부잣집 아가씨의 취미 수준에 불과하다. 그 밖의 연주 기술까지 비교하면 유치원 아이 장난만도 못할 것이다.

우리는 재능 있는 사람 앞에서는 먼지 같은 존재다. 그리고 먼지의 존재는 빛이 도달하지 않는 곳에서만 허용된다.

그렇게 자각하고 확인하는 것은 모진 고통을 수반한다. 그나마 나는 전부터 내가 재능이 없는 것을 아는 상태에서 음악과가 돌아가는 모습을 그저 싸늘히 지켜보고 있었으니 상처가 덜한 편이다. 그런데도 실의와 환멸 때문에 위장 부근이 묵직해진 느낌이 들 정도이니 지금껏 느긋하게 수업을 들어 온 녀석들은 아마 지금 도시락이 목에 넘어가지 않을 것이다.

비단 음악뿐만 아니라 일반 예술, 그리고 스포츠에는 저마다 신 같은 것이 존재하는 느낌이다.

신은 순수하고 변덕스러운 동시에 잔혹하다. 인간의 노력과 열의를 아무렇지 않게 무시하고 오로지 자신이 선택한 자만을 총애한다. 다른 사람이 간절히 원하는 재능이라는 이름의 보석을 오직 그 사람에게만 선사한다. 이는 단언할 수 있다. 미사키는 그런 음악의 신에게 선택된 사람이다.

이성적으로는 이해할 수 있다. 재능이 대단하다는 것도 대략은 안다. 그러나 그것을 직접 두 눈으로 접했을 때 그전까지 자기 자신을 속여 온 평범한 이들은 자칫하면 자아까지 붕괴될 수 있다. 지금 음악과가 정확히 그런 상태다.

내게는 음악적 재능 같은 건 티끌만큼도 없다. 있다고 해도 미사키의 보석 같은 재능과 비교하면 모래알 수준일 것이다. 아니, 음악이 아닌 다른 교과목도 일반과 학생들보다 뒤처지니 그냥 공부 못하는 아이일 뿐이다.

바로 조금 전까지 간신히 지키고 있던 가짜 자신감들이 조각조각 부서져 지금 교실 안에는 보이지 않는 시신이 차곡차곡 쌓여 있다. 늘 가슴 설레는 점심시간인데도 마치 장례식장처럼 고요하다.

이것이 바로 미사키가 선보인 무기의 위력이었다.

반에 있는 모든 아이들의 자존심을 깨부수고 그들이 따스히 온수 목욕을 즐기던 욕조를 박살 낸 것으로 모자라 칼바람이 휘몰아치는 곳에 그들을 알몸으로 내쫓아 버렸다.

그런데도 당사자는 태연한 얼굴로 도시락을 먹고 있다. 남이 자신을 미워할 수 있다는 자각이 없으니 더욱 처치하기가 곤란하다.

"하나만 더 물어도 돼?"

"하나가 아니라 얼마든지 물어도 돼."

"질문이 좀 늦은 감이 있지만, 전에 다니던 학교에서도 음악과였어?"

"아니, 거기는 일반과밖에 없었어."

"그래서 전학 오는 김에 일반과가 아닌 음악과를 고른 거야?"

"응. 지금까지는 방과 후나 집에서가 아니면 피아노를 칠 시간이 없었거든. 나로서는 소원을 이룬 셈이야."

그 말을 듣고 이해했다. 주변에 비교할 만한 다른 아이들이 없었으니 미사키는 지금껏 자각 없이 살아올 수 있었다. 자신의 재능 때문에 타인이 절망할 수 있다는 사실을 모른 채 살아올 수 있었던 것이다.

"지금까지 남이 나를 어떻게 볼지 의식해 본 적이 없다고 했지?"

"응. 맞아. 그건 진심이야."

"언제부터 그랬는데?"

"음…… 어머니에게 피아노를 배우기 시작할 무렵부터였던 것 같네. 악보와 운지법 암기로 머릿속이 꽉 차 있었으니."

역시 이렇게 된 지는 오래됐나.

"미리 충고해 두겠는데 주변 분위기를 조금은 헤아리는 게 좋을 거야. 너 같은 성격은 반드시 오해를 사게 돼 있어."

"오해? 상관없어."

"뭐?"

"다른 사람은 몰라도 적어도 너는 날 이해해 주는 것 같으니까."

"……그런 말을 하는 게 쑥스럽지도 않아?"

"모든 사람이 나를 이해해 주기를 바라는 건 무리야."

미사키는 젓가락을 움직이던 손을 멈추고 나를 지그시 바라봤다.

"꼭 모두가 아니어도 돼. 누군가 한 명이라도 나를 이해해 주면 감정을 공유할 수 있어. 그걸로 충분하지 않을까?"

정면에서 미사키를 보는 게 뜻밖에도 이번이 처음이었다.

신비로운 눈빛이다. 푸른빛이 감도는 다갈색 눈동자가 일본인 같지 않다. 인공으로 만들어진 것처럼 맑고 아름답다.

그런 눈빛으로 지그시 나를 바라보고 있으니 남자에게 관심이 없는 나조차 왠지 묘한 기분이 들었다.

나는 갑자기 쑥스러워져서 눈을 돌렸다.

"그, 그래. 분명 일리는 있는 말이네. 네게는 피아노 연주라는 최고의 전달 수단도 있고."

"피아노 연주로 내 의사와 감정을 전달할 마음은 없어."

미사키는 별 감정 없이 말했다.

"나는 곡을 쓴 사람의 마음을 알고 싶을 뿐이야."

4

꼭 음악과 학생이어서는 아니지만 몇 달 전 음악을 소재로 한 영화를 봤다. 〈아마데우스〉라는 영화였는데 그 유명한 천재 작곡가 볼프강 아마데우스 모차르트와 궁정 작곡가 안토니오 살리에리의 대립을 그렸다. 영화 속에서 모차르트는 품위가 없고 여자를 밝히며 지극히 무례한 성격인 데 반해 살리에리는 신앙심이 깊고 성실한 남자였다.

영화를 보고 나서 왠지 마음이 불편했다. 세 시간가량 되는 장편 영화였는데 채 한 시간도 되지 않아 화면에서 눈을 돌리고 싶었다. 재미가 없었던 것은 아니다. 영화 속에 재능을 지닌 자와 지니지 못한 자의 격차가 뚜렷이 묘사돼 있었기 때문이다. 아무리 천박하고 여자를 밝히며 무례해도 모차르트가 쓴 곡은 하늘에서 내려온 음악인 반면, 살리에리가 쓴 곡은 평범하고 전혀 아름답지도 않았다. 압도적인 재능 앞에서 고상한 인간성과 피눈물 나는 노력 따위는 아무 도움도 되지 않는다. 인간성과 노력으로는 재능의 차이를 절대 메꿀 수 없다. 영화는 그런 잔혹한 진실을 내 눈앞에 들이밀었다.

우리는 우리 자신을 아주 싫어한다.

우리는 평범한 것을 싫어하고, 흔한 것을 싫어하고, 일반적인 것을 싫어하고, 몰개성을 싫어한다. 그러니 우리 자신이 진저리가 나게 싫은 것이다.

우리는 누구든 특별한 존재가 되고 싶어 한다. 특별한 지능, 특별한 외모, 그리고 특별한 재능의 주인공이 되기를 바란다. 어디에나 있을 법한 인생 따위 당연히 사절이다.

우리는 한 사람 한 사람이 유일무이한 동시에 특별한 존재다. 초, 중학교 시절 선생님들은 판에 박은 듯이 우리에게 똑같은 말을 했다. 우리는 모두 넘버원은 아니어도 온리원이고, 우리에겐 무한한 가능성이 있다고 했다.

그게 거짓말이라는 것은 어느 정도 알고 있었다. 우리는 평범한 사람일 수 있지만 바보는 아니다. 선생님들의 말은 문과부 지도 요강 같은 것을 토대로 한 거짓말이자 망언임을 깨달은 것은 고등학교 입시를 앞둔 무렵이었다. 비단 나뿐만이 아니라 그 당시 좌절을 겪은 아이들이 꽤 있을 것이다. 누구나 다른 사람의 말을 쉽게 믿는 시기가 있다. 그럴 때 너는 모든 걸 할 수 있는 존재라며 주문처럼 끊임없이 주입하면 대부분 어린아이들은 그 말을 믿을 수밖에 없다. 그러니 그 무렵 그런 무책임한 말을 끊임없이 주입한 선생님들을 우리는 지금껏 용서하지 못하고 있다.

입시는 학생을 끌어올려 주는 제도가 아니라 잘라 내는 제도다. 당연히 뛰어난 사람부터 합격하고 그러지 못한 사람은 버림받는다. 그리고 그제야 비로소 깨닫는다. 우리 대부분은 넘버원은커녕 온리원조차 아니라고.

모든 것을 할 수 있기는커녕 아무것도 하지 못하는 인간이라고.

우리가 개성이라고 믿은 것은 고작 강가에 떨어진 돌멩이가 둥그냐 각지냐 정도의 차이에 불과했다. 진짜 개성은 그것이 돌멩이냐 원석이냐의 차이다.

그리고 우리는 하필 돌멩이였다.

아무리 손을 뻗어도 원하는 곳에 손이 닿지 않는다. 동경하는 것은 저 멀리 있고, 앞으로 뻗은 팔은 짧고, 그렇다고 허리를 쭉 펼칠 체력도 없다.

냉엄한 현실을 직면하고 구원받은 아이도 적잖이 있었다. 중학교 때 같은 반 친구들과 이따금 만나면 그들은 자신의 자질과 능력을 미리 깨닫고 다른 진로를 모색하고 있었다. 구체적으로 정하지 않아도 늦지는 않는다. 뭔가를 모색하는 것은 절대 보람 없는 일이 아니다. 적어도 허물 안에 가만히 틀어박혀 있는 것보다는 훨씬 낫다.

반면 현실을 직시하기 두려워서 계속 온리원의 환상을 소중히 품고 있는 아이들도 있다. 바로 가모키타 고등학교 음악과에 들어온 우리다.

음악은 좋아하지만 그것을 무기 삼을 정도의 재능과 능력은 없다. 그래도 일반과와 다른 커리큘럼을 배우다 보면 나 자신은 특별하다는 착각에 빠진다. 최소한 졸업을 앞두기 전까지는 꿈을 꿀 수 있다.

그런 꿈을 미사키의 연주가 철저히 깨부수고 말았다. 정확히 〈아마데우스〉를 보고 내가 절망한 것처럼.

음악과 아이들에게 미사키는 그야말로 파괴신이었다. 우리의 환상을 깨부수는 존재. 우리를 현실이라는 공포와 직면하게 하는 존재.

게다가 파괴신이니 그 누구도 미사키와 정면으로 맞서 싸우지 못한다. 당연하다. 제대로 붙으면 자신이 상처 입을 것이 뻔하기 때문이다. 하물며 이 파괴신은 외모와 지능, 재능도 전부 갖추고 있다. 반 아이들 모두가 힘을 합쳐도 대적할 수 없다. 집단으로 괴롭히면 오히려 비웃음이나 살 테니 그러지도 못한다.

신을 상대로 인간이 할 수 있는 것이라고는 그저 두려워하는 것뿐이다. 멀찌감치 떨어진 곳에서 그 모습과 목소리, 그리고 연주하는 음악을 찬찬히 음미할 수밖에 없다. 그러니 미사키가 〈월광〉을 연주한 뒤로 얼마 동안 그는 우리가 범접할 수 없는 존재가 되었고, 몇몇을 제외하고는 아무도 그에게 가까이 다가가려 하지 않았다.

그리고 또다시 환상이 파괴된 음악과 아이들은 눈앞에 펼쳐진 폐허에서 지금껏 환상 뒤에 감춰져 있던 추악함을 목격하게 된다.

"저기, 다카무라."

혼자 복도를 걷고 있을 때 뒤에서 누가 말을 걸었다. 굳이 돌아보지 않아도 하루나였다.

"자꾸 무시하지 말고 알려 줘. 그저께부터 묻고 있잖아."

"그러니까 왜 나한테 그런 걸 묻냐니까."

솔직히 지긋지긋했다. 하루나의 질문은 오직 미사키에게 쏠려 있었기 때문이다. 좋아하는 작곡가가 누구인지. 그중에서도 가장 좋아하는 곡은 무엇인지. 부모님은 뭘 하시는 분인지. 연예인 중에 이상형이 있다면 누구인지. 그런 것들을 미사키 본인이 아닌 내게 묻는 상황에 진절머리가 났다.

"그런 건 본인한테 가서 직접 물어."

"얼마 전에는 네가 미사키의 보호자라고 했잖아."

"그 말은 취소! 난 그 녀석의 매니저도 보호자도 아니야."

"그럼 뭔데?"

"그냥 친구. 그러면 안 돼?"

"딱히 안 되는 건 아니지만……."

"너도 미사키와 같은 반 친구잖아. 왜 그런 개인적인 것들을 나한테 묻는 거야? 본인한테 직접 가서 묻는 게 훨씬 빠를 텐데."

"그런 걸…… 어떻게 직접 묻겠어. 너도 알잖아, 그런 건."

하루나는 기분이 상한 것처럼 고개를 돌렸다.

아, 그래. 아주 잘 알지.

모두가 미사키에게 가까이 다가가기를 어려워한다. 관심은 머릿속에서 흘러넘칠 정도로 많지만 미사키와 대화하다가 나 자신의 실상을 깨닫게 될까 봐 두려운 것이다.

"그리고 그런 걸 물어서 대체 어쩌려는 건데?"

"딱히 뭘 어쩌려는 건 아니고…… 그냥 같은 반 친구니까 프로필 정도는 알아 두고 싶어서."

"네가 아무리 관심을 보여도 녀석이 너한테 관심을 가질 거라고는 장담 못해. 아니, 절대 관심 없을걸."

"어떻게 그렇게 확신해?"

"꼭 너한테만 그렇다는 건 아니야. 그 녀석은 아마 우리 반 그 누구에게도 관심이 없을 거야."

"……그게 무슨 뜻이야?"

"그 녀석의 관심은 오직 음악뿐이야. 음악을 통해서 곡을 쓴 사람의 마음을 알고 싶다. 그걸 알기 위해서는 누구의 오해를 사도 상관없다. 녀석이 직접 그렇게 말했어."

약간은 과장해도 괜찮을 거라 생각해 말했지만 오히려 역효과를 내 버렸다. 이 말을 들으면 당연히 기분이 상할 것 같았는데 하루나는 갑자기 눈빛을 반짝이기 시작했다.

"아, 정말 지적이다!"

아니, 그러니까 지금 그렇게 반응할 때가 아니라.

난 더 이상 참지 못하고 못되게 굴기로 했다.

"그럼 권력을 써서 접근해 봐."

"권력?"

"우리 아빠가 이 마을 이장님이다. 이 고등학교도 다 우리 아빠 덕에 지어졌다. 그렇게 으름장을 놓으면 여기 다니는 아이들은 대부분 네 앞에서 고분고분해지잖아."

순간 하루나의 안색이 변했다.

속으로 '너무 심했나' 하고 생각했을 때는 이미 늦었다.

이런 외진 곳에 고등학교를 지은 건 적합한 후보지가 없었던 것이 가장 큰 원인이지만, 실은 뒤에서 그와 관련한 그럴싸한 소문도 돌았다. 하루나의 아버지인 스즈무라 이장이 자기 딸을 가까운 학교에 보내려고 무리하게 이곳에 학교를 유치했다는 소문이었다. 그리고 학교에 음악과를 만든 것도 피아노 말고는 다른 재능이 없는 딸을 위해서 손을 쓴 결과라고 했다.

하루나의 아버지가 마을 대표인 것은 사실이다. 그러나 이장이 하루나를 위해 고등학교를 짓고 음악과를 만들었다는 이야기는 그저 뜬소문에 불과하다. 그리고 그런 소문을 당사자 앞에서 늘어놓는 것만큼 무신경한 행동도 없다.

"그냥 농담 삼아 한 말이야."

나는 부랴부랴 덧붙였다. 분위기가 안 좋아졌을 때는 장난이라고 둘러대는 게 좋다.

　"아무튼 걔는 음악 말고 다른 데는 관심이 없어. 넌 피아노를 잘 치니까 그쪽 화제로 말을 걸어 봐."

　그러자 하루나는 갑자기 얼굴을 찌푸렸다. 나는 그 모습을 보고 따끔한 통증을 느끼는 것과 동시에 가슴이 후련해졌다.

　"다카무라, 너 의외로 짓궂구나."

　"뭐가?"

　"너도 음악과에 있으니 모른다고 잡아뗄 수는 없겠지. 미사키의 연주와 내 연주는 아예 결이 다르다는 걸. 비교 대상조차 되지 않아."

　"그래?"

　"시치미 떼지 마. 너도 그 〈월광〉을 들었잖아. 그곳에 있던 애들은 이미 다 알고 있어. 그 연주는 절대 평범하지 않고, 그런 연주는 흉내 내려 해도 흉내 낼 수 없다는 걸. 그러니 다들 그 이후로 미사키에게 쉽사리 다가가지 못하는 거고."

　그렇지만 넌 다가가려고 하잖아.

　"다가가지 못해도 그 사람에 대해 알고는 싶다. 그 마음은 너도 이해하지 않니?"

　그러니까 알아서 뭐 하게.

　"하루나. 너 혹시 미사키한테 관심 있어?"

　순간 하루나가 나를 째려봤다. 참으로 알기 쉬운 반응이다.

"이야기가 왜 그렇게 돼?"

"그게 아니면 관둬. 그 녀석은 파괴신이야."

"파괴신…… 뭐야, 그게."

"걔는 우리 앞에서 피아노를 딱 한 곡 쳤을 뿐이야. 그런데 그 한 곡으로 모든 것을 파괴했어. 지금까지 우리가 갖고 있었던 안도감, 자긍심 등등. 너도 느끼지 않아?"

하루나는 입술을 앙다물고 열지 않았다. 역시나 알기 쉬운 반응이다.

"그런 존재를 파괴신이라고 해. 신이라는 건 원래 신앙의 대상인 동시에 연모의 대상이기도 하지."

"……진짜 무슨 소리를 하는 건지 모르겠네."

하루나는 그렇게 툭 내뱉고 발길을 돌려 복도 너머로 뛰어가 버렸다.

나는 한숨을 휴 내쉬었다. 왜 다른 사람 일로 하루나와 말싸움을 해야 하는지 이해할 수 없었다.

그러자 이번에는 등 뒤에서 불현듯 박수 소리가 들렸다.

복도 구석에 있던 이와쿠라가 모습을 드러냈다.

"계속 거기 있었어?"

"그래. 말을 붙이려고 했는데 두 사람의 대화가 꽤나 흥미로워서 계속 듣고 있었지."

"……좋지 않은 취미네."

"상대의 약점을 노려서 공격하는 녀석에게는 그런 말을 들고 싶지 않은데. 하루나가 가장 신경 쓰는 부분이라는 걸 너도 알지 않나?"

내가 대답을 머뭇거리는 동안 이와쿠라는 나를 향해 뚜벅뚜벅 걸어왔다.

"나도 모르게 헛나간 말이야."

"헛나간 게 아니라 진심이겠지."

"트집 잡지 마."

"난 솔직한 게 좋아. 그런 면에서는 널 가장 신뢰할 수 있을지도."

"신뢰할 정도로 나랑 이야기를 많이 해 본 것도 아니잖아."

"그런데 네 말에는 틀릴 게 없다고 생각해. 특히 그 비유는 아주 절묘했어."

"비유?"

"미사키 요스케는 파괴신이다."

이와쿠라는 멜로디를 붙여 마치 노래하듯 말했다.

"그래, 그 말이 정확해. 저 쓰레기장 같은 반 안에 가득 차 있던 하찮은 안도감과 자긍심 같은 걸 걔가 깨끗이 날려 줬으니까. 그 녀석이 연주를 마친 다음에 애들 표정 봤어? 박수조차 잊고 지금 막 꿈에서 깨어난 사람 같았던 그 표정."

"하찮다고까지는 안 했어. 자긍심과 안도감도 필요한 사람에게는 필요해."

"필요 없어, 그딴 거."

이와쿠라는 혀를 날름 내밀고 비웃었다.

"일반과에 못 들어가서 어쩔 수 없이 음악과에 들어온 녀석들에게 안도감? 그런 수준 낮은 음악과 안에서 피아노를 잘 친다는 자긍심? 그런 건 전부 위안 삼아 스스로에게 내뱉는 거짓말이야. 처음부터 그런 건 존재하지 않았다고."

"그렇게 말하는 넌 어떤데?"

"나? 난 내 위치가 어딘지 알아. 그러니 나 자신에게 거짓말을 할 필요도 없지. 미사키의 연주를 들을 때도 순수하게 그 파괴력을 구경하기만 하고 끝냈고."

"오, 그래?"

"너도 마찬가지야, 다카무라."

"뭐가?"

"너도 이미 오래전에 네 위치를 파악해서 음악의 길을 포기하고 없애 버렸잖아. 그러니 아무렇지 않게 파괴신 옆에 있을 수 있는 거고."

순간 할 말을 잃었다.

이래서 이와쿠라가 싫다. 같은 반 아이들에게 무관심한 척하면서 실제로는 날카롭게 관찰하고 있다. 그러다가 어떤 계기가 생기면 그걸 짓궂게 공개하며 혼자 즐거워한다.

"네가 무슨 상관이야. 그냥 내버려 둬."

"아, 그래. 그럼 미사키에 대해서 좀 알려 줘."

"뭐야, 너도 하루나랑 똑같네."

"내가 궁금한 건 미사키가 좋아하는 것들이 아니야. 그 반대지. 녀석이 싫어하는 것, 약한 부분을 알고 싶어. 그런 건 당사자에게 직접 물어도 알려 주지 않으니까."

"그런 걸 왜 알고 싶은데?"

"몰라서 물어? 파괴신을 타도하기 위해서지. 상대를 쓰러뜨리려면 약점부터 파악하는 게 정석 아니겠어?"

나는 가슴이 덜컥해서 이와쿠라를 쳐다봤다. 진심으로 하는 말인지 장난인지 구분되지 않는다. 평소처럼 다른 사람을 바보 취급하는 듯이 미소 짓고 있다.

"전학생 따돌림 같은 건 중학생들이나 할 짓 아니야? 애초에 넌 그런 데 관심 있는 성격도 아니잖아."

"이건 따돌림 같은 게 아니야. 지금은 괜찮을지 몰라도 언젠가 파괴신이 내게도 마수를 뻗치겠지. 그때를 대비해서 미리 손을 써 두려고 그래."

"무슨 말인지 모르겠네."

"네가 이해할 필요는 없어."

나는 다시 한번 이와쿠라를 쳐다봤다.

아직도 비웃고 있다. 그러나 눈빛은 달랐다.

"하루나도 너도 뭔가 오해하는 것 같은데, 나도 미사키에 대해 다 아는 건 아니야."

"그야 그렇겠지. 그런데 이 학교 안에서는 네가 가장 잘 아는 것도 사실일 테고."

"직접 관찰해서 답을 찾아보는 건 어때? 네 특기잖아."

"협력하지 않겠다는 말인가."

이와쿠라의 목소리가 한층 낮아졌다. 상대를 본격적으로 위협할 것을 암시하는 전조다.

평소라면 나도 위험을 느끼고 피하려 했을 것이다. 원래 무익한 싸움을 즐기는 성격도 아니다.

그러나 지금은 달랐다.

그전에 하루나와 말다툼을 하느라 기분이 나빠지기도 해서 나는 잔뜩 날이 서 있었다.

그래서 나도 모르게 내뱉고 말았다.

"한마디로 그거네. 하루나가 미사키에게 관심 있는 게 마음에 안 든다."

내가 말을 마치기도 전에 이와쿠라가 먼저 손을 뻗었다.

"되게 시비조로 말하네. 너도 그런 성격은 아닐 텐데."

일촉즉발의 분위기였지만 나도 이와쿠라의 의견 중 한 가지에는 동의했다.

이와쿠라와 나, 그리고 하루나까지 평소와 다르게 행동하고 있다. 학내에서 고독한 존재를 자처하던 이와쿠라가 중학생 수준의 행동을 하고, 새침하기 그지없던 하루나가 묘하게 들뜬 모습을 보이고, 주변 사람들에게 비교적 무관심하던 내가 다른 사람 일 때문에 화를 내고 있다.

이유는 굳이 말할 것도 없다. 다 미사키 요스케라는 침입자 때문이다.

"시비조로 들린 건 그게 사실이라서?"

그러자 이와쿠라가 내 멱살을 움켜쥐며 위협적으로 소리쳤다.

"이 새끼, 너 안 닥칠래?"

이와쿠라의 오른팔이 크게 포물선을 그렸다.

온다, 하고 직감했을 때였다.

"야, 너희. 지금 거기서 뭐 해?"

복도에서 다나하시 선생님의 걸걸한 목소리가 들렸다.

이와쿠라는 혀를 쯧 차고 멱살을 쥔 손을 풀었다. 어떻게든 위기는 벗어난 것 같다.

"둘이 지금 싸우냐?"

"아뇨. 그럴 리가요."

이와쿠라는 대번에 손을 내려놓고 다나하시 선생님을 향해 웃어 보였다.

"그냥 장난 좀 치고 있었어요."

"학교 안에서 싸우는 건 용납 못한다."

학교 밖에서는 괜찮다는 걸까.

다나하시 선생님이 가까이 다가오자 이와쿠라는 내게서 떨어졌다. 그 거리가 절묘했다.

"이와쿠라. 너, 추천으로 대학 가려면 내신이 중요하다는 거 알지?"

"정시로 합격하면 되죠."

"오, 자신 있는 말투네."

"어차피 추천으로 지원해도 확률은 엇비슷할 테니까요."

이와쿠라는 손사래를 치며 말했다.

"그리고 선생님. 찬물 뿌리는 것 같아서 죄송한데, 음대 합격이랑 그 후 뭘 해서 먹고살지는 별개의 문제잖아요. 그럼 대체 뭐 하러 음대에 가려고 공부해야 하는 거죠?"

경박한 말투지만 그야말로 무겁게 꽂히는 질문이었다. 다나하시 선생님도 역시나 말문이 막힌 것처럼 보였다.

실제로 음악과 추천으로 음대에 들어가든 일반 입시로 들어가든 졸업 후 취직이 보장되는 것은 아니다.

변호사나 의사, 건축 기사처럼 지식과 기술이 요구되는 직업에는 자격증이 있고 그 자격증을 따기 위한 전문 학과가 존재한다. 그러나 미술과 음악, 문학처럼 재능이 필요한 직업에는 자격증이 존재하지 않는다. 그리고 자격증이 없다는 것은 최소한의 보장이 없다는 뜻이다. 실제로 음대 졸업생이 모두 음악 관련 일에 종사하지는 않는다. 비율상 오히려 음악 관련 일을 하는 사람이 훨씬 적을 것이다.

그렇다면 우리는 뭐 하러 그런 빈약한 가능성에 매달려야 하는 걸까. 이와쿠라가 던진 질문은 그런 의미였다.

"그런 말로 도망치려고?"

다나하시 선생님은 그렇게 받아쳤다.

"그렇게 도망치기만 하다가는 언젠가 갈 곳을 잃는다."

옆에서 그 말을 듣고 나는 절반은 감탄했고 절반은 환멸을 느꼈다.

이와쿠라의 질문에 대한 대답으로서는 그럭저럭 괜찮은 변명이다. 그러나 우리가 느끼는 절망을 절대 줄여 주지는 않았다.

이와쿠라도 그렇게 느꼈을 것이다. 이와쿠라는 떨떠름하게 미소 지으며 "네. 어련하시겠습니까" 하더니 그 자리를 떠났다.

이와쿠라의 뒷모습을 보며 다나하시 선생님은 짧게 탄식했다.

"재능이 있고 바보도 아닌 놈이 왜 저리 삐딱하게 구는지 원."

혼잣말이 아니라 옆에 있는 나보고 들으란 듯이 하는 말이었다.

"성격이 저러니 어쩔 수 없죠."

"그러니 더 아깝지. 세상에는 성격이 영향을 끼치지 않는 직업이 별로 없으니."

"모든 직업이 다 그렇지 않나요?"

"아니, 그건 아니다."

다나하시 선생님이 내 쪽을 돌아봤다.

"선생님도 음대를 졸업했고 지금껏 수많은 음대생의 삶을 지켜봐 왔어. 그래서 하는 말이지만, 이 세상의 직업들은 대부분 능력을 중시하지만 그렇다고 성격을 아예 무시할 수는 없다. 조직의 일원인 이상 협력이 우선되는 상황이 얼마든지 생길 수 있으니까. 다만 개중에는 협력보다 능력이 우선되는 직업도 적잖이 있지. 그중 하나가 바로 예술 방면의 직업들이고. 이와쿠라의 성격이 저렇다면 그쪽으로 나아가는 게 완전히 틀린 건 아니야."

지금껏 다나하시 선생님이 제자의 재능에 대해 평가하는 것을 들어 본 적이 없어서 나는 흠칫 놀랐다. 수업 중이나 잡담을 나눌 때도 선생님의 입에서는 공부, 연습 같은 단어는 자주 나와도 재능이라는 단어는 나온 적이 없었다.

곧장 머릿속이 번뜩였다.

여기서도 역시 미사키가 영향력을 끼치고 있다. 다나하시 선생님도 미사키의 재능을 두 눈으로 접하고 지금껏 감춰 두고 있었던 속내를 드러내기 시작한 것이다.

그래서 나도 묻고 싶어졌다.

"하지만 선생님. 이와쿠라의 말도 일리가 있는 것 같아요. 음대를 졸업해도 음악 관련 일을 할 수 있다고 보장되는 건 아니잖아요."

"이런, 너도 그렇게 생각하니?"

"저와 이와쿠라만이 아니라 음악과 아이들 모두가 그렇게 생각할걸요. 거기에 미사키 쇼크까지 있었으니까요."

"미사키 쇼크? 아, 그 〈월광〉 말인가. ……그건 선생님도 조금 경솔했다고 생각한다."

그렇게 말하고 다나하시 선생님은 머리를 긁적였다.

"설마 그 정도일 줄은 나도 몰랐으니."

"네? 선생님. 선생님은 미사키의 연주를 그전에 들어 보신 거 아니에요?"

"아니, 추천장만 받았다. 추천장을 써 준 사람이 내 지인이었거든. 평소 학생들의 연주 실력을 거의 칭찬하지 않는 사람이 워낙 절찬을 하길래 어느 정도 예상은 했지만, 설마 그렇게 어마어마한 수준일 줄은 몰랐지. 그래서 원래는 1악장만 치게 할 생각이었는데 나도 모르게 끝까지 듣고 말았고."

그런가. 다나하시 선생님에게도 뜻밖의 일이었나.

"그런데 미사키의 연습량이 엄청나다는 이야기는 들었다. 타고난 재능에 노력이 더해지면 얼마나 큰 성과를 거둘 수 있는가. 그 좋은 모범이 돼 주기를 바라기는 해."

"솔직히 모범이라고 느끼기 전에 기죽기 마련이라고요. 노력이고 뭐고를 떠나 따라잡을 수 있는 수준이 아니잖아요."

"너무 단정 짓지는 마라. 그 노력조차 하지 않으면 얻을 수 있는 것도 못 얻으니까. ……하지만 미사키의 연주를 듣고 그런 생각이 드는 것도 어쩔 수 없겠지. 그전에 내가 미리 실력을 파악해 둬야 했어. 그때는 나도 모르게 박수까지 치고 말았지만, 돌이켜보면 선생님이 조금 경솔했을지도 모른다는 생각이 드는구나."

조금이 아니라고요. 그런 말이 목구멍까지 차올랐다.

꼭 진심을 쏟지는 않아도 음악 전문 수업을 듣고 실기에도 시간을 투자한다. 지금껏 음악과 학생으로서 기본은 한다고 생각했다. 그러나 그런 연주를 들은 뒤에는 지금껏 내가 한 모든 일이 헛수고처럼 느껴졌다.

성격보다 재능이 우선되는 직업이 있다. 다나하시 선생님의 말은 사실일 것이다. 그 정도는 나도 안다. 그러니 우리도 연습을 반복한다. 그런 재능을 기르려면 노력하는 방법 외에는 없기 때문이다.

하지만 그런 연주를 듣고 난 뒤에는 우리가 하는 연습 따위 그저 발버둥질에 불과하다는 것을 깨닫게 됐다. 음악과에서 보내는 일상이 본선에는 절대 참가할 수 없는 2군 선수의 준비 운동에 불과하다는 것을 자각하고 말았다.

미사키의 연주는 그만큼 죄가 깊다. 아니, 죄 그 자체다.

거기까지 떠올리고서야 비로소 이해했다.

파괴신이 팔을 뻗기 전에 먼저 선수를 친다. 이와쿠라가 조금 전에 한 말은 절대 농담이 아니었다.

음악의 길에서 일말의 희망을 찾으려는 사람의 절실한 마음이 담긴 말이었다.

II *Crescendo agitato*
점차 격렬하게

I

6월에 접어들고서부터는 이와쿠라가 미사키를 눈엣가시 취급하는 경향이 더 심해졌다. 구체적으로 어떻게 심해졌는지를 말하자면, 한마디로 폭력을 쓰는 것이다.

그날 방과 후 나는 깜빡하고 온 물건을 가지러 잰걸음으로 음악실로 향하고 있었다. 음악과 학생이라고 해도 방과 후에도 남아서 연습하는 아이는 별로 없다. 전에는 하루나가 늦게까지 남아 있기도 했지만 미사키 쇼크 이후 방과 후 음악실은 거의 미사키 전용 연습실이 되었다. 그러니 지금 음악실에서는 미사키 혼자 남아 연주에 집중하고 있을 터였다.

그러나 음악실 앞에 가자 피아노 소리 대신 웬 남자의 비열한 목소리가 들렸다. 귀에 익은 이와쿠라의 목소리였다.

"야. 전학생. 그렇게 웅크리고 있으면 다야? 조금만 참으면 끝날 거라 생각하면 오산이야."

문을 연 나는 무심코 앗 하고 소리쳤다.

피아노 앞에서 미사키가 바닥에 엎드려 있고 이와쿠라가 그에게 발길질을 하고 있었다.

"뭐 하는 거야!"

내 목소리를 듣고 이와쿠라가 굳은 얼굴로 돌아봤다. 폭력을 즐기는 것 같지는 않다. 마치 어떤 거대한 사명을 떠안기라도 한 것처럼 진지하기 짝이 없는 표정이었다.

"보면 몰라? 파괴신을 처리하는 중이잖아."

그렇게 말하며 이와쿠라는 또 미사키의 옆구리를 걷어찼다. 미사키는 웅크린 채 손목을 배 아래에 숨기고 신음 한 번 내지 않았다.

나는 곧장 둘 사이에 끼어들었다.

"그럼 미사키한테는 아무 잘못 없겠네. 지금 너 혼자 일방적으로 이러는 거지?"

"방해하지 마. 이렇게 할 거라고 너한테는 이미 예고했을 텐데."

"그, 그런 말을 진지하게 받아들일 사람이 어딨어?"

"이래 봬도 한번 내뱉은 말은 반드시 지켜. 내가 한 말에는 책임을 진다고."

"그만해!"

그때 내가 무슨 생각이었는지는 나도 알지 못한다. 이와쿠라가 싸움을 잘한다는 건 누구나 아는 사실이었다. 반대로 나는 누구와도 다투고 싶지 않은 평화주의자다. 그런데도 이와쿠라 앞을 가로막고 선 것이다.

그뿐만이 아니다. 이와쿠라가 발목을 치켜든 순간 나는 그의 다리를 붙잡고 뒤로 밀어 버렸다. 이와쿠라는 자세가 무너진 채로 뒤로 벌러덩 넘어졌다.

이와쿠라는 다시 일어서더니 뭔가 신기한 것을 본 것처럼 나를 봤다. 신기한 것은 나도 마찬가지였다. 나는 무심코 이와쿠라를 밀친 내 손을 힐끔거렸다.

"이야, 다카무라, 너 멋지네. 근데 사람이 평소에 안 하던 짓을 하면 죽는다는 말이 있어."

"그래. 멋지지? 적어도 저항하지 않는 사람을 괴롭히는 것보다는 훨씬 멋진 것 같아."

"뭐 저항해도 상관없을 것 같기는 한데 저항은커녕 꼼짝도 안 하더군."

나는 시선을 아래로 떨궜다. 미사키는 힘없이 미소 지으며 나를 올려다봤다.

"다카무라, 대단해."

지금이 감탄할 때냐.

유심히 보니 미사키의 왼쪽 볼이 붉게 달아올라 있다. 발길질을 당하기 전에 얼굴도 몇 대 얻어맞은 듯했다.

"네가 뭔가 한마디 해줘 봐. 아무리 때려도 반응이 없어서

김빠진다, 야."

"그전에 알려 줘. 날 왜 때리는 거야?"

미사키는 도무지 얻어맞는 사람 같지 않은 말투로 물었다. 이와쿠라는 얼굴을 찌푸리고 대답했다.

"안심해. 다카무라가 말한 대로니까. 적어도 너한테 맞을 이유는 하나도 없어."

"그럼 왜 이런 짓을 하는 건데?"

"그냥 눈앞에 있는 것만으로도 짜증 나는 녀석이 있거든. 그리고 그런 녀석들은 꼭 자기가 왜 짜증을 부르는지 모르더라."

"설명해 주면 알 수도 있을 텐데."

"설명하기 귀찮아."

"그렇구나."

미사키는 천천히 몸을 일으켜서 이와쿠라와 마주 보고 섰다. 그래도 두 손은 허리 뒤에 감추고 있다.

그 모습을 보고 나는 화들짝 놀랐다.

미사키는 이런 상황에서도 피아니스트의 생명인 손을 보호하려 하고 있다. 조금 전 이와쿠라에게 발길질을 당하며 몸을 둥글게 웅크린 것도 그런 이유였다.

"하나 더 물어도 될까?"

"뭔데."

"넌 어떤 악기를 연주해?"

"기타. 그건 왜 묻나?"

"그럼 손가락만 무사하면 되겠네."

말을 끝마치기도 전에 미사키는 다리를 홀쩍 들더니 이와쿠라의 정강이를 세게 걷어찼다.

"으앗!"

가장 짧은 궤도의, 낭비라고는 없는 발차기였다. 위력도 강할 것이다. 이와쿠라는 무릎부터 쓰러졌다.

이와쿠라는 걷어차인 정강이를 손으로 쓸며 미사키에게 물었다.

"뭐야. 저항할 줄도 아네?"

"그냥 눈앞에 있는 것만으로 짜증 난다면 어쩔 수 없이 나도 방어해야지."

미사키는 손을 뒤로 돌린 채 이와쿠라를 노려봤다. 노려보고 있어도 적개심이 느껴지지 않는 것이 신기하다. 이유 없이 자신에게 발길질을 가한 상대가 원망스럽지도 않은 걸까.

미사키 옆에서 나도 자세를 취했다. 분명 어설퍼 보일 테지만 그래도 미사키와 합치면 2 대 1이다. 미사키도 전혀 싸움에 익숙해 보이지 않지만 둘이 힘을 합치면 일방적으로 당하지는 않을 것이다.

미사키와 나를 번갈아 보던 이와쿠라도 비슷한 생각을 했을 것이다. 잠시 후 그는 어깨에 힘을 빼며 파이팅 포즈를 풀었다.

"내가 좀 불리한 것 같네. 이런 상황에 익숙하지 않은 녀석들이 발끈하면 적당히라는 걸 모르니 곤란해."

이와쿠라는 평소 무슨 생각을 하는지 원체 알 수 없기는 하지만 거짓말을 하거나 위기를 모면할 때 마음에 없는 말로 대충 둘러대는 성격은 아니다. 나는 안심하고 어깨에서 힘을 뺐다. 아무래도 나까지 끌어들일 생각은 없는 듯했다.

"그런데 정말 의외네. 다카무라, 너 같은 아이가 다른 사람 일에 끼어들다니."

"신경 꺼."

"그런데 이걸로 끝은 아니야. 앞으로도 열심히 두둔해 봐."

이와쿠라는 마지막으로 그렇게 내뱉고 음악실을 나갔다.

미사키가 한숨을 내쉬었다. 안도하는 것처럼 들려서 그도 지금껏 긴장하고 있었다는 게 느껴졌다.

"고마워."

미사키가 고개를 꾸벅 숙였다. 나는 미사키의 머리를 뚫어지게 쳐다봤다. 처음 만났을 때도 그렇지만 미사키는 또래 앞에서도 몹시 정중하다.

"네 도움을 자주 받네."

"아니, 조금 전 그 일은 내 잘못이야. 전에 개한테 너를 노릴 거라는 말을 들었거든. 설마 진심으로 하는 말일 줄 몰라서 네게 미리 말해 주지 못했어."

"전이라면 얼마나 전인데?"

"네가 음악실에서 〈월광〉을 친 이후."

"잠깐, 잘 이해가 안 돼. 왜 〈월광〉을 치고 나서 나를 노리는 건데? 지난번에도 말했지만 음악과 안에서는 1, 2등을 따져 봐야 소용없잖아. 저마다 자기가 목표하는 스타일을 찾아나가면 그만 아니야?"

"그러니까…… 그건 어디까지나 네 생각이라니까."

그런 말을 듣고도 미사키는 영 이해를 못하는 듯해서 나는 결국 굳게 마음먹고 설명해 주기로 했다. 이렇게 머리가 똑똑한데 왜 재능 없는 사람의 슬픔과 고뇌를 이해하지 못하는 걸까. 그렇게 감정 표현이 풍부한 연주를 하는데도 왜 눈앞에 있는 사람의 열등감은 알아차리지 못하는 걸까.

설명하는 동안에 나도 그 재능 없는 사람 중 한 명임이 떠올라 가슴이 뜨끔했다. 그래도 도중에 멈출 수는 없었다.

"……라는 소리야. 어때, 이해하겠어?"

그러자 미사키는 고개를 순순히 끄덕이더니 곤란한 듯이 말했다.

"그런데 미안하지만 그건 내 잘못이 아니야."

그런 건 알고 있다.

"그건 다른 애들도 알아. 그러니 더 힘든 거지. 결국 자기 자신의 능력 부족을 인정해야 하는 거니까. 그래서 너 같은 사람이 더 싫어지는 거야."

"글쎄……."

미사키는 의미심장하게 중얼거렸다.

"이와쿠라만큼은 사정이 조금 다른 느낌이야. 혹시 이와쿠라의 부모님이 음악가셔?"

"내가 알기로는 음악과 전혀 관련이 없어서. 걔네 부모님은 건축업자거든. 말 나온 김에 하자면, 이 학교 건물을 지은 것도 걔 아버지의 회사라고 들었어. 음, 그리고 어머니 역시 음악과는 연이 없지 않을까?"

"그럼 이와쿠라가 음악의 길을 택한 건 전적으로 자기 의지였다는 말이야?"

"그래. 걔는 원래 힙합 음악 팬이었어. 일반과에서 혼자서 외롭게 기타나 치는 것보다는 음악과에서 관심 있는 걸 배우는 게 낫다고 생각했다더라. 그래서 관심 없는 수업은 땡땡이를 치기 일쑤고."

"이와쿠라는 힙합 음악이고 나는 클래식이네. 두 음악은 방향성이 다르고 필요한 재능도 달라. 나를 싫어하고 배척할 이유가 없어."

과연. 듣고 보니 일리는 있는 말이다.

"너랑 경쟁하려는 아이는 세상에 아무도 없을 거야. 이건 뭐랄까⋯⋯. 우물 안 개구리라는 말 알지? 지금까지 우물 안 세상만 알던 개구리가 드넓은 바다가 있다는 걸 알게 되면 절망하지 않겠어?"

"그 속담에는 뒤에 더 붙는 말이 있다는 걸 알아?"

"더 붙는 말?"

"우물 안 개구리는 바다는 몰라도 하늘의 광활함은 안다."

처음 듣는 이야기였다.

"뒷부분은 거의 사족 같기는 하지만, 그래도 넓은 바다가 전부는 아니라는 뜻 아닐까 싶어."

뭔가 그럴듯한 말로 구워삶는 것 같아서 순순히 납득하기 어려웠다.

"어쨌든 도와줘서 고마워."

미사키의 볼에 남은 상처는 시간이 갈수록 색이 점차 짙어 졌다. 그것을 알려 주자 미사키는 아무렇지 않다는 듯이 고 개를 흔들었다.

"괜찮아. 이런 건 신경 쓰이지 않아."

"그런데 상태가 좀 안 좋아 보여. 아무래도 안에서 피가 터 진 것 같은데. 그냥 두면 멍이 생길 거야."

"멍이 생기든 부르트든 그런 건 피아노 연주와는 상관없으 니……."

그 말을 듣고서 나는 나도 모르게 목소리가 커졌다.

"음악과 피아노랑 상관만 없으면 다 괜찮다는 거야?"

"그런 건 아니지만."

나는 손가락으로 미사키의 부어오른 볼을 쿡 찔렀다. 그러 자 미사키가 몸을 움찔했다.

"……아프네."

"그러니까 응급 처치라도 해야 한다니까. 자, 보건실에 가 보자."

"고맙지만 보건실에는 지금 아무도 없을 거야."

듣고 나서야 깨달았다. 방과 후에는 학생들이 들어오지 못하도록 보건실 문을 일찍 닫는다.

"직무 태만이네!"

"그건 좀 억지스러운 트집 같아."

"그래. 그럼 우리 집으로 가자."

"응?"

"어차피 넌 병원에 안 갈 거잖아. 반창고 정도는 우리 집에도 있어. 가자."

나는 미사키의 손을 잡아끌고 음악실을 뛰어나갔다.

학교 건물이 산 중턱에 있어서 하굣길은 내리막길이다. 바로 옆에 흐르는 계곡처럼 경사가 급해서 자연스럽게 발걸음이 빨라졌다.

"처음 등교했을 때부터 생각한 건데."

미사키는 숨을 조금 헐떡거리며 말했다.

"저런 곳에 학교를 지으면 매일 체력 단련이 될 것 같더라."

"그래서 싫었어?"

"아니, 그 반대야. 연주자에게는 체력이 필요하니까. 지구력을 기르기에도 좋고."

"뭐 그 밖에도 이점은 있다고 해. 3학년 담임이 그랬는데 학교 입지 조건이 저러면 취직하려는 애들한테도 유리하대."

"그게 무슨 말이야?"

"회사 담당자들이 학교에 오면 하나같이 감탄부터 한다더라. 매일 이런 학교에 통학하는 학생들은 근무 태도도 성실할 거라면서. 만나기도 전부터 이미지가 좋아진다고 할까."

"그나저나 아까 네가 응급 처치를 해야 할 것 같다고 했지?"

"그래."

"그 말이 맞아. 네가 옳았어."

"……갑자기 뭐야."

"내리막길을 걷다 보니 엄청 욱신거리네."

나는 미사키와 함께 내리막길을 다 내려가 현 도로를 15분 더 걷고서야 우리 집에 도착했다.

"역시 뭔가 미안해."

문 앞에서 미사키는 보기 드물게 주저했다.

"내가 다친 게 네 잘못도 아닌데."

"다친 사람이 치료받기 전에 본인이 왜 다쳤는지를 일일이 따지다 보면 구급대원들이 할 일도 못하게 될 거야."

나는 아랑곳하지 않고 미사키를 집 안에 들였다.

"다녀왔습니다."

그렇게 외쳤지만 대답이 없다. 대신 안쪽에서는 피아노 소리가 들렸다.

"아, 리스트의 〈메피스토 왈츠〉네."

"……한 소절만 듣고도 귀신같네."

"나도 치는 곡이니까. 지금 연주 중인 분은 너희 어머니시구나."

자신만만하게 단언해서 나는 흠칫 놀랐다.

"그걸 어떻게 알아? 전에 우리 엄마가 피아노 선생님이라고는 말했지만 학생이 치는 걸 수도 있잖아. 엄마 말고도 피아노를 치는 가족이 더 있을 수도 있고."

"현관을 보면 가족 구성이 어떤지 대략 알 수 있어. 여기 여자 신발 한 켤레와 네가 평소 신고 다니는 운동화가 한 켤레. 피아노 학생 것으로 보이는 신발은 하나도 없지. 그리고 〈메피스토 왈츠〉를 이렇게 잘 치면 군이 피아노 교실에 다닐 필요도 없어. 그러니 너희 어머니가 치고 있다고 추측한 거야."

머리가 똑똑한 건 알지만 군이 이럴 때 능력을 보여 줘야 할까. 나는 군말 없이 미사키를 집 안에 들였다.

"어머니께 인사드려야지."

"됐어. 어차피 피아노 앞에 앉으면 방에서 잘 안 나와. 반창고가 어딨는지는 나도 알고. 그냥 넘어가도 돼."

미사키를 데리고 부엌으로 향했다. 어머니는 고등학생 아들이 있는데도 집안일이 영 서툴러서 한 번 꺼내서 쓴 물건을 제자리에 두지 않거나 잃어버릴 때도 있다. 결국 집 정리는 내가 맡고 있어서 약이나 잡동사니가 어디에 있는지 알고 있다.

구급상자에서 냉찜질 반창고를 꺼내서 스티커를 뗐다.

"움직이지 마."

미사키의 얼굴을 손으로 살짝 누르고 상처 부위에 반창고를 붙였다. 연약한 피부에 생긴 타박상은 가장 먼저 열을 내려야 한다.

"자, 다 됐어."

"……한마디 해도 돼?"

"뭐?"

"솜씨가 능숙하네. 대단해."

"야, 그게 무슨."

나는 왠지 치부를 내보인 것 같은 기분이 들었다.

"그런 칭찬을 들어 봐야 하나도 안 기뻐. 남자가 요리나 이런 잡일을 잘하는 건 입에 주먹이 들어가는 걸 자랑하는 것만큼 의미가 없어."

"그래? 난 순수하게 존경스러운데."

미사키는 자못 감탄스러운 듯이 반창고를 손으로 쓰다듬었다.

"난 아버지랑 둘이 살거든. 아버지는 늘 집에 늦게 돌아오셔서 집안일은 대부분 내가 하는데…… 솜씨가 영 꽝이야. 지금껏 어디에 뭐가 있는지도 외우지 못하고 있으니까. 너와 비할 바가 못 돼."

"아버지랑 둘이 산다고?"

"응. 엄마는 중학생 때 돌아가셨어."

별 감정이 실리지 않은 말이 도리어 내 가슴을 날카롭게 찔렀다.

조금 전에 미사키는 현관을 보고 이 집에 어머니와 나 둘이 산다는 것을 맞혔다. 그러나 그 이유를 추론하려 하지는 않았다.

설마 그것도 이미 알고 있는 걸까.

아니, 역시 거기까지는 떠올리지 못했을 것이다.

"우리 아빠는 기러기 생활을 해서."

나는 최대한 평정심을 유지하는 척 말했지만, 말하고 나서 후회했다. 지금 나는 어머니가 돌아가신 같은 반 친구 앞에서 무슨 뻔뻔스러운 거짓말을 늘어놓는 걸까.

"아까도 말했지만 엄마는 피아노를 한번 치기 시작하면 주변 것들이 거의 눈에 들어오지 않아서 결국 내가 다 해야 해. 진짜 민폐지."

"웃을 수만은 없는 이야기네."

미사키가 힘없이 내뱉었다.

"자기 연주에 몰두하느라 주변이 눈에 들어오지 않는다. 주변에 어떤 민폐를 끼쳐도 깨닫지 못한다. 음악과 아이들에게는 정확히 내가 그런 존재일 테니."

생각지도 못한 실수를 저질렀다.

지뢰를 밟고 만 것이다.

"아니, 너와는 처지가 좀 달라. 우리는 아직 고등학교 2학년이잖아. 책임감의 크기나 사회적 위치가 다른 어른들과 비교하면 어떡해. 네가 〈월광〉을 연주해서 다들 기가 죽기는 했지만 그게 네 책임은 아니야. 그건 전에 네 입으로도 말했잖아. 내 잘못이 아니라고."

"그 뒤로 조금 더 생각해 봤어."

미사키는 침착한 목소리로 말했다.

"내 행동으로 상처받는 사람이 엄연히 현실에 존재하는데 신경 쓰지 못하는 건 역시 문제일지도 몰라. 물론 범죄 운운할 수준은 아니지만 평소에 내가 신경을 조금만 기울이면 일어나지 않을 갈등이지. 그리고 네가 조금 전 말한, 어른들과 비교하지 말라는 말도 좀 의문스러워."

"뭐가?"

"우리는 몇 살 때부터 어른으로 인정받는 걸까? 성인식을 맞이한 시점부터? 하지만 스무 살이 넘어도 주변에서는 어린아이 취급을 받고 본인 역시 그렇게 생각하는 사람도 많잖아. 뉴스에서 성인식 소식을 볼 때마다 그런 걸 깨닫게 돼. 나이를 먹을 만큼 먹은 자식을 계속 뒷바라지하는 부모들의 사례도 많고. 그런 걸 보면 무언가를 책임지거나 자신을 규제하고 제어하는 능력은 나이와는 상관없지 않을까? 물론 나도 잘 알고 하는 말은 아니야."

"······뭐야, 재수 없어."

"응?"

"우리 나이에 대체 누가 그런 생각을 해? 이건 뭐 애늙은이라고 해야 할지. 너 엄청 아재 같다."

"그, 그래?"

"그래."

그때 갑자기 피아노 소리가 멎었다.

그리고 이어지는 난폭한 타건. 아무래도 자기가 저지른 실수 때문에 화를 내는 듯하다. 문을 여는 소리, 복도를 걸어오는 소리.

"응? 다카무라, 손님이 왔었니?"

나는 소리가 나는 쪽을 돌아봤다.

그리고 반창고를 붙여 줬을 때와는 비교도 되지 않을 만큼 부끄러워졌다.

아무렇지 않게 풀어헤친 머리. 화장기라고는 없는 얼굴. 언짢은 듯한 목소리.

이 사람이 바로 내 어머니다.

미사키는 정중하게 자세를 가다듬더니 고개를 꾸벅 숙여 인사했다.

"실례하겠습니다. 다카무라의 같은 반 친구 미사키라고 합니다."

"응, 그래."

어머니는 꼭 평가하는 듯한 눈빛으로 미사키를 머리부터 발끝까지 쭉 훑었다. 아들인 내가 봐도 그야말로 품위 없는 시선이다.

"다카무라의 친구치고는 괜찮아 보이네."

부탁이니까 제발 조금은 친절하게 굴어 줘.

"같은 음악과니? 악기는?"

"피아노를 칩니다."

"손가락."

어머니는 무뚝뚝하게 그렇게 말하더니 미사키의 대답도 듣지 않고 그의 손을 잡았다.

"흐음. 예쁘지만 연습은 꽤 한 손이네. 언제부터 배웠니?"

"유치원 때부터요."

"선생님은 제대로 된 분이고?"

"어머니께 배웠습니다."

"그럼 안 되지."

어머니가 다시 미사키의 손을 내팽개쳤다.

"아무리 어린아이라고 해도 피아노 교육을 아마추어에게 맡기는 건 안 될 일이야. 이상한 습관이 한번 들면 돌이킬 수도 없는데."

미사키는 보는 사람이 딱할 만큼 어쩔 줄 몰라 하고 있다. 그럴 만도 하다. 처음 찾은 친구 집에서 그 어머니에게 이런 말을 들을 줄은 상상도 못했을 것이다.

"그런데 뭐 규모가 큰 피아노 교실에서 배워도 쓸데없이 손가락을 높이 드는 버릇이 생기기도 하니까. 정확히 연주하는 게 다라고 생각하면 안 되는데 말이지. 이러니 쇼팽 콩쿠르 결선에 진출하는 일본인이 없는 거야. 이름이 미사키라고 했니?"

"네."

"너무 먼 이야기일지도 모르지만, 넌 쇼팽 콩쿠르에 나가고 싶다고 생각한 적 없어?"

미사키는 깜짝 놀라 눈을 깜빡였다. 어머니는 상대의 반응도 확인하지 않고 다시 말을 이었다.

"그야 본인의 재능과 노력에 달렸지만 제대로 된 교육도 중요해. 미사키, 내가 하는 교실에 들어오지 않을래?"

수업을 권하면서 쇼팽 콩쿠르를 들먹이는 것은 어머니가 늘 쓰는 수법이다. 아이에게 피아노를 가르치는 부모는 누구든 크고 작은 꿈을 가지고 있다. 그리고 어차피 꿈이라면 터무니없이 크게 꾸는 게 좋다고 생각하는 것이다.

그러나 그런 것을 아들의 친구에게까지 강요하는 건 반칙이다. 또 상대가 그런 〈월광〉을 연주한 미사키라면 더욱 그렇다.

분명 나도 모르게 얼굴이 달아올랐을 것이다. 얼굴에서 꼭 불이 뿜어져 나오는 것 같았다.

"그만해, 엄마. 미사키가 곤란해하잖아."

"어머. 곤란해할 것 전혀 없어. 일단 레슨비가 저렴하고 연습 시간도 조정할 수 있거든. 우리 집은 남편이 집을 나갔으니 언제든 네가 괜찮은 시간에."

"엄마!"

서둘러 어머니를 제지했지만 이미 엎질러진 물이었다.

"자꾸 쓸데없는 소리 하지 마."

나는 그렇게 일갈하고 미사키의 팔을 잡아끌었다. 더 이상 미사키와 어머니를 같은 곳에 두고 싶지 않았다.

"아무튼 잘 생각해 보렴."

시끄러워.

현관까지 미사키를 바래다줬다. 나는 미사키의 얼굴을 똑바로 쳐다볼 수조차 없었다.

"그럼 내일 보자."

그 말만을 남기고 내가 등을 돌렸을 때 미사키가 마지막으로 입을 열었다.

"미안……."

그 말이 반창고를 붙여 준 것에 대한 감사 표시인지 아니면 나를 배려하는 말인지는 확인할 도리가 없었다.

나는 도망치듯 내 방으로 뛰어들어가 버렸다.

2

7월 말부터 가모키타 고등학교도 여름방학에 들어갔다. 일반과 학생들은 기다리고 기다렸을 이벤트겠지만 우리 음악과는 사정이 조금 다르다. 9월에 있을 발표회 때문에 방학에도 연습해야 하기 때문이다. 그것도 하루 이틀 만에 끝나는 것이 아니다. 여름방학 40일 중 무려 21일, 다시 말해 절반 이상을 학교에 나와야 한다.

반 아이들 중에는 불만을 드러내는 아이도 적지 않았지만 음악과는 원래 특수 교과목 때문에 존속되는 곳이다. 발표회에서 어느 정도 성과를 보이지 않으면 존재감 자체가 사라져 버린다. 다들 그런 것을 알고 있으니 못마땅한 얼굴로 길고 긴 오르막길을 오르는 것이다.

7월 28일은 하계 등교가 시작된 지 아직 이틀밖에 되지 않았지만 우리는 일찍이도 지쳐 있었다. 이유는 다음 세 가지를 꼽을 수 있다.

하나는 이틀 전부터 퍼붓고 있는 비다. 장대비가 내리다가 보슬비로 바뀌고 얼마 후 그대로 멎는가 싶더니 다시 세차게 퍼붓는다. 그런 상태가 벌써 사흘이나 이어지고 있다. 스쿨버스라도 타고 다니면 이야기가 달라지겠지만 그런 게 있을 리 없고 늘 두 다리로 먼 오르막길을 올라야 하니 짜증이 날 수밖에 없다. 게다가 아스팔트 길이라 빗물이 그대로 줄줄 흘러내려서 순식간에 신발이 흠뻑 젖는다. 셔츠 속도 마찬가지다. 장화를 신으면 조금 나을 거라는 의견도 있었지만 누구나 나르시시스트 경향이 조금씩은 있는 고등학생들에게는 어려운 주문이다. 참지 못한 아이는 학교에 도착하자마자 젖은 양말을 벗었고, 그러지 못한 아이들은 불쾌감을 참다가 또다시 집에 돌아가는 길에 흠뻑 젖는다. 이런 일이 반복되다 보면 어떤 성인군자도 등교를 거부하고 싶어질 것이다.

두 번째 이유는 다나하시 선생님의 부재였다. 원칙상 등교일에는 학년 주임인 요코야 선생님이나 담임인 다나하시 선생님 중 한 명이 반드시 있어야 하지만 이날은 컨디션 불량이라는 이유로 다나하시 선생님이 휴가를 썼다. 감시하는 사람이 없는 곳에서 고등학생들이 얼마나 성실히 공부하고 연습할지는 깊이 생각하지 않아도 감이 올 것이다. 반장 역할을 맡은 하루나가 아무리 주의를 주고 또 줘도 연습에 집중하는 학생은 절반도 되지 않았고 대다수는 수다를 떨거나 핸드폰 게임을 즐겼다.

다만 아이들이 가끔 신경을 집중할 때도 있었다. 바로 미사키가 벡스타인 앞에 앉을 때다.

발표회 연주곡 목록에 피아노 소나타가 포함된 탓에 연주자는 거의 자동으로 미사키로 정해졌다. 미사키 쇼크 이후에는 아무도 나서는 사람이 없고, 다른 사람을 추천하면 추천

받은 아이가 바로 꽁무니를 뺄 게 뻔했다. 그리고 미사키가 일단 건반을 두드리기 시작하면 모두가 침묵하고 그의 손가락을 주목했다. 미사키의 연주는 그만큼 흡입력이 있었다.

"그래서 세 번째 이유는 뭔데?"

쉬는 시간에 미사키가 내게 물었다.

"게임은 집에서도 할 수 있지만 연주는 환경이 갖춰진 곳에서만 할 수 있어. 그럼 학교에서 연습하는 게 가장 좋을 것 같은데."

세 번째 이유는 바로 너야. 그렇게 말하면 미사키가 어떤 표정을 지을지 상상했다. 분명 그 특유의 곤란해하는 표정으로 고개를 흔들 것이다.

연습 단계부터 그렇게 완성도 높은 피아노 솔로 연주를 듣는다고 생각해 보자. 대부분은 겁을 집어먹고 악기를 멀리하게 된다. 그러나 그것을 미사키에게 일일이 설명하는 것도 이제는 지긋지긋했다.

"세 번째는 스스로 생각해 봐. 어쨌든 넌 네가 우리 사이에서 엄청 이질적이라는 걸 조금은 자각해야 해."

그러자 미사키는 이상하다는 듯이 나를 봤다.

"이질적인 건 나도 알아. 나는 네가 아니고 너도 내가 아니잖아. 그렇게 이질적인 사람들끼리 각자의 파트를 연주하며 자연스럽게 하모니가 만들어지지. 오케스트레이션의 묘미도 바로 그거야."

"아니, 그런 뜻이 아니라…… 됐어. 그러고 보니 넌 연주 외에는 관심이 없었지."

"아니, 있어. 지금은 두 가지에."

"응? 뭔데? 무지 궁금하네."

"아침에는 있었던 이와쿠라가 지금은 보이지 않아."

"역시 신경 쓰고 있었어? 너한테 또 시비 걸까 봐?"

우리 둘의 반격 이후 지금껏 이와쿠라가 미사키에게 시비를 거는 일은 없었다. 그러나 가끔 미사키를 보는 눈빛에서 여전히 적개심이 읽혀서 나도 줄곧 경계를 늦추지 않았다.

미사키의 대답을 듣고서는 맥이 빠졌다.

"그냥 있던 사람이 없길래 궁금했어."

"뭐야, 그럼 대답은 간단해. 땡땡이를 친 거지. 아침에 와서 다나하시 선생님이 자리를 비운 걸 깨닫고 옳거니 하고 학교를 나간 거야. 그리고 걔는 너와 달리 원래 합주에는 관심이 없어. 그냥 자기가 내킬 때 기타를 치는 아이야."

음악실을 나가는 이와쿠라를 미사키가 눈치채지 못한 것도 당연하다. 마침 그때 미사키는 피아노를 치고 있었다. 미사키는 피아노를 칠 때 뭔가에 홀린 사람처럼 돼 버리니 바로 옆에 폭탄이 떨어져도 알아채지 못할 것이다.

그리고 다나하시 선생님과 이와쿠라 간의 갈등도 영향이 있다.

미사키에게는 아직 설명하지 않았지만 다나하시 선생님과

이와쿠라 사이에는 약간 문제가 있다. 지난번에 우리의 분위기가 험악해지자 선생님이 와서 중재해 줬을 때도 이와쿠라가 주먹을 거둔 것은 두 사람 사이에 선생님과 학생이라는 관계 외에 다른 갈등이 있었기 때문이다. 그러니 이와쿠라는 다나하시 선생님이 없는 것을 확인하자마자 자체 휴강에 들어간 것이다.

"또 하나 관심 있는 건 뭔데?"

"비."

미사키는 창밖으로 눈길을 향했다. 학교에 올 때도 빗발이 약하지는 않았지만 지금은 장대비가 되어 악기 소리를 삼킬 정도였다.

"뭐야. 벌써 집에 돌아갈 때 걱정을 하는 거야? 수업이 끝날 무렵에는 그치거나 약해지지 않을까?"

"최근 이틀간 그친 적이 없잖아."

"그러니까 이제는 그칠 법도 하지. 모든 것에는 원래 한계라는 게 있으니까."

"그게 두려워."

"뭐?"

"네 말대로 모든 것에는 한계가 있어. 문제는 각각의 한계에 차이가 있다는 점이야."

"……미안한데 무슨 말인지 잘 모르겠어."

"됐어. 그냥 내 쓸데없는 걱정일 수 있으니."

"쓸데없는 걱정?"

"너희도 알다시피 난 이곳에 온 지 얼마 안 됐잖아. 너희 눈에 당연한 것들이 당연해 보이지 않을 수도 있어."

도통 무슨 말을 하는 건지 이해할 수 없어서 그냥 내버려뒀다. 미사키는 신중해지면 보통 말끝을 흐린다. 그리고 그럴 때 재촉해 봐야 소용없다는 것은 이미 겪어서 알고 있다.

빗발은 전혀 사그라들 기색이 없었다.

그때가 오전 9시 30분이었다.

그 뒤에도 시간은 덧없이 흘렀다. 지휘자가 없는 오케스트라나 마찬가지다. 모두가 악기를 연주해도 좀처럼 의욕이 생기지 않고 각자 방향성도 달라서 하나로 합쳐지지 않았다.

이럴 때 미사키의 반응을 관찰하면 흥미롭다. 미사키는 절대 음감을 지녀서인지 이런 불협화음을 듣고 있으면 점점 얼굴이 굳는다. 듣기로는 일상생활의 소음조차 힘들어한다고 하니 천부적인 재능에도 장단점이 있는 것이다.

10시가 지나자 빗줄기가 더 심상치 않아졌다.

"야, 저것 좀 봐. 엄청나다."

"꺅. 뭐야, 저게."

대야로 퍼붓는 것 같다는 표현으로는 부족했다. 시야는 거의 제로가 되었고 학교 건물 벽과 창문을 때리는 빗소리는 마치 땅울림과 같은 포악한 기운을 머금고 있었다. 이런 상황에서는 악기를 연주해 봐야 잘 들리지도 않는다.

"일찍 집에 간 이와쿠라가 행운아였네. 걔는 집도 가까우니 이미 도착했을걸."

"걔가 바로 집에 갔겠어? 어디 딴 데로 새서 비나 잔뜩 맞았으면 좋겠다."

"그런데 이런 장대비는 원래 오래가지 않아. 아마 금방 그칠 거야."

주고받는 목소리가 전부 크다. 그렇게 크게 말하지 않으면 빗소리에 묻히기 때문이다.

창문으로는 빗줄기 때문에 바깥 풍경이 보이지 않았다. 차 안에 있는 상태에서 세차장 기계에 들어가면 정확히 이런 풍경이 펼쳐지지 않을까.

반 아이들은 왠지 축제처럼 들뜬 듯했다. 그건 나도 마찬가지다. 태풍이 다가올수록 느껴지는 흥분이 있다.

"야. 누가 핸드폰으로 일기예보 좀 검색해 봐."

"새삼스럽게 뭔 소리야. 여기가 통화권 이탈 구역이라는 거 다들 알잖아."

"촌구석이라 기지국이랑 머니까."

그렇다. 가모키타 고등학교는 학교에 핸드폰을 갖고 오는 것을 딱히 금하지 않는다. 어차피 산속이라 전파가 닿지 않는 탓에 핸드폰이 먹통이 되기 때문이다.

"이따가 엄마한테 데리러 와 달라고 해야겠다."

"바보야. 비가 이렇게 퍼붓는데 차가 잘도 오르막길을 오르겠다.”

“맞네. 이런 상태라면 학교도 학생들에게 바로 집에 가라고 할 수 없겠어. 학교 안에 가만있는 게 더 안전할 테니.”

“학교가 산 위에 있으니 망정이지. 평지에 있었으면 1층은 이미 물에 잠겼을 거야.”

“아. 그러네. 아무리 홍수가 나도 이곳만큼은 안전하겠다.”

이제는 다들 손에서 악기를 놓고 있다. 저마다 떠드느라 분위기를 수습할 수도 없어 보였다.

이런 떠들썩한 소리도 불협화음에 속하는지 미사키는 기분이 몹시 언짢은 듯했다.

“미사키. 너무 힘들면 보건실에 가 보는 게 어때?”

절반은 농담 삼아 그렇게 묻자 미사키는 깜짝 놀란 표정으로 나를 봤다.

“응? 아니, 몸이 안 좋은 건 아니야.”

“거짓말. 방금 전까지 엄청 불쾌해 보였는데.”

“불쾌한 게 아니라 불안한 거야.”

뭐가, 하고 물으려던 그때 이변이 일어났다.

쿵 하고 땅이 흔들리는 듯한 육중한 소리가 들리는가 싶더니 순식간에 음악실 불이 모두 꺼졌다.

곧장 여자아이들이 비명을 질렀다.

“뭐, 뭐야. 방금 그 소리?”

“쿵 하는 소리 들렸지?”

"근처에 벼락이라도 떨어져서 전기가 나갔나?"

조금 전까지 축제 같던 분위기가 단숨에 사라져 버렸다.

두꺼운 비구름에 해가 가려진 탓인지 아직 오전인데도 음악실은 어두컴컴했다. 그러나 심각한 분위기를 싫어하는 우리는 곧장 쓸데없이 긍정적인 기운을 되찾고 다시 재잘거리기 시작했다.

"아, 이런. 에어컨 전원도 꺼졌네."

"금방 더워지겠다."

"습도도 엄청 올라갈 테고."

"좋아. 남자든 여자든 다 옷을 벗는 거야!"

"너나 벗어."

"불은 핸드폰 플래시로 어떻게 될 텐데 에어컨은 방법이 없네."

"이 학교에는 자가 발전 시스템 같은 게 없나?"

"그런 게 있을 리 있어?"

"그런데 아까 천둥소리가 엄청났잖아. 조만간 한 번 더 치는 거 아니야?"

"그만해."

아이들이 이러니저러니 떠드는 동안에도 빗줄기는 조금도 잦아들지 않았다.

나는 문득 불안해져서 핸드폰을 열어 봤지만 역시나 '통화권 이탈'이라는 표시만 나왔다.

미사키는 뭐 하는지 궁금해서 그쪽을 봤다.

미사키는 잿빛으로 흐려진 창문을 가만히 바라보고 있었다. 그러더니 잠시 후 그는 고개를 돌리지 않은 채로 말했다.

"잠깐만 같이 가 줄래?"

"뭐야. 너도 땡땡이치고 집에 가게? 가도 빗발이 좀 약해진 다음에 가는 게 좋을걸."

"다 함께 집에 갈 수 있다면 좋을 텐데……."

뭔지 모를 수수께끼 같은 말을 남기고 미사키는 자리에서 일어났다. 어차피 음악실에 있어 봐야 할 일도 없으니 나는 그와 함께 가기로 했다.

"아무래도 땡땡이칠 생각은 아닌 것 같네."

"응. 정전 원인을 찾아보려고 해."

"원인이라니. 아까 그 낙뢰 때문이잖아."

"소리만 나고 빛은 번쩍이지 않았어. 근처에 낙뢰가 일어 났는데도 빛이 없다는 건 이상해."

"그럼 넌 뭐 때문이라고 생각하는데?"

"일단 난 지금 최악의 사태를 염두에 두고 있어."

미사키는 나와 함께 성큼성큼 앞으로 걸어갔다.

"이 일대에는 아직 전봇대가 많지?"

"어? 아, 응. 도시에서는 전선을 지하에 묻는다고도 하던데 여기는 시골이잖아. 그런데 그게 왜?"

"전선이 끊어졌을 수도 있어."

"응? 비 때문에? 에이, 그럴 리는 없을걸."

미사키는 내 말에는 대꾸하지 않았다.

잠시 후 미사키는 계단을 내려가 정문 현관으로 향했다. 밖으로 나갈 생각인 듯하다.

"야, 미사키. 지금 나가면 옷 다 젖어."

"혹시 우비 가지고 있어?"

"그런 게 있을 리 없지. 오늘 아침에도 우산만 가져왔어."

"나도 마찬가지야. 그런데 비가 이렇게 내리면 우산을 써 봐야 다 젖잖아. 오히려 방해만 되지 않을까 싶네."

"……꼭 나가야 해?"

"비 때문에 시야가 가려져서 건물 안에서는 밖이 안 보여. 아, 꼭 너까지 나갈 필요는 없어."

그 말을 듣고 나는 발끈했다.

여기까지 따라오게 했으면서 무슨 소리야. 그리고 나더러 따라오지 말라고 하면 내가 고분고분 따를 것 같아?

"갈 수 있는 데까지는 함께 갈게."

나는 굳게 마음먹고 신발을 갈아 신는 곳에 내려가 섰다. 미사키는 미안해하는 눈빛으로 나를 봤다.

"자, 어디를 확인하러 갈 건데?"

"일단 학교 주변을 한 바퀴."

그 말을 듣고 나는 "학교 주변 한 바퀴라니" 하고 투덜거리며 신발을 갈아 신었다.

가모키타 고등학교는 산을 깎아 만든 지대 위에 무리하게 지어 올렸다. 그래서 여러 곳에 그렇게 무리한 흔적이 남아 있다. 학교 건물과 체육관이 연결돼 있는데 그 뒤, 다시 말해 학교 서쪽은 산이다. 그 밖의 다른 세 방향은 전부 강과 인접해 있다. 즉, 산 아래로 향하는 도로와는 다리 하나로 이어졌을 뿐이다. 지형만 봐도 싼값에 매입했다는 말이 쉽게 이해가 된다.

　"그런데 먼저 확인해야 할 게 있어."

　미사키는 신발장 끝에 있는 녹색 공중전화로 향했다. 학생과 외부 손님용으로 설치됐는데 산 밑에서 차를 부를 때 자주 쓴다.

　미사키는 10엔 동전을 집어넣고 버튼을 세 번 눌렀다. 누른 횟수로 판단컨대 아마도 경찰서나 소방서일 것이다. 그러나 그는 수화기를 몇 초 귀에 갖다 대는가 싶더니 곧 다시 내려놓았다.

　"안 돼. 역시 어디선가 전화선이 끊긴 것 같아. 아무 소리도 안 들려."

　미사키는 이미 예상했는지 크게 실망하지는 않았다.

　"그럼 우선 건물 뒤쪽부터 확인해 보자."

　"학교 건물 뒤에 전봇대 같은 건 없어."

　"아까 심상치 않은 소리가 들렸어. 방향은 북쪽이었고."

　"뭐?"

"모두가 천둥소리라고 했던 그 소리. 그 소리에 겹쳐 뭔가가 굴러떨어지는 듯한 소리도 들리더라고."

"그런 소리가 들렸다고?"

"응."

미사키는 태연하게 대답하더니 온 길을 되돌아갔다. 복도를 지나 학교 건물 뒤쪽으로 나갈 생각인 듯했다.

조금 전 굉음이 두 가지 소리가 겹친 것이라니. 생각지도 못한 가능성이었다. 아니, 그걸 떠나 내 귀에는 그렇게 들리지 않았다. 사람이 잔뜩 모인 곳에서 오로지 미사키만 이변을 눈치챈 것이다.

음악과인 만큼 청력에는 어느 정도 자신이 있었다. 미묘한 소리의 변화나 미스터치 정도는 쉽게 구분한다고 생각했다.

하지만 조금 전 미사키에게는 들린 소리가 내 귀에는 들리지 않았다. 또다시 열등감이 고개를 치켜들 만한 일이지만 오직 미사키만 그 소리를 들었다는 것이 그나마 위안이 됐다.

나는 전에 깨달은 것을 다시 한번 인식하게 됐다. 음악과 공부, 운동 실력이 보통 수준이라면 노력해서 어느 지점까지는 도달할 수 있다. 하지만 거기서부터 더 위로 올라가려면 노력만으로는 불가능하다. 타고난 자질만이 통행증이 된다. 평범한 사람이 듣지 못하는 소리를 듣고, 평범한 사람은 느끼지 못하는 것을 느끼는 자에게만 통행이 허락된다.

미사키를 따라 복도를 지나자 잠시 후 체육관으로 이어지는 연결 통로가 보였다.

가장 먼저 나를 덮친 것은 압도적인 음량의 물소리였다.

실제로 정문 현관 앞에 갔을 때 이미 전조가 있었다. 굉음이라고 표현할 수밖에 없는 소리의 폭력. 그것이 우리를 둘러싸고 있었다.

그러나 그것이 단순한 전조 현상에 불과했다는 것을 연결 통로에 다가설수록 깨달았다. 연결 통로는 위에 달린 지붕을 제외하고는 뻥 뚫려 있어 외부 소리가 그대로 전해지기 때문이다.

그리고 미사키가 뒤쪽 현관문을 연 순간 엄청난 폭풍우가 우리를 습격했다.

"으앗!"

평소에 거의 큰 소리를 내지 않는 미사키가 버럭 소리쳤다. 그럴 만도 하다. 문을 절반 정도 열었을 때 바람의 기세 때문에 하마터면 몸이 뒤로 날아갈 뻔했기 때문이다.

문 너머는 잿빛 커튼으로 가려져 있었다. 시야가 채 1미터도 되지 않는다. 땅을 때리는 빗줄기 때문에 아래쪽은 허옇게 보인다. 밖에 나간 지 몇 초도 되지 않아 미사키가 입은 셔츠가 흠뻑 젖어 피부에 달라붙었다.

마치 폭포 속에 들어와 있는 듯했다.

소리는 흉악하기까지 했다. 화음도 불협화음도 아닌 그저 파괴적인 소리가 우리를 향해 다가오고 있다. 귀를 틀어막아도 몸의 깊숙한 곳까지 와닿는 충격음. 솔직히 그 소리만 듣고 나는 좀처럼 앞으로 나아가기가 망설여졌다. 이 소리의 폭풍우 속에 한번 발을 들이면 소리가 몸을 관통할 것 같은 두려움이 엄습했다.

나보다 훨씬 청력이 예민한 미사키가 이런 폭력을 견딜 수 있을까 걱정했지만 그는 겁먹은 기색 없이 잿빛 창살이 꽂히는 곳으로 몸을 던졌다.

따라가지 않을 수 없다. 나는 한숨을 푹 내쉬고 그 안에 뛰어들었다.

순간 격렬한 통증을 느꼈다.

그만큼 날카로운 빗줄기였다. 잿빛 창살이라는 표현은 절대 과장이 아니다. 빗방울이 피부를 때리기만 하는데도 통증을 느낀다. 셔츠는 몇 초도 되지 않아 제 기능을 잃었다.

미사키를 쫓아갔지만 두 손으로 눈 위를 가리지 않으면 걸을 수조차 없었다. 고작 2미터 정도 걸었을 뿐인데 미사키의 흰 셔츠가 빗속에 파묻혀 미사키의 머리와 하반신밖에 알아볼 수 없었다.

비릿한 비 냄새가 콧구멍을 파고들었다. 그리고 그 안에 희미한 흙냄새가 섞인 것을 느꼈다.

잠시 걷다가 불현듯 미사키가 멈춰섰다. 나는 뒤에서 "왜 그래?" 하고 말을 걸었지만 빗소리에 섞여 사라져 버렸다.

미사키의 옆에 가서 그가 지금 보고 있는 방향으로 시선을 향했다.

그때 나는 분명 눈과 입을 동시에 크게 열었을 것이다.

원래라면 그곳에는 옹벽이 우리를 기다리고 있을 터였다. 산사태가 일어나도 주변에 둘러싸인 철망이 토사를 막아 줄 터였다.

그러나 철망은 원형을 유지하지 못한 채 엄청난 양의 흙모래에 파묻혀 있었다. 흙모래뿐이면 모를까 거대한 바위에 눌려 찌그러지고 완전히 파묻힌 부분도 있다.

어느새 산사태가 일어난 것이다. 그것이 이 엄청난 빗소리에 묻혀 버렸다.

산사태가 일어난 흔적은 내 눈으로도 쉽게 찾을 수 있었다. 전에는 나무와 풀이 무성하던 산의 경사면이 깎여 나가 무참한 민둥산이 드러나 있다. 쏟아붓는 비 때문에 다 알아볼 수는 없지만 시야보다 높은 곳이 무너져 내린 것이 확실했다.

조금 전에 느낀 흙냄새의 정체가 바로 이것이었다.

등줄기에 소름이 돋기 시작했다. 그리고 동시에 기묘한 호기심이 들었다. 무서운 것을 직접 두 눈으로 보고 싶은 마음에 나도 모르게 다리가 앞으로 향했다.

그때였다.

돌연 빗줄기가 약해졌다.

잿빛 커튼의 입자가 거칠어지더니 안개가 걷히는 것처럼

순식간에 시야가 확 트였다.

나는 아연실색하고 말았다.

산사태의 참상이 더 뚜렷이 보였다. 옹벽은 남쪽에서 북쪽 끝까지 모두 사라지고 없었다. 철망이 멀쩡한 곳이 단 한 군데도 없다. 옹벽을 부순 것은 흙모래와 암반, 그리고 거대한 나무다. 개중에는 내가 양팔로 품을 수도 없을 정도로 두꺼운 나무까지 옆으로 쓰러져 있다. 옹벽이 종이 공예품처럼 찌부러질 만도 했다.

빗발이 약해져서인지 그 밖의 다른 소리도 귀에 들리는 듯했다.

휘몰아치는 바람 소리.

흔들리는 나무 소리.

소리의 소용돌이에 휩쓸려 나는 잠시 방향 감각을 잃었다.

바람이 내는 소리는 짐승의 포효다.

나무가 내는 소리는 산의 비명이다.

빙글빙글 소리가 맴도는 곳에서 투둑거리는 가벼운 소리도 섞였다.

무슨 소리인가 했더니 절벽 위에서 작은 돌멩이들이 굴러떨어지는 소리였다. 한두 개가 아니다. 마치 비가 내리는 것처럼 수많은 돌멩이가 동시에 떨어지고 있다. 맨살을 드러낸 산의 군데군데에서 흙탕물이 치솟자 물살을 따라 떠밀려 내려오는 듯했다.

갑자기 시야가 트인 탓에 긴장이 풀렸는지 나는 자연스럽게 발걸음을 떼려고 했다.

"안 돼."

미사키가 곧장 팔을 뻗어 나를 제지했다.

"더 이상 가까이 가지 않는 게 좋아."

"하지만 빗줄기가 약해졌잖아."

"그것과는 상관없어."

미사키는 내 손을 붙잡더니 거의 억지로 학교 건물이 있는 쪽으로 데리고 갔다.

"뭐야. 벌써 돌아가려고?"

"여기는 이제 됐어."

긴장감이 가득한 목소리라 나는 흠칫 놀랐다. 적어도 미사키가 전학 온 뒤로 그에게서 이런 목소리를 들은 적은 지금껏 한 번도 없었다.

뒷문으로 다시 들어가기 전에 또다시 빗줄기가 강해졌다. 아무래도 조금 전에 약해진 빗줄기는 하늘의 변덕이었던 모양이다. 갑자기 제정신을 차린 것처럼 억수 같은 빗발이 되살아났다.

학교 안에 들어가자 안도감과 함께 불쾌감이 찾아왔다. 안도감은 폭풍우에서 벗어났다는 안도감, 그리고 불쾌감은 당연히 피부에 찰싹 들러붙은 셔츠 감촉 때문이었다. 아니, 셔츠만이 아니다. 확인하고 싶지 않지만 아마 바지 안쪽도 물에 흠뻑 젖었을 것이다. 설마 열여덟 살이 돼서도 바지가 젖을 일이 생길 줄은 상상도 하지 못했다. 속옷은 없지만 체육복 상·하의는 교실에 있다. 이 모험을 끝내면 곧바로 옷을 갈아입자고 생각했다.

한숨 돌리자 지금껏 마비돼 있던 감각이 단숨에 되살아났다. 비 냄새는 여전히 몸에 달라붙어 있지만 거기에 신발장 냄새와 땀 냄새가 섞였다.

"이거."

미사키는 내 앞으로 손수건을 내밀었다.

"나가기 전에 여기 두고 갔어. 이걸로 닦아."

"고맙지만 넌 어떡하게?"

"두 장 있어."

미사키는 자기 신발장에서 또 한 장을 꺼냈다. 언제 그런 곳에 손수건을 둔 걸까. 나는 전혀 눈치채지 못했다.

"그런데 정말 놀랍네. 산이 무너졌을 줄이야……."

"아마 천천히 무너지고 있었을 거야. 그러다가 오늘 아침에 속도가 붙었겠지. 지금도 진행 중이야."

"뭐? 앞으로도 더 무너질 거라는 말이야?"

"그러니까 가까이 가지 않는 게 좋다고 했잖아."

"근거라도 있어?"

"응. 절벽 위에서 돌멩이들이 떨어지고 있었으니까."

"아, 그래. 그건 나도 봤어."

"나무가 뽑혀 나간 산 경사면에서 흙탕물이 뿜어져 나왔지?"

"어."

"그 두 가지가 바로 산사태의 전조야."

미사키는 얼굴을 닦으며 대답했다.

"그리고 또 하나. 너도 봤을지 모르지만 산등성이에 크게 균열이 가 있었어. 우리가 본 산사태는 아직 규모가 작아. 앞으로 더 크게 무너질 가능성이 있어."

"조금 전 그게 리허설이었다는 말인가."

"나도 뉴스에서 들어서 아는 수준인데, 산사태의 규모라는 건 땅속에 스며든 비의 양과 비례한대. 이 비는 벌써 사흘이나 계속 내리고 있잖아. 그렇다면 스며든 비의 양도 상당할 거야."

"하, 하지만 이미 한 번 무너졌잖아. 같은 곳이 두 번이나 무너질 리 있겠어?"

"시야가 트였을 때 봤어. 무너져 내린 흙모래는 산 중턱 부분에 있는 거였고 아직 산 정상 부근에는 큰 변화가 없었어. 그 부분이 단숨에 무너지면 위치 에너지 때문에 위력이 더 커질 거야. 흙모래의 양도 많아질 테고."

"그럼 큰일이잖아!"

미사키가 냉정한 것에 반해 나는 이미 흥분해 있었다.

"얼른 다른 애들한테도 알려야……."

"알려서 뭘 어떡할 건데?"

"뭐?"

"뒷산에서 산사태가 일어났다. 네가 큰 소리로 그런 이야기를 다른 애들한테 한다고 쳐. 그 말을 듣고 당황할 아이가 30퍼센트. 반신반의하며 자기 눈으로 직접 확인하려 할 아이가 30퍼센트. 그 밖의 나머지는 충격을 받아 어찌할 바를 모르겠지. 그렇게 따로따로 움직이기 시작하면 사태를 더 수습할 수 없어. 아니면 모두를 진정시킬 마법의 주문이라도 알고 있어?"

나는 말문이 턱 막혔다.

"물론 알려야겠지만 그전에 퇴로와 대피 장소를 확보해 두지 않으면 혼란만 더 심해져. 그것들이 확보되면 모두 더 냉정하게 판단하고 행동할 수 있을 테고."

"……넌 어떻게 그렇게 침착해?"

"글쎄. 이것도 무대 체질 같은 것이려나."

"어쨌든 가서 요코야 선생님께는 알리자. 지금 직원실에 계실 거야."

내가 달려가려고 하자 또다시 미사키가 내 팔을 붙들었다.

"그럴 시간 없어."

"하지만."

"원래 선생님들은 학생 이야기에 진지하게 귀 기울여 주지 않아. 꼭 자기 눈으로 확인하고 판단하려 하지. 시간 낭비야.

우선 우리가 먼저 퇴로를 확보하고 그다음에 모든 걸 설명하는 게 나을 것 같아."

"그럼 네가 가서 선생님께 말씀드려. 내가 퇴로가 있는지 확인해 볼게. 그건 어때?"

"퇴로를 확인하는 동안에 네가 산사태에 휩쓸리면 어떡하려고?"

나는 또다시 말문이 막혔다.

3

결국 퇴로는 학교 건물과 외부 도로를 잇는 다리밖에 없어 보였다. 바꿔 말해 그 다리가 막히기라도 하면 그대로 가모키타 고등학교는 외딴 섬이 된다는 뜻이다.

"궁금한 게 있어. 포장도로는 학교 건물 위쪽으로도 이어지지?"

"응. 고개를 넘어가면 옆에 있는 에나시市로 갈 수 있을 거야."

"그건 이보다 위쪽에도 민가가 있다는 말이네."

"응. 자세히는 모르지만 몇 세대 있다고 들었어."

"그럼 도로 옆에 전봇대도 있겠네."

"……지금 무슨 생각을 하는 거야?"

"아까 그 정전의 원인. 추측하건대 전선만 끊어진 것 같지는 않아. 아마 전봇대가 통째로 쓰러지거나 해서 그 충격으로 끊어졌다고 보는 게 자연스럽지 않을까 싶어."

"전봇대가 쓰러졌다고?"

"만약 전봇대가 도로 옆에 있었다면 전봇대가 쓰러진 지면 상태는 더 끔찍할 거야."

그런 거였나.

감탄할 새도 없이 미사키는 또다시 정문 현관으로 향했다.

유리문 너머에는 여전히 잿빛 가득한 세계가 펼쳐져 있었다. 마음 같아서는 빗물이 떨어지는 유리에 와이퍼를 달아 주고 싶었다.

저 폭포 같은 빗물을 다시 맞아야 한다고 생각하니 적지 않은 공포가 밀려왔다.

그래도 미사키를 보고 있으면 혼자 두어서는 안 된다는 생각이 들었다. 내가 보호자는 아니지만 미사키를 위험에 노출시키고 나 혼자 안전지대에 있는 건 마음이 편치 않았다.

민폐에다가 성가시기 짝이 없다.

그러나 오히려 함께 행동하는 게 마음이 편할 것 같으니 신기할 따름이다.

미사키는 겁먹은 기색도 없이 정문에 손을 갖다 댔다.

그리고 얼굴을 찌푸렸다.

"미안한데 좀 도와줄래? 맞은편에 부는 바람이 너무 세서 자칫하면 문과 함께 날아가 버릴 것 같아."

그러니까 그런 얼굴로 부탁하지 말라고 했지.

반칙이라니까.

나는 즉시 미사키 옆으로 달려갔다. 그의 손 위에 내 손을 얹고 눈짓으로 신호했다.

"천천히 열어야 해."

미사키와 호흡을 맞춰서 문을 열려고 했다. 그러자 순간 맞은편에서 맹렬한 힘이 우리를 밀었다.

"하나, 둘!"

상반신에 몸무게를 실어 서서히 문을 열었다.

쏟아져 들어온 비바람이 또다시 내 감각을 차단했다.

후려치는 비 때문에 눈을 뜨고 있을 수 없다.

짓누르는 바람 때문에 몸을 자유로이 움직일 수 없다.

그보다 더 무서운 것은 역시 소리였다.

폭우 소리에 더해 이번에는 또렷한 짐승의 포효가 들렸다. 요란하게 울부짖으며 세상 모든 것을 모조리 파괴해 버리겠다는 듯한 흉악한 소리. 실제로 존재하지 않는 생명체지만 만약 세상에 용이 존재한다면 분명 이런 울음소리를 내지 않을까.

강이다.

학교 앞을 흐르는 강이 평소의 잔잔한 모습을 내던지고 포악함을 드러내고 있었다. 원래 이곳 지형은 경사가 급해서 비가 내리면 쉽게 물이 분다. 최근 사흘 동안 계속 비가 내렸고 거기에 조금 전까지 퍼부은 게릴라성 호우가 강의 얼굴을 단숨에 바꾼 것이다.

미사키는 앞장서서 걸어갔다. 좌우를 살피는 건 눈으로 피해 상황을 파악하기 위해서일 것이다. 나는 미사키를 놓치지 않도록 거리를 유지하며 그 뒤를 따랐다.

정문 현관에서 일직선으로 20미터쯤 걸었다. 그곳에는 길이가 16미터 정도 되는 다리가 강 위에 걸려 있을 터였다.

나는 그 광경을 보고 이번에는 소름이 쫙 끼쳤다.

맞은편에 걸린 다리의 절반이 사라지고 없었다.

끊임없이 내리는 비가 시야에 못된 마법을 건 것은 아니다. 몇 번을 다시 봐도 다리는 중간부터 무너져 내렸고 맞은편에 있는 땅은 무참한 단면을 드러내고 있었다.

조금 더 걸어가 보니 참상은 더욱 뚜렷했다. 미사키가 예상한 대로 맞은편 땅은 교대*가 통째로 강물에 휩쓸려 갔는지 암반이 그대로 드러나 있었다. 다리 절반이 무너진 것은 교대가 떠내려가면서 무게가 한쪽에 쏠린 탓으로 보였다.

현실감이 잘 느껴지지 않는 광경이지만 강기슭을 때리는 흙탕물이 지금 보는 광경이 현실임을 알려 주고 있었다.

다시 강 쪽을 보고 나는 눈을 의심했다. 실제로 그곳에 용이 있었기 때문이다.

---

* 다리의 양쪽 끝을 받치는 기둥.

짙은 갈색 용이 몸을 뒹굴고 꿈틀거리며 강기슭을 깎아 떠내려가고 있다. 나무를 쓰러뜨리고 암반을 집어삼키면서 모든 것을 파괴하며 강 하류로 향한다. 그 모습은 자연 현상이라기보다 성난 괴물의 움직임에 가까웠다. 평소에는 자세히 들여다봐야만 보이던 강 표면이 지금은 도로 아래의 1미터도 되지 않는 곳까지 차올라 있다.

쾌감과도 비슷한 전율이 온몸을 스치고 지나갔다. 인간은 지나치게 일상을 벗어난 현상을 목격하면 이렇게 되는 것일지도 모른다.

그리고 맞은편 지면은 아스팔트의 일부가 무너져 내렸고 그곳에 서 있던 전봇대가 쓰러져 이쪽 지면에 맞닿아 있다. 언뜻 보면 응급 처치로 대충 만든 외나무다리처럼 보이기도 한다. 다리 길이와 전봇대 길이가 거의 비슷한 것이 행운이었다.

정전의 원인은 바로 여기에 있었다. 쓰러진 전봇대 끝에서는 전화선과 송전선이 뻗었는데 그 끝을 거슬러 가니 중간 부분이 뚝 끊겨 있었다.

이로써 학교는 글자 그대로 육지 위에 있는 외딴 섬이 돼 버렸다.

지금껏 내 안에 머물러 있던 호기심은 어느새 자취를 감추었다.

공포가 온몸을 관통하자 나는 절망 섞어 하늘을 향해 소리쳤다.

"아악!" 또는 "끄아아!" 같은 외침이었을 것이다. 그러나 그 절규조차 비와 강물 소리에 묻혀 사라져 버렸다.

"진정해."

귓가에 미사키의 목소리가 들렸다.

"여기서 네가 패닉에 빠지면 곤란해져."

이런 호우 속에서도 귓가에 대고 크게 말하면 소리는 들린다. 나는 미사키의 지시에 순순히 따랐다.

"다시 한번 확인할게. 학교에서 아랫마을과 연락할 방법은 전화밖에 없지?"

"그래. 핸드폰은 일단 학교 부지 안에서는 전부 통화권 이탈이야."

"핸드폰 말고 외부와 연락할 수단은 없을까?"

"……없을걸."

"알겠어."

그러고는 미사키는 터무니없는 말을 입에 담았다.

"내가 가서 도움을 청하고 올게."

"뭐? 어떻게? 다리가 무너졌잖아. 이제 우리는 도망칠 방법이 없어."

"저기 있잖아."

미사키가 가리키는 곳을 보고 나는 순간 그의 머릿속을 의심했다.

미사키가 가리킨 것은 쓰러진 전봇대였다.

"다리는 지나갈 수 없게 됐지만 대신 저 전봇대 위를 건너면 갈 수 있어. 그렇게 산 아래로 내려가면 돼."

"너, 제정신이야?"

나는 무심코 미사키의 양어깨를 붙들었다. 질 나쁜 농담으로만 들렸다.

"아까 더 큰 산사태가 일어날 거라고 예상한 사람이 도대체 누구야? 저 전봇대 아랫부분을 봐. 언제 강에 떨어져도 이상하지 않은 상태잖아. 그리고 일단 한번 떨어지면 전봇대가 통째로 강에 곤두박질칠 거야. 저런 급류에 휩쓸리면 살아남을 수 없다고."

"아직 떨어지지 않았잖아."

미사키의 눈빛은 한 치의 흔들림도 없었다.

"지금이라면 아직 건널 수 있어. 시간이 흐를수록 더 위험해져."

"평소에 이성적인 너답지 않아!"

"그럼 또 다른 방법이 있어? 있으면 알려줘 봐. 효과적인 방법이라면 나도 따를게."

따져 묻는 듯한 미사키의 말을 듣고 나는 잠시 대답을 망설였다.

실제로는 알고 있었다.

무모하기는 해도 지금은 미사키가 제안한 방법이 유일한

탈출법이라는 것을. 나는 그저 그것을 인정하고 싶지 않아서 필사적으로 다른 해답을 찾으려 할 뿐이었다.

"다른 방법은…… 잘 모르겠네."

"그럼 정해졌다."

"기다려. 우리가 그런 모험을 할 이유는 어디에도 없어."

"있어."

"뭔데!"

"하나, 산사태의 상황과 위험성을 깨달은 사람은 우리 둘뿐이야. 둘, 지금 가서 요코야 선생님과 반 아이들과 의논해 봐야 다른 아이디어는 나오지 않을 거야. 셋, 시간이 너무 부족해. 그 밖에도 이유가 더 있지만 듣고 싶어?"

"아니…… 됐어. 하지만 난……."

"어쨌든 지금은 일분일초가 아까운 상황이야."

미사키는 그 말을 마지막으로 쓰러진 전봇대로 향했다.

"잠깐, 잠깐만 기다려!"

나 따위가 말려 봐야 어차피 말을 듣지 않을 것이다.

그래도 말리고 싶었다.

가슴을 파고드는 통증을 느끼며 나는 어쩔 수 없이 미사키의 뒤를 따랐다. 그리고 속으로 수없이 나 자신을 비난했다.

겁쟁이 자식.

이기주의자 자식.

평소에는 꼭 보호자라도 되는 것처럼 굴더니 정작 중요할 때는 미사키 뒤에 숨으려 하고 있다. 미사키의 행동이 위험천만하다는 것을 알면서도 정당성을 따지며 그냥 내버려 두고 있다.

그야말로 경멸받아야 마땅한, 비겁한 자식이다.

미사키, 나랑 교대하자.

내가 먼저 갈게.

그 말이 여러 번 목구멍까지 차올랐다.

하지만 입 밖에까지 나오지는 않았다.

수없이 손을 뻗으려 했다.

하지만 그의 팔을 붙잡지는 못했다.

미사키는 전봇대 앞에 도착하자 우선 주변에 있는 땅을 툭툭 밟았다. 학교 부지도 경사면에는 벽돌이 깔려 있다. 그 토양은 뒷산의 토양과 같아 보이지만 아직 무너질 전조는 보이지 않았다.

"이쪽은 아직 괜찮아 보이네."

미사키는 전봇대에 오르기 전에 딱 한 번 나를 돌아봤다.

"최소한의 생명줄이라도 있으면 조금 더 용기가 날 텐데."

"찾아올게!"

"소용없어. 쓸 만한 밧줄은 체육관 창고에 있는데 지금 창고 문은 잠겨 있을 테니. 가지러 가면 그만큼 시간만 더 낭비돼."

그리고 마침내 미사키는 전봇대를 두 팔로 끌어안았다.

미사키는 오직 앞만을 바라보며 전봇대 위를 조금씩 기어가기 시작했다. 밑바닥이 고무로 된 운동화가 이럴 때 도움이 됐다. 문제는 전봇대의 지름이다. 미사키가 품에 가득 안아도 손과 손이 닿지 않았다. 반대편에서 두 손을 포개지 못하는 이상 그저 팔다리로 전봇대를 껴안고 갈 수밖에 없다.

거리는 16미터. 평소라면 별것 아니겠지만 기어간다면 이야기가 달라진다. 게다가 바로 아래에는 흙탕물이 섞인 급류가 흐르고 있다. 이런 상황에서 평소와 똑같이 움직일 수 있는 사람은 강철 심장을 지닌 사람뿐이다.

미사키는 신중하면서도 대담했다.

팔을 쭉 뻗고 상반신을 단단히 고정하는가 싶더니 순간 전봇대를 박차고 앞으로 나아간다. 옆에서 보면 외줄 타기를 하는 것처럼 그야말로 아슬아슬한데 조금도 겁먹은 기색은 느껴지지 않는다.

미사키는 이런 것을 두고 '무대 체질'이라고 했지만 내 해석은 조금 달랐다.

이것은 미사키의 연주 스타일 그 자체. 세심하면서도 대담하게. 미스터치 한 번 없이 곡예 같은 포지션 이동을 아무렇지 않은 얼굴로 소화해 나간다.

어떻게 그런 주법이 가능한지를 묻는다면 자신의 체력과 기술을 전적으로 믿기 때문이라 할 수 있을 것이다. 연습량의 차원이 다르니 실수를 저지르는 상황 자체를 떠올리지 않는다. 장시간의 연주에 익숙하니 체력의 한계 또한 정확히 파악하고 있다.

지금 미사키의 이 결사적인 행동도 마찬가지다. 그는 위험도를 충분히 예상하고 자신의 체력을 가늠한 끝에 결단을 내렸다. 그리고 한번 결단을 내린 뒤에는 망설이는 것이 오히려 불리하다는 걸 알고 있다.

자신을 위한 결단은 아니다. 제 한 몸만 지킬 생각이었다면 학교에 돌아가 보호자 중 누가 위험을 눈치채고 구하러 와 줄 때까지 믿고 가만히 기다리면 된다.

그러나 미사키는 그러지 않았다.

처음으로 상황을 파악하게 된 사람에게 책임이 있다면서 그 누구에게도 임무를 떠넘기지 않고 도망치지도 않았다. 도망칠 구실은 얼마든지 있을 텐데 나보다 앞장서서 발걸음을 뗐다.

전봇대를 기어가는 모습이 뒤에서 보면 별로 멋져 보이지 않을 수도 있다.

그러나 내 눈에는 그야말로 용맹하고 멋져 보였다.

보고 있으니 자연히 호흡이 얕아졌다. 저도 모르게 두 손을 꼭 쥐었다.

퍼붓는 빗줄기와 푹 젖어 버린 속옷도 더는 신경 쓰이지 않았다. 빗소리와 강물 소리 때문에 들릴 리가 없는데 내가 서 있는 곳까지 미사키의 숨소리가 들리는 듯했다.

미사키는 이미 전봇대의 3분의 1 지점까지 나아가 있었다.

내가 선 곳에서는 얼굴이 보이지 않지만 체력과 정신력을 상당히 소모하고 있다는 것을 알 수 있다. 나라면 아마 1미터도 나아가지 못하고 떨어졌을 것이다.

힘내! 그렇게 속으로 외쳤을 때 미사키가 뻗은 손이 전봇대 위를 미끄러졌다.

순간 빙그르르 하고 미사키의 몸이 회전했다.

"아얏!"

소리친 사람은 나였다.

크게 한 바퀴를 돌 뻔했지만 미사키는 두 팔과 두 다리를 전봇대에 밀착해 간신히 버텼다.

순간 심장이 멎는 줄 알았다. 나는 가슴에 손을 얹고 심호흡을 했다.

진짜 걱정이나 끼치고.

이럴 줄 알았으면 역시 내가 먼저 가는 거였어.

1초가 10초처럼, 10초가 1분처럼 느껴졌다.

얼른, 얼른 건너 줘.

미사키의 몸이 중간 지점을 넘었다. 이제는 되돌아올 수도 없다.

그때 순간 빗발이 한층 거세졌다. 날카로운 창살처럼 기세를 회복한 빗줄기가 가차 없이 미사키를 덮쳤다.

제발 그만 내리라고 하늘에 빌었다. 적어도 지금만큼은 좀 봐 달라고 기도했다.

그때였다.

다리 밑에서 좋지 않은 움직임이 느껴졌다.

마치 땅속에서 악마가 기어 나오는 듯한 움직임이었다.

나는 순간 뒤로 물러섰다. 동물적인 직감이었을 것이다.

내가 서 있던 곳의 땅 끝부분이 갑자기 형태가 바뀌었다.

우선 콘크리트 블록 몇 개가 분리돼 떨어졌다.

뒤이어 땅의 끝부분이 괴물에게 잡아먹히는 것처럼 순식간에 자취를 감추었다.

마치 모래성 같았다.

스며드는 흙탕물을 견디지 못하고 끝부분부터 차례차례 무너져 내린다.

그리고 자체 무게 때문에 이쪽에 걸려 있던 전봇대가 아래로 쑥 내려갔다.

"아아앗!"

이번에도 소리친 사람은 나였다. 전봇대가 이쪽을 향해 약간 기울자 미사키는 위로 기어 올라가는 모양새가 되었다. 당연히 지금까지와 달리 자신의 몸무게를 끌어올릴 힘도 필요해졌다.

이제는 입에서 심장이 튀어나올 것 같았다.

전봇대 길이는 양쪽 땅 사이의 거리와 거의 비슷하다. 다시 말해 어느 쪽 땅이 아주 조금만 무너져도 전봇대는 순식간에 균형을 잃고 미사키와 함께 추락하고 말 것이다.

"포기하지 마!"

미사키를 향해 내가 낼 수 있는 가장 큰 소리로 외쳤다.

그러나 굉음 때문에 내 말이 미사키의 귀까지 닿았는지는 알 수 없다.

더 이상 미끄러지면 안 돼. 반드시, 반드시 버텨 줘.

미사키는 조금씩 위로 기어 올라갔다. 아직은 경사가 완만한 편이다. 팔다리를 전봇대에 꽉 붙인 채 버티면 못 오를 각도는 아니다.

그러나 자연은 비정했다.

쿵 하는 소리와 함께 또다시 전봇대가 기울었다.

"으악!"

점점 더 기울어지기 시작했다.

서둘러! 내 목소리가 겨우 귀에 닿았는지 미사키의 움직임이 단숨에 빨라졌다.

서둘러. 절대 당황하면 안 돼.

나는 어느새 기도하듯 두 손을 모으고 있었다.

앞으로 2미터.

앞으로 1미터.

그리고 미사키가 뻗은 손이 맞은편 지면을 움켜쥔 바로 그때였다.

드드드득 하는 섬뜩한 소리와 함께 전봇대의 윗부분이 아래로 미끄러져 떨어졌다.

그 반동 때문에 맞은편에 있는 전봇대 끝부분이 순식간에 위로 솟구쳤다.

"위험해!"

그러나 미사키가 한 박자 더 빨랐다.

미사키는 기우는 전봇대를 박차고 허공에 뛰어올랐다.

그가 발을 디딘 곳은 전봇대 끝부분이 완전히 노출된 바로 옆 지면이었다.

한쪽 지지대를 잃은 전봇대는 물속에 잠기더니 순식간에 급류에 휩쓸려 갔다. 콘크리트 덩어리라 무게가 상당할 텐데도 마치 나무토막 같았다.

이로써 확실해진 것은 내가 미사키를 더 이상 따라갈 수 없게 됐다는 것. 그리고 우리의 퇴로가 완전히 차단됐다는 것이다.

의연하게 쏟아붓는 빗속에서 미사키의 모습이 부옇게 보였다.

미사키는 몸을 크게 틀어 학교 건물 쪽을 가리켰다. 내게 돌아가라고 지시하는 것이다.

즉석에서 만들어진 다리가 물에 떠내려간 사실에 나는 반은 절망하고 반은 안도했다.

어차피 난 이런 인간이다. 아무리 용감한 척해도 결국 미사키를 혼자 보내고 말았다. 혼자 보낼 수밖에 없었다.

좌절에 빠진 내 마음을 아는지 모르는지 미사키는 나를 향해 고개를 크게 끄덕여 보이더니 도로를 뛰어 내려갔다. 저 속도로는 가장 가까운 민가까지 30분 정도 걸릴까. 그전까지 내가 해야 할 일은 우선 요코야 선생님께 상황을 알리고 학교에 남은 반 아이들을 진정시키는 것이다.

나는 무거워진 다리를 질질 끌며 온 길을 되돌아갔다.

4

잠시 후 도착한 음악실은 분위기가 사뭇 달라져 있었다. 아까까지는 축제처럼 떠들썩했는데 지금은 거짓말처럼 모두가 입을 꾹 다물고 있다. 교단에는 요코야 선생님이 있었지만 역시 침묵하고 있었다.

희한한 것은 위아래가 흠뻑 젖은 나를 보고도 아무도 놀라지 않았다는 점이다. '누가 뭐라고 한마디라도 해 봐'라고 생각했을 때 뜻밖의 말이 귀에 꽂혔다.

"다카무라, 너 안 다쳤어?"

멀리서 처음 말을 걸어 온 사람은 클라리넷을 전공하는 가케이 미카였다. 나를 배려해서 한 말일 텐데도 묘하게 날이 서 있다. 자세히 보니 몇 명은 창가에 서서 밖을 내다보고 있었다.

"응? 다치다니?"

"시치미 떼지 마. 여기서 다 지켜보고 있었다고."

대답한 사람은 창가에 서 있는 구즈노 쇼헤이였다. 딱히 눈에 띄는 아이는 아니지만 부탁받으면 거절하지 못하는 성격 때문에 학급 위원을 맡고 있다. 그 쇼헤이가 미카와 함께 왠지 초조해하고 있었다.

"아까 빗발이 잠깐 약해졌을 때 보였어. 너랑 미사키가 건너편 도로로 탈출하려고 한 거."

쇼헤이는 그렇게 말하며 나를 향해 다가왔다.

"말해. 왜 학교에서 도망치려고 했는지."

"뭐? 도망친 사람은 우리가 아니라 이와쿠라야."

"이와쿠라랑 너라면 모를까 미사키는 그럴 아이가 아닐 텐데."

이상하게 신뢰받고 있다. 나는 내심 화가 치밀었지만 지금은 화를 낼 때가 아니다.

"도망친 게 아니야. 미사키는 도움을 청하러 갔어."

"도움? 뭐야, 그게."

내가 설명하려 할 때 체육복 차림의 하루나가 음악실에 들어왔다.

"응? 다카무라, 뭐야. 왜 그리 온몸이 젖었어."

이로써 반 아이들이 모두 모였다. 나는 아이들 앞에 서서 미사키와 지금껏 겪은 상황을 설명했다.

내가 본 광경은 스릴이 넘쳤고 난데없으면서도 일상적이

지 않았다. 그러니 짧은 설명만으로는 들어도 전부 이해하지 못하리라는 것은 예상했다.

이야기를 다 들은 아이들의 반응은 맥이 빠질 정도였다.

"이제는 정말 도망칠 곳이 없다고?"

쇼헤이는 유독 공격적이어서 순간 내 멱살을 움켜잡는 줄 알았다. 언제나 다른 아이들과 담담히 잡담을 나누던 아이로 는 보이지 않았다.

"내가 보기에는 이제 없어. 너도 미사키가 어떤 아이인지 알겠지만 걔가 굳이 그런 위험한 다리를 건너는 선택을 할 리 없잖아. 그 밖에 다른 안전한 방법이 있었다면 반드시 그 쪽을 택했을 거야."

"그럼 그 마지막 다리가 강에 떨어져 버렸으니 이제 이곳 에 남은 우리는 어떡하라고!"

미카가 대뜸 버럭 소리쳤다. 당장에라도 울음을 터뜨릴 것 같은 얼굴이다.

미카를 보고서야 나는 상황을 대략 파악했다. 나와 미사키 가 없는 동안 아이들도 창문으로 바깥 상황과 끝없이 퍼붓는 호우를 관찰했고 정전 속에서 위험을 느꼈을 것이다. 그러니 내가 겪은 경험담과 목격 정보는 이른바 답안지 맞추기 같은 것이었다.

"그것에 관해서는 미사키가 우리에게 전한 말이 있어. 모 두 지금 당장 체육관으로 이동해 줬으면 해."

미사키는 학교 체육관은 대부분 구조가 견고하고 튼튼하다고 했다. 생각해 보면 틀릴 게 없는 말이다. 전교생이 다 들어가도 꿈쩍도 하지 않는 바닥이나 두꺼운 벽은 외부 충격에 강해 보였다. 그리고 지진과 호우 같은 재해가 덮칠 때는 보통 체육관 같은 곳이 피난처가 된다.

"만에 하나 뒷산이 무너져도 체육관 건물은 어느 정도 버틸 수 있을 거라고 했어."

"그 만에 하나가 정말 일어나면 어떡해?"

미카가 여전히 날카롭게 따졌다.

"그러니까 그렇게 되기 전에 미사키가 구조를 요청하러……."

"걔 말을 왜 그렇게 무조건 믿어! 도움은 나중에 청하고 혼자 안전한 곳으로 도망쳤을 수도 있잖아!"

미카의 말을 듣고도 놀랐지만 그 이상 놀라웠던 것은 아이들의 반응이었다. 그 누구도 미카에게 뭐라고 하지 않았다. 아니, 그러기는커녕 미카의 폭언에 동의하는 듯한 아이도 있었다.

남의 일이지만 화가 치밀었다. 다자이 오사무의 〈달려라 메로스〉*는 아니지만, 지금은 미사키의 사명감을 믿고 대신 반박해야겠다고 생각했다.

---

* 　우정과 사람 간의 신뢰를 소재로 한 소설.

"이봐, 미카. 혼자서 내뺄 녀석이 공중전화 상태를 점검하고 뒷산이 얼마나 무너졌는지 확인하는 것도 모자라 부러진 전봇대까지 보러 갔겠어? 우리더러 체육관으로 대피하라는 말을 했겠어?"

내가 그렇게 따지자 이번에는 미카를 비롯한 다른 아이들이 당황한 듯했다. 입에 담고 나서야 떠올랐다. 애초에 나라는 인간은 지금껏 다른 사람의 의견에 일일이 반박한 적이 없다. 그러니 모두 놀란 것이다.

왜 이렇게 흥분하는지 나도 알 수 없었지만 말은 멈추지 않았다.

"애초에 이 안에서 산사태의 위험성을 깨닫고 움직인 사람이 미사키 말고 또 누가 있어? 다들 쓸데없이 떠들거나 불안해하기만 했잖아. 모두 가만히 손가락만 빨고 있었던 주제에 어떻게 가장 먼저 행동한 사람을 믿지 못하겠다느니 하는 말을 아무렇지 않게 할 수 있어?"

"아, 아무렇지 않게, 라니."

"안전한 곳? 정작 아까 미사키가 전봇대를 건널 때 안전한 곳에서 그걸 가만히 지켜보고 있었던 게 누군데? 얼굴에 물방울 하나 튀지 않았으면서 위험에 노출되는 것으로 모자라 사력을 다해 우리를 도우러 간 사람에 대해 젠체하며 떠들지 마!"

나는 음악실 안에 있는 모두를 향해 독설을 내뱉은 꼴이

됐다.

미카는 완전히 입을 다물었다.

쇼헤이는 어색한 것처럼 고개를 숙였다.

침묵을 깬 사람은 묵묵히 우리의 대화를 지켜보던 요코야 선생님이었다.

"체육관으로 이동하라는 건 적절한 판단으로 보인다."

요코야 선생님은 오늘 당직이라 체육관 열쇠를 갖고 있어서 사정을 설명할 수고를 덜 수 있었다.

"지금부터 모두 체육관으로 이동한다. 다들 서두르지 말고 일렬로 서서 신속하게 이동하자."

어차피 학교 안에는 우리뿐이어서인지 이때는 패닉에 빠지는 아이가 없었다.

우리는 출석 번호순으로 나란히 서서 음악실을 나갔다. 요코야 선생님은 가장 뒤쪽에 서서 가다가 내 옆을 지날 때 내 귀에다 대고 귓속말을 했다.

"수고했다, 다카무라. 네 덕분에 다들 진정한 것 같아."

진정한 게 아니라 그냥 풀이 죽은 게 아닐까요.

체육관으로 가는 길목에서 미카가 이번에는 하루나에게 물었다.

"넌 왜 혼자 체육복이야?"

"아무래도 체육관에 갈 것 같았어. 연결 통로를 지날 때 어차피 옷이 다 젖을 것 같아서."

하루나의 말이 맞았다. 나는 지금 갈아입을 체육복을 스포츠백에 안에 넣어 둔 채로 이동하고 있다. 어차피 한 번 더 옷이 비에 젖을 거면 체육관에 도착하고 나서 갈아입는 게 낫다고 판단했다.

일렬로 걷고 있자 아이들이 느끼는 긴장과 불안이 자연스레 전해졌다. 유일한 퇴로였던 다리가 무너진 시점에 일탈을 즐길 여유도 사라졌을 것이다. 빠른 걸음으로 이동해도 무겁게 깔린 공기가 어깨 부근까지 내려왔다.

잠시 후 1층 연결 통로에 다다르자 또다시 소리가 홍수처럼 몰아닥치기 시작했다. 앞줄에 있는 아이는 소리를 접한 것만으로 다리가 풀려 버린 듯했다.

"뭐야, 이건!"

뒷문 현관은 유리문이라 바깥 상황이 훤히 보였다. 맨 앞줄에 있는 아이가 그 광경을 보고 소스라치게 놀랐다.

여기서 멈추면 의미가 없다. 나는 대열에서 빠져나가 가장 뒤를 향해 달렸다.

"요코야 선생님. 체육관 열쇠 좀 빌려주세요."

"아, 그래."

왠지 망설이는 듯한 요코야 선생님에게서 거의 빼앗듯이 열쇠를 받아들고 이번에는 가장 앞쪽을 향해 달렸다.

그곳에 있는 사람은 쇼헤이였다.

"다카무라."

"앞에서 멈춰 서면 안 돼."

"하지만 바깥이……."

"비에 젖어도 죽지는 않잖아. 내가 앞장설 테니 따라와."

"뭐?"

쇼헤이는 순간 수상쩍은 것처럼 나를 봤다.

"너, 뭔가 캐릭터가 바뀌었네."

그야 바뀔 수밖에 없다.

나는 조금 전 두 눈으로 영웅의 활약을 똑똑히 목격했다. 같은 남자로서 캐릭터가 바뀌지 않을 도리가 없다.

"문은 둘이 함께 열어야 해. 자칫 잘못하면 열자마자 뒤로 날아가 버릴 수도 있어."

선배의 고압적인 지시처럼 들릴 수도 있겠지만 쇼헤이는 순순히 고개를 끄덕여 주었다.

"자, 그럼 간다. 하나, 둘!"

둘이서 함께 문을 열자 곧장 폭풍우가 우리를 덮쳤다. 나는 바람에 휩쓸리지 않도록 몸을 낮춰 통로를 지났다. 이제는 비바람에 완전히 익숙해져서인지 큰 어려움 없이 체육관 문 앞까지 갈 수 있었다.

간신히 자물쇠를 열고 안에 뛰어들자 순식간에 안도감이 밀려왔다. 불이 켜지지 않아서 어둡지만 교실과는 비교할 수 없을 만큼 넓은 공간이 반가웠다.

내 뒤를 이어 쇼헤이도 뛰어 들어왔다.

"뭐야, 이거. 샤워로 해결될 문제가 아니네."

"그래서 갈아입을 옷이 있어야 한다니까."

하나둘 들어오는 반 아이들을 한 명씩 안쪽으로 유도했다. 연결 통로를 건너오기를 주저하는 여학생도 있었지만 어떻게든 마지막 한 명까지 들어온 것을 확인했다.

"자, 이제부터 이 안에서 도움의 손길을 기다리자. 섣불리 움직이는 건 위험해."

요코야 선생님이 굳이 그렇게 말할 것도 없었다. 갈아입을 옷을 가져온 아이는 체육관 구석에 있는 탈의실로 향했고, 갈아입을 옷이 없는 여학생들은 수건을 빌려서 셔츠 위에 둘렀다. 실제로 연결 통로를 다 건넜을 때 비에 젖은 여학생들의 속옷이 비쳐서 남학생들은 눈을 어디에 두어야 할지 모르는 듯했다.

한숨 돌리고 있자 누가 말을 꺼낸 것도 아닌데 하나둘 체육관 가운데로 모이기 시작했다. 둥글게 모여서 앉는 것은 옷을 체육복으로 갈아입은 데서 오는 조건 반사 같은 것일지도 모른다.

불안감은 여전히 이 안에 똬리를 틀고 있다. 그러나 이렇게 한군데에 모이자 신기하게도 드러내놓고 두려워하는 아이는 없었다.

아무리 할 일이 없어도 지금 배구나 농구를 할 수도 없는 노릇이라 우리는 말없이 서로의 얼굴을 바라봤다.

체육관 지붕을 통해서 여전히 폭우가 쏟아지는 소리가 들렸다. 천장이 높아 안심할 수 있지만 비가 떨어지는 면적이 넓은 만큼 소리도 더 큰 느낌이었다.

마치 세상에서 우리만 고립된 듯한 기분이 들었다. 이런 말을 해도 될지 모르겠지만 나는 이런 분위기를 싫어하지 않았다.

문득 고개를 돌려 보니 내 자리에서 세 칸 떨어진 곳에 하루나가 앉아 있었다. 하루나는 고개를 푹 숙인 채 어깨를 희미하게 떨고 있다. 아무래도 나만큼은 마음이 진정되지 않은 듯하다. 그게 당연하겠지만.

"다카무라."

비스듬하게 내 앞에 앉은 미카가 갑자기 말을 걸었다.

"응?"

"조금 전 그 일…….”

"아, 미안, 미안."

나는 말이 떨어지기 무섭게 손을 맞대고 고개를 숙였다.

조금 전에 우리가 나눈 대화가 머릿속에서 빠른 속도로 재생됐다. 미사키에 대한 비난을 막기 위해서였다고 해도 나 역시 지나치게 감정적으로 반응했다. 더욱이 상대는 여자이니 사과할 거면 지금 빠르게 하는 게 낫다고 판단했다.

"뭐야. 갑자기 사과하고."

"아, 조금 전에 내가 말이 너무 심했던 것 같아서."

"응. 심하기는 했는데 나도 심한 건 마찬가지였어. 미안."

"그럼 무승부로 해."

"실은 질투도 좀 섞였던 것 같아."

"어? 질투?"

"미사키를 그렇게 신뢰하는 걸 보고 왠지 질투가 느껴졌어. 아까도 너한테 한 소리 들을 때 왠지 내가 되게 못된 사람이 된 것 같은 기분이 들더라."

"아, 그러니까 그건 사과할게."

"지금 당사자가 여기 없으니 묻는 건데, 너희 둘은 언제 그렇게 친해진 거야?"

"언제라니. 자리가 바로 옆자리잖아. 대화를 나눌 기회도 많으니 당연히 친해지지."

"미사키는 그런 '당연히'가 통하지 않는 아이잖아."

미카의 말을 듣고 여학생 몇 명이 동의하는지 고개를 끄덕였다.

"아마 내 옆에 미사키가 앉는다고 해도 너만큼 친해질 수는 없을걸. 걔한테는 벽이 있어."

"벽? 무슨 벽?"

"보이지 않는 벽. 눈에 보이지는 않지만 엄청나게 두껍고 튼튼해."

"무슨 말인지 잘 모르겠어."

"뭘 몰라. 알면서."

여학생들의 눈길이 일제히 내게 쏠렸다.

"뭐라고 표현해야 좋을지 모르겠지만, 미사키는 우리와 같은 열여덟 살 아이로 안 보여."

미카는 말이 점점 많아졌다. 솔직히 미카의 이야기를 듣는 게 썩 내키지 않았지만 그렇게 해서 지금 이곳을 지배하는 긴장감과 불안이 조금이나마 풀린다면 괜찮을 것이다. 언뜻 보니 요코야 선생님도 내게 미카를 그냥 내버려 두라고 신호를 보냈다.

"어른스럽다는 뜻이야?"

"아니, 그게 아니라 뭐랄까, 외국인 같다고 할까……. 물론 외국인과 대화해 본 적은 없지만 왠지 비슷할 것 같아. 같은 언어를 써도 의사소통이 잘 되지 않는 느낌……."

"아, 무슨 말인지 알 것 같네. 한마디로 같은 말을 써도 인식하는 범위가 다르다는 뜻인가."

"응? 그거야말로 무슨 뜻이야?"

"좋은 의미든 나쁜 의미든 우리와는 다르다는 말이지. 가장 알기 쉬운 예가 바로 그 연주 아니겠어? 같은 피아노, 같은 여든여덟 개의 건반을 두드리는데도 들리는 소리가 카세트테이프와 CD만큼이나 다르잖아. 똑같은 곡을 치는데도 미사키의 연주는 전혀 다른 곡처럼 들려. 미사키보다 먼저, 혹은 그 뒤에 연주하는 게 부끄러울 정도야."

떠드는 동안 나는 묘한 감각에 휩싸였다. 미사키의 연주

기술을 칭찬하다 보면 어떤 이유에선지 우월감과 열등감이 함께 밀려온다. 친구를 자랑하면서 한편으로 나와의 차이를 인정하는 것 같아 마치 내가 둘로 나뉜 것 같은 착각에 빠진다. 이럴 때는 칭찬뿐 아니라 조금은 비판도 해야 균형이 맞는다.

"나쁜 의미에서 다른 건 개는 음악을 제외한 다른 것들에 대한 감수성이 초등학생 수준이라는 거야. 우리가 미사키의 연주를 듣고 어떻게 느끼는지를 개는 전혀 이해를 못해. 자기가 특별하다고 생각하지 않아. 공부에서나 음악에서 생기는 능력의 차이를 개성 정도로만 보는 경향이 있어."

"개성?"

"다들 연습하면 자기와 비슷할 정도로 피아노를 칠 수 있을 거라고 생각해. 그러지 못하는 건 연습량의 차이라고만 보는 거야."

"말도 안 돼."

쇼헤이가 발끈해서 끼어들었다.

"우리가 아무리 연습한다고 그렇게 칠 수 있겠어?"

"그런 걸 개는 모르니까 초등학생이라고 한 거야. 말이 나온 김에 하자면 그 나이에 이성에 대한 관심도 눈곱만큼도 없어. 지금 여기 모인 여자애들의 속이 비치는 셔츠를 봐도 분명 춥겠다고만 생각할걸. 이건 내가 개를 관찰하면서 알게 된 건데, 미사키는 여자를 볼 때 손가락밖에 안 봐. 연주자로서 괜찮은 손가락을 가졌는지에만 관심이 있다는 말이야."

그러자 체육관 안에 모인 여학생들이 모두 자기 손을 빤히 들여다보기 시작해서 나는 무심코 쓴웃음을 지을 뻔했다.

"한마디로 걔는 그냥 바라보고만 있기에는 좋은데 한번 친해지면 이런저런 성가신 일이 생길 수 있다는 말이야. 특히 여자애들한테는 더욱."

말을 마치자 왠지 후련한 기분이 들었다.

그리고 뒤이어 곧장 자기혐오가 나를 덮쳤다.

"이건 내 편견일 수도 있지만, 걔는 뛰어난 연주 기술과 맞바꿔서 다른 감성과 상식 같은 건 다른 데다가 두고 온 느낌이야. 그러니까 아까도 쓰러진 전봇대를 아무렇지 않게 건너려고 했지. 일단 돌아가서 선생님과 우리에게 위험을 전하기보다 전봇대를 건너는 걸 선택했어. 두려움이나 다른 사람들의 반응 같은 걸 고려하기 전에 도움을 청하는 게 먼저라고 판단했기 때문이야."

"그건 너무 좋게 해석하는 것 아닐까?"

남학생 중 한 명이 끼어들었다.

"뭐? 네가 직접 가서 그 다리 절반이 추락한 절벽 아래를 한번 내려다볼래? 다들 예상하겠지만 흙탕물이 흐르는 속도가 정말 장난이 아니었어. 아무리 자기 혼자 살려고 도망친다고 해도 나 같으면 지금 당장 휩쓸려 내려갈 것 같은 전봇대를 타고 거기를 건너는 건 상상도 못했을 거야."

"그만큼 미사키의 생존 본능이 강했을 뿐 아닐까?"

"아까도 말했지만 자기 혼자 도망칠 녀석은 뒤에 있는 사람에게 이야기를 전달해 달라고 안 해."

그러자 이번에는 쇼헤이가 목소리를 높였다.

"그럼 미사키는 왜 도움을 청하러 간 건데? 누가 개한테 따로 시킨 것도 아닌데."

"모르겠어? 여기 있는 너희를 구하려고 그런 거지."

그러자 체육관 안이 찬물을 끼얹은 것처럼 조용해졌다.

지붕을 두드리는 빗소리만이 울려 퍼졌다.

잠시 후 쇼헤이가 조심스럽게 다시 입을 열었다.

"……그러니까 대체 왜?"

"말했잖아. 음악에 관한 것 말고는 개는 수준이 초등학생이나 마찬가지라고. 열여덟 살이라면 이미 오래전에 잊어버렸을 꼬맹이 같은 정의감을 지금껏 가지고 있어."

"오, 그거 멋지네."

누가 그렇게 비아냥거리자 나도 모르게 되받아쳤다.

"그래, 아주 멋지지. 적어도 너처럼 남을 기어코 자신과 같은 수준으로 끌어내리려는 사람보다는 훨씬."

또다시 어색한 침묵이 깔렸다.

제기랄. 나는 미사키 이야기만 나오면 왜 이렇게 흥분하는 걸까. 감싸면 감쌀수록 열등감만 깊어질 뿐인데.

"그러니까 난 믿어."

나는 모두 앞에서 그렇게 선언했다. 그러지 않으면 더는 대책이 서지 않을 것 같았다.

"그냥 꼬맹이가 자기만의 정의감에 따라 행동한 거야. 그러니 더 믿을 수밖에 없지 않겠어?"

"꼬맹이라."

쇼헤이가 동의하는 것처럼 중얼거렸다.

"그렇게 들으니 왠지 알 것도 같네. 그 이질적인 느낌의 정체가."

"뭐야, 학급 위원. 너까지 분석을 시작한 거야?"

미카는 여전히 시비조로 물었다. 그러면서 자신의 불안감을 없애려는 것이다.

"생각해 보면 어린애들은 주변을 별로 신경 쓰지 않지. 자신의 재능을 남과 비교하지 않고, 또 그런 것 때문에 남이 기가 죽어도 신경 쓰지 않아. 미사키가 정확히 그런 것 같네."

과연. 나는 고개를 끄덕였다.

어린아이의 순수함은 때때로 잔인하다. 냉정하고 직설적이면서도 가차 없다. 미사키의 평소 행동과도 일맥상통하는 부분이 있다.

"그럼 결국 한쪽으로 치우쳤다는 뜻이네."

순식간에 분위기가 험악해졌다. 대충 넘어가면 될 텐데 미카는 나, 그러니까 다카무라라는 이름의 지뢰를 밟고야 말았다.

"그래. 치웠다고 하면 그 말이 맞을 수도 있어. 그렇지만 모든 걸 조화롭게 생각하고 행동하는 사람은 과연 어떤 사람일까? 무엇이든 남과 똑같이 하려 하고, 오로지 무난한 말만을 내뱉고, 칭찬은 물론 비난도 받지 않고, 조금이라도 나와 달라 보이는 사람을 사사건건 배척하려는 사람일까?"

나는 분명 몹시 흥분한 표정이었을 것이다. 미카는 짧게 앗 하더니 표정이 굳었다.

그때였다.

갑자기 체육관이 굉음과 함께 흔들렸다.

뒤이어 흙모래가 두둑거리며 떨어지는 소리.

마치 거인이 온 힘을 다해 체육관을 밀어젖히는 듯한 충격에 여학생들이 비명을 질렀다. 둥글게 앉아 있던 대열이 금세 무너지고 흐트러졌다.

이럴 때 지시를 내리는 사람은 역시 요코야 선생님이었다.

"다들 진정해! 그 자리에 가만히 있어!"

충격이 계속 이어지지는 않아서 일단 아이들이 다시 대열을 갖춰 앉았다.

소리와 충격은 뒷산 쪽에서 들렸다. 밖에 나가 확인하고 싶지 않지만 아마 작은 규모의 산사태가 일어난 것 같았다.

잠시 후 흙모래가 떨어지는 소리가 간헐적으로 들리더니 이윽고 멎었다.

속으로 '멈췄어' 하고 생각한 순간 이번에는 여학생 몇 명이 서로를 끌어안고 부들부들 떨기 시작했다.

"······무서워."

"도와줘. 누가 좀 도와줘."

"엄마······."

대놓고 울음소리를 내지는 않았지만 남학생들의 반응도 비슷했다. 주변을 연신 살피는 아이, 이를 연신 딱딱거리는 아이, 개중에는 낯빛이 창백해진 아이도 있다.

솔직히 말하면 나도 무릎이 조금씩 떨렸다. 튼튼한 체육관 건물은 믿음직스럽지만 그래도 대자연의 위력 앞에서는 바람에 흔들리는 촛불이나 마찬가지다. 그전에 나는 비 때문에 다리가 무너져 떠내려가는 현장을 목격하기도 했다.

충격은 멎었지만 빗소리는 여전했다.

아니, 조금 다르다.

빗소리에 섞여 다른 소리도 들린다.

끼익.

끼익.

마치 학교 전체가 천천히 조여드는 듯한 마찰음이었다.

"괜찮아!"

요코야 선생님이 짐짓 큰 소리로 외쳤지만 역효과였다. 정말 괜찮다고 믿는다면 일부러 이렇게 크게 외치지도 않을 것이다.

누가 먼저라고 할 것도 없이 뒷산이 있는 방향과 조금씩

거리를 벌리기 시작하자 둥근 대열이 점차 출구 쪽으로 밀려났다.

으스스한 마찰음이 아직도 계속되고 있다.

심장이 쿵쾅거리다 못해 입 밖으로 튀어나올 것 같았다.

미사키, 아직이야?

나는 속으로 그의 이름을 불렀다.

미사키와 헤어지고 나서 벌써 한 시간이 넘게 흘렀다. 미사키가 가장 가까운 민가에 뛰어들어서 이 상황을 전했다면 이미 도와줄 사람들이 도착할 시간이다.

길이 물에 잠겨서 구조 차량이 올라오지 못하는 걸까.

아니면 아랫마을은 여기보다 호우 피해가 더 심각한 걸까.

아니, 그전에 미사키는 도움을 청할 수나 있었을까.

한심한 일이다. 바로 조금 전까지만 해도 미사키를 믿는다고 공언까지 한 마당에 벌써 의심하기 시작했다. 나는 어차피 연약하고 교활한 거짓말쟁이다. 미사키만큼 훌륭하고 순수해질 수는 없다.

상황이 더 심각해지면 우리는 체육관에서 도망쳐야 할 것이다. 하지만 그 뒤에는? 우리는 지금 거의 알몸 상태로 무너지는 산 바로 밑에 버려진 거나 마찬가지다. 어느 쪽이든 절체절명의 위기 상황임은 틀림없다.

끼익.

끼익.

마찰음이 더욱 커졌다.

모두의 얼굴에 공포가 깃든다. 요코야 선생님도 이제는 불안감을 감추지 못했다.

공포가 가슴을 짓눌렀다.

"좀 더 이쪽으로."

요코야 선생님이 우리를 출구 쪽으로 유도했다.

그러나 너무 가까이 가는 것도 위험하다. 건물이 무너질 때는 출입구부터 무너지기 때문이다. 그리고 출입구에 다가갈수록 폭풍우 소리가 더 크게 들렸다.

이제는 다 끝났어. 그렇게 체념했을 때였다.

갑자기 체육관 문이 활짝 열렸다.

"모두 무사하십니까?"

주황색 유니폼과 헬멧을 쓴 남자들.

구조대였다.

미사키는 자신의 임무를 완수해 주었다.

"책임자가 누구시죠?"라는 질문에 요코야 선생님이 앞으로 나갔다.

"맞은편 도로에서 이쪽을 향해 사다리를 설치했습니다. 저희가 도울 테니 한 명씩 건너가시면 됩니다."

구조대원의 말에 우리는 일제히 환호성을 질렀다. 여학생들은 서로 부둥켜안고 기뻐했고 남학생들은 저마다 승리 포즈를 취했다. 나 역시 안심한 나머지 다리가 후들거렸다.

하지만 진정한 공포는 이제부터 시작이다.

밖에 나가 보니 맞은편에 사다리차 두 대가 우리를 기다리며 이쪽 지대로 긴 사다리를 걸쳐 놓고 있었다. 하나에 한 명씩, 다시 말해 두 명이 구조대원과 함께 사다리를 건너야 하는 것이다.

힘이 약한 여학생들부터 차례대로 사다리를 건넜다. 실은 내 차례가 돌아오기까지가 가장 무서웠다. 기다리는 동안에 뒷산이 무너지는 게 아닐까. 상상하는 것만으로 무릎에 힘이 풀렸다.

그래도 모든 학생이 무사히 사다리를 건너고 마지막으로 요코야 선생님이 사다리를 건너자 우리는 손뼉을 치며 다시한번 환호성을 올렸다.

그러나 그 뒤로 마지막 경악이 우리를 기다리고 있었다.

요코야 선생님이 구조대원에게 이렇게 물을 때였다.

"미사키라는 학생이 신고했죠?"

"네. 근처 민가에 뛰어들어 소방서와 경찰서에 신고했다고 합니다."

"미사키는 지금 어디 있습니까?"

"……가까운 경찰서에 있습니다. 참고인 조사 중이라고 합니다."

"아, 산사태를 눈치채고 탈출하기까지의 경위를 설명하는 중인가 보네요."

"아뇨. 살인 사건의 참고인입니다."

나는 순간 숨이 턱 막혔다.

"조금 전 이 근처에서 이와쿠라 도모키라는 소년의 타살 시신이 발견됐습니다."

III *Angoscia slargando*
불안이 서서히
고개를 드는 것처럼

I

구조된 우리는 네 명씩 한 조가 되어 대기 중인 구급차를 타고 병원에 갔다. 그러나 모두 가벼운 찰과상조차 없어서 불안감과 긴장 때문에 컨디션 불량을 호소한 여학생 두 명을 제외하고는 곧장 집에 돌아갈 수 있었다.

산 밑에 내려간 직후부터 핸드폰 전파도 터져서 나는 어머니에게 전화를 걸었다.

전화를 받은 어머니는 몹시 놀란 듯했다.

—다, 다카무라니? 어떻게 된 거야. 마을 방송에서 음악과 학생들이 학교에 갇혔다던데.

마을 방송이란 동사무소 스피커를 통해 나오는 방송을 뜻하는데 늘 그렇듯 이번에도 한 박자 늦은 듯했다.

"지금은 구조대원들에게 전부 구조됐어. 그러니 걱정 안

해도 돼."

─걱정 안 해도 된다니……. 어디 다친 데는 없니? 손가락
은 다 괜찮아?

몸의 다른 부분보다 손가락을 먼저 걱정하는 것이 역시 어
머니다웠다.

"상처 하나 없어. 지금부터 참고인 조사 같은 걸 해야 한다
고 하니 조금 늦을 것 같아. 그럼 나중에 다시 연락할게."

그렇게 말하고 전화를 끊었다.

참고인 조사라는 말은 새빨간 거짓말이었다. 아니, 조사 때
문에 늦는 건 사실이지만 내가 조사를 받는 것은 아니었다.

병원 대기실에서 기다리고 있자 다나하시 선생님이 모습
을 드러냈다. 컨디션이 좋지 않다고 했는데 겉보기에는 평상
시와 다를 바 없었다. 음악과 아이들이 구조됐다는 소식을
듣고 한달음에 병원에 달려온 듯했다.

"다카무라! 너 괜찮냐?"

"네. 다들 괜찮아요. 한 명도 다치지 않았어요."

"그렇구나. 다행이다."

다나하시 선생님은 한숨을 크게 내쉬고 무릎에 손을 얹더
니 가볍게 어깨를 들썩였다.

"충격 때문에 일시적으로 컨디션이 안 좋아진 여자애들 두
명만 지금 입원해 있어요. 미카와 도코인데 내일은 퇴원할
수 있댔고 조금 전 부모님들도 오셨어요. 요코야 선생님이

부모님들께 상황을 설명하는 중이에요."

"……다카무라 너, 되게 똑소리 나는구나."

"그러지 않으면 데려가 주시지 않을 것 같아서요."

"응? 그게 무슨 말이냐?"

"병원을 나가면 경찰서에 가실 거잖아요."

"너도 같이 가려고?"

"선생님도 미사키가 이와쿠라를 죽였다고는 생각하지 않으시죠?"

"물론이지. 조사 때문에 경찰서에 가지만 가는 김에 그 이야기도 하려고 한다."

"그럼 저도 데려가 주세요. 마지막까지 미사키와 함께 움직인 사람이 저니까요. 제 증언이 분명 도움 될 거예요."

다나하시 선생님은 내 눈을 빤히 바라봤지만 잠시 후 어쩔 수 없다는 것처럼 탄식했다.

"결국 너도 증언은 해야 할 테니 어차피 시간문제인가."

"둘이 함께 미사키의 결백을 주장하는 게 좋을 것 같아요."

"그런데 좀 의외구나. 너는 좀 더 신중하다고 할까, 평소에는 앞에 잘 나서지 않는 아이라고 생각했는데."

"이럴 때 뒤에 물러서 있을 수만은 없죠."

"그래, 그 말이 맞다."

다나하시 선생님은 요코야 선생님을 만나고 다시 대기실에 돌아왔다.

"어머니께는 소식 전했지?"

"네. 조사 때문에 늦어질 거라고 말씀드렸어요."

그러자 다나하시 선생님은 "정말 철저한 녀석이로구나" 하고 중얼거리고 나를 조수석에 태웠다.

"선생님께는 어떻게 연락이 왔어요?"

"자세한 건 나도 아직 못 들었다. 그런데 통학로 근처에서 이와쿠라의 시신이 발견됐고 비슷한 시각에 그 근처에 있던 사람이 미사키였다더구나."

"네?"

나는 순간 귀를 의심했다.

"시신이 발견된 곳 근처에 있었다니……. 고작 그것만으로 범인 취급을 하는 거예요?"

"그러니까 나도 자세한 이야기는 못 들었다고 했잖냐. 아아, 제길."

다나하시 선생님은 투덜거리면서 차를 출발시켰다.

"오늘은 좀 쉴 수 있나 싶었는데 평생에 한 번 있을까 말까 한 일이 세 개나 겹치다니."

선생님은 구체적으로 설명해 주지 않았지만 나도 그 세 개가 뭔지 어렴풋이 알 수 있었다.

음악과 학생들의 조난, 제자의 죽음, 그리고 제자의 체포. 평범한 고등학교 교사로 살면서 이렇게 잇달아 재난을 겪을 일은 거의 없을 것이다.

우리가 탄 차는 곧장 미사키의 신병을 보호 중인 가모 경찰서로 향했다.

실은 내가 가모 경찰서를 찾는 건 이번이 처음이 아니었다. 초등학교 사회 시간에 반 아이들과 함께 경찰서를 견학한 적이 있다. 그때 받은 느낌은 '평범한 관공서' 같은 분위기였고, 경찰서 직원들은 모두 제복 차림에 위압감이 있었지만 전체적으로 평화롭고 조용했다.

지금 다시 생각해 보면 그것도 당연하다. 미노카모시市와 일곱 개의 마을을 관할하는 지방 경찰서. 평소 경찰이 수고를 들일 사건이라고 해 봐야 절도나 교통사고 정도일 것이고 상해, 더욱이 살인 사건 같은 건 수년에 한 번 일어날까 말까 하는 시골 경찰서다. 평화롭고 조용한 분위기는 그대로 관할하는 마을들의 분위기이기도 할 것이다.

그런 시골 경찰서에 느닷없이 폭우 피해와 살인 사건이 덮쳤다. 게다가 사건 피해자와 용의자가 둘 다 고등학생이다.

거의 10년 만에 다시 찾은 가모 경찰서는 시끌벅적했다. 살기등등하다고 바꿔 말해도 좋을 것이다. 경찰서 직원들은 모두 굳은 얼굴로 이리저리 뛰어다녔고 넓지 않은 구역에는 노성과 지시, 보고 소리가 오갔다.

가 본 적도 없지만 나는 마치 동물 병원 같다고 생각했다.

가모키타 고등학교가 산사태 피해를 보면 그 여파가 아랫마을에도 미친다. 대량의 흙모래가 탁류를 따라 마을을 덮치기 때문이다. 강 옆에 사는 주민들의 피난 권고, 소방서와의 연대, 그리고 어쩌면 자위대의 지원 요청도 염두에 두어야 한다. 이것만으로도 시골 경찰들에게는 벅찬 일이다. 거기에 다가 고등학생의 살인 사건까지. 익숙하지 않은 사건과 인원 부족 때문에 현장이 살기등등해지는 것도 당연했다.

다나하시 선생님이 접수처에 방문 목적을 알리자 강력계로 안내받았다. 미사키는 현재 그곳에 있다고 했다.

미사키가 강력계에 있다고?

그 말을 듣고 나는 머릿속이 뒤죽박죽해졌다. 누구보다 다투는 걸 싫어하고 칭찬에 서툰 것은 물론 다른 사람을 질투하거나 증오도 하지 않고 오로지 음악 외에는 아무 관심도 없는 미사키가 지금 강력계에? 이런 말도 안 되는 상황이 또 있을까. 미사키만큼 범죄와 거리가 먼 사람도 없을 텐데.

다나하시 선생님도 비슷한 생각을 했을까. 그는 허공에다 대고 "이런 말도 안 되는……"이라는 말을 두 번 읊조렸다.

강력계는 2층에 있었다. 담당은 시라이시라는 형사로 얼굴은 30대로 보이지만 머리숱이 적은 남자였다.

"저, 미사키 요스케의 담임 선생님이신가요? 하필 이 험한 시기에."

학교 측에 험한 시기인지 경찰 측에 험한 시기인지는 언급하지 않았지만 왠지 빈정거리는 듯한 말투가 마음에 들지 않았다.

"응? 뒤에 있는 학생은?"

"미사키가 학교를 탈출했을 때 함께 있었어요. 다카무라 요라고 합니다."

나는 선생님이 소개하기 전에 먼저 이름을 댔다.

시라이시 형사는 의자에 앉은 채로 날카로운 눈빛으로 나를 훑어봤다. 세상 물정을 잘 아는 척하는 어른과 대화할 때 자주 느껴 본 시선이다. 그리고 그런 사람들치고 정말 제대로 아는 어른은 거의 없다. 그저 아는 척만 할 뿐이었다.

"제가 가르치던 학생이 체포됐다고 들었습니다. 그것도 같은 반 아이인 이와쿠라를 살해한 혐의로요. 도대체 무슨 일인지 일어난 건지 알고 싶어서 찾아뵀습니다."

"오시느라 고생하셨습니다. 뭐 저희도 지금 주변 정보를 수집하는 중이니 잘됐군요. 하지만……."

시라이시 형사는 그렇게 말하며 내 쪽을 쳐다봤다. 내 앞에서 털어놓을 이야기는 아니라는 듯한 태도였다.

"수사 기밀과 관련된 것들이 궁금한 건 아닙니다. 학교도 그렇고 저도 아무 설명을 못 들어서……. 여기 있는 다카무라도 마찬가지고요. 원래라면 위험을 무릅쓰고 마을에 가서 아이들이 학교에 갇혔다는 것을 처음 알린 사람으로서 미사키는 칭찬받아야 마땅할 겁니다. 그런데 왜 갑자기 미사키가 살인 사건의 용의자가 돼 버린 거죠? 신문에 공개되는 수준으로도 괜찮으니 사건의 경위를 알려 주셨으면 합니다."

옆에서 보기 버거울 정도로 다나하시 선생님은 필사적이었다. 열은 높은 곳에서 낮은 곳으로 흐른다. 얼굴을 마주 보고 있던 시라이시 형사는 그 열기를 느낀 것처럼 담담하게 설명을 시작했다.

"우선 말이죠, 선생님. 이번 사건에는 알아야 할 시간과 장소가 꽤 많습니다. 하나는 미사키 요스케가 들어간 집과 이와쿠라 도모키의 시신 발견 현장. 또 하나는 바로 그 시간대입니다."

그러더니 시라이시 형사는 앞에 놓인 종이에 학교 주변 지도를 그렸다.

"미사키 요스케가 민가에 뛰어들어서 소방서와 경찰서에 신고한 시각이 오전 10시 30분. 신고를 접수한 구조대는 그로부터 20분 후, 즉 10시 50분에 현장에 도착했는데, 학교까지 가는 길목에서 거리에 누워 있는 이와쿠라 도모키의 시신을 발견했습니다. 뒤통수의 왼쪽 부분을 둔기 같은 것으로 얻어맞아 즉사한 상태였습니다. 구조는 시신 발견 직후에 이뤄졌고요."

시라이시 형사의 손가락이 약도 위를 훑었다.

"시신 발견 현장이 이곳. 그러니까 미사키 요스케가 들어간 집에서 50미터 정도 위에 있는 곳입니다. 바꿔 말해 학교에서 탈출한 미사키가 민가에 도착하기 전에 당연히 이와쿠

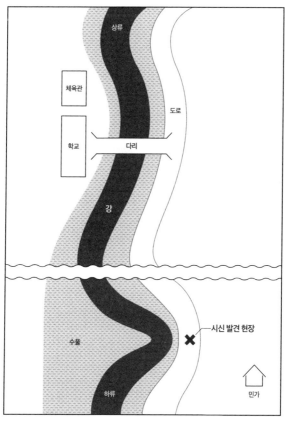

학교 주변 지도

라를 마주쳤을 거라는 뜻입니다. 그렇다면 미사키가 이와쿠라를 살해한 이후 민가에 뛰어들었다는 해석이 성립하죠."

"이와쿠라가 사망한 시점은 언제입니까? 그에 따라서 상황이 크게 달라질 수도 있을 텐데요."

"검시관의 견해로는 사망 추정 시간이 오전 10시부터 시신이 발견된 10시 50분 사이라서 시간상 일치합니다."

"우연의 일치일 수도 있지 않을까요? 통학로가 분명 외길이기는 하지만 그렇다고 미사키를 바로 용의자로 보는 건……."

"선생님이 무슨 말씀을 하고 싶으신지 압니다. 아시다시피 가모키타 고등학교 주변에는 민가가 드물고, 미사키가 들어간 집도 1킬로미터가 넘는 산 위에 있죠. 그 일대에서 자주 볼 수 있는 존재라고는 가모키타 고등학교 학생 아니면 원숭이 정도일 겁니다. 게다가 사건 당시 바깥에는 대야로 퍼붓는 듯한 엄청난 호우가 내리고 있었습니다. 그럴 때 굳이 밖을 싸돌아다닐 만큼 호기심 많은 사람은 없겠죠."

"그래서 미사키가 용의자다?"

"미사키에게는 동기도 있었습니다. 음악과 학생들을 구조한 직후 몇몇 학생이 미사키와 이와쿠라 사이에 갈등이 있었다고 증언했다더군요. 평소에 미사키가 이와쿠라에게 손찌검을 당했다고 하던데요."

젠장. 나는 속으로 욕설을 내뱉었다. 누가 그런 쓸데없는 증언을 한 걸까.

"이와쿠라 도모키는 아침에는 학교에 갔지만 빗발이 거세지기 전에 다시 학교를 나갔다고 합니다. 이 역시 증언으로 들었습니다. 자, 상황을 정리해 보자면 이렇습니다. 이와쿠라 도모키는 학교를 나가 다른 곳을 기웃거리는 동안 갑자기 폭우가 쏟아져 현장 근처에서 비를 피하고 있을 때 산에서 내려오는 미사키를 만나 말다툼을 벌인 끝에 살해됐다. 미사키는 그 뒤 민가에 뛰어들어 구조를 요청했다."

"그건 경찰의 상상에 불과하지 않습니까? 당사자인 미사키는 뭐라던가요?"

"학교를 나가 민가에 뛰어들 때까지 아무도 만나지 않았다. 물론 가는 길에 이와쿠라의 시신도 보지 못했다. 본인은 그렇게 주장하고 있기는 합니다."

미사키의 주장은 전혀 신빙성이 없다는 말투였다.

"경찰은 물증도 없으면서 지금 우리 학교 학생을 체포한 겁니까?"

"체포요? 그건 소식이 잘못 전해진 듯하네요. 저희는 지금 어디까지나 참고인 조사 중입니다. 미사키를 경찰서 유치장에 가둔 것도 아니고요."

시라이시 형사는 그렇게 말하고 덧붙였다.

"당사자도 피곤해 보여 중간중간 휴식을 취하다 보니 조사 시간이 당초 예상보다 길어진 느낌은 있네요."

나는 속으로 헛소리하지 말라고 생각했다.

미사키와 함께 학교를 나간 이후 내가 막중한 임무를 맡은 건 아니지만 그래도 정신적으로 매우 피곤했다. 전봇대를 건너 민가에 도움을 청하러 간 미사키는 나보다 더 녹초가 되었을 것이다. 그런 상황에서 미사키는 범인 취급을 당하며 경찰 조사를 받고 있는 것이다.

"미사키는 다른 사람을 죽일 만한 아이가 아니에요."

나도 모르게 말이 나왔다. 시라이시 형사의 말이 너무도 불합리하게 느껴졌다.

"걔랑 조금이라도 대화해 보셨으면 아시지 않나요? 걔는 다른 사람보다 음악적 재능이 탁월한 대신 정신 연령은 초등학생이나 마찬가지예요. 누구를 미워하거나 시기하는 감정과는 동떨어진 아이라고요. 그런 애가 어떻게 사람을 죽일 수 있겠어요."

"음악적 재능이 탁월한 건 모르겠지만 뭔가 좀 독특하긴 하더군요. 이쪽에서 질문하면 답변이 묘하게 맥락을 좀 벗어나는 감이 있어서."

"그렇죠?"

"하지만 그렇다고 다른 사람을 죽이지 못하리라는 보장은 없습니다. 정신적으로 미성숙한 사람이 타인을 상처 입히는 사례도 흔하고요."

"당사자가 죽이지 않았다고 주장한다면서요."

"누구든 처음에는 다 그렇게 말합니다."

"걔는 아니에요. 정말로 죽였다면 그 즉시 죽였다고 털어놨을 거예요."

시라이시 형사뿐 아니라 다나하시 선생님까지 어처구니없다는 얼굴로 나를 봤다.

"……어쨌든 말씀드린 대로 저희는 지금 미사키 요스케를 조사 중입니다. 아직 돌려보낼 수는 없어요. 그보다 모처럼 이곳에 오신 김에 제가 몇 가지 좀 여쭤도 되겠습니까?"

그러자 다나하시 선생님은 "뭘 말이죠?" 하고 마음의 준비를 하는 듯했다.

"살해된 이와쿠라 도모키에 대해서입니다. 이와쿠라는 대체 어떤 학생이었습니까? 미사키와는 어떤 계기로 사이가 안 좋아진 거죠?"

내가 입을 열려고 하자 다나하시 선생님이 손으로 저지했다. 말하다가 흥분할 게 뻔한 나보다는 담임 선생님의 이야기를 신뢰할 수 있을 거라 판단했는지 시라이시 형사도 반대하지 않았다.

"당연히 이와쿠라의 부모님께도 연락하셨겠죠?"

"네. 시신이 경찰서 영안실에 도착했을 때 부모님과 뵈었습니다. 지금 다른 형사가 부모님께 증언을 듣는 중입니다."

"이와쿠라의 부모님은 이 지역에서 유명한 건축업자입니다."

"네. 그 이야기도 들었습니다. 이와쿠라 건축이라고 해서 주노 지역에서 일감을 많이 받는다더군요. 이와쿠라는 그 집의 큰아들이었고요."

"경제적으로는 풍족한 집안 같았습니다."

"뭔가 의미심장한 말이군요. 그 말은 곧 경제적인 것 외에 문제가 있었다는 뜻일까요?"

"진로 문제로 부모님과 대립했죠. 이와쿠라는 앞으로 음악계에서 활동하고 싶어 했는데 부모님은 가업을 물려받기를 원하셨습니다. 그래서 부모님과 함께 학교를 찾아와 면담했을 때는 둘 사이에 꽤나 목소리가 커지기도 했고요."

"평소 행동거지는 어땠습니까? 학교 밖에서 질이 나쁜 학생들과 어울렸다든가."

"수업을 성실히 듣는 아이는 아니었지만 그렇다고 비행을 한 적은 없습니다."

다나하시 선생님의 증언에는 이와쿠라의 체면을 살려 주는 부분이 없지 않다. 이와쿠라가 교내에서 수시로 담배를 피웠다는 건 널리 알려진 사실이고 무단결석을 자주 해 출석률이 아슬아슬했다는 것도 반 아이들 전부 알고 있다. 그러나 학교 입장에서는 허용 가능한 범위 안에 있었으니 경찰에 보고할 필요는 없다고 판단한 듯했다.

"피해자가 평소에도 미사키에게 손찌검을 했다고 하던데, 일종의 집단 괴롭힘 같은 거였습니까?"

이 질문에는 내가 답해야 한다.

"단순히 질투해서 그런 거예요."

"질투 말인가요."

"음악과 관련된 모든 것, 특히 피아노 연주 실력에서 다른 아이들은 미사키에게 게임이 되지 않았거든요. 음악과니까 그런 건 학교 안에서 인기와도 이어져요. 돈이나 노력으로 어떻게 할 수 있는 것도 아니니 질투의 이유가 되었죠."

이때 이와쿠라가 하루나에게 일방적인 호감을 품고 있었다는 사실은 털어놓지 않았다.

어디까지나 내 어림짐작에 불과하다는 것은 변명이다. 그저 경찰의 수사 선상에 하루나의 이름이 오르는 게 싫었다.

그러나 나의 이 증언은 오히려 긁어 부스럼이 되었다.

"그렇다면 이와쿠라를 살해할 동기가 있는 사람은 미사키 말고는 없다는 뜻이군요."

이럴 수가.

나는 순식간에 마음이 초조해졌지만 곧 다나하시 선생님이 나 대신 뛰어들었다.

"그것도 다 상황 증거 아닌가요? 미사키가 범인이라는 증거는 되지 않겠죠. 아니면 시신 발견 현장에서 미사키의 지문이 묻은 흉기라도 나온 겁니까?"

"그런 건 아직 나오지 않았습니다만……."

시라이시 형사는 아픈 곳을 찔린 듯했다.

"검시관의 견해에 따르면 범행에 쓰인 둔기가 아무래도 그곳에 있던 돌덩이 따위일 확률이 있다고 합니다. 만약 정말로 그런 것을 썼다면 강에 던져 버리면 그만이었겠지요."

"그럼 미사키의 옷에 이와쿠라의 피라도 묻어 있었던 겁니까?"

"뭐 그건 현재 감식 중이라…… 아, 이건 수사 정보군요. 하마터면 넘어갈 뻔했습니다."

"미사키의 아버님과도 연락하셨나요?"

"그게 말이죠, 선생님. 이상하게도 미사키가 스스로 그걸 거부하고 있습니다."

"네?"

"경찰 수사를 받는 게 알려져서는 안 되는지 아버지의 연락처는 고사하고 이름조차 말하지 않는 상황입니다. 어지간히 엄격한 아버지를 둔 것 같습니다. 아, 마침 잘 됐습니다. 선생님이라면 미사키 부모님의 연락처를 알고 계시겠죠?"

"아뇨. 저도 미사키의 아버지가 공무원이라는 것밖에 모릅니다. 학교에도 집 전화번호밖에 없을 테고요."

나도 예상한 바였다. 전에는 어땠을지 몰라도 지금은 개인 정보 보호라는 이유로 집안 사정이나 부모의 직업 같은 정보는 학교에 최소한으로만 제공한다.

"그거 곤란하군요. 이대로 조사를 더 이어 가든 중단하든 보호자에게 연락은 해야 할 텐데요."

"지금 당장 미사키를 만나게 해 주십시오."

다나하시 선생님이 힘 있게 요구했다.

"아버지가 어디서 일하는지 제게 알려 줄 수도 있으니까요."

물론 즉석에서 떠올린 방편일 것이다. 다나하시 선생님은 자신이 할 수 있는 모든 방법을 동원해서라도 미사키를 만나려 하고 있다.

시라이시 형사가 흐음, 하고 머리를 긁적였다.

다나하시 선생님은 "이건 번데기 앞에서 주름 잡는 말일지 모르겠습니다만" 하고 고삐를 늦추지 않았다.

"미사키는 아직 미성년자입니다. 형사 여러분들께서 그 아이를 용의자라고 결론 낼 결정적인 증거가 없는 이상 담임인 제 면회를 거부할 이유는 없을 것 같은데요."

나는 무심코 속으로 승리 포즈를 취했다.

대단하잖아, 다나하시 선생님.

아니나 다를까 시라이시 형사는 인상을 쓰더니 탁상 위 전화기로 손을 뻗었다.

"잠깐만 기다려 주십시오. 위에 확인해 보겠습니다."

이리하여 우리는 경찰서 안에 있는 취조실로 안내받았다. 물론 시라이시 형사가 옆에 따라붙었다. 범인 신문이 아닌 그저 참고인 조사인데도 취조실을 쓴다는 사실이 여전히 우리에게 불신을 안겼다.

취조실로 이어지는 복도는 그야말로 살풍경했다. 벽 색이 차가워 보이는 것도 이유 중 하나겠지만 이런 곳에서 미사키와 시라이시 형사가 서로 공방을 주고받는 모습을 상상하니 마음이 영 편치 않았다.

취조실 문을 열자 미사키가 보였다. 창문이 없고 어두침침한 곳에서 미사키는 힘없이 미소 지었다.

"아, 다카무라. 그리고 선생님."

전봇대 앞에서 헤어진 후 아직 반나절밖에 되지 않았는데 미사키는 우리를 아주 반가워했다.

"다들 무사히 구조됐다며. 다행이야."

다행이라니. 지금 네가 그런 소리를 할 때야?

나는 미사키를 머리부터 발끝까지 관찰했다. 수갑이나 포승줄은 없지만 눈에 띄게 피곤해 보였다.

괜찮은 거냐고 묻기도 전에 미사키가 다시 입을 열었다.

"이와쿠라가 살해됐다고 해서 놀랐어. 말도 안 돼. 그런 말도 안 되는 이야기가 어딨어."

"말도 안 되는 건 지금 네가 처한 상황이야!"

나는 참지 못하고 소리쳤다.

"아이들이 다 무사히 구조된 것도 네가 달려가서 신고해 준 덕이잖아. 그런데 정작 넌 이렇게 누명을 쓰고……."

뒤에서 시라이시 형사가 노려보는 걸 알면서도 나는 말을 이어 갔다. 형사를 신경 쓰며 말을 고르고 싶지는 않았다.

"반 아이들 모두와 부모님들, 학교 관계자, 경찰, 소방서까지 모두 네게 감사해야 마땅해. 그런데 이렇게 어두컴컴한 방에 갇혀서 조사나 받고……. 어떻게 이럴 수가 있어!"

나는 미사키에게 달려가 어깨 위에 손을 얹었다. 있는 힘껏 그의 몸을 흔들며 내 안에 깃든 분노를 토해 내려 했다.

그러나 미사키의 입에서는 전혀 예상치도 못한 말이 튀어나왔다.

"지금은 나보다 이와쿠라를 신경 써야 해. 이와쿠라는 내가 그 길을 지나가고 난 이후에 살해됐다면서……. 돌 같은 것에 맞아 죽었다고 하던데."

그 눈빛을 보고 나는 입을 다물었다.

처음 보는 눈빛이었다.

곤혹과 슬픔이 깃든 채 어떡해야 좋을지 모르는 어린아이 같은 눈빛. 설마 미사키가 그럴 눈빛을 보일 줄은 상상도 하지 못했다.

"이와쿠라가 어떤 이유로 죽었는지는 모르겠어. 어떤 상황에서 죽었는지도 모르겠고. 하지만 아침에 봤던 사람이 지금은 차가운 시신이 되어 지금 바로 이 옆방에 누워 있어. 이제는 말을 못 할뿐더러 기타도 못 쳐. 이와쿠라의 상황이 나보다 몇 배는 더 잔인하고 부조리해."

이곳에 담임 선생님과 경찰 관계자가 있어서 억지로 마음에도 없는 말을 하는 것은 아니다. 평소 미사키를 잘 아는 나는 알 수 있다. 그러니 더욱 뺨을 세게 한 대 얻어맞은 느낌이었다.

미사키는 자신이 누명을 썼는데 화를 내지도 않고 어떻게 다른 사람, 그것도 평소에 틈만 나면 자신을 괴롭힌 사람을 감쌀 수 있는 걸까.

나는 미사키의 정신 연령이 초등학생 수준이라고 했다. 잘못된 판단이라고 생각하지는 않는다. 그러나 그런 것으로 미사키의 인간성을 조롱할 수는 없지 않을까. 상대가 어떤 사람이든 그의 죽음을 슬퍼하고, 최후를 부조리하다고 느끼는 감수성이 오히려 당연하지 않을까. 가까운 사람이 죽었는데도 애도하기보다 먼저 범인 찾기에 골몰하는 사람들이 훨씬 비뚤어진 게 아닐까.

그러나 이런 내 생각을 알 리 없는 다나하시 선생님이 미사키에게 다가갔다.

"미사키. 아직 너희 아버지께서 네 소식을 모르신다고 하더구나. 지금 연락해서 여기 오시게 하자. 확실한 증거가 없으니 경찰도 더는 널 붙잡아 둘 수 없을 거야."

시라이시 형사가 자못 곤란해하는 얼굴로 우리를 노려보고 있다. 그 모습이 왠지 고소했다.

"아버지 연락처를 알려 주겠니? 선생님이 사정을 잘 설명할게."

"그건…… 거절할게요."

"뭐? 이런 일이 아버지께 알려지는 게 창피한 네 심정은 이해한다만."

"아버지가 어떻게 생각하는지는 상관없어요. 이곳을 나갈 때 아버지의 힘을 빌리는 게 싫을 뿐이에요."

"지금 그런 말을 하는 게 아니잖니!"

다나하시 선생님의 목소리가 커졌다.

"아버지와 사이가 별로 좋지 않다는 건 나도 들어서 알고 있다. 네 나이대에 아버지에게 반항하고 싶은 마음도 이해하고. 하지만 지금 상황을 좀 봐. 억지 부려서 될 일이 아니라는 건 너도 이해하잖아."

그러자 다나하시 선생님의 성의를 비웃기라도 하듯 어디선가 벨 소리가 울렸다.

시라이시 형사의 핸드폰이었다.

"네. 시라이시…… 네, 아직 취조실에……. 네? 뭐라고요? 그게 정말입니까?"

시라이시 형사는 소스라치게 놀란 듯했다. 우리는 무슨 일이 일어났는지 궁금해하며 그를 주시했다.

"아니, 물론 그런 이유라면…… 네, 알겠습니다. 네. 지금 바로."

시라이시 형사는 통화를 마치자마자 미사키에게 곧장 달려갔다.

"미사키 요스케 씨. 수사에 협력해 주셔서 감사했습니다.

이제는 돌아가셔도 됩니다."

지금까지와는 태도가 백팔십도 바뀐 것은 물론 말투도 왠지 겸손해졌다. 그의 태도 변화를 보고 나와 다나하시 선생님은 놀라서 서로 얼굴을 마주 봤다.

"그런데 미사키 씨도 참 사람이 짓궂군요. 사전에 아버님 성함만 알려 주셨다면 이렇게 오래 끌 일도 없었을 텐데."

약간의 비굴함까지 느껴졌지만 그의 입에서 나온 다음 말을 듣고 우리는 비로소 그 이유를 이해할 수 있었다.

"설마 미사키 씨의 아버지가 검사님이셨을 줄은."

우리가 어안이 벙벙해져 있자 미사키는 부끄러운 것처럼 고개를 푹 숙였다.

2

사흘 동안 내리던 비도 그날 저녁에는 드디어 그쳤다.

"분명 검사도 공무원이기는 하지만."

가모키타 경찰서에서 미사키의 집으로 돌아가는 길에 나는 투덜거렸다.

"그래도 특수한 상황이니 친한 사람에게는 말해 줬어도 되잖아."

"기분 상했다면 사과할게."

미사키는 여전히 내 트집에는 반응하지 않았다. 그래서 나도 모르게 심술궂은 말을 입에 담았다.

"혹시 속에 잠재된 엘리트 의식 같은 것 때문인가?"

말을 내뱉고서 후회했지만 미사키는 역시나 화를 내지 않았다.

"미안. 거슬렸다면 거듭 사과할게. 그런데 아버지가 무슨 일을 하든 나와는 상관없다고 생각해. 경찰서에서 아버지 직업을 말하지 않은 것도 담당 형사가 제 식구 감싸듯 나를 대하지 않기를 바라서였어. 아, 그런데 그게 네가 말한 엘리트 의식일 수도 있으려나."

제 식구 감싸기라는 단어를 듣고 시라이시 형사의 사뭇 달라진 모습이 떠올랐다. 실제로 미사키의 정체가 밝혀진 직후 형사는 그야말로 태도를 싹 바꿔서 싹싹하게 굴었다.

"집 전화는 아버지 명의로 돼 있으니까. 전화번호를 알면 이름도 곧 밝혀지니 알려 주기 싫었어."

"그런데 그 형사 반응을 보면 너희 아버지가 그쪽 세계에서는 되게 유명한 분인가 보네. 아, 이건 비꼬려고 하는 말은 아니야."

"일에 대해서는 잘 모르지만, 뭐 무능하지는 않은 것 같아."

순간 놀랐다.

미사키가 이토록 다른 사람을 신랄하게 평가하는 것은 처음 들었기 때문이다.

"그나저나 이와쿠라의 시신을 우리도 확인하면 좋았을 텐데. 영안실은 가모키타 경찰서 끝쪽에 있으니 가는 길에 잠깐 보게 해 줄 수도 있었을 테고."

"아니, 다나하시 선생님만 들어가는 게 나았을 거야. 용의자 취급을 당하는 내가 영안실에 들어가면 부모님이 놀라실 수도 있고."

미사키는 딱히 미안해할 것도 없을 텐데 미안하다는 듯이 말했다. 나도 그 의견에 이의는 없다. 어차피 이와쿠라의 장례식이 이틀 뒤에 치러진다고 하니 거기에는 우리도 참석할 것이다.

"……이해가 잘 안 돼."

"응?"

"이와쿠라는 왜 그런 빗속에서 혼자 비를 맞고 있었을까?"

미사키는 혼잣말처럼 중얼거렸다.

"형사님 이야기를 들으면 이와쿠라가 학교를 나가서 여기저기 돌아다니다가 빗발이 거세지자 잠시 비를 피하고 있었다던데, 그게 영 납득이 되지 않아."

"왜?"

"아침에 학교를 나갈 때도 약하기는 했지만 비가 계속 내렸어. 그런 상황에서 왜 갑자기 비를 피했냐는 거야."

"그야 우산이 없으니 그랬겠지."

"학교에 갈 때도 부슬비가 내렸으니 이와쿠라도 우산을 갖고 왔을 거야. 그런데 도중에 학교를 나갈 때는 우산을 가져

가지 않은 게 이해되지 않아. 그리고 만약 우산을 가져갔다면 이해가 안 되는 게 하나 더 생겨.”

“뭔데?”

“형사님 말로는 시신이 발견된 곳에서 우산 같은 건 나오지 않았다고 해.”

“그때는 폭풍우가 몰아쳤잖아. 만약 떨어뜨렸다면 어디론가 날아가 버렸겠지. 범인에게 공격당할 때 우산을 쓰고 있었다고 해도 살해된 뒤 우산만 날아갔다고 생각하는 게 자연스러울 것 같아. 그리고 애초에 그렇게 폭우가 퍼부을 때는 우산을 써 봐야 소용도 없어. 나라면 그냥 쓰지 않고 손에 들고 갔을걸.”

“그럼 더욱더 현장에 우산이 떨어져 있지 않았다는 말이 앞뒤가 맞지 않아.”

“……혹시 넌 조사받는 동안에도 계속 그 생각만 하고 있었어?”

“응. 적어도 내가 이와쿠라를 죽이지 않은 건 확실하니까.”

나는 순간 어이가 없어서 미사키의 얼굴을 힐끔거렸다.

나와 같은 고등학생이 억울한 누명을 쓰게 된 판국에 그런 것들을 냉정하게 떠올릴 수 있을까.

“저기, 다카무라. 너도 모르면 어쩔 수 없지만, 다나하시 선생님은 오늘 왜 학교를 쉬었을까?”

그건 나도 신경 쓰여서 선생님께 직접 물은 바 있다.

"아침에 일어나니 몸 상태가 영 좋지 않았대. 그래서 학년 주임인 요코야 선생님께 연락했다고 해."

"몸 상태가 좋지 않았다…… 아까 경찰서에 오셨을 때는 별로 그래 보이지 않던데."

"듣고 보니 그렇긴 하지만, 넌 설마 다나하시 선생님을 의심하는 거야?"

"시간을 거슬러 가면 상황은 이래. 10시가 지날 무렵부터 빗발이 거세졌는데 이와쿠라는 그전에 학교를 나갔어. 그 뒤로 너도 봤다시피 학교 건물과 바깥 세계를 잇는 유일한 다리가 무너졌지. 이 시점부터 학교에 남아 있는 음악과 학생들은 학교를 나갈 수 없었어. 다시 말해 알리바이가 성립하는 거야. 그리고 그건 곧 이때 이와쿠라를 죽일 수 있었던 사람은 당시 학교에 없던 사람이라는 말이 돼. 다나하시 선생님도 예외는 아니야."

잠시 걷고 있자 미사키의 집 앞에 도착했다. 이 일대에서는 보기 드문 아파트다.

"바래다줘서 고마워. 원래라면 집 안까지 초대해야겠지만 괜히 네 기분이 상할 수 있으니 여기서 이만 돌아가는 게 좋을 것 같아."

미사키는 미안, 하고 사과하고 문 안으로 사라졌다.

그 이후 아버지와 아들이 나누는 대화 소리가 집 밖에 새어 나왔다.

—다녀왔습니다.

　—여기 와서 앉아라.

　—왜?

　—살인 사건 용의자가 됐다는 게 사실이냐?

　—그냥 참고인 조사만 받았어.

　—참고인 조사로 이 시간까지 경찰서에 있었다고?

　—아빠한테 뭐 피해가 간 건 아니잖아. 저녁밥은 늘 내가 혼자서 차려 먹고.

　—그런 이야기를 하는 게 아니다. 네가 자각이 부족한 걸 지적하는 거야.

　—자각?

　—네 아버지는 검사다. 창피하게 검사의 아들이 범죄에 휘말릴 소지를 만들어서야 되겠어?

　—내가 의심받고 싶어서 받은 게 아니야. 난 그저 학교 뒷산이 무너지려고 해서.

　—그래서 우연히 시신이 발견된 지점을 지나쳤다. 그 이야기는 가모 경찰서 담당자에게 이미 들었다. 범죄에 휘말릴 소지라는 건 그 살해된 학생과 네가 전부터 갈등을 겪었다고 해서야. 그런 인간관계를 만든 것 자체가 네가 나사가 풀렸다는 증거 아니겠냐?

　—그건 내 잘못이 아니잖아.

　—아니. 싸움은 원래 쌍방 처벌이라는 말이 있듯이 모든

게 상대 잘못일 수는 없다. 같은 음악과 학생이었다지? 보아하니 네가 또 잘난 척하듯 피아노를 쳤고 그것 때문에 갈등이 일어났겠지.

—음악과 학생이 피아노를 연주한 게 잘못이야?

—그래, 바로 그거다. 그렇게 자의식이 없는 게 바로 네 오만의 근원이다. 오만은 반드시 주변의 반발을 사게 돼 있어.

—오만하게 군 적 없어.

—자의식이 없으니 깨닫지도 못하지. 자각하지 못하는 재능만큼 옆에서 보기 볼썽사나운 것도 없고. 그러니 네가 모르는 사이에 적을 만들게 되는 거야. 사건에 휘말리거나 악행을 의심받는 것도 전부 네 자업자득이다. 원인은 다 그 피아노야. 다른 사람보다 조금 잘 친다고 해서 금세 우쭐하고 거만해지지. 거만해지는 특기 같은 건 올바른 인간관계를 형성하는 데 방해만 될 뿐이다. 그러니 음악 같은 건 애초에 그만뒀어야 해.

그 말을 듣고 결국 나는 참지 못하고 문에서 떨어졌다. 집 안에 들어가 봐야 기분만 상할 거라고 미사키가 예고한 것처럼 배알이 뒤틀리는 이야기였다.

세상에 있는 가족의 수만큼 불행이 존재한다. 그러나 미사키처럼 천부적인 재능을 타고난 사람도 이런 불행을 겪을 줄은 상상도 못했다. 대화를 들은 것만으로 어느 정도 짐작이 간다. 미사키의 아버지가 얼마나 대단한 사람인지 몰라도 아들의 빛나는 재능을 그저 오만하다고 잘라 말하는 것은 아무리 그래도 너무 심하다. 저 아버지는 평소 음악과 담을 쌓고 지내는 걸까. 육법전서를 읽으며 대중가요를 흥얼거린 적은 없는 걸까.

음악만큼 미래가 보이지 않는 일도 없다. 재능과 노력, 성과가 그대로 결실로 이어지지 않는다. 성공하는 사람보다 실패하는 사람이 많고, 운과 연줄이 크게 영향을 미친다. 또 운과 연줄이 있어도 반드시 성공한다고 할 수는 없다. 예상하기 어렵고, 신비롭고, 뭔가 신의 계시 같은 것이 작용한다고 생각할 수밖에 없는 순간들이 있다.

그러므로 음악을 계속해 나가려면 주변의 이해와 협력이 꼭 필요하다. 그리고 미사키 정도의 재능을 지닌 사람이라면 당연히 주변의 전폭적인 지원을 받고 있으리라 멋대로 짐작했다.

터무니없는 착각이었다.

내 사고방식은 그야말로 천박했다.

아직 습기가 느껴지는 바람을 맞으며 문득 떠올렸다.

음악의 길을 갈망하지만 가족들에게서는 찬밥 취급을 받는 아이. 재능의 차이는 있을지언정 그 점에서만큼 미사키와 이와쿠라는 비슷했다. 그렇게 비슷했으니 이와쿠라는 미사키에게 더 날카로운 엄니를 드러냈을지도 모른다.

미사키의 아버지가 한 말이 다시 떠올랐다. 자각 없는 재능만큼 타인을 불쾌하게 하는 것도 없다. 미사키에게는 불합리하기 짝이 없는 말일 테지만 평범한 나로서는 아예 수긍 못할 이야기도 아니다.

재능이 있으니 괴롭다. 없으면 더욱 괴롭다. 신이 재능을 주는 것이라면 신이라는 존재는 정말로 심술궂다.

나는 음악의 신이니 뭐니 하는 것을 향해 원망을 주절주절 늘어놓으며 집에 돌아갔다.

7월 30일. 이와쿠라 도모키의 장례식이 그의 집에서 불교식으로 치러졌다.

요즘은 일본에서도 참석자 수와 주차 공간을 고려해 장례식장에서 장례식을 할 때가 많아졌다고 한다. 하지만 지역 유지인 '이와쿠라 건축' 사장의 집은 2백여 명이 들어갈 수 있을 만큼 컸고 승용차 50대 정도를 주차할 수 있는 넓은 정원도 있었다.

이와쿠라를 향한 사적인 감정과는 별개로 시골 마을에서 치르는 관혼상제가 일종의 축제라는 것은 이럴 때 실감할 수 있다. 독경 소리, 여기저기 오가는 참석자들, 주고받는 조의금, 장식한 꽃들은 일본식 제례의 공통된 요소들이다.

나는 미사키가 걱정돼서 당사자가 괜찮다고 하는데도 그와 함께 갔다. 여름방학이라는 점도 영향을 미쳐 음악과가 아닌 다른 학생들의 모습도 드문드문 보였다.

장례식이 치러지는 회장 안에서는 독특한 분위기가 흘렀다. 왠지 눅눅하면서도 무겁다. 어린 나이에 세상을 뜬 사람의 장례식이니 그럴 만도 하다. 풀 길 없는 유족들의 원통함이 실체가 되어 공기 속에 뒤섞인 느낌이었다.

미사키가 "음악이라도 틀면 좋을 텐데" 하고 중얼거렸다.

"응? 결혼식도 아니고."

"이와쿠라가 평소 좋아하던 록 음악 정도는 틀어 주는 게 좋다고 생각해. 만약 지금 이곳에 이와쿠라가 있었다면 당장 스님을 밀어젖히고 16비트 노래를 흥얼거렸을 거야. 이런 느린 곡은 이와쿠라가 좋아하던 음악이 아니야."

미사키다운 말이라고 생각했다.

"죽으면 사람의 영혼이 어떻게 될지 생각해 본 적 있어?"

없을 리가 없다. 그러나 나는 일부러 고개를 흔들었다.

"심장과 뇌가 정지하고 육체가 소멸한다. 그 순간에 영혼도 소멸하는지 아니면 육체를 벗어나 하늘로 올라가는지에 대해서는 수많은 종교가 해답을 마련해 뒀어. 하지만 모든 종교에 공통된 것도 있는데, 그건 바로 죽은 자의 영혼을 달래기 위한 음악이 존재한다는 거야."

음악사 수업에서도 배운 내용이었다. 원래 서양 음악 대다수는 기독교의 장례식용 음악에서 시작했다고 한다.

미사키는 또다시 "이곳에 피아노만 있었다면……" 하고 아쉬운 것처럼 중얼거렸다.

"어정쩡한 말 같은 것보다 이와쿠라의 영혼이 편안히 저세상에 갈 수 있도록 내가 진혼의 마음을 담아 피아노를 쳐 줬을 텐데."

"미사키. 이와쿠라는 틈만 나면 너를 괴롭혔던 애야. 잊었어?"

"그런 것과는 상관없어."

미사키는 고개를 숙인 채 말했다.

"음악은 이런 순간을 위해 있는 것이기도 하니까."

아버지가 유명 인사라서인지 참석자 절반 이상은 내가 모르는 얼굴이었다. 장례식장에 한쪽에 자리 잡은 근조 화환에는 지역 의원들의 이름도 적혀 있었다.

나는 마음이 심히 불편했다. 이와쿠라의 교우관계를 다 아는 것은 아니지만 열여덟 살이었던 만큼 나와 크게 다르지는 않았을 것이다. 그런데 참석자 대다수는 살아생전 이와쿠라와 말도 섞어 본 적이 없을 것 같은 사람들이었다.

이들은 이와쿠라가 좋아하던 음악을 모를 것이다.

이들은 이와쿠라의 기타 연주를 들어보지도 못했을 것이다.

그런 것을 떠올리자 가슴속이 공허해졌다.

나는 미사키와 함께 입구 앞에 섰다. 이와쿠라의 아버지 회사 관계자로 보이는 나이가 지긋한 남자들이 우리 앞뒤에 서 있었다.

미사키가 방명록에 이름을 적을 때였다.

"미사키, 요스케 씨?"

책상 앞에 앉아 있던 여성이 방명록에 적힌 이름과 미사키의 얼굴을 번갈아 봤다.

"잠깐만 기다려 주세요."

그 말대로 기다리고 있자 잠시 후 상복 차림의 중년 여성이 긴장한 얼굴로 나타났다. 눈매가 이와쿠라와 닮아서 한눈에 보고도 이와쿠라의 어머니임을 알 수 있었다.

"돌아가렴."

어머니는 미사키를 보자마자 그렇게 말했다.

"경찰들에게 이미 다 들었다. 네가 우리 아들을 죽인 범인이라는 걸."

"아뇨."

미사키는 조금 위축된 듯했지만 그래도 대답을 머뭇거리지는 않았다.

"전 범인이 아니에요."

"거짓말. 범인이 아니라면 경찰이 왜 널 그렇게 오래 조사했겠어?"

아들이 죽고 나서 눈물이 마를 시간이 없었을 것이다. 얼굴에는 화장기가 없고 눈두덩이 부어 있는 데다가 머리카락을 풀어 헤쳤다. 그렇게 미사키를 몰아붙이는 모습이 마치

한냐* 같았다.

"우리 이와쿠라가 대체 네게 무슨 짓을 했다고 그런 거니? 물론 평소 학교생활에 적응하지 못했고 우리 말도 잘 안 들었어. 다른 아이들과도 자주 다퉜고. 하지만 다른 사람 손에 죽을 만큼 주변의 원망을 산 아이는 아니었다. 속내를 표현하는 건 서툴지 몰라도 남을 배려할 줄 아는 착한 아들이었다고. 그런 아이를, 대체 왜……."

어머니의 기세에 눌렸는지 미사키는 창백해진 얼굴로 입을 다물었다.

미사키가 겁먹은 듯해서 나는 결국 미사키 앞으로 나아가 섰다.

미사키는 흡사 사나운 개를 눈앞에 둔 어린아이 같았다. 악의를 고스란히 온몸에 받으며 도망칠 곳을 찾는 연약한 존재였다. 그 절대적인 재능을 지닌 천재가 다섯 살 어린아이처럼 어깨를 움츠리고 있다.

"네가 장례식장에 발을 들이면 우리 아들이 마음 편히 저세상에 못 갈 거야. 그러니 돌아가렴. 자, 얼른 돌아가!"

더는 지켜보고만 있을 수 없었다.

나는 미사키의 팔을 붙들고 억지로 대열 밖으로 나갔다.

"두 번 다시 이곳에 오지 마!"

---

* 질투와 원망으로 가득 찬 일본의 여자 귀신.

어머니의 절규를 등 뒤에서 들으며 우리는 서둘러 출구로 향했다. 나란히 서 있는 참석자들이 무슨 일인지 궁금해하며 우리를 향해 호기심 어린 시선을 보냈다. 미사키가 잘 따라오지 못해서 힘들게 그를 질질 끌고 나갔다.

장례식장 밖에 나가고서야 발걸음이 멈췄다.

어깻숨을 푹 내쉬었다. 멈춰 선 순간 이마에서 폭포처럼 땀이 흘렀다.

미안, 하고 기어들어 가는 목소리가 들렸다. 돌아보니 미사키가 창백한 얼굴로 서 있었다.

태어나서 지금껏 사랑받는 법밖에 모르던 사람이 타인의 증오와 원한을 고스란히 온몸에 받는다면 이런 얼굴이 될 수밖에 없을 것이다.

"얼마 전부터 넌 계속 사과만 하네."

나는 농담 섞어서 말했다. 그렇게라도 말하지 않으면 견딜 수 없었다.

미사키는 갑자기 두 손으로 얼굴을 가렸다.

설마 우는 건 아니겠지. 그렇게 걱정했지만 그저 창백해진 얼굴을 보여 주기가 싫은 듯했다. 잠시 후 손을 내린 미사키의 얼굴에서는 더는 겁먹은 기색을 찾아볼 수 없었다.

"……다카무라."

"응?"

"네가 도와줬으면 하는 게 있어."

"뭔데?"

"내게 씌워진 범죄 혐의를 벗고 싶어. 그러지 못하면 이와 쿠라를 애도할 수도 없을 것 같아."

3

"혐의를 벗고 싶다니, 설마 탐정이라도 되겠다는 거야?"

나는 너무 갑작스러워서 무심코 되물었다. 물론 미사키의 머리가 똑똑한 건 인정하지만 그래도 일개 고등학생이다. 그런 고등학생이 아마추어 탐정 흉내를 내는 건 만화에나 나올 법한 일이다.

"고등학생이 아마추어 탐정 흉내를 내는 건 만화에나 나올 법한 일…… 혹시 속으로 그렇게 생각한 거 아니지?"

"앗."

"뭐야, 맞혔어? 그래. 분명 일개 고등학생이 수집한 정보만으로 경찰을 뛰어넘을 수는 없겠지. 하지만 이번 사건은 우리에게 이점도 있어."

"이점?"

"살해된 사람이 우리와 같은 반 아이였고 사건의 배경이 된 곳이 학교야. 거기에 사건 관계자들도 학교 사람들이고, 적어도 그들에 대해서는 우리가 경찰보다 더 잘 알잖아. 물론 경찰이 사건 수사의 전문가들이기는 하지만 그 점에서만큼은 우리가 유리해."

"경찰에 맡기는 선택지도 있잖아."

"가장 먼저 의심받은 사람으로서 경찰을 못 믿겠어. 아버지가 누군지 알게 되자마자 태도가 싹 바뀐 것도 영 신뢰가 안 가고."

"너희 아버지 직함을 들으면 누구나 그렇게 되겠지."

"상대의 직함 하나만으로 태도를 바꾸는 사람 중에 제대로 된 사람이 있을까?"

평소와 다른 신랄한 말투가 미사키의 아버지가 검사라는 사실을 새삼 일깨워 줬다.

"그래도 경찰에는 지문과 족적 같은 걸 활용해 범인을 찾는 기술이 있어."

"과학 수사가 도움이 되는 건 현장에 유류품이 남아 있을 경우야. 이번 사건은 범행에 쓰인 흉기를 돌 같은 것이라고 추측만 하고 있고 당시 현장에는 비가 퍼부어서 다른 건 전부 쓸려 갔어. 아무리 기술이 뛰어나도 소용없다는 뜻이야."

"꼭 나서야겠어?"

나는 미사키의 안색을 살피며 물었지만 미사키는 전혀 망설이지 않았다.

생각해 보면 미사키가 뭔가를 할 때 주저하는 모습을 본 기억이 없다. 평소 말과 행동, 그리고 피아노를 연주할 때 미사키는 한번 정하면 멈춰 서거나 바꾸지 않는다. 겉보기에는 온순해 보이지만 실제로는 고집이 세고 융통성이 없는 면이 있다.

"나더러 도와 달라고 했지? 왓슨 역할이라도 맡아 달라는 거야?"

"설마, 그럴 리가. 그냥 정보를 제공해 줬으면 해."

"무슨 정보?"

"난 4월에 학교에 전학 온 지 얼마 안 됐지만 넌 입학할 때부터 음악과 아이들을 잘 알잖아. 이 마을에 대해서도 나보다 훨씬 잘 알고. 내가 모르는 정보를 많이 갖고 있을 거야. 그걸 내게 제공해 줘. 지금 내게는 그게 가장 큰 무기이자 희망이야."

미사키가 무슨 말을 하는지 어렴풋이 이해했다. 마을 정보 같은 것은 사료 등을 뒤지면 알 수도 있겠지만 미사키가 지금 알고 싶어 하는 것은 그런 사소한 지식이 아니다.

이 마을이 품은 배타성과 폐쇄성을 알고 싶은 것이다.

고작 인구 1만 2천 명의 시골 마을이라 더욱 외지에서 온 사람들에게는 보이지 않는 벽이 있다. 4월에 이곳에 처음 이사 온 미사키는 마을의 이방인이다. 이방인은 무엇을 하든 눈에 띄고, 그리고 소외된다. 난 그런 것을 알고 있어서 미사키가 가장 먼저 경찰에 의심을 받은 것도 그런 배타성이 작용한 것은 아닐까 의심하고 있다.

"알겠어. 얼마나 도움 될지 모르겠지만 나로서 괜찮다면 협력할게."

그러자 미사키는 "정말 고마워" 하고 두 손으로 내 손을 맞잡았다.

남자를 좋아하지 않는 나도 왠지 이상한 기분이 들었지만 정작 미사키는 아무렇지 않은 얼굴로 말을 이었다.

"우선 다나하시 선생님을 만나 뵈려고 해."

"오늘 학교는 쉬잖아."

"그래서 더 좋아. 학교 안, 그러니까 교장 선생님을 포함한 다른 선생님이나 학생들이 있는 곳에서는 속내를 다 드러낼 수 없을 테니."

"교직원 사택에라도 찾아갈 작정이야?"

"취조실과 교실에서는 말하지 못한 것도 자기 집 안에서는 왠지 털어놓을 것 같지 않아? 그리고 사람은 원래 자기보다 어리거나 지위가 낮은 사람 앞에서는 말이 많아지거든. 교직처럼 보수적인 직종에 있는 사람일수록 더욱 그렇고."

"……그런 건 대체 어디서 배웠어?"

"아버지가 그런 직종에 있으시니 알기 싫어도 알 수밖에 없어."

가모키타 고등학교의 교직원 사택은 학교로 이어지는 오르막길 바로 밑에 있다. 학교 부지를 만들 때 교직원들의 편의를 위해 지은 아파트라 당연히 건물에서 아직 새것 느낌이 난다. 입구에는 자동 개폐 장치가 없어서 외부인도 들어갈 수 있다. 1층 우편함을 확인하니 다나하시 선생님의 집은 2층 2호실이었다.

"너도 여기 온 건 처음이지?"

"학교 밖에서도 선생님을 만나고 싶겠어?"

"그건 좀 아쉽네."

미사키는 가벼운 걸음으로 계단을 올랐다. 미사키의 사전에 주저나 망설임 같은 단어는 정말로 없어 보인다.

인터폰을 누르자 얼마 안 돼 다나하시 선생님이 나왔다.

"응? 둘 다 무슨 일이니? 오늘은 휴일이잖아."

뭐라고 대답해야 좋을지 몰라 머뭇거리는 내 옆에서 미사키가 태연하게 말했다.

"사건의 용의자 취급을 당하고 있어서 요즘 힘든 게 이만 저만 아니에요. 그리고 아버지의 직업상 아버지 앞에서도 이런 이야기를 할 수 없고요. 그래서 선생님께 상담하려고 찾아뵈었어요."

아무렇지 않게 거짓말을 늘어놓는다. 그러나 마음에도 없는 말로 상대를 꾀는 것보다는 이렇게 단도직입적으로 자신이 처한 상황을 호소하는 것이 더 낫다. 나는 감탄 반 놀라움 반으로 미사키의 얼굴을 빤히 쳐다봤다.

다나하시 선생님을 보니 그는 심각해 보이는 얼굴로 고개를 끄덕이고 있었다.

"그렇겠지. 아버지가 검사라면 가족들에게는 더 엄격하실 테니. 자, 들어오렴."

선생님의 집 안에 들어가는 건 처음이라 나는 적잖이 긴장했다.

현관에는 먼지가 쌓였고 집 안도 꽤나 어지럽혀져 있을 거라 예상했지만 내부는 의외로 정돈돼 있었다. 서가에 책이 나란히 꽂혔고 방바닥에는 쓰레기 하나 떨어져 있지 않다. 은은히 풍기는 냄새는 아마 방향제 향기일 것이다.

"그래서 뭐가 어떻게 된 거야? 설마 아버지도 널 범인 취급을 하는 건 아니겠지?"

"결백이 증명돼서 풀려난 게 아니니까요. 집과 이와쿠라의 장례식장에서는 여전히 절 용의자처럼 대했어요."

"일단 미성년자를 온종일 붙잡아 둘 수도 없었을 테니."

"제가 전봇대를 건넜을 때 학교가 외딴 섬처럼 고립됐다는 건 이미 많은 증언을 통해 밝혀졌어요. 그 폭우 속에서 외부로 나간 사람은 저와 이와쿠라 두 명뿐. 심지어 전 예전부터 이와쿠라에게 종종 손찌검을 당하기도 했죠. 동기 있음, 알리바이 없음. 그런 상황이라면 의심을 살 만도 해요."

"이건 뭐 거의 재난이라고 할 수밖에 없겠구나. 넌 학교에 남은 아이들을 도우려고 위험을 무릅썼는데도 말이야. 내가 그 자리에 없었다는 게 그저 원통할 따름이다."

"이제는 정말 괜찮으세요?"

"응? 뭐가?"

"선생님 몸 상태요. 선생님은 지금껏 컨디션 불량으로 학교를 쉬신 적이 한 번도 없었잖아요. 저희도 많이 걱정하고 있어요."

미사키는 다나하시 선생님을 똑바로 쳐다보며 말했다.

나는 그 모습을 보며 미사키에게 의외로 너무한 면이 있다고 생각했다. 궁지에 몰린 학생이 이런 눈빛으로 쳐다보면 교사들은 대부분 머쓱해질 수밖에 없다. 일부러 이러는 거라면 미사키는 타인의 마음을 조종할 줄 아는 책략가이고 자각 없이 이러는 거라면 그것대로 질이 좋다고 할 수 없다.

"음, 그게……."

다나하시 선생님은 대답하기가 곤란한 듯이 머리를 긁적였다.

"모두 걱정해 줬는데 이런 말을 하기 좀 그렇지만, 실은 컨디션이 안 좋았다는 건 거짓말이었어. 미안하다."

뜻밖의 대답을 듣고 놀랐지만 미사키는 한 치의 변화도 없었다. 이상한 면박을 줬다가는 이야기가 다른 곳에 샐 수도 있으니 나는 그저 말없이 지켜보기로 했다.

"아, 그래요? 그럼 무슨 일이었던 거예요? 설마 비가 계속 내려서 그냥 학교에 나가기 싫었다거나……."

"아니, 그건 아니야. 실은 그 전날 밤 오랜만에 만난 대학 친구와 술을 한잔했거든. 얼큰하게 취해서 간신히 집까지 오긴 했는데 다음 날 아침은 늦잠을 잔 데다 숙취가 너무 심했어. 학교에 지각하기도 그렇고 술 냄새를 풍기며 교실에 들어갈 수도 없으니 결국 요코야 선생님께 전화를 걸었지."

다나하시 선생님은 고개를 푹 숙였다.

"너희에게는 미리 말해 두겠는데, 절대 나처럼 불량한 어른은 되지 마라."

"어쩔 수 없었겠네요. 그럼 그날은 계속 집에만 계셨던 거예요?"

"그래. 하루 종일 이불을 뒤집어쓰고 있었지. 요코야 선생님께 네가 체포됐다는 소식을 듣기 전까지는."

"이런 걸 불행 중 다행이라고 해야 할까요."

"응? 뭐가?"

"이와쿠라가 죽은 날에 이와쿠라와 평소 갈등이 있었던 사람 중에 학교 밖에 있었던 사람은 전부 용의자 후보가 됐으니까요."

미사키는 안색 하나 변하지 않고 조용히 폭탄을 떨어뜨렸다. 다나하시 선생님은 순간 얼어붙은 듯했다.

"그게 무슨 말이야?"

"선생님과 이와쿠라가 평소에 틈만 나면 으르렁거렸다는 걸 다들 알고 있어요. 하지만 단지 그것만으로 용의자 취급을 하는 건 너무하죠. 그런 식으로 따지면 지금 제가 가장 큰 피해를 보고 있기도 하고요."

"그야 뭐, 그렇지……."

"전 개한테 일방적으로 얻어맞기나 했으니 더 그래요. 아무튼 그건 그렇고, 선생님은 이와쿠라와 왜 그렇게 사이가 좋지 않았던 건가요?"

"뚜렷한 원인이 있었던 건 아니야. 평소에 수업을 듣기 싫어하고 학교를 싫어하는 학생이 담임 선생님을 싫어하는 건 흔한 일이니까. 선생님인 나로서는 일탈하려는 녀석을 억지로 되돌리려 했으니 당연히 마찰이 생길 수밖에 없지."

미사키는 이해한다는 듯이 고개를 끄덕이더니 다음으로 "어떡하면 오해를 풀 수 있을까요?" 하고 조심스럽게 물었다. 다나하시 선생님은 경찰 수사가 진행되면 자연스럽게 의혹이 해소될 것이라며 별 위안이 되지도 않을 말들을 늘어놓았다.

옆에서 두 사람의 대화를 듣고 있던 나는 미사키가 뭔가를 깨달았음을 느꼈다. 어떤 부분에서 그런 깨달음을 얻었는지는 알 수 없지만 그런 게 아니라면 미사키가 이런 구색뿐인 대화를 이어 갈 리 없다고 생각했다.

"아무튼 선생님께 털어놓고 나니 속이 좀 후련해진 것 같아요."

미사키는 마지막으로 그렇게 말하고 대화를 끝맺었다.

"그거 다행이구나. 너무 신경 쓰지 마라. 계속 그렇게 매달리다 보면 네 피아노 연주에도 악영향을 끼칠 거야."

다나하시 선생님도 역시 선생님다운 한마디로 대화를 마

무리했다. 옆에서 들으면 마치 각본을 읽는 것 같았다.

사택을 나가자 미사키는 내게 슬쩍 귓속말을 했다.

"다나하시 선생님은 역시 좋은 분이셔. 용의자인지 아닌지를 떠나서."

"무슨 이유로?"

"거짓말이 서툴거든."

"아까 그 이야기의 어디가 거짓말이었는데?"

"사건 당일 숙취로 집 안에 계속 누워 있었다는 이야기. 다나하시 선생님은 그날 동사무소에 다녀온 게 분명해."

"그걸 어떻게 알아?"

"비닐우산. 집 현관에 '동사무소 비품'이라고 적힌 우산이 꽂혀 있었어. 겉에 먼지도 없는 걸 보면 최근에 쓴 것 같더라."

언제 그런 곳을 관찰한 걸까 싶어 나는 깜짝 놀랐다.

"기억해? 우리가 등교할 때까지는 비가 잠깐 그치기도 했잖아."

"응. 그러다 연습 시간을 기다리는 동안에 다시 내리기 시작했지."

"그리고 사건이 일어난 날 이후로는 비가 내리지 않았어. 동사무소 비품 우산이 왜 그곳에 있었느냐면, 외출할 때는 우산 없이 밖에 나갔다가 돌아올 때쯤 비가 본격적으로 내렸기 때문이야. 그럴 경우 꼭 공용 시설이 아니어도 방문객들에게 우산을 빌려주는 곳이 많지? 그러니 선생님은 사건 당일 동사무소를 찾았을 가능성이 매우 커."

"그보다 전에 빌렸을 수도 있지."

"그럼 우산에 조금이나마 먼지가 붙어 있었어야 해. 집 안은 비교적 깨끗했지만 현관 쪽은 청소가 잘 되어 있지 않았거든."

"전에 빌린 우산을 깜빡하고 반납하지 않고 있다가 최근에 다시 썼을지도."

"과연 '동사무소 비품'이라고 크게 적힌 비닐우산을 며칠 동안 쓸까? 현관에는 선생님이 원래 가지고 있던 것으로 보이는 세련된 우산도 있었어."

"그럼 선생님은 왜 우리에게 동사무소에 간 사실을 숨긴 건데?"

"적어도 우리가 납득할 만한 이유를 바로 떠올리지 못해서가 아닐까. 어쨌든 이것으로 다음 목적지도 정해졌어."

미사키는 그렇게 말하고 동사무소가 있는 곳으로 발걸음을 뗐다.

동사무소는 교직원 사택에서 약 5백 미터 떨어진, 마을을 종단하는 메인스트리트 중심부에 있다. 지은 지 오래된 탓에 외관에서 80년대 분위기가 물씬 풍기는 건물이다. 안에 들어가자 현관 로비 옆에 비닐우산이 꽂힌 우산꽂이가 눈에 들어왔다.

'이용 후에는 빠른 시일 안에 반납해 주세요.'

미사키가 안내문을 힐끗 보고 지나쳤다. 그 모습이 잘난 척하는 것처럼 같지는 않지만 왠지 조금 아니꼬워 보였다.

"예상한 대로네."

"뭐가?"

"동사무소 직원이 이상할 정도로 적은 것 같지 않아?"

듣고 보니 동사무소 책상 앞자리는 거의 절반 정도만 채워져 있었다.

"여름휴가를 떠난 사람들이 있을 거야. 모두 한꺼번에 쉴 수는 없으니 교대로 쉬겠지."

"그게 다나하시 선생님이 이곳을 찾은 것과 무슨 상관인데?"

"뭔가 공개할 수 없는 이유로 이곳에 온다면 사람이 적을 때를 고르는 게 낫지 않겠어?"

미사키는 이미 동선을 다 생각해 뒀는지 곧장 접수처로 향했다.

"실례합니다. 가모키타 고등학교 학생인데요."

서류를 훑어보던 접수처 여직원이 성가신 듯이 고개를 들었지만 미사키의 얼굴을 보자마자 표정이 바뀌었다.

어휴, 이러니 여자들은.

"여름방학 자유 과제로 의회 정치에 관해 조사 중이에요. 의사록을 좀 열람할 수 있을까요?"

"의사복'? 응, 물론이지. 그런데 가모키타 고등학교 학생들은 수준이 높네. 고등학생이 그런 것에 관심이 있다니."

여직원은 얼굴 가득 미소 지으며 카운터 아래에서 바인더를 꺼냈다. 바인더에는 '자료 열람 신청서'라는 이름이 적힌 A4 용지가 끼워져 있었다.

"여기에 오늘 날짜와 이름, 열람을 원하는 자료명을 적으렴."

바인더를 받아든 미사키가 내 옆구리를 쿡 찔렀다.

뭐야, 하고 의아해하고 있자 미사키의 손가락이 신청서 가장 아래 칸을 가리켰다. 그곳에는 최근 열람자 이름이 적혀 있었다.

7월 28일, 다나하시 유즈루, 1996년도 예산 위원회 의사록

다나하시 선생님의 이름이었다.

미사키는 놀라는 나를 아랑곳하지 않고 그 아래에 원하는 자료명을 적었다. 미사키가 열람을 원한 자료도 1996년도 예산 위원회 의사록이었다.

여직원이 안쪽 서가에서 두꺼운 파일을 들고 왔다.

"복사할 거면 신청서에 필요한 매수를 적으렴. 복사비는 한 장에 10엔이야."

여직원은 말끝에 하트 마크가 붙은 듯한 목소리로 그렇게 말하고는 구석에 있는 열람실을 가리켰다. 열람실이라고 해도 책상 하나 놓인 곳을 칸막이로 나눈 간소한 공간이다. 미

사키는 파일을 옆구리에 끼고 곧장 열람실로 향했고 나는 마지못해 그 뒤를 따랐다.

미사키는 자리에 앉자마자 파일을 펼쳤다. 예산 목록과 각 의원의 답변 기록을 제외하면 머리가 지끈거릴 정도로 많은 숫자가 쭉 나열돼 있었다. 나는 따분해 보이는 의사록에 금세 흥미를 잃었지만 미사키는 열심히 그곳에 적힌 내용을 읽었다.

"열심히 읽는 도중에 미안한데 하나 물어도 돼?"

"응."

"다나하시 선생님이 그 의사록을 보려고 학교를 쉬었다는 걸 어떻게 알았어?"

"아, 그건 그냥 우연이야. 선생님이 이런 걸 열람했을 줄은 상상도 못했어."

"하지만 지금 엄청 열심히 읽고 있잖아."

"1996년도 예산이니까. 관심이 생기지."

"1996년도가 왜?"

"몰랐어? 1996년은 가모키타 고등학교 건설 공사가 시작되기 한 해 전이잖아. 이것 봐. 여기에도 '가모키타 고등학교 건설에 필요한 지층 조사 비용'이라는 항목이 있지?"

미사키는 왠지 들뜬 목소리로 말했다.

"자, 이것 좀 봐. 이 지층 조사를 담당한 업체 이름."

이와쿠라 건축

"응? 별로 이상할 건 없지 않아? 이 마을에서 가장 유명한 건축업체가 이와쿠라 건축이니까."

"이상한 건 그게 아니야."

"그럼 뭔데?"

"지층 조사를 제대로 했다면 과연 그런 곳에 학교를 지었을까?"

"뭐?"

"내가 조금 조사해 봤는데, 학교 건물과 체육관을 지은 부지의 표토 아랫부분 토양이 점토질이었어. 평지라면 모를까 산을 깎아서 건물을 짓기에는 적합하지 않은 곳이야."

시내에 학교를 지을 수 없으니 어쩔 수 없이 산을 깎아 무리하게 평지로 만들었다는 이야기는 나도 들어서 알고 있다.

"내가 만약 건축업자였다면 절대 그런 곳에 건물 같은 건 올리지 않을 거야."

"왜?"

"학교가 지어진 언덕은 말이지. 충적층이라고 해서 1만 년 정도 전에 만들어진 비교적 새로운 지층이야. 얇은 모래층과 단단하지 않은 점토층으로 구성되어 있어서 빗물도 잘 스며들어. 빗물을 잔뜩 흡수하면 당연히 토양 자체가 물러지게 되겠지."

"……그런 걸 대체 어디서 조사했어?"

"지질에 관한 건 마을 향토사에 실려 있고 향토사라면 학교 도서관에도 있잖아.”

나는 더욱더 미사키의 머릿속을 알 수 없어졌다.

“향토사라니. 그런 건 또 언제 읽었어?”

“내가 사는 땅에 관한 자료니까. 피아노 정도는 아니어도 다른 사람들만큼은 알고 있어야지.”

다른 사람들만큼이라니.

이곳에서 태어나고 자랐는데도 18년 동안 향토사 같은 글자는 책등에서만 본 나는 대체 뭐란 말인가.

“그래서 그 이와쿠라 건축이 맡은 지층 조사와 다나하시 선생님이 무슨 관련이 있는데?”

“그건 나중에 물어보려고 해.”

“누구한테?”

“너한테.”

미사키는 그 말을 끝으로 다시 집중해서 의사록을 읽기 시작했다.

아무래도 집중하는 방식에도 남다른 개성이 있는 듯하다. 미사키가 의사록을 집중해서 읽는 모습은 피아노를 치는 모습과 비슷했다. 마치 몸 안에서 엄청난 열기가 발산되는 듯해서 섣불리 다가갈 수 없었다.

나는 미사키 앞에서 그저 말없이 가만히 앉아 있었다.

동사무소에서 볼일을 마친 미사키는 우리 반에서 가장 이와구라를 잘 아는 사람이 누군지를 물었다.

"학급 위원인 쇼헤이 아닐까? 유치원부터 고등학교까지 계속 같은 반이라 떼려야 뗄 수 없는 악연이라며 툴툴거리는 걸 들은 기억이 있어."

"쇼헤이의 집은 어디지?"

자전거로 15분도 걸리지 않는 거리라고 하자 미사키는 지금 당장 만나러 가겠다고 했다. 여름방학이고 오늘은 음악과가 학교에 나가는 날도 아니어서 아마 집에 있을 확률이 높다. 굳이 집까지 찾아가려는 건 다나하시 선생님 때와 같은 이유일 것이다.

"잠깐만. 일단 지금 핸드폰으로 시간 괜찮은지 물어볼게."

"아니, 됐어."

미사키는 주머니에 반쯤 집어넣은 내 손을 다시 붙잡았다.

"뭐야. 약속도 안 하고 간다고?"

"불쑥 찾아가서 묻는 게 더 좋을 것 같아서."

쇼헤이의 집은 상점가 외곽에 있는 전파사였다. 가게 주인이 가전제품을 판매하면서 출장 수리도 하는 옛 방식으로 운영되는 가게다.

"응? 뭐야, 너희. 무슨 일이야? 갑자기 말도 없이."

"갑자기 찾아와서 미안."

쇼헤이는 미사키가 나타나자 눈에 띄게 당황했다.

"실은 이와쿠라에 대해 몇 가지 묻고 싶은 게 있어서 왔어.

혹시 지금 시간 괜찮아?"

"괜찮기는 한데……. 넌 지금 경찰이 감시 중 아니야?"

"나도 의혹을 벗고 싶어서."

나는 그제야 뒤늦게 미사키가 사전 약속 없이 이곳을 찾은 이유를 깨달았다. 쇼헤이는 평소에도 뭔가를 부탁받으면 좀처럼 거절을 못하는 성격이다. 심지어 집까지 찾아와 직접 호소하면 더욱 거절하기 어려울 것이다.

"……아무튼 일단 들어와. 엄마가 집에 없어서 차나 마실 건 못 주지만."

나는 미사키와 함께 쇼헤이를 따라 그의 방 안에 들어갔다. 음악과 학생다운 방에는 전자 피아노가 있고 침대 옆 책장에 클래식 CD가 나란히 꽂혀 있다. 내 방 환경과 비슷해서 신기하게도 마음이 편해졌다.

"질문받기 전에 내가 먼저 좀 물을게."

셋이서 빙 둘러앉자 쇼헤이가 먼저 입을 열었다.

"미사키, 넌 정말 이와쿠라를 죽이지 않았어?"

"응. 안 죽였어."

"……신 앞에 맹세해?"

"안타깝게도 무교지만, 음악의 신이라면 맹세할게."

쇼헤이의 태도가 너무 고압적이어서 나는 문득 한마디 하고 싶어졌다.

"야. 적당히 해. 의심하기 전에 감사부터 하는 게 어때? 미사키는 그날 우리를 위해서 직접 마을에 구조를 요청하러 갔었다고. 벌써 잊었어?"

"잊을 리 있나. 그러니 더 마음이 복잡한 거야. 미사키를 영웅으로 대우해야 할지, 아니면 그…… 사건의 용의자로 취급해야 할지."

"어느 쪽이든 상관없어."

정작 미사키는 정말 아무렇지 않은 듯해서 괜히 내 입장만 더 난처해졌다.

"영웅이든 악당이든 마음대로 생각해. 그걸로 네 대답이 바뀌지만 않는다면 상관없어."

"이와쿠라에 대해서 뭐가 궁금한데? 나도 요즘은 개랑 같이 안 놀아서 잘 몰라."

"그런데 네가 가장 오래 알고 지내기는 했지? 그럼 네 이야기가 가장 설득력이 있을 거야. 이와쿠라를 미워하던 사람, 또는 이와쿠라가 미워하던 사람이 누군지 알아?"

"미워하던 사람이라."

쇼헤이는 잠시 생각에 잠겼다.

"원래부터 유아독존이라고 할까. 늘 특별한 온리원 같은 녀석이어서 항상 다른 사람들과는 척을 지고 살았어. 반 아이들, 선생님과 자주 마찰을 빚었고 그 과정에서 때리거나 얻어맞거나 하는 일도 일상다반사였지. 그런데 가모키타 고등학교에 들어가기 전까지만 해도 개의 최고의 적은 부모님이었다고 해. 너도 알지? 걔네 집안이 건축업을 하는데 걔가 장남이잖아. 그런데 장남이 갑자기 힙합 음악으로 유명해지고 싶다면서 음악과에 들어가 예술가로 첫발을 내디디겠다고 하니 얼마나 반대가 심했겠어."

미사키의 표정에 희미한 변화가 생긴 것을 나는 놓치지 않았다. 음악과에 들어온 학생은 대부분 부모님이 음악의 길을 걷는 것을 반대하지 않으니 이와쿠라와 미사키의 사례는 몇 안 되는 예외라고 할 수 있다. 다시 말해 그것이 바로 이와쿠라와 미사키의 공통점이다.

"그렇게 힘들게 학교에 입학한 뒤로는 또 다나하시 선생님과 견원지간이 됐지. 뭐 학생과 선생 사이에는 흔한 일일지도 모르지만."

"사이가 왜 안 좋았는데?"

"너도 대략 알지 않아? 뭐든 제멋대로 하고 싶어 하는 이와쿠라와 기초 실력부터 확실히 쌓는 걸 우선하는 다나하시 선생님. 그런 두 사람이 궁합이 맞을 리 없지. 이와쿠라에게 넘버원이라고 할 만한 재능이라도 있으면 모르겠지만 선생님이 걱정하지 않아도 될 정도였던 것도 아니고 잘하면 학교 축제에서 박수나 조금 받을 실력이었잖아. 이와쿠라가 요새 널 괴롭히기 시작한 것도 그게 원인 아니었을까? 남자의 질투라고 할까."

예전에 미사키가 나에게 던진 질문과 똑같다. 그때 미사키는 이해를 못하는 듯했지만 학습 효과가 있는지 지금은 가만히 쇼헤이의 말에 귀를 기울이고 있다.

"그런데 말이지. 난 세 살 무렵부터 개를 계속 봐 왔는데, 이와쿠라는 매사 비딱해 보이고 종종 난폭하게 굴기도 하지만 개념이 아예 없는 아이는 아니었어. 다른 아이들에게 시비를 걸거나 가끔 수업을 땡땡이치기는 했지만 비행이라고 해 봐야 고작 그 정도고, 경찰이 움직일 만한 짓을 저지른 것도 아니야. 가족들과 사이가 별로 좋지 않았지만 그렇다고 집을 나가거나 한 적도 없어. 개도 알았을 거야. 이런 시골에서는 반항하는 데도 한계가 있다는 걸. 그러니 이건 네 질문에 대한 대답이기도 할 텐데, 이와쿠라가 미워하던 녀석은 분명 있었고 반대로 이와쿠라를 미워하던 녀석도 있었어. 하지만 적어도 그런 것 때문에 개가 살해당하지는 않았을 거라고 봐."

4

쇼헤이의 집을 나가자 미사키는 나를 향해 입을 열었다.

"자, 이번에는 네게 물을 차례네."

"아까 네가 말한 이와쿠라 건축과 다나하시 선생님의 관계? 미리 말해 두는데 그런 건 나도 몰라."

"그럼 질문을 바꿀게. 이와쿠라 건축과 가모키타 고등학교의 관계는?"

"그런 것도 모른다니까."

"기록에 남는 것이라면 아까처럼 의사록이나 자료를 찾으면 돼. 하지만 기억에 남는 건 달라. 뒷이야기, 입소문, 평판, 단순한 헛소문까지. 그런 것들은 당시 그곳에 있던 사람들만 공유할 수 있어. 구체적으로 말하면 가모키타 고등학교를 지으려고 하기 시작한 1996년, 그러니까 내가 여기 없던 시절에 대한 기억은 네게 물을 수밖에 없다는 뜻이야."

"이와쿠라 건축과 학교에 얽힌 소문이 있는지 없는지를 묻는 거야?"

"응."

새삼 기억을 되짚을 것도 없었다. 나 같은 학생 자녀를 둔 집은 물론 마을에 사는 사람이라면 누구든 한 번은 들어 봤을 소문이 있다.

"그 학교가 조금 이상한 조건에서 지어졌다는 건 전에도 이야기했지?"

"응. 시가지에 건설 용지를 확보하지 못해서 결국 산을 깎아서 지었지."

"산림 지대라 그 위에 학교를 지으려면 마을 이장의 허락이 필요하다고 했어."

"아, 그래. 나도 알아. 원래 농지나 산림지를 다른 지목으로 바꾸려면 해당 지자체장의 허가가 필요하지만 학교나 병원 같은 건물로 전용할 경우에는 따로 허가를 받지 않아도 되지. 다만 현실적인 문제로 그럴 경우에도 허가권자와 협의가 필요하니 실제 전용 허가와 관련된 업무는 각 동과 마을에 위탁해. 농지법 제4조와 5조에 있는 내용이야."

"……그러니까 대체 그런 것들을 다 어디서 배운 거냐니까."

"반강제로 집에서 사법 시험 공부도 하고 있거든."

"아무리 시골이라고 해도 학교 건물과 체육관, 운동장을 지을 때는 막대한 예산이 들어가니 이익도 클 수밖에 없어. 지역에 있는 이와쿠라 건축뿐만 아니라 기후현 밖에 있는 대형 건축업체…… 음, 그런 곳을 종합 건설 회사라고 하나? 아무튼 그런 곳이 경쟁 입찰이니 뭐니에 참가했는데 결국 최종 선정된 곳은 이 지역 업체인 이와쿠라 건축이라 뒷돈이 돈 게 확실하다는 소문이었어."

"이와쿠라 건축과 이장 사이에 알선 수재 같은 게 있었다는 뜻이네."

미사키는 조금 전에 온 길을 되돌아가고 있다. 그러나 어디로 향하는지는 알려 주지 않았다.

"그렇다면 이와쿠라 건축의 큰아들인 이와쿠라와 이장의 딸인 하루나 사이에도 어떤 갈등 같은 게 있었을까?"

"그건 아닐 거야."

나는 딱 잘라 부정했다.

"이와쿠라는 집안일에 신경 쓰는 아이가 아니었고 하루나도 이장 딸로 불리는 걸 엄청 싫어하거든. 두 사람 다 밖에서 부모님 이야기를 하기 꺼렸으니 그런 쪽에서 갈등 같은 게 있었을 리 없어."

그러지 않아도 전에 그런 이야기를 꺼내 하루나를 화나게 한 적이 있어서 나는 잘 알고 있었다. 미사키도 내 말을 이해한 듯했다.

"그래. 부모들끼리의 사정 같은 건 아이들에게는 짜증스러울 뿐이니까."

미사키는 조금 쓸쓸한 듯이 미소 지었다.

"자기들 딴에는 자랑할 만한 직업일지 몰라도 자기 자식도 똑같이 자랑스러워할 거라고 단언할 수는 없다는 거야. 우리는 대체 언제쯤 되면 부모님의 속박에서 자유로워질 수 있을까……. 아, 미안. 쓸데없는 푸념을 늘어놓고 말았네."

"아니, 푸념이라고 생각하지는 않지만…… 그래도 너무 비하하는 것 아니야? 검사는 초 엘리트 직업이잖아. 법률의 전문가인 데다가 정의의 편이기도 해. 자랑스럽지 못할 요인은 하나도 없는 것 같은데."

"굳이 따지면 검사도 판사도 그냥 공무원일 뿐이야. 직업에 귀천은 없어. 인간에게는 귀천이 있을지 몰라도."

"인간의 귀천?"

"직업 같은 것과는 상관없이 존경할 만한 사람이 있는가

하면 그 반대도 있지."

갑자기 미사키가 입을 다무는 바람에 나도 할 말을 잃었다. 어제 집 문 밖으로 들리던 아버지와 아들의 대화. 오만이라는 단어를 써 가며 아들의 재능을 비난한 아버지를 지칭하는 이야기라는 것은 둔감한 나도 알 수 있었다.

불현듯 가슴이 찌릿했다.

내 어머니의 얼굴과 함께 내가 미사키 앞에서 한 거짓말이 떠올랐기 때문이다.

아버지가 집에 없는 건 기러기 생활을 해서가 아니었다.

실은 오래전에 이혼해서 집을 나갔다.

부부 사이의 일이니 이런저런 이유가 있겠지만 나도 이해할 만한 원인은 오직 하나. 어머니는 피아노에 지나치게 열정을 쏟은 나머지 가정을 내팽개쳤다. 시골에서 피아노 교사의 수입이라고 해 봐야 쥐꼬리 수준이다. 그런데 피아노를 아이들에게 가르치는 일이 더없이 숭고하고 자랑스럽다고 믿는 어머니는 회사에서 월급을 받으며 영업 사원으로 뛰는 아버지와 아버지의 일을 경멸했다.

그러던 어느 날 사소한 계기로 말다툼이 벌어졌고, 분노를 참지 못한 어머니의 한마디가 아버지의 자존심을 송두리째 박살냈다.

당신이 하는 일은 이미 만들어진 물건을 파는 일이지 뭔가를 만드는 건 아니잖아. 그런 가치 없는 일밖에 하지 못하는 사람이 어딜 거들먹거리면서…….

원래부터 그다지 좋지 않았던 부부 사이는 그날 일로 완전히 파탄 났다. 아버지는 집을 나갔고 나는 어머니와 둘이 남았다. 따지고 보면 어머니가 피아노에 쏟은 사랑이 가정을 무너뜨린 셈이고, 그런 어머니에게 너도 음악의 길을 나아가라는 말을 주문처럼 듣는 일상은 고통 외에는 아무것도 아니었다. 어릴 때는 좋아하던 피아노도 언제부터인가 열의를 잃게 되었다.

아무것도 만들지 않는 일은 무가치한 걸까.

음악을 비롯한 예술이 그렇게 숭고한 걸까.

반드시 그렇지 않다는 건 안다. 전부 어머니의 오만이 낳은 망상에 불과하다. 외로우니까, 그리고 자신의 노력이 돈이나 다른 형태로 제대로 돌아오지 않아 생긴 편견에 불과하다. 애초에 아버지의 그 가치 없는 일로 먹고살던 사람 중에는 어머니도 있었다.

아이러니하다고 생각했다. 피아노를 향한 나의 열정을 파괴한 사람은 어머니인데도 정작 당사자는 그런 걸 전혀 눈치채지 못하고 여전히 내게 기대를 품고 있다.

별생각 없이 내뱉었을 미사키의 한마디가 내 가슴 깊숙한 곳을 조금씩 파고들었다. 폐부를 도려낸다는 것이 정확히 이런 느낌 아닐까.

나는 서둘러 화제를 바꾸려고 했다.

"서기, 아까 그 동사무소에서 열람한 자료 말인데, 다나하시 선생님은 이와쿠라 건축에 대해 뭘 조사하려는 걸까?"

"지층 조사에 들어간 비용이 350만 엔이 약간 넘어. 원래 지층 조사는 천공과 관입 시험이 포함돼서 고액이기는 한데, 만약 조사를 제대로 했다면 학교 건물을 그런 곳에 짓지는 않았을 거야. 그럼 여기서 떠오르는 의문은 당시 시공을 맡은 이와쿠라 건축이 했던 조사가 적절했는지, 어쩌면 상당히 날림으로 한 조사 아니었는지. 만약 그랬다고 하면 350만 엔이라는 조사 비용은 엄청나게 부풀린 액수라는 말이 돼. 그럼 실제 들어간 돈은 얼마였고 차액은 어디로 사라졌는가 하는 새로운 의문이 생기지."

"그게 뒷돈으로 들어갔다는 추리야?"

"나와 너도 그 정도는 추리할 수 있어. 그러니 다나하시 선생님이라면 확실히 그렇게 생각하셨겠지. 그럼 선생님은 그걸 알아채시고 어떻게 행동하셨을까?"

나는 잠시 생각에 잠겼다. 다나하시 선생님은 평소 이성적이지만 한편으로 열혈 교사처럼 뜨거운 면모도 있다.

"비뚤어진 걸 싫어하는 분이니 항의 활동이나 내부 고발에 나설 것 같은데."

"응. 나도 그렇게 생각해. 만약 그랬다면 이와쿠라와 다른 갈등이 생겼을 수도 있고."

"뭐야. 아까는 이와쿠라가 아버지의 일 같은 것에 신경 쓰지 않았을 거라며."

"하지만 그 고발 때문에 이와쿠라 건축이 곤경에 빠진다면 이와쿠라의 앞날에도 영향을 끼칠 테니까. 환영하지 못할 방향으로."

"그럴 수도 있겠지만, 정작 죽은 사람은 이와쿠라잖아."

"위협하던 사람이 역습을 당하는 건 의외로 흔해."

미사키는 툭 내뱉고 다시 발걸음을 뗐다.

"이번에는 어디 가려고?"

"학교."

"뭐야, 지금 학교에 간다고? 보수 공사가 시작돼서 선생님과 학생 모두 출입 금지라고 했는데."

"그래서 더 좋아."

나는 나도 모르게 미사키에게 이끌리듯 학교로 향하는 오르막길을 오르기 시작했다.

오르기 시작하고서야 조금 후회했다. 하늘은 맑게 개었지만 오르막길과 길 양옆에는 참담한 풍경이 펼쳐져 있다. 낯익은 광경이 지금은 전혀 다른 세계처럼 보였다.

우선 바닥에 깔린 아스팔트는 표면이 깎여 나가고 없었다. 온통 적갈색 흙으로 뒤덮였고 그 위에 대형 차량의 바퀴 자국만이 새겨져 있다. 비에 쓸려 갔는지 아니면 크레인 같은 것으로 처리했는지 물에 떠내려간 나무와 바위 등이 갓길에 쌓여 있었다.

실 끝에 우뚝 솟아 있던 나무는 몇 그루가 중간에 휘거나 부러져 있었다. 모두 그날 내린 폭우 때문이다. 왼쪽을 보니 홍수가 지나간 흔적이 뚜렷이 남아 있다. 벽의 절단면이 깎인 것처럼 대지의 벌건 표면이 드러나 있어 강이 범람했을 때 그 수위가 도로를 넘어선 곳도 있었음을 알 수 있었다. 지금은 평상시 수위로 돌아가서 마치 악몽이 할퀴고 간 자국을 보는 듯했다.

악취도 심했다. 물이 그토록 불었으니 대부분 하류로 쓸려 내려갔겠지만 군데군데 남은 나무토막과 흙모래가 여름의 강렬한 햇빛을 받아 기이한 냄새를 발산했다. 해초가 썩은 냄새라고 할까, 식물이 부패하는 냄새 때문에 숨 쉬는 것조차 망설여졌다.

"아까 그 질문에 대답해 줘. 왜 지금 학교에 가야 하는 거야?"

"조건을 확실히 하고 싶어."

"조건?"

"이와쿠라가 살해됐을 때 나를 제외한 다른 아이들은 모두 학교에 있어서 밖에 나가지 못했다는 전제 조건이 정말 맞는지. 그 전제 조건이 무너지면 용의자 수도 바뀌니까."

"그때 하나 있던 퇴로가 무너진 건 너도 두 눈으로 봤잖아."

"그래도 이성이 확실히 돌아온 지금 다시 한번 확인해야 해. 그때도 냉정했다고는 생각하지만 인간은 원래 돌발적인 상황과 맞닥뜨리면 평소의 이성과 판단력이 날아가 버릴 때가 많아."

왠지 너는 그럴 일이 없을 것 같다고 해 주고 싶었지만 어차피 아니라고 받아칠 게 뻔해서 입을 다물었다.

걷고 있자 잠시 후 급커브길이 나왔다. 이와쿠라의 시신이 발견된 곳이다. 누가 두고 갔는지 도로 위에 꽃다발과 녹차 페트병이 있었다. 이곳 역시 길 상태가 좋지 않아 말라붙은 흙덩이가 아스팔트를 뒤덮고 있다. 시신 발견 당시 이 일대는 웅덩이 같은 상태였다고 하니 유류품 같은 건 찾을 수도 없을 것이다.

미사키는 일단 멈춰 서서 꽃다발이 있는 곳을 향해 고개를 숙였다. 나도 똑같이 했다.

"너무한 일이야."

"응?"

"우리처럼 아직 열여덟 살이었어. 그런 아이가 누군가의 악행 때문에 소중한 목숨을 잃다니. 이런 부조리한 일이 세상에 또 어딨겠어."

"넌 진짜 관대하구나."

"아니, 관대는 무슨. 그냥 화가 날 뿐이야."

미사키는 주먹을 꾹 쥐었다.

"왜 세상에는 이렇게 부조리한 일들이 일어나는 걸까. 왜 죄도 없는 사람이 아깝게 목숨을 잃어야 하는 걸까……. 난 항상 그런 생각을 해. 내가 베토벤을 연주할 때도 이 세상 어딘가에서는 누군가가 눈물을 흘리고 있다. 내가 모차르트의 선율에 마음을 빼앗겨 있을 때도 누군가는 단말마의 비명을 지르고 있다. 그런 생각이 떠오를 때마다 마음이 정말 참담해져."

생각지도 못했다.

미사키 요스케는 음악의 신에게서 축복받은 사람이다. 음악가를 목표하는 사람이라면 누구든 갈망할 재능을 선사 받고 이 세상에 태어났다. 그리고 노력하는 재능까지 얻었다. 앞으로 외부의 잡음 따위 신경 쓰지 않고 묵묵히 피아노를 연주하다 보면 밝은 미래가 보장될 게 분명하다.

그러나 미사키는 잡음을 신경 쓴다. 부조리한 상황을 보며 화를 내고, 같은 반 아이의 불행한 죽음을 보며 앞으로 나아가려던 발걸음을 멈췄다.

미사키에 대한 나의 평가는 계속해서 흔들렸다. 특출한 연주 기술과 맞바꿔 다른 감성과 상식 따위는 내팽개친 아이. 음악에 관한 것 말고는 초등학생이나 마찬가지라고 생각했지만 터무니없는 착각이었을지도 모른다.

어린아이처럼 유치한 것이 아니다.

어린아이처럼 순수할 뿐이다.

"너희 아버지는 네가 나중에 검사가 되기를 바라셔?"

"응, 아마 그럴 거야."

"내가 보기에 너희 아버지 생각이 완전히 엉뚱한 건 아닌 것 같아. 넌 그쪽 방면에도 소질이 있어 보여."

"그런 말 마."

미사키는 완곡히 부정했다.

"그런 건 내게 칭찬도 뭣도 아니야. 나한테는 저주 같은 말이니까 두 번 다시 그런 말은 하지 말아 줘."

"너무 유난 떠는 거 아니야?"

"유난이라니. 말이 씨가 된다는 말처럼 모든 말에는 힘이 있다고."

"에이, 설마. 논리적이지 않아."

"정말 그렇게 생각해? 예를 들어 내가 뭔가를 마음먹었다고 해도 매일매일 주변 사람들에게 다른 말을 들으면 마음이 흔들리잖아. 말의 힘을 우습게 여기면 안 돼."

"그런가."

"그렇다니까."

우리는 또다시 오르막길을 오르기 시작했다. 학교에 다가갈수록 기중기 소리가 점점 크게 들렸다.

얼마 안 돼 눈앞에 드러난 광경에 나는 아연실색했다.

학교 건물과 체육관은 간신히 원형을 유지하고 있지만 아래에서 그것들을 떠받드는 토양은 차마 눈 뜨고 보기 힘들 만큼 무참했다. 흙탕물에 깎여 나간 절벽이 그대로 있고 산맥에는 파이프를 말뚝처럼 박아 넣었다. 건물 뒤에 있는 절벽도 마찬가지인데 깨끗하게 깎인 산 표면에 그물망을 둘러서 더 이상의 붕괴를 방지하고 있었다.

학교 건물과 체육관을 뒤덮은 흙모래는 대부분 치웠지만 일부 파손된 건물에 비계를 설치해 보수 공사가 시작되고 있었다.

가장 중요한 다리는 아직 가설 철판만 깔려서 편하게 오갈 수 있을 것 같지 않다.

그리고 현장을 종횡무진으로 돌아다니는 크고 작은 기중기들. 그 포악한 가동음 때문에 숲속에서 들리는 소리들은 완전히 압살되고 있었다.

"어이, 너희. 그 이상 현장에 들어오지 마."

갑자기 누군가가 경고해서 돌아보니 헬멧을 쓴 작업원 한 명이 우리를 향해 뛰어오고 있었다.

"관계자 외 출입금지 입간판 안 보여?"

거친 목소리를 듣고 나는 순간 발끈했다.

"여기 다니는 학생이니까 관계자죠."

"관계자는 공사 관계자를 말하는 거다."

"학교에 잠깐 볼일이 있어요."

"아직 위험하다. 보면 모르겠냐? 다리가 아무나 오갈 수 있는 상태가 아니야."

지금보다 더 위험한 상태에서 이 다리를 건넌 사람이 제 옆에 있는데요. 그렇게 따지려 했는데 당사자가 한발 앞으로 나왔다.

"복구되려면 앞으로 오래 걸릴까요?"

"복구? 앞으로 한 달은 걸릴걸. 보다시피 발 디딜 곳이 강변 부근뿐이고 중장비를 내릴 때도 일일이 크레인을 써야 해. 오늘은 물이 빠졌지만 비가 다시 내려서 물이 들어차면 기자재를 전부 치워야 한다. 어쨌든 꽤 수고가 들어가는 현장이야."

작업원은 이마에 맺힌 땀을 수건으로 닦으며 설명해 줬다. 작업하기가 까다로운 곳이라는 말은 이해했다. 거기에 한여름의 뜨거운 열기가 피부를 뜨겁게 달구고 있다. 분명 수고가 들 것이고 위험도도 다른 공사 현장보다 높을 것이다.

"특히 이 골짜기는 경사가 급해서 게릴라성 호우라도 퍼부으면 순식간에 물이 밀려와. 날씨를 일일이 살피며 작업해야 하니 집중하기도 힘들지."

작업원은 원체 떠들기를 좋아하는지 미사키에게 묻지도 않은 것들을 설명했다. 아니, 미사키가 남의 이야기를 잘 들어 주는 성격이라서일지도 모른다.

"공사가 시작되기 전에는 학교 맞은편으로 건널 경로가 없었나요?"

"없어. 뒤에는 무너지다가 만 절벽이 있고 나머지 삼면은 강으로 둘러싸여서 건널 곳은 오로지 저 다리뿐이었을 거야. 오늘 같은 날에는 강을 건널 수도 있겠지만 맞은편의 벽을 오를 수 있는 건 원숭이 정도겠지. 인간은 절대 무리야."

"그렇겠죠. 저, 조금 떨어진 곳에서는 봐도 괜찮을까요?"

"그래. 하지만 여기서부터 안으로 더 들어가지는 마라."

그 말을 남기고 작업원은 원래 있던 곳으로 되돌아갔다. 나와 미사키는 조금 멀리 떨어진 나무 그늘로 들어가 현장을 관찰했다.

"역시 학교 건물 안에는 들어갈 수 없을 것 같네."

"괜찮아. 사건 당시 저 다리만이 유일한 퇴로였다는 걸 확인한 것만으로 충분해. 또 하나, 내가 마을로 내려간 뒤에 정확히 어떤 일이 있었는지도 알려 줄래?"

나는 미사키가 마을로 향하는 모습을 보고 교실에 돌아와 체육관으로 대피하기까지의 모든 상황을 설명했다.

"만약을 위해서 묻는 건데, 폭우가 내렸을 때는 다들 교실 안에 있었지?"

"응. 먼저 학교를 나간 이와쿠라를 제외하면."

"네가 돌아왔을 때도 마찬가지였어?"

"그래. 전부 남아 있었어."

"오직 나만 밖으로 나간 게 확실하지?"

"그래, 확실한데…… 그건 왜 자꾸 물어?"

"미안. 그게 핵심이라 그래."

나는 기억을 더듬어서 당시 상황을 떠올리려 했다. 미사키에게 더 전할 정보는 없는 것 같았다.

"그런데 이와쿠라 말고 학교 밖에 있었던 사람이 꼭 너 한 명이었다고 단언할 수는 없어. 거리는 좀 떨어져 있지만 이 일대에도 주민이 살고 있잖아."

"이건 조사받을 때 시라이시 형사님께 들은 이야기인데, 이곳은 원체 민가가 드물고 그런 폭우가 쏟아지는 상황에 제 발로 집 밖에 나갈 만한 사람은 없다고 했어. 실제로 경찰도 이 주변 주민들에게 당시 알리바이를 확인했는데 모두 집 안에 틀어박혀 있었다고 증언했대. 게다가 아랫마을에 사는 사람이라면 빗발이 거세질수록 더 집 안에 있었을 거야. 마을에서는 강가 근처에 가는 걸 절대 삼가라고 단단히 일렀다고 하니."

고개가 끄덕여지는 이야기였다. 이곳은 강을 중심으로 일군 마을이라 폭우가 내릴 때는 평지에도 강물이 차오른다. 강 옆에 경작지가 있는 노인이 상황을 살피러 갔다가 그대로 강물에 휩쓸리는 사고도 매년같이 일어난다. 그러니 그런 날에는 집 밖에 나가지 않도록 경찰서와 소방서에서 철저히 지도한다.

"뭔가 알면 알수록 사건이 이상한 방향으로 굴러가네."

"꼭 그렇지도 않아."

미사키의 말에 나는 민감하게 반응했다.

"그렇지도 않다니…… 혹시 뭐 알아내기라도 했어?"

"아니, 알아낸 건 하나도 없어. 그런데 가능성 중 몇 가지는 보이기 시작한 것 같아."

"어떤 가능성?"

그러자 미사키는 질문에는 답하지 않고 등을 홱 돌렸다.

"이제 슬슬 돌아가자. 이곳에 있다 보면 귀가 피곤해질 것 같아."

"야."

나는 서둘러 미사키를 뒤쫓았다.

"알려 줘. 범인이 대체 누구야?"

"내 상상을 말해 봐야 소용없어."

"왜?"

"증거가 없으니까. 지문이나 혈흔, 발자국 같은 물증은 이미 빗물에 휩쓸려 사라졌어. 물증이 없는 이상 어떤 말을 해도 탁상공론에 불과해. 그러니 소용없다는 거야."

"네게 씌워진 혐의를 벗을 거라 하지 않았어?"

"혐의는 벗고 싶지만 탁상공론을 늘어놓는 건 아무 도움도 되지 않아."

"하지만 조금 전 다나하시 선생님의 집에서 넌 대단한 추리를 선보였잖아."

"그건 우산이라는 물증이 있었기 때문이야. 그런데 이곳에는 물증이 없어. 아무리 내가 추리한다고 해도 그냥 상황 증거만 쌓아 올려 갈 뿐이야. 내 혐의를 벗으려면 물증과 또 한 가지……."

미사키는 말을 하다가 멈칫했다.

"뭐야. 물증과 또 하나 뭐가 필요한데?"

뒤에서 거듭 물어도 미사키는 좀처럼 대답해 주지 않았다.

"말해 봐. 내가 도울 수 있는 거면 뭐든 도울게."

그러자 미사키는 그제야 어깨 너머로 고개를 돌렸다.

"너도 어려울 거야."

"왜?"

"필요한 건 범인의 자백이니까."

IV *Molto amarevole*
지극히 괴로운 것처럼

I

2학기가 시작되어도 학교 보수 공사가 끝나지 않았지만 교실은 쓸 수 있게 되어 우리는 평소처럼 등교했다.

개학식은 평소보다 긴 교장 선생님의 첫인사부터 시작해 느닷없이 학교에 들이닥친 재해 이야기, 불안에 떠는 음악과 학생들을 배려하자는 이야기, 그리고 이와쿠라에 대한 추도로 이어졌다. 시간은 무려 45분. 옆에 선 선생님들 역시 피곤한 듯 보였지만 일방적으로 훈시를 들어야 하는 우리 상황이 더 심각했다. 그 증거로 학생 중 한 명은 빈혈로 보건실에 가기도 했다.

그러나 그런 건 다 사소한 일이다.

미사키가 의미심장한 말을 내뱉은 이후 나는 계속해서 그 말의 의미를 되짚고 있었다.

중요한 건 범인의 자백이다. 그것은 바꿔 말해 자백 외에 더는 아무것도 필요 없다는 말처럼 들리기도 한다. 설마 범인을 알아낸 거냐고 연신 캐물어도 미사키는 어째서인지 확실히 대답해 주지 않았다.

그러나 그 무렵에는 미사키가 별로 초조해할 필요가 없어진 것도 이유 중 하나였을지 모른다. 미사키의 아버지가 검사임이 밝혀진 이후 경찰도 추궁을 멈췄기 때문이다.

나는 작년 말에 접한 뉴스를 떠올리며 복잡한 기분에 휩싸였다. 도치기현에 사는 불량 청소년들이 친구를 일상적으로 괴롭혔지만, 주범 소년의 아버지가 현경 경부보였던 탓에 이시바시 관할 경찰서가 수사에 적극적으로 임하지 않았다. 그리고 경찰이 느긋하게 구는 동안 피해자 소년이 괴롭힘을 당한 끝에 사망한 사건이었다.

너무 흉악하면서도 비참한 사건이었는데 제 식구 감싸기에 급급하며 대응에 소홀했던 경찰은 여론의 질타를 받았고 신뢰도가 땅에 떨어졌다. 내게도 경찰이라는 조직은 늘 서로를 감싸는 게 우선이고 경박한 것은 물론 한심한 조직이라는 인상이 강했다.

그런 상황에서 이번 사건이 일어난 것이다. 미사키는 경찰에게 보호받는 VIP나 마찬가지다. 원래라면 태도가 백팔십도 달라진 경찰을 비판해야 마땅하지만 현실 속의 나는 안도하기까지 했다. 내가 느끼는 복잡한 기분의 정체는 바로 그것이었다.

우리는 불의를 싫어하고 부조리한 것을 보면 불평불만을 내뱉는다. 정의를 대단히 좋아하고 부패한 자를 한껏 비웃는다. 그러나 나와 내 친구가 특별 취급을 받는 상황에서 나는 어떤 양심의 가책이나 부끄러움을 느끼지 못하고 있다.

인간이라는 존재는 대체 얼마나 이기적인 걸까. 아니, 그렇게 이기적인 사람은 혹시 나뿐일까.

그러나 이것은 나만의 감정이고 음악과 학생들은 미사키에게 다른 감정을 품고 있었다.

그들의 눈빛을 보면 한눈에 알 수 있다.

대체 어디에서 이야기가 샜는지 미사키의 아버지가 검사라는 소문은 이미 교내에 파다하게 퍼져 있었다. 반에서 소외당하자 이와쿠라를 죽였고 그 뒤 아버지의 권세로 경찰 수사를 피한 아이는 혐오하고 경멸해도 마땅한 대상이 되었다.

특히 여자아이들의 반응이 노골적이었다. 전에는 미사키에게 열렬한 눈빛을 보내던 여학생들은 단숨에 태도를 바꿔 냉담해졌다. 좀처럼 가까이 다가가지 못하는 것은 예전과 똑같아도 이유가 정반대였다. 수시로 미사키의 등 뒤에서 손가락질을 하고 참기 어려운 악담을 쏟아 냈다. 청각에 예민한 미사키의 귀에는 분명 들릴 텐데 아이들은 "어차피 안 들릴걸"이라는 말을 방패 삼아 멋대로 악담을 주고받았다.

"잘도 뻔뻔하게 학교에 기어들어 왔네."

"와, 정말 배짱이 놀랍다. 사람이 얼마나 잔인하면 저럴 수 있어."

"아버지가 검사라고 했지? 권력을 등에 업고 으스댄다는 게 정확히 저런 거 아니야? 부끄럽지도 않나?"

"부끄러움을 느낄 사람이라면 애초에 사람을 죽이지도 않았겠지."

나는 전부터 같은 반 여학생들에게서 정체를 알 수 없는 위화감을 느끼고 있었다. 뭐랄까, 같은 열여덟 살이기는 해도 나와는 전혀 다른 생명체처럼 느껴진 것이다. 그러다가 오늘 이렇게 손바닥 뒤집듯 돌변한 태도를 보고 그 감정의 정체를 정확히 파악했다.

이 아이들은 어떤 대상을 보는 방식이 너무도 가볍다. 허울이 번듯하고, 예의가 바르고, 말씨가 정중한 것처럼 겉에 드러나는 것과 들리는 것만을 보고 모든 것을 평가한다. 그러니 동경하는 대상이 상처투성이가 되어 지금까지와 다른 일면을 보이기라도 하면 곧장 거부 반응을 일으키는 것이다.

저 아이들이 미사키에 대해서 뭘 알까. 어린아이처럼 순수한 감정과, 선망을 뛰어넘어 찬미하고 싶어지는 재능. 그런 게 눈부시다고 생각하지 않는 걸까.

한마디 하지 않으면 직성이 풀리지 않을 것 같았다. 나는 내 일이 아닌데도 몹시 분개해서 그 아이들에게 다가갔다.

"하지 마."

등 뒤에서 누군가가 나를 멈춰 세웠다. 돌아보니 하루나가 있었다.

"저런 애들에게는 무슨 말을 해도 소용없어."

"설득하려는 게 아니야. 바보 자식들이라고 욕을 해 주고 싶을 뿐이야."

"욕먹고 기죽을 정도면 바보도 아니야. 네가 하는 말의 절반도 이해 못할걸."

"……나보다 네가 더 심한 것 같네."

"원래 같은 여자애들 앞에서는 나도 모르게 엄격해져."

"남자한테는 약하고?"

"미사키는 제외."

"너무해."

"너도 그렇잖아."

하루나가 놀리는 것처럼 웃어 보였다.

"이건 이상한 의미가 아니라, 미사키는 그냥 평범한 친구가 아니잖아?"

하루나에게 속마음을 들킨 것 같아 기분이 썩 좋지 않았지만 그 말이 정답이었다.

옆에서 보기에 왠지 아슬아슬해서 가만히 지켜보고 있기 힘든 것이나 쓸데없이 모성본능(나는 남자지만)을 자극하는 것도 어느 하나 평범하지 않다. 무엇보다 그 손가락이 연주하는 음악이 앞으로 과연 어디까지 훌륭해질지를 두 눈으로 확인하고 싶었다. 그것은 아마도 우정이라는 이름의 감정은 아닐 것이다.

그런 내 마음을 아는지 모르는지 정작 당사자인 미사키는 창밖을 바라보며 책상 위를 건반 삼아 손가락을 움직이고 있었다.

오전 네 개 수업은 전부 일반 교과목이었는데 수업에 집중한 학생은 별로 없었을 것이다. 이따금 선생님이 큰 소리로 주의를 줘도 아이들의 관심은 다른 곳에 쏠렸다.

누가 뒀는지 이와쿠라의 책상 위에는 꽃 한 송이가 놓여 있었다. 평범한 국화꽃이지만 아무도 없는 책상에 덩그러니 놓인 모습은 역시나 조금 쓸쓸함을 자아냈다. 책상 서랍 속에 있던 휴대용 오디오를 제외한 소지품은 남김없이 유족들이 가져갔다. 반 아이들은 아무래도 눈에 계속 걸리는지 이따금 국화꽃을 힐끔거렸다.

원래부터 이와쿠라는 일반 교과목 수업을 거의 듣지 않았지만, 국화꽃이 전에 이곳에 이와쿠라라는 아이가 있었다는 사실을 말해 주는 것 같아 가슴이 아팠다. 그렇다고 치워 버릴 수도 없어서 우리는 계속 불편한 기분에 시달렸다.

이와쿠라는 죽은 이후 더 큰 존재감을 발휘했다.

그리고 국화꽃을 힐끗하는 아이는 대부분 미사키의 얼굴도 훔쳐봤다. 그때마다 왠지 불안해 보이는 것은 틀림없이 공포 때문이다. 같은 반 아이를 죽였을 수도 있는 범인이 같은 교실에 있다고 생각하면 당연히 두려워질 것이다.

그래도 용의자와 한 곳에 있기 싫다며 대놓고 수업을 거부하는 용기 있는 아이는 한 명도 없다. 그런 어중간한 모습이 바로 우리 반답기도 했다.

국화꽃을 보고 가장 격하게 반응한 사람은 미사키였다. 그는 자신이 용의자로 의심받는 상황인데도 이따금 꽃을 보며 울음을 터뜨릴 것 같은 표정을 지었다.

2학기 첫날은 이렇게 왠지 찌무룩한 분위기로 끝나는가 싶었지만, 내 예상이 어설펐다. 5교시 악기 연습 시간에 불온의 씨앗이 흩뿌려졌다.

"슬슬 축제에 대비해 연습해야 하는 시기가 왔다."

다나하시 선생님의 말을 듣고 우리는 느닷없이 엉덩이를 걷어차인 듯한 절박감에 휩싸였다.

"원래라면 여름방학 때 좀 더 연습해야 했는데 너희도 알다시피 산사태가 일어나는 바람에 방학 후반부에는 교실에서 연습을 못 하게 됐지. 거의 한 달쯤 되는 시간을 그냥 날려 버렸어. 솔직히 말하면 애초에 연주하려고 했던 곡은 아무래도 감당하기 어려울 것 같다."

처음에는 합주곡을 연주하려 했다고 했다. 곡명은 홀스트의 모음곡 〈행성〉 중 첫 번째 곡인 〈화성〉과 네 번째 곡인 〈목성〉. 합쳐서 20분 남짓 되는 합주곡인데 쓰이는 악기 종류가 많아 고등학생이 연주하기에는 벅찰 수 있는 높은 수준의 곡이다.

"의외로 대중적인 곡이어서 연습량이 부족하면 음악을 잘 모르는 사람들도 쉽게 알아차리지. 다들 어떻게 생각하나? 앞으로 2주 조금 안 남았는데 해낼 자신 있어?"

반 아이들은 모두 침묵에 잠겼다.

기술이 뛰어나도 곡에 익숙하지 않으면 연주를 끝까지 소화하기 어렵다. 음악과 학생으로서는 부끄럽기 짝이 없는 일이지만 단 2주 만에 자기 파트를 만족스럽게 연주할 사람은 이 반에 절반도 안 될 것이다.

우리의 낯빛을 본 다나하시 선생님은 이미 예상했는지 겸연쩍은 듯이 머리를 긁적였다.

"연습량이 부족하다고 일정을 취소할 수는 없다. 음악과에는 얼마 안 되는 발표 기회이기도 하고. 고작 20분 남짓의 연주 시간이지만 1년의 성과를 보여 준다는 의미가 있지. 사고 때문에 음악실에서 연습을 못했다고 변명하는 건 간단하지만, 축제에 참가하지 않아서 떨어질 신뢰도와 평가는 각오해야 해."

다나하시 선생님은 그 이상 덧붙이지 않았지만 선생님이 무슨 말을 하는지는 우리 모두 이해했다. 학교 안에서 음악과의 위치는 미묘했다. 학생 수가 적지만 악기나 기타 설비 등 필요한 것이 많아서 예산을 잡아먹는데도 기후현 주최 콩쿠르에 참가하는 등의 눈에 띄는 성과는 지금껏 거두지 못했다. 그런 반이 축제조차 참가하지 않는다면 존폐 위기에 처할 수도 있다.

음악과가 사라지면 우리는 당연히 일반과로 편입돼 지금보다 더 고개를 들고 다닐 수 없게 된다. 무엇보다 반 아이들의 내신 성적도 처참한 수준이라 이대로 편입되면 반에서 처치 곤란 취급을 당할 수밖에 없다.

반다이는 정신 사납게 오른 다리를 달달 떨고 있고 학급위원인 쇼헤이는 고개를 연신 가로젓고 있으며 하루나는 왼손으로 샤프펜슬을 빙글빙글 돌리고 있었다.

"그렇다고 해서 겨우 구색만 갖춰서 참가하면 오히려 점수가 더 깎일 가능성이 있지. 1년 동안이나 연습했는데 그 정도밖에 안 되느냐는 인상을 심으면 불리해져. 그러니 난 우리반의 도전 곡을 단기간의 연습으로도 어느 정도 완성도를 기대할 수 있는 합창곡으로 바꾸려고 한다."

다나하시 선생님의 제안은 그야말로 타당했다. 합주에서는 모든 연주 파트의 숙련도가 고스란히 드러나지만 합창이라면 개인의 작은 실수는 주변 소리에 묻힐 수 있다. 치명적인 음치라면 이야기가 달라지겠지만 그렇게 음치이면서 음악과에 올 만큼 분별없는 아이는 없다.

"게다가 작년에 했던 합창이 호평을 받기도 했으니 거기에 이어 이번에 합창을 선택해도 관객들이 이해해 주겠지."

반 아이들은 하나같이 어쩔 수 없다는 듯이 고개를 끄덕였다. 연습 시간이 얼마 남지 않은 상황에서 그게 가장 무난한 선택지라는 것은 우리가 가장 잘 알고 있다.

그러나 다나하시 선생님이 다음으로 입에 담은 말이 아이들에게 다시 찬물을 끼얹었다.

"하지만 합창만으로 20분을 채우면 작년 구성과 너무 똑같으니 신선한 느낌이 없을 거야. 그러니 올해는 합창과 피아노 솔로를 합친 2부 구성으로 했으면 한다. 미사키."

그 이름이 불린 순간 교실 분위기가 단숨에 얼어붙었다.

"네?"

"10분 남짓으로 칠 수 있는 곡이 있니?"

그러자 미사키는 약간 고민하더니 대답했다.

"〈비창〉이라면 어떤 악장이든 괜찮을 것 같아요."

"좋아. 그럼 3악장 중에 어떤 악장이든 그날 칠 수 있도록 준비해 두려무나."

그러자 미카가 곧장 손을 번쩍 들었다.

"선생님, 저는 반대예요."

미카는 자리에서 일어나 다나하시 선생님을 쩨려봤다.

"여기서 미사키가 왜 나와요? 피아노를 칠 수 있는 아이는 미사키 외에도 있잖아요. 너무 일방적이에요. 이런 건 민주주의적이지 않아요."

"그래. 물론 피아노를 배우는 사람은 있지. 하지만 2주 만에 솔로곡 하나를 소화할 사람이 미사키 외에 또 누가 있니?"

"지금부터 열심히 연습하면 하루나나 쇼헤이도……."

"선생님은 연주를 끝까지 하거나 실수 없이 치는 수준을 원하는 게 아니야. 단 10분 만에 듣는 이의 귀와 마음을 홀려 음악과의 존재감을 드러내는 연주를 들려주고 싶은 거다. 미사키의 연주는 너희도 몇 번 들었잖아. 그 연주가 불만스러웠니?"

미카는 분한 것처럼 입을 앙다물었다. 피아노 연주만큼은 반에서 미사키를 뛰어넘을 아이는 없다. 실제로 대항마로 언급된 하루나와 쇼헤이는 쓸데없는 말을 했다는 듯이 미카에게 눈을 흘겼다.

"그래도 싫어요."

미카는 인정하기 싫은 것처럼 힘 있게 강조했다.

"아무리 훌륭한 연주를 선보인다고 해도 연주하는 사람의 인성을 무시할 수는 없다고 생각해요. 음악과를 대표해 연주를 들려주는 역할이라면 미사키보다 더 잘할 아이가 있을 거예요."

"그냥 듣고 넘길 수 없는 말이구나."

다나하시 선생님은 상대를 위압하는 듯이 낮고 중후한 목소리로 말했다.

"우선 미사키의 인성 운운한 것부터 지적하자. 넌 대체 무슨 근거로 미사키의 인성을 언급하는 거니?"

미카는 차마 살인 사건의 용의자라서 그렇다고는 말하지 못하고 분한 것처럼 입술을 깨물었다.

"다른 사람에게 들은 이야기나 뒤에서 들리는 소문만으로 누군가의 인성을 판단하는 게 비열한 행동이라고는 생각 안 해? 의혹만으로 색안경을 쓰고 남을 보는 건 한심한 짓 아니겠어?"

추세 역전. 이번에는 미카가 비난당하는 처지가 돼 버렸다.

그제야 나는 음악과 발표회의 피아노 솔로 연주자로 미사키를 지목한 다나하시 선생님의 의도를 조금씩 눈치채기 시작했다. 선생님은 지금 미사키를 당당히 무대 위에 세워서 미사키가 덮어쓴 의혹도 없애려는 의도 아닐까.

"만약 네가 음악과를 대표할 사람을 골라 줄 거면 네가 직접 추천하든 남이 추천하든 상관없으니 추천해 주렴. 그런데 청중들은 연주자의 평소 언동과 품성을 보고 공연장을 찾는 건 아니야. 일반과 학생들에게서는 들을 수 없는 훌륭한 연주를 직접 듣겠다며 벼르고 오지. 그러니 미사키보다 피아노를 더 잘 치는 사람이 아니면 선택될 자격이 없다."

미카는 입술을 꾹 다문 채 자리에 앉았다. 이렇게까지 말하면 반박할 아이는 없을 것이다.

잠시 후 이번에는 반다이가 조심스럽게 손을 들었다.

"응? 뭐냐, 반다이."

"저, 한 가지 여쭤도 될까요?"

"그래. 답할 수 있는 거면 대답하마."

"그냥 학교 축제라는 마음가짐이면 안 되는 건가요?"

순간 반 아이들 대부분이 화들짝 놀란 듯이 고개를 들었다.

"우리가 음악과에 있기는 하지만 모두 연주 실력이 뛰어난 건 아니잖아요. 음악을 좋아해도 다 미사키 같은 재능을 가진 것도 아니고요. 아니, 미사키 같은 재능은 하늘에 선택받은 일부만 가질 수 있을 거예요. 그냥 평범하게 음악을 좋아하고 평범하게 연주를 즐기는 사람은 음악과 학생으로서 부적합한 건가요?"

나는 무심코 숨을 멈춘 채 반다이의 말에 귀를 기울였다. 예상치도 못하게 반다이는 우리 모두가 의문시하는 동시에 불안해하는 것을 대변해 줬다.

"음악이라는 건 한자로도 소리를 즐긴다는 뜻 아닌가요? 그럼 수준이 좀 떨어지면 어때요. 1년 동안 열심히 준비했지만 이 정도밖에 못했다고 하면 좀 어때요. 여기 있는 우리 모두가 프로 연주자를 목표로 하는 것도 아니고요. 이 안에는 일반과에 들어가지 못해서 어쩔 수 없이 이 반에 들어온 아이도 있어요. 그런 아이에게 뛰어난 연주 실력까지 요구하는 건 조금 너무한 것 같아요."

반다이가 말을 마치자 누가 동의하는 것처럼 손뼉을 쳤다.

솔직히 나도 박수를 보내고 싶었다. 평소에는 속에만 담아두고 털어놓지 못한 속내를 반다이가 용기 내어 말해 줬다고 생각했다.

"소리를 즐기니 음악이라. 과연. 그 말도 일리가 있고 그것이 바로 음악의 존재 이유이기도 하지. 그런데 그런 말을 해도 괜찮은 사람은 정해져 있다는 걸 알아야 해. 바로 자기 자신도 즐기면서 관객을 모을 줄 아는 연주자와, 자기 돈으로 취미 삼아 연주를 즐기는 사람이지. 너희는 그중 어느 쪽에도 속하지 않아. 부모님 돈으로 수업료를 내면서 적어도 그 비용과 투자만큼의 성과를 기대받는 너희가 할 말은 아니라는 소리다. 설마 교실에서 느긋하게 놀려고 결코 적지 않은 돈을 부모님께 부담 지우는 건 아니겠지?"

차분한 목소리라 그런지 더욱 가슴에 와닿았다.

"중학교까지 너희가 어떤 교육을 받았는지 나도 대략은 안다. 그렇게 아등바등하지 않아도 된다거나, 성적만으로 한 인간의 가치를 판단해서는 안 된다거나, 어떤 인간에게든 무한한 가능성이 있다고 배웠겠지. 자, 기왕 말이 나온 김에 확실히 설명해 주마. 그런 말이 통하는 세계가 아예 없다고 할 수는 없겠지만, 노력을 내팽개쳐 버린 녀석과 근거도 없는 자신감을 가슴속에 소중히 품고 있는 녀석들에게 신은 절대 미소 지어 주지 않는다. 신이라는 단어가 미덥지 못하면 기회라고 바꿔 말해도 되겠지. 아무런 노력도 발버둥도 치지 않는 녀석이 성공할 정도로 이 세상은 그리 만만하지 않아. 신동이나 천재가 발에 차일 정도로 많은 음악의 세계는 더욱 그렇고. 노력이 항상 결실을 맺는다고 할 수는 없지만, 성 공하는 사람들은 예외 없이 노력한 사람들이다. 노력하는 걸 스스로 자각하지 못할 정도로 말이야. 스포트라이트를 받는 사람은 겉보기에는 멋지고 화려해 보이지만 스포트라이트 를 받지 않을 때 그들은 언제나 땀투성이지. 아직 10대니까 그냥 인생을 즐겨도 된다. 지금은 연습을 자주 빼먹지만 언 젠가 마음을 다잡으면 된다. 너무 열심히 하지 않아도 평범 하게 살 수는 있으니 그걸로 만족하자. 혹시 너희가 지금 그 런 식으로 생각하고 있다면 지금 당장 그런 생각은 버렸으면 한다. 물론 아무리 노력해도 대가를 얻지 못하는 사람은 있 어. 아마 그런 사람이 대부분이겠지. 그렇게 노력해도 대가 를 얻지 못한 사람들이 결국 평범하게 살아가는 거고. 하지 만 그런 노력조차 하지 않은 녀석이 평범하게 살아갈 수 있 을 것 같나? 어디를 가든, 어떤 세계에 종사하든 인간은 평가 에서 벗어나지 못해. 자기 스스로 하는 평가나 내가 흘린 땀 의 양 같은 건 아무런 의미가 없고 다른 사람이 보는 눈, 숫자 로 산출된 결과, 그게 전부라는 말이다. 아까 인성 이야기가 나왔는데, 인성이 평가받는 건 그전에 이미 실적이나 능력 이 인정된 다음이다. 외모나 평소 언동 같은 것으로 선택받 는 곳은 수준 낮은 미인 경연대회 정도라는 말이야. 자, 선생 님이 다시 한번 물으마. 미사키의 피아노 연주를 듣고 압도 된 사람은 이 안에도 많겠지. 하지만 미사키를 따라잡고 넘어서려고 피아노 줄이 끊어질 때까지 연습한 사람은 몇 명이나 있냐? 입술이 부르틀 때까지 관악기를 분 사람은 몇 명이나 있고? 미사키가 선택받는 상황에 실망해도 좋은 사람은 오직 그런 사람뿐이라는 소리다."

단숨에 교실 안이 무거운 공기에 짓눌렸다. 그래도 다나하시 선생님은 인정사정없었다.

"그리고 이것도 듣기 거북한 말이겠지만, 음악과 학생인 이상 재능을 아예 무시할 수는 없다. 애초부터 재능은 부조리하고 불공평하지. 선생님도 그렇게 생각한다."

다나하시 선생님의 말투가 갑자기 바뀌었다.

"선생님은 음대를 졸업했지만 입학할 때부터 고등학교 음악 교사가 되려고 마음먹은 건 아니야. 처음 음대에 들어갔을 때는 프로 연주자가 되고 싶었고, 어느 오케스트라에 들어가 연주로 유명해지고 싶었어. 경쟁률이 센 학교였으니 그만 한 재능이 있다고 자부하기도 했지. 하지만 말이다. 음대는 정말로 신동이나 천재가 발끝에 차일 정도로 많은 곳이더구나. 그것도 그냥 천재가 아니라 나 같은 사람은 아무리 노력해도 발끝에도 못 미치는 괴물들이었지. 결국 그런 천재들이 대학원에 진학하거나 유학을 떠나 프로의 길을 걸어갔어. 천재가 아닌 나는 지금 이렇게 너희들 앞에 서 있고. 그러니 선생님은 더 절실히 느끼게 됐어. 재능이라는 건 아주 잔인한 거라고. 평범한 사람들의 마음을 짓뭉개지만, 그러면서도 이 세상에 엄연히 존재하는 거라고. 하지만 그건 그런 세계에 자처해서 발을 들인 사람으로서는 해서는 안 될 우는 소리지. 아까 그냥 고등학교 발표회가 아니냐는 의견이 나왔지만, 그 고등학교 발표회에서조차 최고의 모습을 보여 주지 못하는 사람이 권리부터 주장하는 건 그저 어린아이의 응석이나 현실 도피에 불과하다."

미카와 반다이 둘 다 고개를 푹 숙인 채 그저 책상을 보고 있었다.

말이 조금 심하다고는 생각했다. 굳이 이럴 때 모두의 자존심과 불안감을 철저히 깎아내릴 것까지는 없을 텐데.

그러나 한편으로 나는 내가 지금 얼마나 기죽어 있는지를 깨달았다.

다나하시 선생님의 말은 하나하나 내 가슴을 꿰뚫고 들어왔다. 미사키처럼 재능 넘치는 사람과 경쟁할 정도로 멍청하지는 않지만 나 같은 사람이 노력을 아예 포기하고 얻을 수 있는 건 아무것도 없다는 것 정도는 알고 있다. 그러나 새삼 다른 사람에게 지적받으면 당연히 절망할 수밖에 없다.

"너희가 생각하는 민주주의나 평등 같은 게 어떤 건지 선생님은 모를 수도 있어. 하지만 선생님이 자신감을 갖고 말할 수 있는 건, 적어도 예술의 영역에서만큼은 그런 건 아무 소용도 없다는 거야. 재능, 실력, 성적 등을 불문하고 말이다. 그러니 그저 자신에게 편한 세계를 바라고 있다면 지금 당장 음악과에서 나가 췄으면 한다."

다나하시 선생님의 설교는 즉시 효과를 발휘했다. 이로써 미사키가 발표회에서 피아노 솔로를 맡는 결정에 반대할 수 있는 사람은 아무도 없을 것이다. 그러나 다나하시 선생님이 간과한 것도 있다.

역효과다.

나 자신의 한심함을 지적당하면 어지간한 인격자가 아닌 평범한 사람은 반성은커녕 오히려 원망을 품기 쉽다.

반 아이들은 그들을 폄훼한 다나하시 선생님보다 미사키를 증오 어린 눈빛으로 바라보기 시작했다. 그 심정이 어떤 것인지 나는 가슴이 찌릿할 정도로 잘 안다. 미사키가 가진 재능에 홀리지 않았다면 나도 머릿속에서 미사키의 모습을 한 지푸라기 인형에 대바늘을 꽂아 넣었을 것이다.

다음 순간 나는 고개를 돌렸다가 무심코 깜짝 놀라 몸을 뒤로 젖힐 뻔했다.

반 아이들이 날카롭게 노려보고 있는데도 정작 당사자인 미사키는 아랑곳하지 않고 왼쪽 귀를 틀어막은 채 명상에 잠겨 있다.

"그럼 모두 선생님의 말을 이해했다고 받아들여도 되겠지? 축제에서 우리가 선보일 건 합창과 미사키의 피아노 솔로야. 오늘부터 연습에 집중해 줬으면 한다."

악기 연습 수업이 끝나자마자 나는 부랴부랴 미사키에게

달려갔다. 미사키는 뒤늦게 눈치챈 것처럼 나를 올려다봤다.

"응? 갑자기 왜 그래?"

"교실로 돌아갈 때까지 네 옆에 있을게."

"왜? 무슨 일인데?"

"너한테 보디가드가 필요하니까."

"무슨 말인지 잘 모르겠어."

거짓말이라고 생각했지만 얼굴을 보면 진정 이유를 모르는 것 같기도 했다.

설명하는 게 왠지 바보처럼 느껴졌다.

"아까 다나하시 선생님의 그 고맙고도 고마운 훈시를 못 들었어?"

"당연히 들었지."

"듣고 뭐 떠오른 거 없어?"

"모두들 저마다 힘들겠구나 싶더라. 재능의 유무와는 상관없이. 말이 나온 김에 하자면, 난 노력을 많이 하나 적게 하나도 별로 상관없다고 생각해."

"노력은 필요하겠지. 아까 선생님 이야기에서도 그런 부분은 나도 인정해."

"이런 말도 하셨잖아. 노력해도 대가를 얻지 못하는 사람이 많다고. 그 말이 맞아. 노력 같은 건 아무렇지 않게 사람을 배신해."

"······네가 사람들 안에서 유독 튄다고 느끼기는 해?"

"사람은 누구나 튀기 마련이야."

"그래도 재능이 있는 사람과 없는 사람 사이에는 메꿀 수 없는 간격 같은 게 있다니까. 넌 재능 있는 사람이니 그런 말을 아무렇지 않게 할 수 있는 거고."

"아니야, 그렇지 않아."

미사키는 보기 드물게 초조해하며 말했다.

"재능이 있든 없든 그런 것으로 삶이 좌우된다고 보는 건 말도 안 되지 않아? 그런 게 있든 없든 우리가 살아가는 데는 지장이 없어."

나는 할 말을 잃었다.

결코 미사키의 말에 감동해서가 아니다.

다른 사람에 대한 동정심 같은 건 눈곱만큼도 찾아볼 수 없는 미사키의 올곧음이 두려워졌기 때문이었다.

2

다음 날 토요일, 미사키에게서 전화가 걸려 왔다.

—피아노 연습을 하고 싶은데, 어디 좋은 곳 없을까? 있으면 알려 줘. 축제까지 이제 별로 안 남았어.

"너희 집에 피아노 있잖아."

—휴일에는 아버지가 집에 계셔. 집에서 피아노를 치고 있으면 아버지가 뭐라고 하는 소리가 피아노 소리보다 커.

이는 미사키 집안만의 특이한 사정일 것이다.

"마을 공용회관에 오르간이 있는데 미리 신청하면 쓸 수 있다고는 들었어."

―가능하면 벡스타인이 좋은데.

속으로 무리한 요구를 하지 말라고 생각했지만 당사자는 물론 무리하다고 느끼지 않을 것이다.

"그럼 따로 부탁하든지 해서 학교 음악실을 빌려야겠네. 축제에 대비해 연습하겠다고 하면 딱 잘라 거절하지는 못할 거야."

―누구한테 부탁하면 좋으려나? 실은 학교에 전화해도 아무도 안 받더라고.

"그거야 당연하지. 수위 아저씨도 휴일에는 쉬어."

―흐음. 곤란하네.

이런 상식에 대해서는 어떻게 이렇게 머리가 돌아가지 않는지 신기할 따름이다.

"다나하시 선생님께 부탁하면……. 어휴, 정말! 내가 같이 가 줄게."

최근에 미사키와 조금 사이가 멀어진 것 같은 기분도 들었지만 그래도 그냥 못 본 척할 수는 없었다. 거창하게 수호자 따위를 자처하는 것은 아니다. 미사키가 들으면 화를 낼지도 모르지만 기껏해야 보호자 정도일 것이다.

중간 지점쯤에서 만나 교직원 사택으로 향했다. 그러나 인티폰을 아무리 눌러도 대답이 없었다.

"역시 외출하신 것 같네."

"역시라니, 알고 있었어?"

"아까 길에서 집 뒤쪽이 보였는데 실외기가 멈춰 있더라고. 이런 더위에 에어컨을 끄고 있다는 건 집에 아무도 없다는 증거지."

그러니까 왜 이런 데서는 쓸데없이 그렇게 머리가 잘 돌아가는 거냐고.

"그럼 포기할까? 아니면 이 무더위 속에서 계속 문 앞에서 기다릴까?"

"어디 가셨을지 짚이는 데가 있어. 아마 거기 계시지 않을까 싶어."

이번에는 미사키가 앞장서서 둘이 함께 큰길을 걸었다. 어느 정도 가다 보니 나도 대략 느낌이 왔다. 미사키는 지금 구청으로 향하고 있다.

목적지에 도착하기도 전에 우리는 다나하시 선생님을 발견했다.

다나하시 선생님은 다른 선생님 몇 명과 함께 구청 앞에서 시위를 하고 있었다. 자세히 보니 각각 손에 팻말과 현수막을 들고 있다.

이장과 건축업자의 유착을 타도한다!

가모키타 고등학교에서 일어난 재해는 인재다!

마을 의회는 자금의 흐름을 소상히 밝혀라!

팻말에 적힌 글자는 거칠고 공격적이었다.

"이곳을 지나는 여러분, 시끄럽게 해서 죄송합니다. 저희는 가모키타 고등학교의 교직원입니다. 얼마 전 가모키타 고등학교는 폭우로 막대한 피해를 봤습니다. 여름방학이었다고 해도 수많은 학생이 휘말린 대형 사고였습니다. 하지만 그 일이 정말 단순한 재해였을까요? 학교 건물을 짓기 전에 조금 더 세밀히 지층을 조사했다면 그런 참사는 피할 수도 있지 않았을까요? 저희는 마을 예산에서 세출한 지층 조사 비용이 부당하게 유용됐다는 의혹을 제기합니다. 조사 비용은 정말로 정당하게 쓰였습니까? 다른 업자의 협력으로 현재 남아 있는 지층 조사 서류를 낱낱이 조사한 결과, 저희는 조사 비용의 일부가 마을 이장과 이와쿠라 건축으로 흘러 들어갔다는 결론에 이르렀습니다."

나는 깜짝 놀라 미사키를 봤지만 미사키는 태연한 얼굴로 선생님들을 바라보고 있었다.

"애초에 전용 부지가 없는 마을에 고등학교 설립이 정해진 경위부터 불투명합니다. 공사 비용의 상세 내역도 주민들에게 공개돼 있지 않습니다. 의혹을 풀기 위해 구의회는 지금 당장 하청 계약 당시 자료를 재검토해야 합니다. 그러지 않으면 제2, 제3의 인재가 일어날 수밖에 없습니다!"

확성기와 팻말. 뉴스에서는 자주 본 시위도 이런 시골 마을에서는 일상적이지 않은 이벤트가 된다. 그 증거로 마을 주민들이 선생님들 주변을 에워싸듯 하나둘 모여들고 있다. 시위 구호를 외치는 사람이 고등학교 선생님이라는 것도 그들 눈에 신기하게 비칠 것이다.

"저희는 이와쿠라 건축에 공사 비용을 포함한 명세서를 제출하도록 요구했습니다만 지금껏 그들은 요구에 응하고 있지 않습니다. 주민 여러분도 저희와 함께 힘을 모아 이와쿠라 건축에 진상 규명을 요구하시지 않겠습니까!"

확성기로 소리치는 사람은 3학년 담당인 마스부치 선생님이었다. 평소에 대화해 본 적은 없지만 열심히 수업에 임하는 선생님이라고 들었다.

다나하시 선생님은 아직 우리를 눈치채지 못했는지 주변에 있는 이들에게 열심히 전단을 나눠 주고 있다. 평소와 달리 저자세로 남들에게 호소하는 모습이 신선하다기보다 낯설었다.

아니, 솔직히 말해서 별로 보고 싶지 않았다.

"만약 조사 비용이 부당하게 쓰였다면 학교의 지반 붕괴 원인이 거기 있다고 해도 과언이 아닙니다. 이와쿠라 건축이 저희 요구에 끝까지 응하지 않는다면 저희는 피해자 모임을 결성해 구청과 이와쿠라 건축을 상대로 자료 공개 요청을……"

그때 몇 명인가가 선생님들에게 다가갔다. 구청에서 나온 공무원들이 선생님들을 말리려 든 것이다.

"선생님들, 그만하시죠."

"구청 바로 앞에서 시위라니요."

"도로 사용 허가를 받았습니다!"

"여기는 공용 도로가 아니라 구청 부지 안입니다."

"지금 입막음을 하려는 겁니까? 이건 권력의 횡포예요!"

"다른 사람들이 일하는 곳 바로 코앞에서 이렇게 큰소리로 외치는 것도 횡포 아닙니까?"

"여러분은 구청과 이장의 부정에 대해 아무 생각도 없습니까? 아니면 보고도 못 본 척하는 겁니까?"

"그것과 상관없이 여러분이 지금 주장하시는 건 근거 없는 헛소문이에요!"

구청 직원과 선생님들이 뒤엉켜 작은 소동이 벌어졌다. 주변에 모인 사람들은 왠지 기대감을 품은 눈빛으로 그 모습을 보고 있다. 미사키와 함께 시큰둥하게 그들을 지켜보던 나는 머릿속으로 '어차피 양쪽 다 공무원이잖아' 하는 별 의미 없는 생각을 떠올렸다.

이대로 있다가는 폭력 사태로 번질 수도 있다. 그렇게 걱정할 타이밍에 경찰이 나타났다. 이 안에서는 가장 힘이 센 공무원이다. 경찰 제복을 본 순간 역시 선생님들도 움직임을 멈췄다.

"선생님들. 이러시면 곤란합니다."

"저희는 사전에 신고를 하고⋯⋯."

"도로 사용 허가였지 몸싸움을 벌여도 된다는 허가는 아니었잖습니까. 구청 부지 안에서 소란을 피우는 걸 허락하지도 않았습니다."

"당신들도 권력에 빌붙는 겁니까?"

"괜찮으시다면 뒷이야기는 파출소에 가서 하시죠. 여기서는 지금 당장 철수해 주십쇼. 근처에 있는 가정집에서 시끄럽다고 민원이 계속 들어오고 있습니다."

"부정부패에 항의하는 건 민주주의에 보장된 권리라고요!"

"휴일에 편안히 쉬는 것도 주민들의 권리입니다. 선생님들은 지금 이 일대에 사는 주민분들의 권리를 위협하는 중입니다."

마스부치 선생님은 할 말이 더 남은 듯했지만 다나하시 선생님이 옆에서 말리자 마지못해 확성기를 바닥에 내려놨다.

그것이 시위 중단의 신호탄이 되었다. 선생님들은 기세가 꺾인 것처럼 팻말과 현수막을 치우기 시작했다.

그때 무슨 생각을 했는지 미사키가 다나하시 선생님을 향해 성큼성큼 다가갔다. 나는 서둘러 미사키 뒤를 쫓았다.

"선생님, 안녕하세요."

미사키가 말을 걸자 다나하시 선생님은 깜짝 놀란 듯했다.

"미사키⋯⋯? 다카무라까지."

"죄송해요. 벡스타인으로 〈비창〉을 연습하고 싶어서요. 음악실을 빌릴 수 있을까요?"

미사키는 이런 상황에 그야말로 둔감한지 조금 전 소동 따위는 보지도 못한 사람처럼 천연덕스럽게 물었다. 지금껏 기세가 등등했던 다나하시 선생님도 맥이 풀린 것처럼 표정이 온화해졌다.

"음악실? 그래. 쓰렴. 당연히 써도 되지. 당번 선생님께 열쇠 빌려다 줄게. 지금 우리 집에 같이 갈래?"

"네."

옆에 함께 있는 나는 마음이 영 어색하고 불편했지만 가타부타 말을 보태지 않고 순순히 결정에 따랐다. 목적이 확고한 미사키가 내 기분을 신경 쓸 리도 없었다.

다나하시 선생님은 다른 선생님들에게 인사하고 서둘러 자리를 떠났다. 그 모습이 내 눈에 왠지 패잔병처럼 애잔해 보였다.

셋이 함께 걷고 있으니 역시나 어색한 분위기가 깔렸다. 아니, 어색하다고 느끼는 사람은 나와 다나하시 선생님뿐이고 미사키는 아무렇지 않을지도 모른다.

다나하시 선생님이 입을 열었다.

"우리를 계속 지켜보고 있었니?"

내가 대답을 망설이자 선생님은 그대로 말을 이었다.

"아까 계신 선생님들은 나와 함께 뜻을 모은 가모키타 고등학교 교직원들이야. 그 산사태가 일어나기 전부터 학교와 이와쿠라 건축은 노골적인 밀월 관계였어. 너희도 알지? 학교 건물의 부분 보수나 증축, 개축을 늘 이와쿠라 건축이 도맡았다는 걸. 그런 걸 보며 교직원 중 몇몇이 뭔가 이상하다고 느끼기 시작한 거야."

말할수록 왠지 변명처럼 들리는 것은 기분 탓일까. 그러나 학교 보수 공사를 할 때 이와쿠라 건축 이름을 자주 본 것은 사실이니 선생님의 이야기는 나름 흥미진진했다.

"그러다가 이번 산사태가 일어났지. 정당한 예산으로 지층 조사를 확실히 했다면 지반 강화나 말뚝 박기 작업이 들어가 건축 비용이 더 커졌을 가능성을 부인할 수 없어. 지층 조사를 얼마나 대충 했는지 그날의 산사태가 우연히 증명해 준 형국이야. 나를 포함한 몇몇 선생님들은 그런 상황을 참지 못했다. 건축업체와 이장, 또는 학교와 건축업체 사이에 부정한 거래가 있었고, 그것 때문에 우리 학생들이 위험에 빠졌다면 그냥 넘어가서는 안 될, 말도 안 되는 일 아니겠니?"

문득 의문스러웠다. 너무 소박한 의문이라 무심코 입 밖에 나왔다.

"몇몇 선생님이라고 하셨죠? 왜 전부가 아니라 몇몇뿐인가요? 그런 걸 그냥 넘어가서는 안 된다고 생각하신 선생님이 몇몇밖에 없다는 건가요?"

그때 배 쪽에서 충격이 느껴졌다. 놀랍게도 미사키가 무표정한 얼굴로 내 배를 퍽 때린 것이다.

질문을 받은 선생님은 곤란해하는 듯했지만 잠시 후 더듬더듬 대답했다.

"다카무라. 선생님들 사이에 교직원 조합이라는 조직이 있다는 걸 아니?"

"뭐 대략은요."

"교사도 엄밀히 따지면 노동자이니 그런 조합에 들어가 자신의 권리를 주장하거나 학교 측의 불분명한 태도를 비판할 자격이 있단다."

"하지만 학교 측이라고 하면 교장, 교감 선생님은 그 학교 측에 속하잖아요. 두 분도 결국 교직원 아니에요?"

"교장 선생님과 교감 선생님은 둘 다 조합 소속이 아니야. 만약 이와쿠라 건축에서 건축 수주를 받는 대신 어떤 대가를 제공했다면 대상은 그 두 사람이었겠지. 그러니 엄밀히 따지면 조합과는 맞서는 위치에 있어."

일본 교직원 노동조합이라는 조직이 있다는 것은 나처럼 세상 물정을 모르는 아이도 안다. 그러나 늘 교단에 서 있던 사람이 그곳의 조합원임을 알게 된 것은 이번이 처음이었다.

"의혹을 의혹 그대로 두면 바뀌는 게 아무것도 없지. 그래서 우리는 부정에 대한 증거나 흔적이 남아 있는지 학교 건설 예산이 승인된 연도까지 거슬러 가서 조사해야 했어."

"아, 그래서 1996년 의사록을 열람하신 거군요."

내뱉고 나서 '이런, 괜한 말을' 하고 생각했을 때 또다시 미사키가 내 옆구리를 툭 쳤다.

다나하시 선생님은 눈을 휘둥그레 뜨고 나를 봤다.

"네가 그걸 어떻게 아니?"

내가 "저, 그게……" 하고 머뭇거리고 있자 다행히 옆에서 지원군이 나타났다.

"저희도 우연히 그걸 열람하려고 했거든요."

"너희가?"

"네. 저희 두 사람이 산사태를 제일 먼저 목격하기도 했으니 궁금했어요. 그래서 열람하려고 가니 열람 신청서에 선생님의 성함이 적혀 있었고요."

다나하시 선생님은 미사키의 얼굴을 빤히 쳐다보다가 비로소 이해한 것처럼 고개를 끄덕였다.

"뭐 너라면 확실히 거기까지 생각을 떠올렸을지도 모르겠구나. 그래서, 넌 뭘 얼마나 조사했니?"

"예산 목록을 봤는데 결국 거기 적힌 숫자가 적정한지 아닌지까지는 모르겠더라고요."

속으로 거짓말도 잘한다고 생각했지만 미사키의 표정에는 한 치의 변화도 없다.

"그렇구나. 응, 당연히 그랬겠지. 선생님들도 열심히 그 표와 씨름하며 예산 분배 액수를 확인했지만 지층 조사에 상당한 액수가 들어갔다는 사실밖에 못 건졌어. 하지만 말이지. 잘 생각해 보렴. 그렇게 많은 예산을 써서 지층 조사를 제대로 했다면 지반이 그렇게 쉽게 물러질 리 있을까? 분명 어느 단계에서 대충 넘어간거야."

여기서 내가 '미사키는 의사록을 딱 한 번 읽고 그런 것들을 알아냈어요'라고 하면 다나하시 선생님은 어떤 표정을 지을까.

"학교의 일부 교직원이 관련 문서를 공개하라고 해도 구청과 이와쿠라 건축이 순순히 공개할 리 없지. 이런 건 지역 주민들과 제삼자를 끌어들여서 문제를 더 키우지 않으면 효과와 가치가 없어. 아까 시위는 그 시작 같은 거였단다. 조금 과격했던 감도 없잖아 있지만 옆에서 보니까 어땠니? 역시 좀 그랬나?"

이 질문에는 솔직히 대답해도 될 것 같았다. 물론 그것은 내 역할이다. 옆에서 침묵 중인 미사키가 이런 질문에 솔직히 대답할 리는 없다.

"뭔가 좀 무서워 보이기는 했어요."

"그래? 왜지?"

"음. 평소에 보는 선생님들 모습과는 조금 달랐으니까요."

"그랬겠지. 얼마 전까지만 해도 수업에서 음악과 학생으로서의 자질을 거들먹거리던 모습과는 사뭇 달랐을 테니."

거들먹거리는 것처럼 보인다는 걸 다 알면서 그런 말을 한 걸까.

"하지만 제일 열의가 넘쳐 보였던 분은 마스부치 선생님이었고, 선생님은 그보다는……."

"열의가 넘치든 마지못해 참가했든 그곳에 있던 사람들은 모두 운명 공동체야. 그런 것에 꼭 순위를 매기지 않아도 된다."

"선생님은 역시 그다지 마음이 끌리지 않으셨던 것 아닌가요?"

내가 말꼬리를 잡는 것처럼 물어도 다나하시 선생님은 지적하지 않고 대답해 주었다.

"원래 사람에게는 각기 잘하는 게 있고 못하는 게 있지. 조합원이라고 해서 모두가 사상이 급진적이거나 프롤레타리아 의식에 눈을 뜬 건 아니란다. 조합원이라는 이유만으로 어쩔 수 없이 함께 움직이는 사람도 적지 않아."

나는 분명 그중 한 명이 바로 다나하시 선생님일 거라고 짐작했다. 그렇게 느낄 만큼 전단을 나눠 주는 모습은 다나하시 선생님에게 별로 어울리지 않았다.

"혹시 음악 교사가 되려고 했는데 이번 일로 주춤해진 건 아니지?"

다나하시 선생님이 자상하게 물었다. 나는 이 자상함이 패배한 사람이 자아내는 특유의 쓸쓸한 느낌과 비슷하다고 느꼈다.

옆을 힐끗 봤지만 미사키는 역시 입을 다문 채 아무 말도 하지 않았다.

"……잘 모르겠어요. 음악 선생님이 되고 싶다고 생각해 본 적도 없고요."

"음악의 길을 목표로 했지만 끝내 선택받지 못한 사람……. 혹시 선생님을 그런 식으로 봤다면 모쪼록 다시 봐 줬으면 한다. 선생님은 분명 프로 연주자가 되시는 못했지만 그래서 후회한 적은 한 번도 없어. 오히려 음악 교사가 돼서 다행이라고 생각하지. 학생들에게 음악을 가르치는 건 생각보다 훨씬 의미 있는 일이니까."

그러니 너도 절망하지 마라. 딱히 프로 연주자가 아니어도 음악과 관련된 일이면 상관없지 않냐. 왠지 그렇게 말하는 듯했다.

대체 뭐가 의미 있는 일이라는 걸까.

그런 건 단순한 자기 위안 아닐까. 우리 같은 얼빠진 낙오자들에게 억지로 음악 이론을 주입하는 것보다 공연장에 가득 들어찬 청중 앞에서 멋진 연주를 선보이는 게 훨씬 만족스러울 것이고 당연히 그쪽이 더 보람차고 화려한 일이다.

불현듯 가슴속에서 반감이 고개를 들었다. 자연히 심술궂은 질문이 떠올랐다.

"선생님이 만약 교직이 아닌 프로 연주자의 꿈을 이뤘다면 과연 아까와 같은 행동을 하셨을까요?"

"뭐?"

"오케스트라에 들어가 단원이 되면 악단의 방침이나 처우에 불만이 생길 수도 있잖아요. 그럴 때도 아까처럼 시위를 하셨을지 물었어요."

다나하시 선생님은 우리에게서 시선을 피하더니 정면을 바라봤다.

"현실에서 일어나지 않은 일을 물으면 대답하기가 곤란해."

그 대답을 듣고 나는 깨달았다.

이 사람은 프로 연주자가 됐다면 아까와 같은 그런 시위 활동에 절대 참가하지 않았을 것이다. 연주가라는 위치에 걸맞게 행동했을 것이다.

"저도 하나 여쭤도 될까요?"

갑자기 옆에서 미사키가 말을 보탰다.

"응? 너도? 뭐가 궁금하니?"

"혹시 지층 조사에 의문스러운 점이 있다는 걸 이와쿠라에게도 말씀하셨나요?"

그러자 순식간에 다나하시 선생님의 표정이 굳었다.

"사무소나 집에 관련 서류가 있는지 묻지는 않으셨어요?"

"그런 걸 왜 묻겠니?"

다나하시 선생님은 위협적으로 미사키를 노려봤다.

두 사람은 잠시 말없이 눈싸움을 벌였다.

침묵을 깬 사람은 나였다.

"왜 미사키에 질문에 대답해 주지 않으세요? 대답 못하신다는 건, 다시 말해······."

옆에서 누군가가 옷자락을 잡아당겼다. 고개를 돌리니 미사키가 머리를 절레절레 흔들고 있다. 더 이상 묻지 말라는 뜻이다.

말이 너무 심했을 수도 있다.

그 뒤로 우리는 아무 말 없이 교직원 사택으로 향하는 길을 걸었다.

앞장서서 걸어가는 선생님의 뒷모습이 평소보다 왜소해 보였다.

다나하시 선생님은 사택으로 들어가 당번 선생님께 열쇠를 받더니 우리와 함께 가겠다는 말을 꺼냈다.

"아무리 너희를 믿는다고 해도 학교 열쇠를 학생에게 아예 맡길 수는 없지. 같이 가자."

미사키가 "번거롭게 해서 죄송합니다" 하고 고개를 숙이자 다나하시 선생님은 덧붙였다.

"나한테 미안할 건 없다. 막바지가 돼서 프로그램 변경을 제안한 사람은 나니까. 네가 연습하겠다고 하면 최대한 도와주는 게 도리야. 그리고 네게는 부탁할 게 더 있으니 미리 빚을 만들어 두는 게 좋고."

"혹시 프로그램을 또 바꾸시려는 건가요?"

"역시 눈치가 빠르구나. 그래, 그 말이 맞다. 축제 때 합창을 어떻게 성공적으로 선보일지 이런저런 방법을 모색 중인데, 축제일까지 어떻게든 소화할 수 있을 것 같은 곡은 〈들린다〉밖에 없다는 걸 깨달았거든."

합창곡 〈들린다〉는 1991년 열린 NHK 전국 학교 음악 콩쿠르의 고등부 과제곡으로 이와마 요시키가 가사를 쓰고 니이미 도쿠히데가 곡을 썼다. 혼성 4부판, 여성 3부판, 남성 4부판에 중학생을 대상으로 한 혼성 3부판까지 다양한 버전이 있어서 전국 고등학교 음악부에서 자주 부른다. 우리도 작년에 이 곡을 불렀다.

"그런데 너희도 알다시피 〈들린다〉는 5분이 약간 넘는 곡이야. 우리에게 주어진 시간에서 5분을 빼면 15분. 피아노곡을 1악장만 연주한다고 치면 무려 7분이 넘는 시간이 남지. 그래서 말인데, 〈비창〉을 두 악장 쳐 줄 수 있겠니?"

즉, 남는 시간을 오직 미사키 한 명에게 맡긴다는 의미다.

터무니없이 무리한 요구처럼 들렸지만 음악과의 지금 상황을 고려하면 극히 타당한 판단이기도 하다. 축제일까지는 앞으로 2주도 남지 않았다. 한정된 시간 동안 우리의 합창곡을 한 곡 늘리는 것보다 미사키의 연주 시간을 늘리는 게 훨씬 안전하다. 또한 미사키는 〈비창〉의 모든 악장을 이미 외우고 있다. 거기에 2주의 시간이 더 있으니 악장을 하나 더해도 완벽히 연주할 수 있을 것이다. 우리와 다나하시 선생님은 적어도 미사키의 연주 실력에 관해서는 이견이 없었다.

"저는 상관없어요."

미사키는 예상한 대답을 들려주었다.

그리고 그때만 해도 그 선택이 어떤 결과를 낳을지는 그 누구도 예상하지 못했다.

3

9월 8일, 드디어 축제일을 맞이했다.

최종 연습을 마친 직후의 느낌은 다나하시 선생님의 판단이 옳았다는 것이었다. 2주 남짓의 시간 동안 그럭저럭 다른 사람에게 들려줄 수준에 도달한 곡은 역시 〈들린다〉 한 곡에 그쳤다.

그러나 상황 인식과 그에 따른 감정은 별개다.

"우리가 못하는 부분을 메꾸기보다 애초에 미사키의 독주회로 가는 게 나았을 텐데."

반다이는 무대 위에 서기 직전까지도 자포자기한 것처럼 연신 투덜거렸다. 미사키가 보이지 않는 곳에서 내뱉는 폭언이지만 주변 아이들도 말리지 않는 것을 보면 다들 비슷한 생각을 하는 것처럼 보였다.

"그거 좋은 생각이네."

옆에서 동의하는 하루나를 보며 흠칫 놀랐지만 다음으로 나온 말을 듣고 납득했다.

"체육관에 모인 사람들도 우리 합창보다는 미사키의 피아노 솔로를 더 듣고 싶을 거야. 재능 없는 아마추어들이 2주 동안 마지못해 연습한 합창보다는 재능 있는 사람이 숨 쉬듯 자연스럽게 연습한 연주가 훨씬 훌륭할 테니까."

"……무슨 뜻으로 하는 소리야? 넌 미사키 편이야?"

"아니, 난 열심히 하는 사람 편이야. 솔직히 말해서 우리 중에 진지하게 합창 연습을 한 사람이 몇 명이나 있어? 축제에서 부끄러운 모습을 보이고 싶지 않은 사람은 있어도 관객에게 진정 감동을 선사할 생각으로 노래한 사람이 몇 명이나 있느냐는 말이야."

하루나가 독설을 내뱉자 반다이를 비롯해 미사키의 피아노 독주회에 볼멘소리를 늘어놓던 아이들이 일제히 입을 다물었다. 하루나의 지적에 찍소리도 못하는 모습이었다.

옆에 있던 나는 무심코 "나이스" 하고 중얼거렸다가 빈축을 샀지만, 상관없다. 하루나의 지적은 전혀 틀릴 게 없었고 오히려 그걸 알고 있으니 반다이를 비롯한 아이들도 입을 다문 것이다.

하루나의 말을 되짚을 것도 없이 우리는 음악과에 있으면서도 연주 실력은 생초보보다 조금 나은 수준이다. 콩쿠르에 참가하거나 청중들에게 티켓값을 받고 연주를 선보일 수준은 절대 아니다. 그런 아이들이 선생님의 지도로 마지못해 연습해서 그야말로 간신히 부를 수 있게 된 합창곡과, 가늠할 수 없는 재능을 지닌 사람이 일분일초를 아껴 가며 열심히 연습한 피아노곡 중 어느 것이 더 뛰어날지는 굳이 말할 것도 없다.

그래도 반다이는 아직 할 말이 남은 듯했다.

"그래, 네 말도 맞아. 그런데 바로 얼마 전에 우리와 함께 지내던 같은 반 아이가 죽었어. 그런 상황에서 마치 아무 일도 없었던 것처럼 태연하게 연습에 집중할 수 있는 사람이 오히려 이상하다고는 생각 안 해?"

슬슬 우리 차례가 다가오고 있지만 미사키는 아직 음악실에서 돌아오지 않았다. 마지막까지 확실히 준비하고 싶다며 지금 이 순간에도 건반을 두드리고 있는 것이다.

"우리의 피아니스트를 데려올게."

나는 들으란 듯이 말하고 등 뒤에서 느껴지는 아이들의 시선을 즐기며 음악실로 향했다.

음악실 문을 열자마자 살갗과 귀에 꽂히는 소리의 습격을 받았다.

미사키는 연주에 몰두하느라 내가 들어온 것조차 눈치채지 못하고 있다. 문 안쪽을 쿵쿵 두드리자 그제야 나를 보고 손가락을 멈췄다.

"이제 곧 우리 차례야."

"응."

미사키는 짧게 대답하고 몸을 일으켰다. 겉보기에는 연약해 보이는데 그의 모습은 더없는 자신감으로 가득 차 있다.

같은 반 아이의 죽음과 주변 잡음도 미사키의 음악을 위협하지는 못한다. 그토록 미사키의 연주는 강인했다.

—다음 순서는 음악과 학생들의 합창 〈들린다〉. 그리고 미사키 요스케의 피아노 솔로곡 베토벤의 〈비창〉입니다.

막이 스르르 올라가자 눈앞에 관객석이 나타났다.

잔물결 같은 박수. 조명이 눈부신 데 반해 관객석은 캄캄해서 관객들의 얼굴은 보고 싶어도 보이지 않는다.

나는 손에 땀을 잔뜩 쥐고 있었다. 옆을 힐끗하니 다른 아이들도 침착하지 못한 모습이다. 전교생 앞에서 무대에 서는 건 이번이 두 번째인데도 조금도 익숙해지지 않았다. 침착한 사람은 피아노 반주를 맡은 하루나와 지휘봉을 든 다나하시 선생님 정도일 것이다.

이유는 묻지 않아도 안다. 우리는 간신히 연습을 소화해냈을 뿐이고 관객 앞에서 가슴을 펴고 당당히 선보일 수준이 못 된다. 자신이 없으니 긴장하는 것이다.

하루나의 반주가 시작됐다. 우리 뒤에 나올 미사키의 피아노 솔로에 더 이목을 끌기 위해 합창 반주는 일부러 다른 학생에게 맡기는 것이 다나하시 선생님의 전략이었다. 들러리 취급이라며 항의하는 아이도 있었지만, 당사자인 하루나가 순순히 반주를 맡겠다고 해서 결국 불만은 폭발하지 않고 어중간하게 남았다.

다나하시 선생님이 지휘봉을 위로 크게 들어 올리자 우리는 입을 열었다.

"종이 울리네. 비둘기가 날아가네. 광장을 메운 군중의 외침이 들리네. 노래를, 노래를 주세요."

다나하시 선생님이 선택한 버전은 혼성 4부판인데 1절은 다 함께 노래하는 제창이다. 이 부분은 굳이 안 좋게 이야기하자면 한두 명이 틀려도 묻히는 파트이기도 하다. 실제로 소리를 충분히 내지 못하는 아이는 립싱크로 노래를 소화하고 있다.

노래 제목 〈들린다〉는 세상에서 들리는 비명과 신음, 실의를 뜻한다.

참상을 눈앞에 두고도 아무것도 하지 못하는 젊은이의 심정을 가사로 표현했다.

처음에 가사를 읽었을 때는 몹시 거슬렸다. 마치 우리가 세상 모든 것에 절망하는 듯한 가사여서 그야말로 고등학생의 과제곡다운 과장된 인상이 강했다. 세상에는 그렇게 심각한 일만이 아니라 즐겁고, 기쁘고, 우스꽝스러운 일도 많은데 왜 이렇게까지 심각한 척을 해야 하나 싶었다.

그러나 이번에 이 곡의 가사를 새삼 다시 읽고 나는 가슴이 먹먹해졌다.

세상 앞에서 무력한 인간. 그것은 다름 아닌 바로 우리 자신이기 때문이다.

거대한 전쟁과 독재, 엄청난 자연재해나 사건이 아닌 사소하고 비루한 일 앞에서도 우리는 무력하다. 대학에 진학하거나 회사에 취업할 때, 그리고 다른 사람과 사랑을 나눌 때도 우리는 우리가 원하는 대로 하지 못하는 존재들이다.

능력이 부족하기 때문이다.

지혜가 없기 때문이다.

재능이 없기 때문이다.

게으르기 때문이다.

게으르고 지혜도 재능도 없는 주제에 내가 선택된 인간이 아니라는 사실에 화를 내고 있기 때문이다.

스스로 나 자신의 부족함을 깨달아도 어쩔 도리가 없다. 그런 안타까움과 초조한 감정이 〈들린다〉를 노래하다 보면 절실히 느껴졌다. 그런 의미에서 다나하시 선생님의 선택은 훌륭했다. 어쩌면 일부러 우리를 겨냥해 이 곡을 고른 것이 아닐까 생각될 정도다.

지금 간주를 치고 있는 하루나도 마찬가지다. 피아노 반주에 실수는 없지만 그래도 미사키의 연주와 비교하면 실력이 떨어지는 것을 인정할 수밖에 없다. 아니, 비교 자체가 너무한 일이다. 타건부터 기교까지 모든 면에서 차원이 다르고, 그것이 바로 합창곡을 반주하는 수준에 만족한 이유이기도 하다.

나는 눈앞에 선 다나하시 선생님에게 남몰래 원망 어린 시선을 보냈지만 내 기분은 전해지지 않은 듯했다.

"해가 저무네. 기름때가 낀 해안가."

2절부터는 네 개 부가 주선율과 대선율로 나뉜다. 제창과 달리 표현력이 요구돼 다나하시 선생님이 특히 정성을 들여 가르쳐 준 부분이다. 네 개 부의 성량을 고르게 하지 않고 높낮이 효과를 준다. 돌림 노래가 이어지는 구성이지만 박자를 한 템포 늦춘다. 그렇게 하는 것만으로 곡이 사뭇 다르게 들린다. 그래 봐야 아마추어의 귀를 속이는 잔기술이지만 연습량 부족을 드러내는 것보다는 훨씬 낫다고 선생님은 말했다.

잔기술을 구사하지 않으면 아마추어의 귀도 속일 수 없다. 그런 사실을 깨닫고 나니 나는 연습할 때도 좀처럼 집중할 수 없었다. 그러나 이 역시 변명에 불과하고, 그것을 자각할 정도로 우리는 스스로 역량이 부족한 것을 알고 있다.

그러니 더욱 싫은 것이다.

"메아리가 치고, 나무들이 쓰러지네. 쫓아오다가 사라져 버린 어느 야인의 슬픈 피리 소리가 들리네."

꼭 우리 자신을 노래하는 듯한 가사가 이어진다. 그저 노랫말일 뿐이라는 걸 알아도 내 목소리를 통해 들으니 더 현실감이 느껴진다.

패배의 노래.

무력함을 인정하는 노래.

4절에서 곡은 조바꿈을 한다. 박자도 단숨에 빨라져 네 개부 전체가 다급히 달리기 시작한다. 물론 이는 피날레를 위한 도움닫기 같은 것인데 노래하는 당사자들은 막다른 곳에 몰린 것 같은 절박함을 느낀다.

"아무것도 할 수 없는 이 집에서, 무릎을 끌어안고 웅크리고 있는 초조함."

'이렇게까지 공감하지 않아도 될 텐데'라고 느낄 만큼 노랫말이 가슴을 파고든다. 지금 우리 심정에 딱 맞는 곡을 본의 아니게 끝까지 불러야 한다. 그야말로 아이러니한 상황에 목소리의 상태는 둘째 치고 기분이 최악으로 치닫는다.

각자 파트로 나뉘어 있던 네 개 부는 피날레를 향해 또다시 출발선처럼 제창에 들어간다.

"가르쳐 주세요, 우리가 무엇을 할 수 있는지. 마음을 열고 빛나는 길을 걷고 싶어요."

젠장.

언제까지 이런 가사가 줄줄이 이어진다는 말인가. 이건 우리를 향한 저격이나 마찬가지 아닌가.

곡이 절정부를 지나자 다나하시 선생님의 지휘봉도 그 움직임이 완만해진다. 여기서부터는 네 개 부가 전부 허밍으로 진행된다. 복잡한 기교가 필요 없고 성량을 맞출 필요도 없다. 이로써 1절부터 끝까지 큰 실수 없이 노래를 마칠 수 있게 되었다.

그러나 나는 느끼고 있었다. 아니, 지금 무대 위에 서 있는 우리 모두가 느낄 것이다.

지금 관객에게 우리 목소리는 전해지지 않는다. 들려주고는 있어도 마음에 가닿지 않는다.

멋진 무대를 선보일 때는 무대 위에 있는 사람들도 무아지경에 빠진다. 노래가 끝난 직후 터지는 박수 소리를 듣고서야 정신을 차릴 때도 있다. 그러나 어설픈 무대를 선보일 때, 관객의 평가가 좋지 않을 때는 중간부터 느낄 수 있다. 분위기가 가라앉고, 공연하는 쪽이 뜨거워져도 주변 공기는 반대로 차갑게 식는다.

지금 우리를 감싸고 있는 분위기가 정확히 그랬다.

잠시 후 허밍 소리가 줄어들고 하루나의 피아노가 조금씩 끊긴다.

지휘봉이 조용히 허공을 가르자 두 박자 정도 늦게 겨우 구색만 갖춘 박수 소리가 나왔다.

이런 박수는 굴욕이다. 나는 당장에라도 무대 뒤에 숨고 싶었지만 다 함께 인사를 마치기 전까지는 그럴 수도 없다.

이건 강도가 약한 고문이나 마찬가지다.

나는 위장 속에 모래를 잔뜩 집어넣은 듯한 기분으로 다른 아이들과 함께 무대 옆으로 나갔다. 최대한 빨리 사라지고 싶었다.

우리와 교대하듯 벡스타인 피아노가 무대 가운데로 옮겨졌다. 객석에서 보면 맛보기 공연이 끝나고 드디어 본 공연

같은 느낌일까.

무대 옆에서 미사키와 마주쳤다.

반다이를 비롯한 몇 명이 불만 섞인 표정으로 쳐다봤지만 미사키는 전혀 신경 쓰지 않는 것처럼 무표정하게 지나갔다. 아무렇지 않아 보이는 얼굴이 얄미운 한편 믿음직스럽다. 나는 상반된 두 감정을 느끼며 약간 혼란스러웠다.

하지만 그것도 미사키가 피아노 앞에 앉을 때까지였다.

날 때부터 그런 힘을 갖고 태어났는지, 아니면 훈련을 통해서 익힌 기술인지 무대 중앙에 선 미사키는 평소보다 훨씬 거대해 보였다.

시간이 갈수록 체육관 안 분위기도 바뀌었다. 합창 때는 이완돼 있던 분위기가 순식간에 팽팽해진 것이다.

미사키의 손가락이 강하고 무거운 첫 음을 흩뿌렸다.

베토벤 피아노 소나타 제8번 작품 13 다단조 〈비창〉. 1악장 그라베 알레그로 디 몰토 에 콘 브리오.

첫 번째로 나온 중량급 포르테*로 우리는 미사키의 술책에 빠져든다. 고작 첫 타건, 첫 음인데도 모든 청각을 빼앗긴다. 이 얼마나 준엄하고 구슬픈 소리인가.

베토벤은 직접 제목을 붙인 곡이 거의 없다. 따라서 〈비창〉은 그 몇 안 되는 예외인데 유독 이 곡에 왜 제목을 붙였는지

*   forte, 세계 연주.

에 대해서는 여러 가지 설이 있다. 곡이 쓰인 것으로 추정되는 1797년부터 1798년은 베토벤에게 난청 증상이 나타나기 시작한 시기다. 이를 고려하면 비창의 의미가 자신의 심정을 그대로 표현한 것이라 해석해도 크게 엇나가지는 않을 것이다.

물론 베토벤은 자신의 불운을 이유로 그런 제목을 붙인 것이 아니라 보편적인 비극을 표현했다는 설도 있다. 이 역시 수긍이 가는 가설이지만 눈앞에서 미사키가 연주하는 모습을 보면 역시 작곡자의 원망이 곡을 만든 것이 아닐까 추측하게 된다. 그렇게 생각할 만큼 미사키의 타건에는 귀기가 서려 있었다.

악보에 있는 Grave(그라베)는 '무게감 있게'라는 의미지만 미사키는 지시보다 더 무거운 첫 음으로 청중들의 영혼을 사로잡았다.

이것은 절망의 소리다.

서주가 그라베로 시작되는 것은 이 곡의 특징으로 악장 속에서 두 개의 동기가 곡 전체를 지배한다. 따라서 서주의 무게감이 전체 곡조의 상징이기도 하다.

화음과 부점 리듬으로 이루어진 동기의 소프라노 라인. 감칠화음을 많이 집어넣어 슬픈 느낌이 배가된다. 깊은 애수와 외침이 교차한다. 마치 십자가를 짊어지고 걷는 듯한 무게감을 느낀다.

그러다가 갑자기 선율이 내달리기 시작하며 듣는 이들을 앞으로 끌어당긴다. 자유로운 질주가 아닌 끊임없이 사람을 내모는 듯한 긴장감을 동반한다.

미사키가 연주하는 소리는 늘 이질적이다. 나와 하루나가 같은 건반을 같은 강도로 두드려도 절대 이런 소리는 낼 수 없다. 소리 하나하나가 꽉 차 있어서 약음도 귀에 확실히 남는다.

내림가로 조가 바뀌자마자 음형이 급격히 떨어진다.

페르마타를 끝으로 선율이 갑자기 사라져 무음 상태가 이어지지만 약음의 파편이 허공을 맴돌아 긴장감이 지속된다. 잔향음만으로 연주를 이어 가는 것은 어지간한 기술력이 없으면 불가능하지만 미사키는 그야말로 손쉽게 소화해 냈다.

잠시 후 또다시 몸을 일으킨 멜로디가 질주를 시작한다. 알레그로의 제시부로 돌입하는 순간이다.

옥타브의 트레몰로 베이스 위에 화음의 상향과 하향이 겹친다. 이렇게 가까이에서 손가락 움직임을 지켜보고 있자 미사키의 연주가 강인하면서도 유연한 손가락 덕에 유지된다는 것을 새삼 느낄 수 있다. 왼손 옥타브 트레몰로 위에 오른손이 화음으로 1주제를 연주하는데 세 번째 소절의 당김음이 더 큰 효과를 생성한다. 0.5초라도 박자가 어긋나면 단숨에 곡의 균형이 무너져 버린다.

타건이 또다시 강렬해진다.

왼손 트레몰로가 사라졌다가 잠시 후 모습을 다시 드러낸다. 딸림화음의 분산화음이 아래로 떨어지고 1주제가 발전해 내림마단조의 2주제로 옮겨 간다.

주제의 반복을 통해 곡이 그리는 것은 비극을 겪은 자의 분노다. 혼자 힘으로는 막을 수 없는 재난과 가혹한 운명. 그것은 난청을 앓았던 베토벤의 심정과 정확히 겹친다. 미사키의 몸을 매개체 삼아 작곡자가 호소하는 것처럼 들린다.

피아니스트는 그저 악보에 적힌 대로 건반을 두드리지 않는다. 시대 배경을 고려해 작곡가의 마음을 이해하고 현대의 악기와 기술로 재현하는 것이 피아니스트의 책무다. 그런 매개체로서 미사키에게는 소질과 자격이 충분하다. 하루나와 반다이, 그리고 우리가 아무리 갈망해도 끝내 손에 넣지 못한 그 자질 말이다.

분노가 밀려와 모든 것을 휘어잡는 제시부. 나는 그 격렬함에 꼼짝도 할 수 없었다. 연속된 소리만으로 어떻게 이토록 거대한 감정을 표현할 수 있는 걸까. 이것과 비교하면 우리의 연습 따위 애들 장난에 불과하다. 악보를 완벽히 외우고 지시대로 연주해 봐야 무슨 소용 있을까. 음악은 이렇게 청중을 휘어잡아야 비로소 가치가 있다. 그 재능과 기술을 지닌 자만이 음악의 신에게 인정받는다.

불현듯 모습을 드러낸 미사키와 우리 사이를 가르는 높디높은 장벽을 보고 나는 소름이 쭉 끼쳤다. 아무리 땀을 흘리고 이를 벅벅 갈아도 결코 넘을 수 없는 벽이 눈앞에 존재하고 있다.

그리고 깨달았다.

〈비창〉은 절대 작곡자 한 명만의 주제가 아니다. 이렇게 재능 있는 연주자와의 격차를 몸소 느끼는 우리 모두의 주제이기도 하다. 이 얼마나 잔혹한 일인가. 자학하듯 입을 모아 〈들린다〉를 합창한 직후 이번에는 선택받은 자와의 차이를 더 절실히 깨닫는 지경에 처하다니.

순식간에 미사키의 손가락 움직임이 빨라지더니 마침내 눈으로 좇을 수 없게 되었다.

또다시 포르테의 첫 타. 아니, 이것은 포르티시모*일까.

일단 음이 멈춰 서는 것도 서주의 재현이다.

서주의 그라베가 사단조로 회상되고 여기서부터는 전개부가 시작된다.

1주제가 마단조로 나타나더니 뒤이어 옥타브 트레몰로의 지속음이 상성부로 옮겨 간다. 같은 1주제에서도 마단조로 변화하는 것이 이 전개부의 특징이다.

미사키는 계속해서 피아노로 통곡한다. 한 음, 한 음이 듣는 이를 거대한 슬픔의 늪으로 끌어내린다.

눈을 감으면 가로등 없는 어두운 골목길을 홀로 걷는 듯한

*　fortissimo, 매우 세게 연주.

쓸쓸함이 가슴을 덮친다.

대체 이런 설득력은 어디에서 오는 걸까. 음악과 반 아이들 중에 미사키와 가장 친한 사람은 아마도 나일 것이다. 평소 미사키를 대하며 늘 느끼는 것은 그의 유아성이다. 교우 관계나 일반적인 감각에서 그는 내 또래처럼 느껴지지 않는다. 우리 세대 특유의 비뚤어진 반항기가 없고, 그렇다고 해서 일부러 애어른처럼 구는 것도 아니다. 이성을 향한 감정에 이르러서는 거의 초등학생 수준일지도 모른다.

그런 미사키가 피아노 앞에 앉으면 완전히 딴사람이 된다. 음대를 나온 다나하시 선생님도 질투할 만한 천부적인 재능에 평소의 엄청난 연습량까지. 마치 피아노를 치기 위해 이 세상에 태어난 듯한 사람이 된다.

음악의 신은 그런 사람에게만 미소 지어 주는 걸까. 우리처럼 평범하고 재능 없는 사람은 뭘 해도 의미가 없는 걸까.

이글거리는 내 마음을 아랑곳하지 않고 미사키의 연주는 계속 이어진다.

재현부에 접어들자 멜로디가 심상치 않은 움직임을 보인다. 1주제는 같은 형태로 돌아왔지만 2주제가 다단조로 재현된다. 심상치 않은 분위기는 이 변칙적인 재현 방식을 통해서 그려진다. 슬픔은 의심을 낳고, 절망과 회의감으로 마음이 닫힌다.

지금 눈앞에 있는 미사키는 악마다.

자신의 재능을 극히 당연하게 여기고, 자신에게 휘둘리는 이들을 거들떠보지도 않는다. 그 비정함과 무신경한 모습이 주변 사람들을 얼마나 상처 입히는지도 상상하지 못한다.

그런데도 미사키가 연주하는 음악은 우리를 절망시키는 한편 매료될 수밖에 없게 한다. 압도적인 기량 차이를 느끼면서도 동경하지 않고서는 배길 수 없게 한다.

다단조의 음울한 멜로디에 쫓기며 우리는 존재하지 않는 출구를 찾아 헤매기 시작했다. 이제는 그만하라며 도와 달라고 애원해도 희망의 빛줄기는 보이지 않는다. 이 깊은 절망과 어둠은 예전에 미사키가 보여 준 〈월광〉 3악장과도 비할 수 없다. 마치 밑바닥이 없는 늪에 빨려들어 가는 듯한 공포가 느껴진다.

선율은 단순히 음의 연속에 불과하다. 그런데도 이토록 가슴이 옥죄는 것은 역시 악마의 기술 때문이라고 생각할 수밖에 없다. 실제로는 미사키의 탁월한 연주 기술과 곡 이해력, 그리고 타고난 감각 때문인 걸 아는데도 사고가 멜로디에 점령당한다. 몸이 리듬에 얽매인다.

곡은 295번째 소절에서 마침내 코다에 돌입했다. 서주의 그라베가 재현되지만 화음이 생략된 부점 리듬만으로 이루어져 있다.

이 코다의 연주 시간은 비교적 짧다. 미사키는 그 짧은 시간에 모든 열정을 쏟아부으려 하고 있다.

산산이 흩어진 마음을 거칠게 움켜쥐고 질질 끌고 가는 듯한 멜로디다.

리듬은 험준한 언덕을 끝없이 뛰어 올라간다. 미사키는 지금 체력이 상당히 소모됐을 텐데 타건은 오히려 더 강해진다. 저 연약해 보이는 몸 어디에 이런 에너지가 응축돼 있었던 걸까. 나는 경악하면서도 격렬한 멜로디의 폭풍에 휘말려 호흡이 조금씩 얕아졌다.

그리고 또다시 음이 끊긴다.

길게 이어지는 잔향. 그 뒤로 끝없는 암흑을 상기시키는 적막에 찬물을 뒤집어쓴 듯한 기분이 든다.

도와줘, 얼른 이 곡을 끝내 줘.

아니, 아직이야. 조금만 더 이 고통에 가득 찬 희열을 느끼게 해 줘.

툭툭 끊기면서도 연약한, 그러나 중량감 있는 소리가 듣는 이의 영혼을 붙잡고 놓아 주지 않는다.

미사키는 여든여덟 개의 건반 위를 뒤덮은 것처럼 피아노를 지배하고 있다. 평소의 상냥함과 천진난만함도 그곳에는 없다.

그리고 나는 비로소 깨달았다.

미사키의 연주는 미사키 그 자체다.

미사키는 말 대신 피아노를 연주한다.

건반으로 울음을 터뜨리고, 페달을 밟으며 흥분한다. 피아노의 몸체에서 뿜어져 나오는 선율, 절규, 비애, 생기, 침울, 그리고 불화. 그 모든 것이 미사키의 육성인 것이다.

잠시 후 미사키는 목표 지점을 향해 마지막 질주에 돌입했다.

현란하게 움직이는 손가락을 통해 미친 듯이 발산되는 멜로디. 체육관 자체를 조각내 버릴 듯한 리듬과 공간 지배력.

내 손은 조금 전과는 또 다른 땀으로 축축해졌다.

최후의 한 음.

잔향이 어슴푸레하게 관객석을 향해 사라진다.

1악장의 끝. 객석에서는 헛기침 소리 한 번 들리지 않는다. 꼭 보지 않아도 알 수 있다. 관객은 한 명도 남김없이 마치 가위에 눌린 사람처럼 움직이지 못하고 있을 것이다.

무대 옆 광경은 더욱 우스꽝스러웠다. 〈월광〉보다 훨씬 힘이 들어간 연주를 듣고 경악했는지 모두 어안이 벙벙해지거나 놀라고 있었다.

하루나는 벽에 몸을 기댄 채 간신히 버티고 있지만 당장에라도 쓰러질 것처럼 얼굴이 붉게 달아올라 있다. 반다이는 마치 괴물을 본 것 같은 눈빛으로 미사키를 주시하고 있다.

이런 연주자를 이길 수 있을 리 없다.

비교하는 것조차 황송할 정도다.

모두의 얼굴에는 그렇게 쓰여 있었다.

미사키는 관객과 우리의 반응 따위 아랑곳하지 않고 다음

악장에 들어갔다.

제2악장 아다지오 칸타빌레 내림가장조.

알리오소 풍의 높은음과 베이스 사이를 16분음표가 떠받치는 귀에 익숙한 멜로디로 곡이 시작된다. 클래식 음악에 무지한 사람도 이 멜로디는 알고 있을 터이다.

다나하시 선생님이 2악장도 연주 목록에 넣은 것은 고개가 끄덕여질 전술이었다. 격렬한 1악장으로 청중의 뺨을 때리고 그 직후 대중적인 곡으로 다시 관심을 끈다. 곡상의 폭이 넓어 관객에게 한층 깊은 인상을 심어 줄 수 있다고 판단했을 것이다.

실제로 2악장의 곡조는 1악장과는 그야말로 대척점에 있다. 주요 악장의 다단조에 그보다 3도 아래인 내림가장조를 2악장에 들고 오는 것은 베토벤의 주특기로 불리는 작곡법이었는데, 효과는 청중들에게도 그야말로 막대했다.

여덟 소절의 반주에서 느껴지는 아름다움은 달리 비할 바가 없다.

부드러우면서도 화려하고, 단아하면서도 우아하다. 들을수록 안녕과 평온을 느끼게 한다. 끊기지 않는 소리의 부드러운 손길에 영원히 몸을 맡기고 싶어진다.

느린 곡이라 손가락을 바쁘게 움직일 필요는 없지만 초반부터 노래하듯 연주하려면 늘 멜로디와 반주의 균형에 유의해야 한다.

다만 니는 유려한 선율을 자아내는 미사키의 손가락 움직임에 약간의 위화감을 느꼈다. 왠지 곡에서 멀어지고 싶어 하는 인상을 받았기 때문이다. 미사키가 평소 연주하는 모습을 기억하는 나만 느끼는 것일지도 모르지만 평소 자신감에 넘치는 손가락 움직임이 아니었다.

37번째 소절에 주제는 셋잇단음표로 이뤄진 화성으로 바뀐다. 원래라면 약간 빠른 속도를 유지하며 오른손 멜로디를 잇는 부분이다. 손가락 움직임에 자신 없는 사람은 이곳에서 셋잇단음표를 왼손으로 연주해 오른손의 부담을 줄이는데 미사키는 물론 그런 선택은 하지 않았다. 악보에 적힌 그대로 오른손으로 선율을 확실히 움켜쥐고 있다.

그러나 마장조로 조가 바뀌었을 때 예상치 못한 일이 일어났다.

느닷없이 미사키가 음을 하나 틀린 것이다.

모두가 잘 아는 멜로디여서 실수는 누가 들어도 명백했다.

말도 안 돼. 미사키가 이런 단순한 실수를 저지르다니.

당황한 내 눈앞에서 미사키는 또다시 음을 이탈했다. 이번에는 박자까지 흐트러졌다.

미사키의 얼굴에 초조함이 깃든다. 마치 정밀 기계에 이상이 생긴 듯하다.

음이 연이어 어긋나며 건반 바깥쪽을 향해 떨어져 간다.

이제는 멜로디도 리듬도 없다. 미사키는 창백한 얼굴로 손을 왼쪽 귀에 갖다 댔다. 필사적으로 소리를 끌어모으려는 표정이다.

청중과 무대 옆에 있는 아이들도 모두 이변을 눈치챈 것처럼 술렁이기 시작했다.

"왜 저러지?"

"계속 틀리고 있잖아."

미사키는 체념하지 않고 건반 위에서 아직 오른손을 움직이고 있다. 멜로디로만 이뤄진 곡은 한쪽 날개로 비행하는 것이나 마찬가지다. 단조롭고 빈약한 음의 뭉텅이에 불과하다. 거기에 리듬마저 완전히 어긋나서 도무지 듣고 있기가 어렵다. 기분 좋은 긴장감으로 가득 차 있던 분위기는 순식간에 김이 빠져 추락했다.

그 뒤로도 미사키의 발버둥은 계속됐다. 절뚝거리는 손가락으로 필사적으로 음을 긁어모으려 하고 있다.

그러나 그런 노력도 소용없이 미사키의 연주는 더욱더 볼품없어져 갔다.

"미사키, 이제 그만하고 들어와!"

내 바로 뒤에서 목소리가 들렸다. 굳이 누군지 확인할 것도 없다. 반다이가 야유를 보낸 것이다.

"더 이상 음악과를 수치스럽게 하지 마!"

객석에서의 술렁거림이 한층 커지더니 끝내 피아노 소리마저 집어삼켰다.

"이제는 좀 그만하지."

"들어오라니까!"

"보고 있기 딱하네."

"벌칙 게임인가?"

더 이상 미사키를 그냥 내버려 둬서는 안 된다.

내가 무대로 나가려고 할 때 동시에 다나하시 선생님도 몸을 움직였다.

그러나 우리 도움은 필요 없었다.

미사키는 갑자기 의자에서 벌떡 일어서더니 객석에 인사도 하지 않고 무대 옆을 향해 걸어왔다.

나는 무심코 숨을 집어삼켰다.

단정한 용모가 지금은 초라하기 그지없다. 다섯 살 어린아이처럼 겁을 먹은 채로 덜덜 떨면서 왼쪽 귀를 틀어막고 혼란에 빠진 모습으로 달려온다.

패잔병의 얼굴이었다.

미사키는 누구와도 얼굴을 마주하지 않고 사람과 사람 사이를 누비듯 무대 옆을 빠져나가 출구 쪽으로 갔다. 말을 걸새도 없었다.

잠시 후 무대 옆에 모인 아이들 사이에서 조용한 박수가 터졌다.

소리가 들린 쪽을 돌아보니 미카가 손뼉을 치며 희미하게 미소 짓고 있었다. 축복과 격려의 박수가 아닌 모멸과 조소의 박수였다.

"뭐 해? 우리 모두 고생했다고 격려해야지."

덩달아 손뼉을 치는 아이와 키득키득 웃음을 터뜨리는 아이가 나타났다. 시간이 갈수록 박수 소리가 커진다. 나보다 높은 곳에 있던 사람이 밑바닥에 추락하자 보내는 갈채였다.

"너희 진짜 못됐다."

나는 그들에게 악담을 퍼붓고 미사키를 뒤쫓았다.

이상했다.

대체 무슨 일이 일어난 걸까.

미사키는 원인을 알고 있을까.

머릿속에서 맴도는 몇 가지 의문을 집어삼킨 채 나는 체육관과 학교를 잇는 연결 통로로 나갔다.

미사키는 그곳에 있었다. 여전히 왼쪽 귀를 틀어막은 채 복도에 무릎을 꿇고 있다.

"미사키."

내가 다가가도 곧바로는 눈치채지 못하는 듯하다. 그래도 미사키의 어깨를 붙들고 다시 한번 이름을 외쳤다.

"미사키!"

"아, 아아, 다카무라."

미사키는 완전히 당황해서 제대로 말할 수도 없어 보였다.

"난, 난……."

"대체 무슨 일이 일어난 거야? 아까 그 엉망진창 연주는 뭐였어?"

"이상해. 정말 이상해. 조금 전부터 왼쪽 귀가 전혀 들리지 않아."

4

그 뒤로 미사키는 나와 다나하시 선생님과 함께 병원에 가서 정밀 검사를 받았다.

결과는 미사키에게 잔인하기 짝이 없는 것이었다.

전문의의 진단 결과는 돌발성 난청. 원인 불명의 감음성 난청이었다.

미사키는 망연자실하게 의사의 설명을 들었다. 후생노동성이 지정한 특정 질환으로 원인이 불명확해서 치료법도 따로 없다고 했다.

증상은 갑작스레 나타난다. 서서히 청력 기능이 떨어지는 것이 아니라 어느 날 갑자기 소리가 들리지 않게 되는 것이다. 증상도 다양해 현기증을 느끼는 환자가 있는가 하면 귀울림을 호소하는 환자도 있다. 공통된 것은 극단적인 청력 저하로 미사키의 경우 왼쪽 귀에서 그 현상이 두드러지게 나타났다.

"증상이 처음 나타나고 일주일 이내에 치료하면 그나마 희망적인데…… 혹시 그런 전조 증상은 없었니?"

의사의 질문을 받은 미사키는 더듬거리며 다음과 같은 이야기를 털어놓았다.

　계기는 2주 전, 피아노를 연습할 때 왼쪽 귀에 왠지 물이 들어찬 듯한 느낌을 받았다고 한다. 그 말을 듣고 나도 떠올렸다. 교실 안에서 모두의 차가운 시선을 받으며 왼쪽 귀를 틀어막고 있을 때다. 그때 미사키는 명상을 했던 것이 아니라 왼쪽 귀에 이상을 느껴서 그랬던 것이다. 의사를 찾아가 진찰을 받았다고 하지만 전문의가 아니어서 그런지 컨디션 불량이라는 말만 듣고 끝났다고 한다.

　그리고 합창을 연습할 때 갑자기 현기증이 느껴졌고 왼쪽 귀가 들리지 않았다. 그때는 몇 초 만에 다시 괜찮아져서 별로 심각하게 받아들이지 않았지만 증상은 이미 돌이킬 수 없을 만큼 악화해 있었다.

　"정말 치료법이 없는 겁니까?"

　다나하시 선생님이 애원하듯 물었지만 의사는 면목 없다는 듯이 대답했다.

　"비슷한 증상이 나타나는 메니에르병이나 외림프 누공이라면 원인이 판명된 만큼 희망이 있지만 이건 원인이 불명확하니 완치를 장담할 수도 없습니다. 오랫동안 스테로이드제를 투여하는 방법이 있기는 한데 미사키 씨의 경우에는 증상 발현 이후 이미 시간이 상당히 흘러서……."

　의사의 설명을 들을수록 미사키의 얼굴에서 점점 핏기가

가셨다.

"하지만 24시간 내내 귀가 안 들리는 것은 아니고 한쪽 귀만의 문제이니 일상생활에는 지장이 없을 겁니다."

"일상생활 같은 건 상관없어요······."

낮게 깔린 목소리를 듣고 나는 순간 섬뜩해졌다. 꼭 미사키가 아닌 다른 사람이 말하는 것 같았다.

"언제 귀가 들리지 않는지를 모른다면 시한폭탄이나 마찬가지잖아요."

"그런데 상태가 더 악화하지 않는 한 길어야 몇 분 정도 그런 상태가 지속될 뿐이야. 그럼 건강한 사람과 크게 다르지 않지."

"건강하지 않아도 상관없어요."

"응? 그 말은 그냥 듣고 넘어가기 어렵구나. 이 세상에는 훨씬 더 심각한 장애를 안고······."

"소리가 만족스럽게 들리지 않으면 저 같은 사람에게 무슨 가치가 있나요?"

자포자기한 듯한 미사키의 물음에 우리는 대답할 말을 찾을 수 없었다.

다음 날 미사키는 학교를 쉬었다.

다나하시 선생님은 치료를 위해서라고 간략히 설명했지만 이런 불상사는 전파되는 속도가 빠른 동시에 상세히 전해진다. 그날 우리 반의 모든 아이들이 미사키의 난청 소식을 알게 되었다.

돌발성 난청이라는 익숙하지 않은 병명에 대해서도 누가어디서 조사해 왔는지 주 증상과 치료법이 없다는 것까지 알려졌다. 이럴 때 발휘되는 아이들의 탐구심과 호기심은 감탄스러울 정도였다.

"이로써 미사키도 더는 언터처블이 아니게 됐네."

쉬는 시간이 되자마자 미카가 모두를 향해 들으라는 듯이말했다.

"언터처블이 뭐야?"

쇼헤이가 묻자 미카는 짐짓 거드름을 피우며 대답했다.

"실은 미사키가 이와쿠라를 죽인 범인일지도 모르는데 선생님이나 우리나 모두 걔 앞에서는 쩔쩔맸잖아. 그건 바로미사키가 피아노의 천재이고 음악과의 구세주이기 때문 아니었어? 천재고 구세주이니 아무도 손을 대지 못한 거야. 실제로도 그랬지? 학급 위원."

그러자 쇼헤이는 겸연쩍은 듯이 입을 다물었다.

"축제를 앞두고 혹여 구세주가 사라지거나 마음을 바꾸기라도 하면 음악과가 불리해지니까. 그러니 사람을 죽인 혐의가 있는 사람을 보고도 계속 못 본 척하고 있었던 거야. 그런데 그 천재도 이제 폐기 처분된 셈이니 더는 언터처블이니뭐니도 아니게 됐네."

폐기 처분이라는 단어에 내 귀가 반응했다.

심해도 너무 심하다.

"듣고 보니 정말 그러네."

내 앞에 있는 반다이가 맞장구를 쳤다.

"그 녀석은 말이지. 우리를 너무 깔봤어. 반반한 얼굴에 똑똑한 머리는 그렇다 처도 음악에 관해서만큼은 꼭 우리와 전혀 다른 세계에 살고 있다는 듯이 행동했으니까. 역겹다는 말은 그런 애한테 써야 하지 않을까?"

대체 뭔 소리를 하는 거야.

적어도 내가 아는 미사키는 자신의 재능과 실력을 과시한 적이 한 번도 없다. 다른 사람을 무시하거나 깔본 적도 없다.

전형적인 질투였다. 미사키에게 그런 의도가 없었는데도 자신과의 압도적인 격차를 느끼고 피해망상에 빠진 것이다.

"진짜 짜증 난다니까. 축제에서 우리한테 끼친 민폐는 또 어떻고. 중간까지는 평가가 꽤 괜찮았는데 그 자식의 엉터리 연주 때문에 모든 게 물거품이 돼 버렸어. 음악과의 평판이 떨어지면 전부 개 탓이야."

"그때 당황하는 모습도 참 압권이더라. 너도 봤지? 내 옆을 지나쳐 갈 때 잔뜩 구겨진 그 얼굴."

"그래, 당연히 봤지. 녀석은 정신 연령이 초등학생이나 마찬가지 아닐까? 무대에서 실수 좀 했다고 울면서 적진 앞에서 내빼는 건 좀 아니잖아."

나는 두 사람의 이야기를 들으며 기가 질려 버렸다.

우리의 합창 따위 평가의 대상조차 되지 않았다. 그때 청중들이 관심을 두고 귀 기울인 것은 오로지 미사키의 피아노 솔로뿐이었다.

조금 생각하고서야 이해가 됐다.

미카와 반다이는 우리의 한심한 모습을 전적으로 미사키의 책임으로 돌리려 하고 있다. 미사키가 연주를 도중에 중단해 버린 것은 비판받아야 할 수도 있다. 그러나 그것과 수준 낮은 합창은 별개의 문제다.

다른 사람에게 책임을 전가하면 자신의 한심함을 덮을 수 있다고 진정 믿고 있는 것이다.

"그런데 말이지. 이제야 조금 공평해진 것 같네. 범죄 혐의가 있는 만큼 곧 조사도 철저히 받을 테고."

"그래. 그리고 녀석도 이제는 자기 분수를 알고 더는 오만하게 굴지 못할 거야. 어차피 우리는 다 똑같은 고등학생이고 피아노도 음악과 안에서 조금 잘 치는 수준이잖아. 걔는 절대 천재가 아니야."

"그런데 돌발성 난청은 증상이 나타났다가 금방 사라진다지? 뭔가 어중간하네."

"완전한 장애가 아니니까. 그럼 녀석은 또 우쭐해져서 다시 피아노를 치지 않을까? 한쪽 귀가 들리지 않아도 너희보다는 잘 칠 거라고 하면서."

"아, 걔라면 충분히 그럴 수 있어."

더는 잠자코 있을 수 없었다.

두 사람 사이에 끼어들어 한마디 해 주지 않으면 직성이 풀리지 않을 것이다. 그렇게 생각했을 때 나보다 먼저 하루 나가 뛰어들었다.

"너네 다 창피하지도 않니?"

생각지도 못한 복병의 등장에 미카와 반다이 모두 깜짝 놀랐다.

"조금 전부터 듣고 있자니 진짜 한심하네. 미사키가 폐기 처분됐다고 하는 말도 그렇고. 미사키가 그 정도면 너희는 대체 뭔데? 미카, 네 연주가 미사키에게 견줄 수나 있어? 그리고 반다이, 넌 기타 연주로 미사키보다 다른 사람을 더 감동시킬 수 있어? 확실히 말해 두겠는데, 너희 연주는 콩쿠르에 나가면 딱 예선 탈락 수준이야."

그야말로 상처되는 말이다. 평소에는 하루나에게 반항하지 않는 미카도 이때만큼은 반격에 나섰다.

"그렇게 말하는 너도 비슷하지 않아?"

"뭐?"

"이 음악과 안에서는 그럭저럭 통할지 몰라도 콩쿠르에 나가면 네가 어디까지 올라갈 것 같은데? 그 천재와의 차이를 가장 잘 아는 사람이 너잖아. 너도 참 뻔뻔하구나."

"그러고 보니 네가 미사키를 두둔할 만도 해."

"내가 왜?"

"넌 개에 대해 누구보다 잘 아니까. 개가 좋아서 어쩔 줄 모르잖아. 그런데 그 목석이 과연 네 마음을 알기나 할까?"

하루나는 별말 없이 반다이를 향해 한 손을 치켜들었다. 그러나 여자아이에게 순순히 얻어맞을 리 없는 반다이는 하루나의 왼손을 손쉽게 붙잡아 뒤로 비틀었다.

"아야!"

하루나가 짧게 비명을 질렀다.

순간 내 머릿속에서 뭔가가 소리를 내며 툭 끊어졌다.

나는 순간적으로 책상 서랍 안에 있는 가위를 꺼내 반다이를 향해 돌진했다.

안다리를 걸자 허를 찔린 반다이는 뒤로 벌러덩 대자로 넘어졌다.

"다카무라, 너 이 자식……."

반다이가 말을 마치기도 전에 나는 반다이의 가슴 위에 올라타서 한쪽 다리로 그의 왼팔을 제압했다. 맥이 풀릴 정도로 간단했다. 그리고 반다이의 오른 손목을 꾹 누른 채 오른손에 들고 있던 가위를 반다이의 눈앞에 들이밀었다.

"어느 손가락으로 할지 정해."

내 귀에도 섬뜩한 목소리가 나왔다.

"뭐?"

"지금부터 손가락 하나를 자를 거야. 어느 손가락으로 할지 정해.”

“무, 무슨 소리야. 너 지금 제정신…….”

“네가 아무리 기타리스트를 지망한다고 해도 넌 아마추어를 못 벗어나. 그럼 손가락이 다섯 개나 있을 필요는 없잖아. 한 개 정도는 없어도 돼. 새끼손가락이 없으면 조폭으로 오해받을 수도 있으니 나머지 네 개 중 하나가 낫겠네. 자, 어느 손가락으로 할래? 엄지? 아니면 검지? 얼른 정해.”

그때 내 얼굴이 오죽 험악했을 것이다. 밑에 깔린 반다이는 눈을 부릅뜬 채 나와 가위를 연신 번갈아 쳐다봤다.

“내가 뭐, 하면 안 되는 말이라도 했어?”

“완전한 장애는 아니니 그 뒤로도 우쭐해서 피아노를 칠 거라고? 언제 귀가 안 들릴지도 모르는데 무대에 서야 하는 공포를 네가 알기나 해? 걔는 우리처럼 장난삼아 음악을 하는 애가 아니야. 철이 들기 시작할 무렵부터 피아노를 치기 시작해 미래에는 피아니스트를 목표로 하는, 누가 봐도 엄청난 재능을 지닌 애라고. 그런 애의 귀가 갑자기 들리지 않게 됐어. 그게 음악가로서 얼마나 잔인한 일인지 정도는 너도 알잖아. 네가 손가락 하나를 잃는 것보다 훨씬 더 괴로운 일일 게 뻔하잖아!”

“하, 하지만 정작 그런 말을 하는 너도…….”

“아, 그래. 나도 걔의 재능에 압도된 사람 중 한 명이야. 하지만 말이지. 내게 재능이 없다고 다른 사람의 재능을 증오

할 만큼 썩지는 않았어. 천재의 발목을 붙잡고 안심할 정도로 몰락하지는 않았다고. 너희와 똑같이 취급하지 마!"

어느새 반다이의 눈에 눈물이 맺혔다.

문득 정신을 차리자 교실 안에 있는 모두가 조각상처럼 굳어 있다. 하루나도 겁먹은 눈빛으로 나를 바라보고 있다.

머리끝까지 차오른 피가 순식간에 다시 내려가 나는 천천히 몸을 일으켰다.

등 뒤에서 누가 "평소의 다카무라와 달라……"라고 중얼거려서 대구해 줬다.

"평소의 나를 누가 언제 정했는데?"

수업을 마치고 그길로 미사키의 집으로 향했다. 민폐라고 생각할지 모르지만 미사키의 몸 상태를 꼭 확인하고 싶었다. 선생님께 부탁받기도 했다.

해가 져서 가로등이 어스름하게 빛나고 있다. 전에 한 번 찾아간 아파트를 향해 걸으면서 나는 어떻게 말문을 열어야 할지를 떠올리고 있었다.

학교를 왜 쉰 거야?

이제 치료는 어떡할래?

아니, 이건 아니다. 제일 먼저 이런 말을 꺼내면 쓸데없는 언쟁이 생길 수도 있다. 상처에 소금을 뿌리는 격이다.

집 앞까지 갔을 때 이번에도 역시 집 안에서 새어 나오는 아버지와 아들의 대화 소리가 들렸다. 아파트 건물이 낡아서일까, 아니면 두 사람이 워낙 큰 소리로 대화를 나눠서일까.

—그러니까 아빠가 말했지. 그 난청은 네 오만에 대한 대가라고.

그에 비해 미사키의 목소리는 훨씬 작았다.

—대가를 받을 만한 짓은 하지 않았어.

—너만 그렇게 생각하고 있을 뿐. 대가라는 표현이 마음에 안 든다면 천벌이라고 바꿔 말해도 되겠군.

—정말 놀랍네. 시련이라고 생각할 수는 없는 거야?

—시련은 당사자가 뛰어넘을 수 있는 것을 뜻하지. 하지만 피아니스트에게 귀가 들리지 않는 건 그렇게 쉽게 뛰어넘을 만한 게 아니잖냐. 뛰어넘지 못할 시련은 벌과 다름없다. 그 말이 너무 잔인하다면 경고라고 할 수도 있겠네.

—경고?

—이제는 더 이상 음악의 길을 걷지 말라는 경고.

—……정말 아빠 좋을 대로만 해석하네.

—그래. 그 말이 맞을 수도 있겠지. 하지만 의외로 너한테도 괜찮은 해석 아니냐?

—무슨 뜻이야?

—똑같이 음악을 그만둬도 부모의 반대 때문에 그만두는 게 아니지. 미진한 실력이나 성과 때문에 그만두는 것도 아니야. 갑작스럽게 들이닥친 재난 때문에 어쩔 수 없이 그만

둘 수밖에 없었다⋯⋯. 미련 가득한 피아노를 그만두는 데 이보다 더 좋은 이유가 어딨냐?

미사키는 침묵하고 있는지 대답이 들리지 않았다.

—악보를 사 주는 대가로 육법전서를 읽힌 내 선택이 결국 옳았다. 지금이라면 아직 법조계를 목표로 다시 뛸 수 있어. 넘어지기 전에 지팡이를 준비해 두라는 옛말을 잘 따른 덕분에.

—아직 지팡이를 짚을 나이도 아니야.

—그러나 이제는 뭔가에 의지하지 않으면 살아갈 수 없게 됐지. 앞으로 넌 피아노로 먹고살 수 없다. 취미 삼아 치는 정도로는 괜찮겠지만 관객에게 돈을 받아 가며 연주할 수는 없다는 말이야. 난청 때문에 언제 중단될지도 모르는 연주를 누가 들으러 오겠냐?

미사키의 대답은 들리지 않았지만 나는 미사키가 지금 느낄 감정을 가슴 아플 만큼 이해했다.

미사키에게 음악은 자신의 전부였다. 오직 피아노만이 미사키가 살아갈 수단이었다.

그 단 하나의 수단을 빼앗긴 것이다. 이제 와서 다른 수단으로 살아가라고 하면 눈앞이 캄캄해질 수밖에 없다. 쉽사리 포기해 버릴 만한 게 아니다.

잠시 침묵이 이어지다가 다시 목소리가 들렸다.

—아빠는 음악을 증오하고 있어.

―뭐?

―나와 엄마는 아빠보다 피아노를 더 사랑했어. 그러니……

나는 순간적으로 '이런, 더 이상은 위험해'라고 판단하고 곧장 인터폰을 눌렀다.

심상치 않은 정적 이후 문이 열렸다. 얼굴을 내민 사람은 40대 정도 되는 남성이었다.

"누굽니까?"

그 목소리를 듣고 미사키의 아버지임을 깨달았다.

"미사키의 같은 반 친구 다카무라라고 해요. 저, 오늘 수업에서 나눠 준 프린트와 담임 선생님의 전달 사항이 있어서."

미사키의 아버지는 나를 위아래로 훑어보더니 무뚝뚝한 얼굴로 집 안을 가리켰다.

"미사키는 지금 방 안에 있다. 들어오거라."

현관에서 보니 복도가 몹시 살풍경했다. 정돈돼 있다고 하면 듣기에는 그럴싸하겠지만 일상생활의 냄새가 전혀 풍기지 않았다.

미사키의 아버지는 집 안까지 안내해 줄 생각은 없는지 내게 장소만 알려 주고 곧장 복도를 지나 사라져 버렸다.

나는 미사키의 방문을 두드렸다.

"나야, 다카무라."

"다카무라?"

미사키가 얼굴을 내밀었다.

"학교에서 프린트를 나눠 줘서……."

말을 끝마치기도 전에 미사키는 내 손을 붙잡고 방 안에 데리고 들어갔다.

"다른 날에 와 줬으면 더 좋았을 텐데."

"미안. 이것만 주고 갈 생각이었는데……."

"네가 사과할 필요는 없어. 다 내 사정 때문이니."

복도와 달리 이 방에서는 사람 냄새가 풍겼다. 방 가운데에는 그랜드 피아노가 있었고 서가는 거의 악보와 음악 전문 서적, CD로 채워져 있다. 어디든 음악과 관련된 것들밖에 없다. 조금 전 대화를 들어 보면 어딘가에 법률 관련 책도 있을 테지만 적어도 내 시야에는 들어오지 않았다.

"절묘한 타이밍이었어."

"응?"

"밖에서 우리의 말다툼 소리를 듣고 있다가 순간 위험하다고 느껴서 인터폰을 눌렀지? 우연치고는 너무 절묘해."

"일부러 들으려고 한 건 아니야."

"나도 알아. 오래된 아파트고 아빠 목소리가 워낙 크기도 하니까. 분명 법정에서 죄를 구형하면서 자연스레 단련된 거겠지."

나는 프린트를 미사키에게 건네며 조심스레 물었다. 묻지 않고는 배길 수 없었다.

"설마 정말 그만두려는 건 아니지? 피아노."

"글쎄."

미사키는 마치 남의 일처럼 중얼거렸다.

"분하기는 하지만 아빠 말도 맞아. 누구든 언제 중단될지 모를 연주를 듣고 싶지는 않을 테니까. 그런 피아니스트에게 장소를 제공할 미치광이도 없어."

감정을 억누르고 있는 것이 훤히 보였다.

억누르지 않으면 당장에라도 폭발할 것이다.

슬퍼졌다. 적어도 내 앞에서만큼은 감정을 솔직히 드러내도 될 텐데.

"……학교를 관두지는 않을 거지?"

"피아노를 칠 수 없게 됐다는 이유로 그만둘 수는 없겠지. 하지만 일반과로 옮길 가능성은 있을 거야. 피아노를 치지 못하는 내가 음악과에 계속 있을 이유는 없으니까."

본인 입을 통해서 들으니 이토록 쓸쓸한 말이 없었지만 그래도 눈앞에서 아예 사라지는 것보다는 옮기는 것이 훨씬 낫다고 생각했다.

"나 자신이 이렇게나 싫어진 적이 없어."

미사키가 툭 내뱉었다.

"아버지에게 들은 말이 그렇게……."

"아니. 아버지에게 한 소리를 들어서가 아니라 그 말에 납득해 버린 나 자신이 싫어. 음악가의 길을 포기하고 법률가의 길을 걸으라는 말을 들었을 때 내 안에는 안심하는 또 다른 내가 있었어. 한심하지. 입으로는 큰소리를 쳐도 결국 미리 마련된 안전한 도피로를 통해 도망치고 있으니까. 내가 이렇게 겁쟁이일 줄은 몰랐어. 피아노를 못 치게 된 내가 이렇게나 가치 없는 인간일 줄은 정말 상상도 못 했어.”

그건 겁쟁이가 아니야. 그렇게 말하려 했지만 좀처럼 입이 떨어지지 않았다.

“베토벤은 역시 대단해.”

갑작스러운 말에 나는 순간 당황했다.

“베토벤과 비교하는 건 주제넘은 일이지만 그와 비슷한 처지에 놓이고 보니 새삼 깨닫게 돼. 청력을 잃은 상태에서도 음악의 세계를 떠나지 않은 그는 틀림없는 초인이야. 그를 나침반 삼고 싶다고 했지만 난 그럴 자격도 없어. 고작 한쪽 귀가 몇 분 들리지 않는 것 정도로 벌써부터 도망칠 곳을 찾고 있으니까.”

미사키의 입을 통해서 듣는 절망의 목소리.

그가 연주한 〈비창〉에 그 목소리가 겹친다.

“이 피아노는 어떡해야 할까…….”

미사키는 공허한 눈빛으로 그랜드 피아노를 바라봤다.

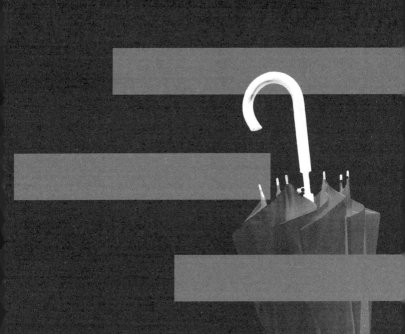

V *Spiritoso lamentando*
진심을 담아 애처롭게

I

결국 미사키는 하루만 쉬고 다시 학교에 나왔다. 내가 반 분위기가 좋지 않다고 해도 미사키는 전혀 신경 쓰지 않는 듯했다.

"아이들이 뭘 어떻게 생각하는지는 나와 상관없어. 난 내가 하고 싶은 일을 할 거야."

미사키는 그렇게 말하며 내 걱정을 신경 쓰지 않았다.

그래서 그날 미사키가 그런 일을 당하게 된 데는 내 책임도 있다. 분위기가 좋지 않다는 완곡한 표현 대신 네가 집단 괴롭힘의 대상이 될 거라고 확실히 말해 두는 게 나았다.

나는 좋지 않은 예감이 들어서 미사키보다 먼저 학교에 왔다. 그러자 아니나 다를까 미사키의 책상 위에는 낙서가 빼곡히 적혀 있었다.

'장애자'

'살인범'

'폐기물'

'학교에 오지 마!'

너무도 고전적인 괴롭힘이지만 어이가 없기보다 화가 치밀어 올랐다.

"중학생 수준의 괴롭힘이네."

내가 들으라는 듯이 그렇게 말하고 주위를 둘러보자 몇 명이 고개를 돌렸고 몇 명은 히죽히죽 웃고 있다. 청소함에서 걸레를 꺼내 닦아 없애려고 했지만 유성 매직으로 쓴 글자라 소용없었다.

"구질구질한 것도 꼭 세 살배기 애들 같아."

이러면 나도 끝까지 갈 수밖에 없다. 나는 화학 준비실에서 알코올을 빌려 와 책상 위를 박박 닦기 시작했다. 그러자 옆에서 누군가가 걸레를 든 손을 뻗었다.

"도와줄게."

하루나는 걸레에 알코올을 묻히더니 무표정한 얼굴로 손을 움직였다.

"사이좋네."

반다이가 그렇게 조롱하자 몇 명인가가 휘파람을 불었다.

미사키가 전학 오기 전까지 반다이는 그저 록 밴드를 좋아하는 같은 반 아이일 뿐이었다. 약간 경박한 면은 있어도 아직 열여덟 살이니 이해할 만한 수준이었다. 지금 나와 하루 나에게 냉소를 보내는 아이들도 그저 평범한 친구들이라고 믿었다.

그런데 이번 일로 그들의 본색이 드러났다. 록 밴드를 좋아하는 소년의 가면 아래에서는 질투가 이글거리고 있었다. 모두가 건네던 친근한 말의 이면에는 열등감이 뿌리 깊게 박혀 있었다.

어떻게 이런 녀석들과 지금껏 별문제 없이 잘 지내 왔는지가 신기할 정도였다. 질투나 열등감을 유발할 존재가 지금껏 없었던 탓일 것이다.

"그래. 적어도 너희 같은 아이들과 사이좋은 것보다는 훨씬 낫지."

"뭐?"

반다이가 시비조로 대꾸했지만 내가 노려보자 곧장 동작을 멈췄다. 어제 그 일의 충격이 아직 머릿속에 남아 있을 것이다.

낙서가 대충 지워졌을 때 미사키가 모습을 드러냈다.

"안녕."

미사키에게 인사를 건넨 사람은 나와 하루나뿐이었다. 그래도 미사키가 반 분위기를 전혀 신경 쓰지 않는 것 같아서 마음은 편했다.

그러나 우리는 방심하고 있었다. 미사키는 자리에 앉자마자 묘하게 얼굴을 찌푸렸다. 책상에서 올라오는 알코올 냄새를 맡은 게 분명해 보였다.

미사키는 꼭 내가 당황할 것을 꿰뚫어 본 것처럼 나를 쳐다봤다. 그리고 무슨 일이 있었는지 알아챘는지 시선을 다른 곳으로 돌렸다.

그 몸짓이 감사 인사를 하는 것 같기도, 사과하는 것 같기도 했다.

나는 딱히 나쁜 짓을 한 것도 아닌데 왠지 미안한 기분이 들었다.

그저 오늘 하루를 무사히 마칠 수 있기를 바랐다. 미사키를 괴롭히는 모든 것들이 이제는 사라져 주기를 바랐다. 청각 장애에 빠진 음악가의 삶은 비극이다. 옆에서 돕지는 못할지언정 가만히 내버려 두기를 기원했다.

그러나 음악과 반 아이들이 품은 어두운 감정은 내 상상을 훨씬 초월했다.

점심시간에 그 일이 일어났다. 화장실에서 돌아온 나는 교실 문 근처에서 그 상황을 처음부터 끝까지 목격했다.

점심을 다 먹은 미사키가 책상 앞에 앉아 있자 뒤에서 미카가 슬그머니 미사키에게 다가갔다. 그리고 허리를 숙이더니 미사키의 왼쪽 귓가에 대고 뭔가를 속삭였다.

"앗……."

귓속말을 들은 미사키는 수상쩍은 듯이 미카를 봤다.

이번에는 또 무슨 꿍꿍이야. 나는 나대로 미카의 뒤를 향해 몰래 다가갔다.

미카는 또다시 미사키에게 귓속말을 했다. 그러나 꽤 가까이 다가갔는데도 내 귀에는 미카의 목소리가 전혀 들리지 않았다.

"미안……. 한 번만 더 말해 줄래?"

미사키가 미안해하며 그렇게 말한 직후였다.

"뭐야? 역시 왼쪽 귀가 안 들리나 보네."

멀찌감치 떨어져 서 있던 반다이가 비웃음 섞어 목소리를 높였다. 미사키가 깜짝 놀라 돌아봤고 미카는 그런 미사키를 보며 조소했다.

미카는 귓속말을 한 것이 아니라 그저 속삭이는 척만 한 것이었다. 그리고 자신의 청력에 불안을 느낀 미사키를 웃음 거리로 만들었다.

상황을 알아차린 미사키의 얼굴이 굳었다. 어쩌면 이번에는 비로소 화를 내지 않을까 싶었지만 결국 그런 일은 일어나지 않았다.

내가 먼저 분노를 폭발했기 때문이다.

나는 미카의 팔을 거칠게 붙잡고 벽으로 밀어붙였다.

"뭐, 뭐야?"

어지간히 흉악한 표정을 짓고 있었을 것이다. 미카는 내 얼굴을 보자마자 긴장한 얼굴로 입을 꾹 다물어 버렸지만 나는 마음을 가라앉지 못했다.

미카 옆으로 팔을 뻗어 퇴로를 차단했다.

"야. 다카무라. 여자아이를 상대로 폭력은……."

뒤에서 반다이가 끼어들며 뭔가 지껄였지만 내 귀에는 닿지 않았다. 머릿속이 부글부글 끓었고 이성은 이미 날아간 상태였다.

그래도 미카의 겁먹은 얼굴을 보고 있으니 최소한의 자제심이 돌아왔다.

"여자인 걸 감사해. 남자라면 가만 안 뒀어."

팔을 놓아 주자 미카는 반다이가 있는 쪽으로 도망쳤다. 미카가 그렇게 빨리 뛸 줄은 몰랐다.

나는 여전히 마음이 풀리지 않아서 멀리서 나를 지켜보고 있는 아이들을 향해 외쳤다.

"너희가 저지른 짓은 인간으로서 최악이야. 알긴 알아?"

내 말에는 아무도 대답하지 않았다.

"공부나 운동을 조금 못하게 된 것과는 차원이 달라. 너희는 당사자가 아무리 노력해도 고치지 못하는 걸 비웃은 거라고. 참 대단들 해. 너희는 평생 그럴 일이 없을 것 같지?"

기분이 여전히 어둡게 가라앉아 있다. 미사키를 지켜 주지 못했다는 죄책감도 거들었다.

"다들 음악을 전공하니 조금은 섬세할 줄 알았는데 터무니

없는 착각이었어. 속이 아주 시커멓고 정신 상태는 썩어빠졌어. 나도 그렇게 칭찬받을 사람은 아니지만 적어도 너희보다는 나은 것 같아. 연주 실력이 뛰어나지 못해도 인간이 선하면 어떻게든 길이 열리기 마련이야. 또 인성이 조금 모자라도 연주 실력이 훌륭하면 살아갈 가치가 있어. 그런데 양쪽 다 최악인 너희는 대체 앞으로 뭘 무기로 살아갈래? 어?"

한번 입을 여니 더는 멈출 수 없었다.

"지금 여기 모인 너희는 음악과인데도 음악에 대한 재능이 형편없어. 그렇다고 일반과에 가지도 못하지. 이 학교에 음악과가 있는 덕에 비로소 너희가 비빌 언덕이 생긴 셈이야. 머리가 좋지 않고 재능도 없어. 그러니까 미사키처럼 재능 있는 사람을 질투해. 너희가 아무리 발버둥 쳐도 손에 넣지 못한 것을 미사키는 가지고 있으니까. 그런데 미리 말해 두는데, 너희가 아무리 미사키를 시샘하고 미워해도 앞으로도 신이 너희에게 미소 지어 줄 리는 없다는 걸 알아야 해. 너희는 앞으로도 계속, 영원히 재능 없는 자신을 마주하며 살아가야 한다는 소리야."

말을 마치자 교실 안에 어색한 침묵이 흘렀다.

물론 나 혼자 지나치게 붕 떠 있다고는 느꼈지만 그 이상 다른 아이들이 가라앉아 있었다.

입에 담아서는 안 될 진실을 입에 담고 말았다.

모두 알면서도 지금껏 차마 무서워서 언급하지 못한 사실을 언급하고 말았다.

나를 보는 아이들의 눈빛이 순식간에 험악해졌다. 명백하게 배신자를 지탄하는 눈빛이다. 이제는 반에서 아무도 나를 상대해 주지 않을 거라고 절실히 체감했다.

그래도 상관없다. 자포자기가 아니라 솔직히 그렇게 느꼈다. 그리고 다음 순간 가장 불쾌한 사실도 깨달았다.

내가 방금 욕한 사람은 바로 나 자신이었다.

아무리 다른 사람을 시샘하거나 미워해도 음악의 신이 미소 지어 줄 일은 없다. 앞으로 죽을 때까지 재능 없는 나 자신과 마주하며 살아가야 한다.

달아올랐던 머릿속이 급속도로 식었다. 분노가 들어찼던 가슴속도 사그라들었다.

나에게 혐오감이 들기 시작할 무렵 누군가가 내 손목을 강하게 붙들었다.

"고마워…… 이젠 괜찮아."

미사키는 그 말만을 하고 내 손목에서 살며시 손을 다시 뗐다.

오후 수업은 전혀 머릿속에 들어오지 않았다.

초조함과 수치심, 절망이 뒤섞여 가슴속에 머물러 있다. 이대로 두면 몸속 가장 깊숙한 곳부터 침식당해 몸뚱이가 썩어 버릴 것 같았다.

시간이 흐르면 이 응어리가 가라앉을지도 모른다. 그러나 그 기대는 6교시 학급 회의 시간에 맥없이 사라졌다. 하필 회의 주제가 '축제 반성회'였기 때문이다.

완성도가 작년과 비슷한 수준이었다면 적당히 넘길 수도 있었다. 작년보다 좋지 않았지만 '내년에는 유종의 미를 거두자'라고 매듭짓고 끝낼 수 있었을 것이다.

그러나 이번에는 사정이 달랐다. 공연의 완성도는 최악이자 최고였다. 우리의 합창은 수준 이하였지만 미사키의 피아노 솔로는 중간까지 최고였다. 파트별로 평가가 지나치게 갈리는 탓에 반성할 요인도 한쪽으로 치우칠 수밖에 없다.

"자, 반성회를 시작하자. 이번에는 축제 직전에 프로그램을 바꿨고 거기에 폭우 피해로 연습 시간까지 빼앗겼지. 실력을 온전히 발휘할 환경이 아니었다는 건 부정할 수 없어."

다나하시 선생님은 우리의 실패를 감싸 줬지만 왠지 뒤끝도 느껴졌다. 나는 충분히 그럴 만하다며 마치 남의 일처럼 떠올렸다. 1년에 한 번뿐인 발표회에서 추태를 보였다면 그 불똥은 음악과뿐만 아니라 담임 선생에게도 튄다.

"다만 제한된 시간 안에 최선을 다하는 것도 중요해. 그 점에서만큼은 실망감이 남는 것도 사실이다."

그 말을 듣고 누군가가 손을 들었다.

"그런 상황에서 최선을 다할 수 있을 리 없잖아요."

목소리의 주인공은 도코였다.

"응? 도코. 그럼 넌 구체적인 문제점이 뭐였다고 생각하니?"

"선생님과 같은 반 아이 중에 살인범으로 의심받는 사람이 있는데 어떻게 연습에 집중하겠어요."

제기랄. 이건 폭탄 투하나 마찬가지다.

이로써 반성회 주제는 대번에 다른 쪽으로 방향을 틀 것이다. 그렇게 생각해 주변을 둘러보다가 경악했다.

거의 모든 아이가 도코의 발언이 당연하다는 듯한 표정을 짓고 있었다. 반다이와 미카가 희미하게 미소 짓는 것을 보니 그들이 부추겨서 도코가 그런 말을 했다는 것을 깨닫기까지는 그리 오래 걸리지 않았다.

하루나는 도코를 노려보고 있다. 미사키는 법정에 선 피고인처럼 고개를 푹 숙이고 있었다.

"저희에게 반성하라고 하시기 전에 그런 사람이 연습에 참가한 것 자체가 잘못됐다고 생각하지는 않으세요?"

"저도 그 말에 동의해요."

"도코가 아주 좋은 지적을 했네."

"이의 없습니다."

당사자에게 이보다 더 실례되는 말은 없겠지만 다나하시 선생님은 이맛살을 찌푸리기만 하고 절대 흥분하지 않았다.

"그게 너희 본심이라면 나도 담임 선생님으로서 사과해야겠지. 네 말대로 분명 가까운 곳에 같은 반 아이를 죽인 사람이 있다고 생각했다면 연습에 집중할 수 없었을 거야. 너희가 당연히 이해해 줄 거라 생각해 일부러 언급하지 않은 선생님의 실수였어. 그건 사과하마. 하지만 이걸 계기로 확실히 말해 두는데, 이와쿠라의 죽음에 선생님은 아무 관련이 없어. 물론 미사키도 마찬가지고."

도코가 입을 다물자 즉시 다음 목소리가 터져 나왔다.

"미사키는 과연 어떻게 생각할까요?"

"맞아. 본인 입으로는 아직 어떤 말도 듣지 못했잖아."

"그런데 제 입으로 자기가 했다고 고백할 범인은 없지 않을까?"

모두 저마다 하고 싶은 말을 지껄이는 와중에 미카가 손을 번쩍 들었다.

"실은 아까 우리 반 어떤 아이가 아주 가슴에 와닿는 말을 했어요. 인간적으로는 문제가 있어도 연주 실력이 뛰어나면 살아갈 가치가 있다고요. 그렇다면 살인 혐의가 있는 데다가 연주도 제대로 못하는 사람은 대체 뭔가요?"

그 순간 미사키가 어깨를 움찔했다.

"네. 미사키의 연주 실력은 뛰어나다고 생각해요. 저희가 아무리 노력해도 절대 따라잡지 못하겠죠. 하지만 그건 지금 시점의 이야기예요. 저희 중 누군가가 열심히 연습하면 언젠가 지금의 미사키 수준까지 될 수 있을지도 몰라요. 그런데 당사자에게는 미안한 말이지만, 미사키는 실력이 아무리 뛰어나도 곡을 끝까지 완주한다는 보장이 없어요."

"맞아."

반다이가 짐짓 큰 목소리로 지원 사격을 가했다.

"멈춰 버린 시계와 느리게 가는 시계라고 생각하면 될 것 같아. 멈춰 버린 시계는 아예 이용 가치가 없지만 느린 시계는 얼마나 느린지만 알면 그럭저럭 쓸 수도 있잖아?"

자기가 생각해도 절묘한 비유라고 생각했을 것이다. 반다이는 의기양양하게 콧대를 한껏 세웠다. 절묘한 비유는커녕 말도 안 되는 억지이고, 그런 억지는 다시 억지로 되받아칠 수 있다.

멈춰 버린 시계는 그래도 하루에 두 번은 정확한 시각을 가리킨다. 그러나 느리게 가는 시계는 영원히 정확한 시각을 가리킬 수 없다. 피아노 연주도 비슷하다. 미사키의 연주는 시한폭탄일 수는 있어도 완주만 하면 그에게 맞설 연주자는 별로 없다. 미카 정도의 재능으로는 아무리 노력해도 미사키의 발끝에도 미치지 못할 것이다.

지원군에게 힘을 얻은 미카가 말을 이었다.

"축제에 대한 반성이라면 프로그램에 미사키의 피아노 솔로를 집어넣은 선생님과, 그런 지병이 있는데도 우리에게 미리 말하지 않은 미사키에게 책임을 물어야 하지 않을까요?"

"동감이요."

"그래. 발표회를 엉망으로 만든 장본인이지."

"뭐라고 한마디라도 해 봐, 미사키."

아이들의 얼굴을 굳이 둘러볼 것도 없었다.

교실 안은 지금 질투와 증오, 가학심으로 가득 차 나를 짓누르고 있다. 지금껏 쌓이고 쌓인 원한의 용암이 단숨에 뿜어져 나오는 꼴이었다.

제기랄.

이게 무슨 반성회야. 이런 건 그냥 집단 린치잖아.

미사키는 조금 전부터 고개를 숙이고 있어서 지금 내가 앉은 곳에서는 표정이 보이지 않는다.

가슴에 차오른 분노에 또다시 불이 붙었다. 나는 반격의 깃발을 세우려고 입을 열었다.

그러나 그보다 먼저 다나하시 선생님이 모두를 제압했다.

"너희는 정말 그렇게 생각하니?"

평소에는 한 번도 들어본 적 없는, 낮고 중후한 선생님의 목소리였다.

"축제에서 제대로 된 모습을 보여 주지 못한 게 선생님과 미사키의 책임이고, 누군가가 열심히 연습한다면 지금의 미사키 수준에 도달할 수 있다고 진정 믿는 거야?"

그러자 교실 안이 순식간에 찬물을 끼얹은 것처럼 조용해졌다.

"전에도 말했듯이 혐의가 있는 것만으로 어떤 사람을 색안경을 끼고 보는 건 비겁한 짓이다. 똑같은 말을 반복하게 되니 더 이상은 말 안 하마. 그보다 지금 내가 언급해야 하는 건……."

선생님이 말을 마치기 전에 느닷없이 미사키가 자리에서 벌떡 일어섰다.

우리와 다나하시 선생님이 지켜보는 상황에서 미사키는 교실 문을 향해 발걸음을 뗐다.

"제가 이 자리에 없는 게 더 나을 것 같네요."

그러자 반다이가 곧장 야유를 보냈다.

"뭐야, 도망치는 거야? 그래도 변명 한마디 정도는 하고 가라고, 이 자식아."

"나와 다나하시 선생님의 혐의가 벗겨지면 그걸로 괜찮은 거지?"

가슴이 두근거렸다.

다른 아이들도 술렁였다.

미사키의 목소리에서는 평소의 부드러움이 느껴지지 않고 대신 도발적인 울림이 있었다.

"공교롭게도 지금은 그걸 증명할 도구는 물론 기회도 없어. 하지만 때가 되면 반드시 다른 가능성을 제시할게. 약속해."

그 말을 남기고 미사키는 한 번도 돌아보지 않고 교실을 나갔다.

반에 남은 우리는 제압당한 것처럼 입도 벙끗하지 못했다.

설마 미사키가 모두 앞에서 큰소리를 칠 거라고는 상상도 못했다.

"음…… 그래."

침묵을 먼저 깬 사람은 다나하시 선생님이었다.

"미사키가 나가 줘서 이야기하기 한결 편해지겠구나. 조금 전에 했던 이야기를 이어서 하자면, 너희는 정말 너희도 노력하면 미사키를 따라잡을 수 있다고 생각하니?"

대답이 없다. 손을 드는 아이도 없다.

"지금이니 말할 수 있는 거지만, 프로그램에 미사키의 피아노 솔로를 집어넣은 건 청중의 반응을 노린 게 아니다. 난 그저 너희에게 천재와 천재가 아닌 사람의 차이를 가르쳐 주고 싶었어."

그러자 반다이가 반응을 보였다.

"그게 뭐예요. 우리가 콤플렉스를 느끼기를 바라신 거예요?"

"그래."

나를 포함한 반 아이들 모두가 말문이 막혔다.

"음악과에 있는 이상 너희도 저마다 음악가가 되려는 꿈과 희망을 품고 있겠지. 꼭 유명하지 않아도, 꼭 전업은 아니어도 음악과 관련된 일을 하고 싶다고 누구나 한 번쯤은 생각했을 거야. 아니, 분명 지금도 생각하고 있겠지. 그런데 말이다. 꿈을 좇는 것과 꿈을 먹고 살아가는 건 비슷하면서도 전혀 달라. 재능이 없고 노력도 하지 않는 사람이 꿈만 계속 좇다 보면 언젠가 현실과 싸울 힘을 잃어버리게 되지. 선생님은 음대에서 재능이 넘치는 괴물 같은 사람들을 많이 봐 와서 그런지 일찍 꿈에서 깰 수 있었다. 하지만 그러지 못한 사람도 있었어. 입학하고 4년이 지나도, 학교를 졸업해도 자기 재능을 정확히 파악하지 못하고 꿈에 휩쓸려 나가떨어져 버린 동기들이 있었지. 이건 꼭 음악계만의 이야기가 아니야. 학계와 스포츠 등 특정 재능이 필요한 세계에서 성공하는 건 오직 괴물들뿐이다. 재능으로 똘똘 뭉친 괴물, 또는 노력의 괴물. 평범한 사람은 절대 도달할 수 있는 경지가 아니고, 신이 미소 지어 주는 사람도 딱 한 줌에 불과해."

다나하시 선생님의 말은 지나치게 현실적이었다.

그래서 나는 저항하고 싶어서 목소리를 높였다.

"그럼 재능 없는 사람은 꿈도 꾸지 말라는 건가요? 희망을 품어서는 안 된다는 말이에요?"

"신이 꼭 음악의 신만 있는 건 아니다."

갑자기 다나하시 선생님의 목소리가 자상해졌다.

"그림의 신, 소설의 신, 스포츠의 신, 과학의 신, 요리의 신, 영업의 신……. 신 같은 건 어두운 밤하늘에 뜬 별만큼이나 많이 있지. 그건 너희에게도 마찬가지고. 어떤 사람이든 잘하는 게 하나는 있기 마련이야. 그럼 그쪽 세계의 신이 미소 지어 줄 수 있도록 노력하면 돼. 꼭 유명하지 않아도, 모두에게 인정받지 못해도 내게 스포트라이트가 비칠 세계는 어딘 가에 반드시 있어. 반대로 부럽다거나 그저 다른 사람이 그 길에서 성공했다는 이유만으로 같은 길을 선택하면 힘들어 지고 올바른 노력도 할 수도 없게 된다."

"올바른 노력……."

"예컨대 선생님이 오늘 당장 주니치 드래건스*의 4번 타자 를 목표로 노력한다면 그걸 올바른 노력이라고 할 수 있을 까? 뭐든 노력은 필요하지만 빗나간 노력은 노력이 아니야. 그저 헛수고일 뿐이고, 오로지 열심히 했다는 변명에 불과하 지. 그러니 발버둥 치고 또 발버둥 쳐서 올바른 피와 땀을 흘 릴 전략을 찾아야 해. 누구든 싸울 수 있는 전쟁터가 있다. 학 창 시절이라는 건 아마 그 전쟁터를 찾는 시간이라 해야 할 테고."

머리로는 이해되지만 어른들이 잘난 척하며 하는 설교처 럼 들리기도 했다.

"이런 말을 들어 봐야 곧장은 납득하지 못할 거야. 그것도 당연하다. 지금 당장 패배하는 것부터 떠올려 봐야 화만 나 고 나 자신이 비참해질 테니까. 그리고 지금 너희 세대는 다 른 어느 세대보다 화가 많고 자신이 비참해지는 상황은 최대 한 피하려고 해. 하지만 잊지 않았으면 한다. 용기가 없으면

---

* 　나고야시를 연고지로 하는 일본 프로야구 센트럴리그의 야구단.

앞으로 너희의 인생이 힘들어질 거라는 걸. 포기하고 던져 버릴 용기가 없다면 등에 짊어져야 할 게 많아져서 자연스레 몸을 움직일 수가 없게 돼. 선택하는 용기, 포기하는 용기가 결국 너희의 가능성을 넓힌다는 말이다."

우리는 한마디도 못 하고 그저 말없이 다나하시 선생님의 얼굴을 바라보고 있었다.

반다이와 미카는 거듭 절망한 것처럼 입술을 꽉 깨물고 있다. 하루나와 쇼헤이는 새로운 깨달음을 얻었는지 눈빛이 빛났다.

저마다 다른 표정을 짓고 있는 와중에 나는 절망과 희망을 둘 다 느끼며 어쩔 줄 몰랐다.

그건 그렇고.

미사키가 언급한 '다른 가능성'이라는 건 대체 뭘 뜻하는 걸까.

2

그리고 다가온 11일.

이날은 아침부터 날씨가 심상치 않았다. 비가 마구 퍼붓는 것은 아닌데 부슬비가 장대비로 변하는가 싶더니 일단 멎고 또다시 부슬비가 이어지는 이상한 날씨였다.

아침에 TV로 본 일기예보에서는 느린 속도로 바다 위를 남하한 가을비 전선이 도호쿠 지역에서 산인 지역에 걸쳐 머무르며 일본 열도 상공에서 상하 운동을 반복한다고 했다.

한편 9월 2일 마리아나 근해에서 발생한 태풍 14호는 거대 세력을 유지하며 천천히 서쪽으로 옮겨 가 일본 동쪽 바다 상공에 침범해 있던 태평양 고기압 전선을 따라 이동했다. 그때 미지근하고 눅눅한 공기가 전선에 흘러들어 대기 상태를 불안정하게 했다.

비구름은 보통 이동하기 마련이지만 이번에는 전선과 고기압의 방해로 멈춰 있고, 게다가 새로운 비구름이 그 위에 겹치고 있다. 그래서 언제 비가 억수 같이 쏟아져도 이상하지 않은 상태라고 했다.

여름방학에 이미 한 차례 폭우 피해를 톡톡히 본 학교 측에서는 당연히 휴교를 염두에 뒀지만, 그러지 않아도 개학식이 늦어져서 연간 수업 계획에 지장이 있는 마당에 더 이상 수업을 늦출 수도 없었다. 지금은 학생들에게 공포를 안길 만큼 비가 퍼붓는 것은 아니고, 얼마 전 보수 공사로 산사태의 위험도 줄어서 학생들을 집에 돌려보낼 정도는 아니라고 판단했다고 한다.

그러나 인간은 원래 대부분 과거를 통해서 배우지 못한다. 그토록 거대한 자연의 위협을 두 눈으로 목격했는데도 또다시 상황을 만만하게 본 것이다.

아침에는 지상의 상황을 떠보는 것처럼 내리고 그치기를

반복하던 비가 3교시를 지나자 느닷없이 표정을 바꿨다.

그야말로 산사태로 착각될 정도의 요란한 소리에 교실에 있던 우리는 모두 화들짝 놀랐다.

"애들아…… 바깥 좀 봐."

창가에 앉은 남학생 한 명이 겁먹은 듯 밖을 가리켰다.

굳이 확인할 것도 없었다. 이미 반 아이들 모두 순식간에 돌변한 바깥 풍경에 할 말을 잃은 상태였다.

아직 점심시간도 되지 않았는데 마치 저녁처럼 어두웠다. 그리고 빗소리. 억수라는 단어가 양반으로 느껴질 만큼 비는 맹렬한 소리를 울리며 퍼붓고 있었다.

"이거…… 얼마 전 그 비보다 더 심한 것 같은데?"

"시야가 채 1미터도 안 돼."

"게다가 완전히 옆으로 들이치는 비네."

"이런 상태로는 밖에 나가도 제대로 걷지도 못할 거야."

저마다 입을 모아 감상을 늘어놓을 때까지만 해도 아직 여유가 있었다. 그러나 비가 만들어 내는 굉음이 날카로운 엄니를 드러내고 창문 유리를 때리는 소리가 연이어 귀청을 울리자 어느덧 가볍게 입을 놀리는 아이는 사라졌다.

모두가 느끼는 공포가 내게도 전해졌다. 다들 지난번 호우로 진저리가 날 만큼 맛본 공포와 초조감을 다시 체험하고 있다. 실제로 그때 충격 때문에 컨디션 불량을 호소했던 미카와 도코는 어깨를 감싼 채 몸을 부들부들 떨고 있었다.

"학교는 대체 뭐 하는 거야?"

반다이가 초조함을 감추듯이 짐짓 크게 외쳤다.

"비가 이렇게 퍼부으면 학생을 돌려보내거나 부모님께 연락할 방법을 강구해야지."

"내가 가서 물어보고 올게."

이럴 때는 쇼헤이가 주로 앞장서는 역할을 맡는다. 쇼헤이도 초조한 마음을 떨쳐내고 싶었는지 잰걸음으로 곧장 교실을 나갔다.

"얼마 전 내린 비보다 더 심하네."

나는 미사키 옆에 서서 말을 걸었다. 반 아이들의 비난이 시작된 이후 나조차 예전처럼 부담 없이 미사키에게 말을 붙이지 못하고 있었다. 오랜만에 나누는 대화가 고작 날씨 이야기인 것이 뭔가 한심하게 느껴졌다.

"다카무라. 너 일기예보 봤어?"

"응. 태풍 14호 때문에 대기가 불안정하다던데."

"얼마 전에 내린 폭우도 대기가 불안정해서 그런 거였는데 비구름이 움직여서 그나마 나은 편이었어. 이번에는 전선과 고기압 사이에 끼어서 비구름이 움직임을 멈춘 상태야. 틀림없이 지난번보다 더 많이 내릴 거야."

"……아무리 보수 공사를 끝냈다고 해도 불안하네."

"응. 토양 자체를 바꿔 버린 건 아니니까. 보수는 어디까지나 보수에 불과해. 이곳의 지리 조건이 큰 건축물을 짓기에 적합하지 않다는 사실에는 변함없어."

"그런데도 우리는 계속 등교하고 있지."

"'이런 호우는 관측 사상 처음이다', '천년에 한 번 겪을까 말까 한 날씨다'. 설마 그런 재해가 일상적으로 일어날 거라고는 그 누구도 생각하지 않고, 생각하고 싶어 하지도 않아. 그리고 현의 결정에 따라 건축한 곳에서 문제가 발생한다면 결정 자체에 문제가 있었다는 말이 나오게 돼 있어. 건물을 지을 때는 막대한 예산이 들어가니 관련 공무원과 업자들에게도 당연히 책임을 묻게 되지. 그래서 이런 식의 실수는 좀처럼 인정하려 하지 않아. 그들에게 건물 이전 같은 건 말도 안 되는 이야기야. 그러니 연약한 토양 위에 지어진 건물도 그대로 계속 있을 수밖에 없는 거고."

"학생이나 교직원의 안전 같은 건 거들떠보지도 않는다는 말이네."

"내가 말했잖아. 그 사람들은 또다시 재해가 일어나는 상황을 상상하지 않고 상상하고 싶어 하지도 않아. 그런 인간들은 원래 보고도 못 본 척하는 게 특기야."

전보다 독기를 품은 듯한 말투가 신경 쓰였다.

"그런데 잘도 그런 무시무시한 이야기를 꼭 남의 일처럼 말하네."

"상황이 안 좋아져도 밖에 나가지만 않으면 돼. 학교 건물과 체육관이 얼마나 튼튼한지는 지난번 일로 증명됐으니."

"하지만 그렇다고 해도……."

"어차피 폭우가 퍼부으면 위험해진다는 건 관계자뿐만 아니라 아랫마을 주민들도 알게 됐어. 그러니 새로 지은 다리가 무너지기 전까지는 경찰과 소방대원들이 달려와 줄 거야. 또 대응이 늦어지면 이번에는 정말로 비판을 피할 수 없게 되니까."

그야말로 타당한 이야기라 소극적이지만 수긍할 수밖에 없었다.

"다카무라, 무서워?"

"넌 안 무서워?"

"난 비나 산사태 같은 것보다 더 무서운 게 있어."

미사키는 구체적으로 그게 무엇인지는 말하지 않고 자리에서 일어섰다.

"이럴 때 어디 가? 설마 또 도움을 청하러……."

"오늘은 여름방학도 아니고 음악과 아이들뿐만 아니라 전교생이 학교에 나와 있어. 선생님들도 마냥 수수방관할 리 없으니 그때처럼 우리가 나서지 않아도 되겠지. 지금 내가할 일은 약속을 실천하는 거야."

미사키는 그렇게 말하고 교실을 나갔다. 따라오지 말라고한 것도 아니어서 나도 뒤따랐다.

미사키가 향한 곳은 의상실이었다. 평소에 거의 의상을 전공하는 학생들만 쓰는 특별 교실이라 음악과 학생은 물론 남학생들에게는 거의 연이 없는 곳이 있다.

"미사키. 여기가 뭐 하는 곳인지 알고 있었어?"

"네가 학교를 안내해 준 날 모든 교실을 둘러봤어."

"굳이 왜 그런 짓을?"

"오랫동안 지내야 하는 곳이니까. 구석구석 알아 둬서 나쁠 건 없잖아."

미사키는 망설임 없이 의상실 안에 발을 들였다. 옆에 있는 내가 오히려 긴장될 정도였다.

처음 들어간 의상실은 사방이 낯설었다. 벽 옆에 나란히 선 마네킹, 책상 위에 놓인 재봉틀, 벽에 붙은 의복의 역사. 도통 같은 건물 안에 있는 교실 같지 않았다.

이런 곳에서 대체 뭘 할 생각인지 궁금해하며 지켜보자 미사키는 주저 없이 마네킹 쪽으로 다가가더니 받침대에서 마네킹을 분리했다.

"음……. 이 정도면 적당하네. 다카무라, 잠깐 와서 같이 들어 줄래?"

"응?"

"내 어림짐작으로는 60킬로그램. 실제 사람 몸무게와도 차이가 거의 없는 것 같은데, 어떠려나."

미사키는 반론을 허락하지 않겠다는 듯이 내게도 마네킹을 들게 했다. 이럴 때 미사키는 약간 강압적인 면모가 있다.

마네킹의 키는 나보다 5센티미터 정도 컸다. 들어 보니 미사키의 말대로 60킬로그램쯤 될 것 같았다.

"응. 네가 말한 그 정도 무게인 것 같아."

"무게가 비슷한 수준인지를 확인하고 싶었어."

"그런 걸 왜 확인해야 하는데?"

미사키는 내 말에는 대답하지 않고 마네킹을 바라보며 혼 잣말처럼 중얼거렸다.

"그런데 그저 무게가 비슷한 것만으로는 소용없어. 저기, 다카무라. 학교 안에 완충재 같은 게 있을까?"

"완충재라면 그 택배 상자 안에 들어가는 거 말이지? 아마 교직원실이나 수위실에 있지 않으려나."

"미안. 좀 갖다 줄래?"

"도대체 뭘 하려는지 잘 모르겠는데."

"나중에 꼭 설명할게."

미사키가 섣불리 뭔가를 약속하는 사람이 아닌 것은 내가 가장 잘 안다. 나는 더 캐묻지 않고 묵묵히 직원실로 향했다.

직원실 창문을 통해 안이 훤히 들여다보였다. 지금 내리는 비에 어떻게 대처해야 할지를 회의 중인 것으로 보인다. 목 소리가 잘 들리지 않지만 선생님들의 표정을 보면 심각한 이 야기를 나누고 있다는 것을 알 수 있었다.

잠시 망설이다가 안에 들어갔다. 그러자 요코야 선생님이 타박하는 눈빛으로 나를 봤다. 완충재를 찾고 있다고 하자 선생님은 성가신 듯이 내게 수위실에 가 보라고 했다. 회의 내용을 학생에게 들려주고 싶지 않은 듯했다.

수위실에 가서 용건을 전하자 수위 아저씨가 곧장 완충재를 찾아 주었다.

"그런데 이걸로 뭐 하려고? 이제 곧 안내 방송도 나올 텐데."

"대피 지시가 떨어질까요?"

"대피라고 해도 우르르 하교하는 건 어려울 거야. 지금 도로에 빗물이 들어차서 물바다가 됐으니. 발을 헛디뎠다가는 강물에 휩쓸릴 수도 있어. 여기서 구조대를 기다리는 게 정답이 아닐까 싶네. 이럴 때는 뿔뿔이 흩어지는 것보다는 한군데에 모여 있는 게 좋으니 아마 체육관에 너희를 모으지 않을까 싶다."

아저씨의 이야기는 타당했다. 아마 교장 선생님을 비롯한 선생님들도 그런 판단을 내릴 것이다. 어쨌든 나는 가져갈 수 있을 만큼 완충재를 가득 안고 의상실로 돌아갔다.

"아, 이거 괜찮다. 응, 딱이야."

창밖에서는 여전히 날카로운 잿빛 창살이 사정없이 쏟아지며 산사태 같은 굉음까지 울려 퍼지고 있는데 미사키는 전혀 신경 쓰는 기색이 없다. 나는 새삼 미사키의 정신 구조가 궁금해졌다.

"어떻게 그렇게 태연할 수 있느냐는 듯한 표정이네."

"지금 반에는 지난 폭우 때문에 트라우마가 생긴 아이도 있어. 아까 보니까 교실 안에서 덜덜 떨고 있더라. 그런데 정작 그때 목숨을 걸고 행동한 넌 아무렇지 않아 보이니 신기해서 그래."

"인간은 원래 내가 맞서는 상대의 정체를 제대로 알지 못할 때 공포를 느껴. 지금 나를 덮치려는 것의 정체만 정확히 파악하고 있으면 그렇게 두려워할 이유가 없다는 말이야. 물론 신중함과 각오는 필요하겠지만."

달관한 듯하면서도 왠지 매정한 말에 나는 또다시 불안해졌다.

"아무튼 고마워. 난 이제 뭔가를 좀 만들어야 해서 넌 교실에 돌아가는 게 좋을 것 같아. 슬슬 대피를 위해 반별로 인원수를 확인할 테니 네가 없으면 선생님도 당황하실 거야."

미사키도 역시 같은 생각을 하고 있었다.

"나도 금방 돌아갈 테니 그렇게 전해 줘."

"하지만……."

"괜찮아. 내가 없는 게 마음이 편한 사람도 많으니까. 자, 얼른."

미사키는 결국 함께 돌아가자는 내 제안을 거절했다.

"너도 얼른 와야 해."

나는 미련을 떨치지 못한 채 교실에 돌아갔다.

교단에는 이미 다나하시 선생님이 서 있었다.

"다카무라, 왔구나. 어디 갔다 왔니?"

"잠깐 볼일이 있어서요."

"미사키는 어디 갔는지 몰라?"

미사키도 곧 돌아올 거라고 하자 다나하시 선생님은 왠지 떨떠름한 얼굴로 나를 자리에 앉혔다.

"조금 전 교직원 회의에서 정해진 것들을 알려 주마. 비 때문에 이 시간 이후 수업은 중단. 학생들은 일단 체육관에 모여 구조대를 기다렸다가 지시에 따르기로 했어."

선생님은 애써 담담하게 설명했지만 반 아이들 중에는 순식간에 낯빛이 창백해지는 아이도 있었다.

"지금 우리에게 위기 상황이 닥쳤다는 뜻은 아니다. 그저 만에 하나의 경우를 대비해서 대피하는 거야. 그러니 절대 당황할 필요는 없다. 출석 번호 순서대로 나란히 서서 이동하자."

"싫어요!"

느닷없이 도코가 버럭 소리쳤다.

"제, 제가 먼저 갈래요."

"안 돼. 1학년 A반부터 순서대로 이동하기로 정했어."

"여기서 기다리다가 또 뒷산이 무너지기라도 하면 우린 어떡해요?"

"걱정하지 마라. 보수 공사 때 뒷산에 콘크리트 옹벽을 지었으니까. 거기에 그물망까지 쳤으니 어지간하지 않은 이상 산사태는 없을 거야."

"어지간하지 않은 이상 산사태가 없다면 우리는 왜 대피하는 건가요? 대피는 위험할 때 하는 거잖아요. 그럼 전 더 빨리 도망치고 싶어요."

도코는 말을 끝마치기도 전에 엉거주춤 몸을 일으켰다.

"안 된다니까!"

다나하시 선생님이 크게 외쳐도 도코는 다시 자리에 앉지 않고 문 쪽으로 뛰어갔다. 그 모습을 보던 남학생 몇 명도 뒤따라 자리에서 일어섰다.

"나도 갈래."

"나도."

"그때까지 못 기다려."

마냥 어린애들 같다며 비웃을 수만도 없다. 다른 반이면 몰라도 우리 음악과는 지난 사건으로 엄청난 공포를 체감했다. 그 일을 고려하면 충분히 이해되는 행동이라고 할 수 있었다.

그때 쿵 하는 요란한 소리를 듣고 자리에서 일어난 아이를 비롯한 모두가 움직임을 멈췄다.

다나하시 선생님이 손바닥으로 칠판을 후려친 것이다.

"멋대로 움직이지 마라. 이럴 때 체력과 정신력을 쓸데없이 소모해서 어쩌려고 그래? 다들 제자리로 돌아가라. 집단 행동에 따르지 않는 녀석은 몸을 꽁꽁 묶어서라도 따르게 할 거야."

낮은 목소리에서는 진심이 느껴졌다. 대피할 때 질서가 흐트러지면 패닉이 일어나기도 쉽다. 다나하시 선생님이 위협적으로 일갈할 만도 하다.

그러나 머릿속이 이미 다른 공포에 침식됐을 때는 선생님의 위협 따위 먹히지 않을 수도 있다. 다나하시 선생님의 노성에도 겁먹지 않고 반다이가 반항하며 목소리를 높였다.

"그렇게 말씀하시는 거면 저희보다 먼저 몸을 묶어 둬야 하는 아이가 있지 않나요?"

"뭐?"

"미사키요. 개야말로 멋대로 교실을 나갔다가 지금껏 돌아오지 않고 있잖아요. 지난번처럼 혼자서 내뺀 거라고요."

그러자 옆에서 미카가 "맞아" 하고 말을 보탰다.

"개는 도망치는 게 특기야. 교실에서도, 무대에서도."

이 두 사람은 또다시 쓸데없는 시비를.

그간 잠들어 있던 분노에 불이 붙었다.

한 대 때려서라도 입을 다물게 해야겠어. 그런 생각이 들었을 때 갑자기 교실 문을 열고 주인공이 모습을 드러냈다.

"늦어서 죄송합니다."

미사키를 본 아이들은 놀라서 할 말을 잃었다. 나도 예외는 아니었다.

미사키는 머리끝에서 발끝까지 흠뻑 젖어 있었다. 이마를 가린 머리카락과 옷자락에서 물이 뚝뚝 떨어졌다.

"미사키…… 너 밖에 나갔다 온 거냐?"

"상황을 좀 살피고 왔어요."

그러자 곧장 반다이가 달려들었다.

"이것 봐. 역시 쟨 먼저 도망치려고 했어. 그러다가 중간에 빗발이 너무 거세서 돌아온 거지."

반다이의 비난에도 미사키는 아무런 반응도 하지 않았다.

"선생님. 지금부터 체육관에 대피하는 건가요?"

"그래. 너도 얼른 자리에 가서 앉아라."

"어차피 갈 거면 중간에 잠깐 어디를 들러도 될까요?"

"쳇. 역시 혼자서는 무서우니까 반 아이들과 함께 도망치려는 건가? 도주로를 만드는 실력 하나만큼은 정말 기가 막힌다니까."

"물론 희망자만 받을 거야. 반다이."

미사키는 그제야 반다이를 돌아봤다.

"내가 말했지? 언젠가 기회가 찾아오면 또 다른 가능성을 보여 줄 거라고. 기다리게 해서 미안하지만 이제야 그 기회가 찾아왔어. 약속을 지킬게."

미사키가 내뱉은 한마디에 우리는 모두 몸이 굳어 버렸다.

3

"밖에 나가서 상황을 살핀 건 사건이 일어났을 당시의 강

수량과 비교하고 싶었기 때문이야."

"그게 대체 뭔 상관인데?"

"아무리 내가 소리 높여 주장해 봐야 현실성이 없다는 말을 들을 게 뻔하니까. 백문이 불여일견이라는 말도 있잖아. 그날 이와쿠라에게 무슨 일이 일어났는지를 한번 재현해 보려고 해."

"뭐? 야, 너 되게 뻔뻔하다. 네가 무슨 명탐정이라도 돼?"

"반다이, 아니 지금 여기 있는 모두 마찬가지겠지. 너희는 서투른 피아노 연주자의 말은 못 믿어도 눈앞에서 직접 일어난 일은 믿을 거잖아. 이게 바로 내가 떠올린 증명법이야."

미사키는 서두를 떼고 다나하시 선생님을 돌아봤다.

"그리고 이건 선생님과 제게 씌워진 의혹에 대한 이의 제기이기도 해요."

미사키와 다나하시 선생님의 눈싸움이 시작됐다. 미사키는 나이 차이가 열 살 정도 나는 사람을 상대로도 조금도 겁먹은 기색이 없다.

"잠깐 들르면 되는 거야?"

"네. 시간상 한 소절 길이도 안 될 거예요."

"……위험한 짓을 하려는 건 아니지?"

"저도 이제 그런 짓에는 넌더리가 나요."

"그래, 좋아."

잠시 후 우리가 이동할 차례가 오자 학생들은 두 열로 나란히 서서 교실을 나갔다.

"이게 뭐야."

가장 먼저 복도에 나간 아이의 목소리가 들렸다. 밖을 보니 알몸 상태의 마네킹 세 개가 바닥에 눕혀져 있었다. 아니, 자세히 말하면 아예 아무것도 걸치지 않은 것은 아니고 세 개 다 가슴 부근이 완충재로 감싸여 있다.

"오늘 쓸 실험 도구들이야. 미안한데 남학생 중에 누가 좀 도와줄래?"

예상대로 나를 제외하고는 아무도 손을 들지 않아 어쩔 수 없이 다나하시 선생님이 마네킹 한 개를 옮기게 됐다.

"그런데 미사키. 이건 학교 비품이잖아. 이걸 대체 어디에 쓰려고 그러니?"

"파손하거나 분실하면 확실히 변상할 거예요."

파손은 둘째 치고 분실이라는 단어가 마음에 걸렸다.

마네킹을 등에 짊어진 미사키와 나, 다나하시 선생님을 선두로 우리는 나란히 서서 체육관을 향해 움직이기 시작했다.

"미사키. 이제는 슬슬 네 생각을 알려 주는 게 어때? 지금이라면 아이들도 들을 수 있으니."

그 뒤에도 미사키는 침묵을 지켰지만 잠시 후 천천히 설명을 시작했다.

"제가 이와쿠라의 시신 상태를 처음 들었을 때 가장 의아했던 건 당시 이와쿠라의 몸에 휴대용 오디오가 없다는 사실이었어요."

"아, 그래. 그러고 보면 걔는 수업 시간 외에는 늘 이어폰을 귀에 꽂고 다녔지."

"이와쿠라의 휴대용 오디오는 학교 책상 안에 있었어요. 늘 갖고 다니는 물건인데 그날만큼은 책상 안에 넣어둔 채 잊고 나갔다는 게 영 이해되지 않았죠."

"그때는 학교 뒤에서 산사태가 일어났으니 평상시와 달랐어. 당황해서 깜빡했을 수도 있지 않을까?"

"이와쿠라가 사라진 건 사태가 심각해지기 전이었어요. 걔가 없어지고 나서야 산사태 징후가 나타났죠. 그럼 딱히 당황할 이유가 없잖아요. 그래서 전 이와쿠라는 애초에 학교 부지 밖으로 나갈 생각이 없었던 게 아닐까 추측했어요."

"그런데 정작 이와쿠라의 시신은 통학로에서 발견됐지. 그게 바로 다리가 무너지기 전에 부지 밖으로 나갔다는 증거 아닐까?"

"어디까지나 결과가 그렇게 됐을 뿐이고 이와쿠라는 다시 교실에 돌아올 생각이었을 거예요. 그러지 않으면 휴대용 오디오를 책상에 그대로 넣어 두고 간 이유가 납득이 안 돼요."

"교실에 돌아올 생각이었다면 이와쿠라는 그때 대체 어디를 갔다는 거야?"

"핸드폰이나 휴대용 오디오, 그런 소중한 물건들을 두고 나갔다는 건 그것들이 땅에 떨어지거나 물에 젖는 걸 방지하기 위해서였을 거예요. 등교할 때 가져온 우산은 사라졌으니 당시 이와쿠라는 학교 건물 밖으로 나갔을 가능성이 커요. 하지만 학교 앞 정원은 교실에서도 잘 보이는데, 그날 반 아이들이 창문을 통해 목격한 사람은 저와 다카무라뿐이었어요. 그렇다면 이와쿠라는 외부가 아닌 체육관 쪽으로 갔다고 추측하는 게 자연스러워요. 그날 체육관은 잠겨 있었고 밖으로 나갈 게 아니면 우산을 가져갈 이유가 없죠."

앞장선 미사키와 다나하시 선생님이 출구에 다다랐다. 그러자 빗소리가 마치 폭포 소리처럼 들렸다.

"그래. 거기까지 설명에는 틀린 게 없고 억지스럽지도 않네. 그런데 동시에 증거도 없어."

"전 경찰이 아니고 탐정도 아니에요. 지금껏 가려져 있던 증거를 발견해 진범을 찾아낼 수도 없어요. 전 어디까지나 다른 가능성을 제시하고 있을 뿐이에요."

옆에서 두 사람의 대화를 들으며 이야기가 조금씩 핵심에 다가선다는 것을 느꼈다. 그리고 등에 짊어진 마네킹의 의미에 대해서도 어렴풋이 깨닫기 시작했다.

어쩌면 나에게도 불똥이 튈 이야기가 나올 수도 있다.

체육관으로 이어지는 연결 통로 앞에 서자 폭풍우가 휘몰아치는 세계에 내던져진 기분에 휩싸였다.

옆으로 들이치는 거센 비. 시커먼 구름 아래에서 흉악한 소리를 내는 바람. 그 안에 서 있는 것만으로 얼굴은 빗물투성이가 되었다.

"전 이와쿠라가 저 지점쯤에서 살해됐다고 생각해요."

미사키가 가리킨 쪽은 체육관에서 10미터쯤 앞에 있는 벼랑의 끝부분이었다.

"당시 이와쿠라는 저 끝에 서서 체육관에 등을 돌리고 있었어요. 엄청난 빗소리 때문에 누가 뒤에서 다가오는 건 느낄 수도 없었겠죠. 그때 왼쪽 뒤통수를 돌덩이 같은 것으로 얻어맞았어요. 여건상 단단한 돌 같은 건 주변에 잔뜩 있으니 범인이 흉기를 마련하기는 어렵지 않았을 거예요. 그리고 범인이 흉기로 돌덩이 같은 걸 사용했다는 건 그 살인이 계획적이지 않은, 충동적인 살인이었음을 암시해요."

"뒤에서 뒤통수를 돌로 얻어맞았다. 그래. 시신 상태와도 일치하니 인정하마. 그럼 이와쿠라를 죽인 사람이 대체 누구라는 말이냐? 네가 다리를 건넜을 때 반 아이들은 모두 교실에 있었을 텐데."

"아뇨."

미사키의 목소리는 오싹할 만큼 차가웠다.

"예외도 있죠."

이제는 끝이다.

나는 각오를 다지고 입을 열었다.

"그래. 나야."

내가 앞에 나서자 뒤에서 따라오던 아이들에게서 놀라움

의 목소리가 터져 나왔다.

"네가 마을 쪽으로 가는 걸 확인하고 교실에 돌아오기 전까지 내게는 알리바이가 없어."

"다카무라, 너……."

다나하시 선생님이 의심스러운 눈빛으로 나를 봤다. 제자를 보는 눈빛이 아니다. 의심과 비난이 섞인 차가운 눈빛이었다.

심상치 않은 분위기. 그러나 그런 분위기를 만든 동시에 없앤 사람도 역시 미사키였다.

"아니에요."

모든 사람의 눈길이 다시 미사키에게 쏠렸다.

"네. 다카무라에게 그럴 기회가 있었던 건 맞아요. 같은 시간에 부지 안에 있었으니까요. 하지만 범인은 다카무라가 아니에요."

"어떻게 범인이 아니라고 단언하지?"

"이와쿠라에게 치명상이 된 부위는 왼쪽 뒤통수였어요. 뒤에서 충동적으로 돌을 휘둘렀다면 범인이 왼손잡이가 아니면 범행이 성립하지 않는다는 말이에요. 다카무라는 오른손잡이죠. 그러니 범인은 다카무라가 아니에요. 그 가능성을 지닌 사람은 오직 한 명 있어요. 그 사람은 당시 다카무라가 음악실로 돌아오기 전까지 체육복으로 옷을 갈아입고 있었죠."

이제는 그만해.

더 이상 말하지 마.

"체육관에 대피하는 게 아직 정해지지도 않았을 때 옷을 갈아입은 건 학교 밖에 나가서 교복이 빗물에 젖은 걸 은폐하기 위한 조치였어요. 그리고 그 사람은 왼손잡이이기도 하고요."

나를 제외한 모두의 눈빛이 이번에는 하루나에게로 옮겨 갔다.

"하루나……가 범인이라고?"

"네. 그날 그 시간에 이와쿠라와 마찬가지로 학교 건물 밖에 있었으면서 살해 기회를 지닌, 범인의 조건을 충족하는 사람은 하루나밖에 없어요."

"잠깐만, 미사키."

모든 아이들의 시선을 한 몸에 받으며 표정이 굳어 있던 하루나가 미사키 앞으로 갔다.

"만약 네 추리가 옳고 이와쿠라가 그날 체육관 앞에 간 게 사실이라고 해도 그때는 다리가 무너지기 전이었을 수도 있잖아. 너와 다카무라보다 먼저 산사태의 위험을 눈치채고 서둘러 다리를 건너서 아랫마을로 도망쳤을 가능성도 있어. 그렇다면 당시 학교 건물 안에 남아 있던 내가 이와쿠라를 죽일 수는 없고."

"응. 물론 그럴 가능성도 있지. 그래서 내가 미리 선언한 거야. 난 지금 다른 가능성을 제시할 뿐이고 범인이 누구라고 지목하는 건 아니라고."

"그, 그래도 추측만으로 내가 저질렀다고 하는 건……."

"지금은 추측뿐이지만 증거도 찾으려 하면 찾을 수 있어."

"뭐……?"

"당시 범행은 충동적이었고, 흉기는 그곳에 떨어져 있던 돌이었다. 그 돌로 머리를 가격해 이와쿠라가 목숨을 잃었다. 그게 사실이라면 넌 엄청나게 당황해서 그 자리에서 재빨리 도망쳤을 거야. 그리고 뒤늦게 흉기로 사용한 돌을 그 자리에 그대로 두고 온 걸 후회했겠지만, 이미 밖에는 양동이로 퍼붓는 것처럼 비가 세차게 내리고 있었으니 돌에 묻은 혈흔도 깨끗이 씻겨 나갈 거다……. 그렇게 생각하고 안심했어. 그런데 말이지, 하루나. 혈흔이라는 건 빗물에 씻겨 나가는 수준으로는 완벽하게 지워지지 않아. 루미놀 반응이라고 해서 루미놀 염기성 용액과 과산화수소수를 섞은 혼합액을 뿌리면 혈액이 반응해 푸른빛을 내뿜거든. 게다가 묻은 지 얼마 안 된 혈액보다 오래된 혈액이 더 두드러지게 반응해. 이미 보수 공사를 마친 뒤지만 부지 안에 있는 토사를 아예 바꿔치기한 건 아니니 열심히 찾다 보면 언젠가는 범행에 쓰인 흉기도 발견될 거야. 그때는 범인도 더는 도망칠 수 없을 테고."

미사키는 조용한 목소리로 말했지만 이 자리의 분위기를

압도했다. 하루나는 창백해진 얼굴로 입을 다물어 버렸다.

침묵은 긍정의 증거다.

미사키는 하루나의 반응을 신경 쓰지 않고 다시 설명을 이어 갔다.

"이와쿠라는 저 끝에 서 있을 때 뒤에서 돌로 머리를 얻어맞았어요. 장소가 장소이니 균형을 잃은 이와쿠라는 그대로 벼랑 아래로 떨어져 탁류에 휩쓸린 것으로 추측해요."

"탁류에 휩쓸렸는데 왜 길가에서 발견된 거지?"

"그걸 지금부터 실험해 보려고 해요. 자, 그럼 다카무라와 선생님은 저와 함께 마네킹을 들고 따라와 주세요."

미사키는 그렇게 말하고 마네킹을 들쳐 안더니 빗속으로 뛰어들었다. 나와 다나하시 선생님도 덩달아 미사키를 뒤따랐다.

"이와쿠라의 시신이 발견된 곳은 물의 흐름이 크게 꺾이는 지점이었어요. 지도를 보면 알 수 있지만 상류에서 흐르는 물이 왼쪽으로 꺾이는 곳이죠. 사건이 일어났을 때는 강물이 범람한 상태였고 실제로도 도로에 물이 들어찬 곳이 있었어요. 그건 물이 빠진 이후의 강 벽의 단면을 봐도 대략 알 수 있어요."

나는 시신이 발견됐을 당시 이야기를 떠올렸다. 커브길 일대에는 물이 차 있었고 나무토막과 흙모래 잔해가 쌓여 있었다. 그것이 바로 토사와 함께 이와쿠라가 휩쓸려 온 흔적이었다.

"이곳 강은 경사가 급해요. 그래서 비가 많이 내리면 곧장 홍수가 발생하지만 빗발이 약해지면 금세 다시 수위가 낮아지기도 하죠. 이와쿠라의 시신은 거기까지 휩쓸려 떠내려갔다가 수위가 낮아지자 마치 그곳에서 살해된 것처럼 보이게 된 거예요. 이와쿠라가 입은 교복은 흙탕물을 잔뜩 머금었을 텐데 길에도 물웅덩이가 만들어져 있었으니 어디서 묻었는지 구분할 수 없었겠죠. 결국 이건 이 지역 사람들만 알 수 있는 특이한 지형이 만들어 낸 트릭이었던 거예요."

"과연 그렇게 여러 우연이 잘 맞아떨어졌을까?"

"그걸 확인하기 위한 실험이에요."

"마네킹 세 개를 강에 던질 생각이니?"

"네. 무게는 사람과 거의 비슷해요. 다만 그대로 던지면 그냥 가라앉아 버릴 테니 가슴에 완충재를 둘렀어요. 사람도 질식사가 아닌 이상 가슴에 공기가 들어차니 조건이 비슷해요. 아까 밖에 나가 확인해 보니 수위와 강물 흐름도 모두 사건 당일과 비슷했어요."

미사키가 흠뻑 젖어서 돌아온 이유가 바로 그것이었다.

"……마네킹을 세 개나 준비한 건 성공률을 검증하려고?"

"죄송해요. 추측이지만 저도 자신이 없어서요."

"생각지도 못한 사람한테 생각지도 못한 말을 듣는구나."

나는 마네킹을 짊어진 상태로 뒤에서 무시무시한 시선을

느꼈다. 연결 통로에 있는 반 아이들이 우리 세 사람을 뚫어지게 관찰하고 있다.

"자, 그럼 마네킹을 던져 주세요."

미사키를 따라 우리는 들고 있는 마네킹을 강물에 던졌다. 마네킹들은 흙탕물에 휩쓸려 순식간에 자취를 감췄다.

"이제 곧 구조대가 도착하겠죠?"

"그래. 이곳에 오기 전에 교장 선생님이 소방서에 구조를 요청했으니."

"여기까지 오려면 반드시 그 커브길을 지나야 해요. 강물에 떠내려간 마네킹이 그곳에 있는지 확인해 달라고 해 주세요."

"그래. 교장 선생님께 전달하마. 자, 이제는 뭘 해야 할까?"

"다 끝났어요."

미사키는 지친 것처럼 어깨를 축 늘어뜨렸다.

"저는 체육관 구석에서 잠시 쉬고 있을게요."

미사키는 온몸에 비를 맞으며 힘없이 온 길을 되돌아갔다. 뒷모습이 그야말로 허전해 보였다.

그 뒤로 30분이 지나 구조대가 도착하자 체육관에 모여 있던 우리는 무사히 귀갓길에 올랐다.

나중에 들은 소식이지만 이날 내린 집중 호우는 '도카이 집중 호우'라는 이름이 붙어 시즈오카, 기후, 아이치, 미에 네 개 현에서 총 10명의 사망자를 냈고 전국적으로 115명이 중경상을 입었다. 쇼나이강이 범람해 제방 여러 개를 무너뜨리는 바람에 나고야시 일대에서 침수 피해가 접수됐다. 그러나 나와는 크게 상관없는 이야기다.

다나하시 선생님께 들은 이야기에 따르면 우리를 구조하러 온 구조대는 미사키가 말한 그 커브길에서 마네킹 두 개를 발견했다고 한다. 확률로 따지면 3분의 2이니 미사키의 실험은 성공했다고 봐도 좋을 것이다.

실험의 성공 소식을 들어서인지 몰라도 그날 저녁 하루나는 어머니와 함께 가모키타 경찰서에 가서 자신이 이와쿠라를 죽인 범인이라고 자수했다.

열여덟 살 소녀, 거기에 현직 이장의 딸이 살인 사건의 범인이라는 소식은 지역 신문뿐만 아니라 전국지와 TV 뉴스에도 아주 좋은 화젯거리였지만, 이 역시 나와는 크게 상관없는 이야기다. 하루나는 조사를 맡은 경찰관에게 다음과 같은 이야기를 털어놓았다고 한다.

저는 그날 이와쿠라에게 불려갔습니다. 마을 이장과 이와쿠라 건축, 그러니까 저희 아버지와 걔 아버지가 주고받은 밀약에 대해 이야기하고 싶다고 했죠. 이 밀약은 전부터 소문으로만 떠도는 것이었어요. 두 사람이 서로 금전적인 이익을 주고받지 않았을까 하는 소문이었죠. 저도 아버지에게 직접 물어본 적이 있고 그때 아버지는 전혀 사실이 아니라고 해서 안심하고 있었지만 그날 이와쿠라는 제게 두 사람이 뒷 거래를 한 증거를 찾았다고 했습니다.

이와쿠라는 다른 아이들에게 알려지면 안 된다며 체육관 앞을 약속 장소로 정했습니다. 시간은 아마 오전 9시 30분 이었을 거예요. 당시 학교에는 음악과 반 아이들만 있었지만 선생님이 자리에 없어서 언제 어디서 누구를 마주칠지 알 수 없는 상황이었죠. 하지만 비가 내리는 바깥이라면 아무도 오지 않을 거라고 했어요.

이와쿠라는 아버지의 서재에 숨겨져 있던 서류를 발견했 다고 했습니다. 저와 마찬가지로 부모님이 한 일이 자신과는 상관없다고 잡아떼도 역시 속으로는 신경 쓰고 있었던 거예 요.

아버지끼리 주고받은 밀약은 학교 건물을 지을 업체를 입 찰할 때 이와쿠라 건축에 편의를 봐주는 대가로 이장에게 현 금을 건넨다는 것이었습니다. 그래도 업체 측 자금 사정이 그리 여유로웠던 건 아니라 결국 이와쿠라 건축은 지층 조사 비용을 깎아 뒷돈을 마련했다고 해요.

그 이야기를 들었을 때 저는 눈앞이 캄캄해졌습니다. 뇌물 을 위해 학교 건물의 안전을 소홀히 하다니요. 그런 건축업 자와 이장이 있어서는 안 되잖아요. 이장의 딸인 제가 세상 사람들과 반 아이들에게 비난받을 상황이 눈에 선했죠.

절망에 사로잡힌 제게 이와쿠라는 마치 쐐기를 박는 것처럼 말했습니다. 자기는 아버지가 뇌물과 부실 공사로 고발당해도 전혀 상관없다. 아니, 오히려 평소에 잘난 척하는 아버지가 이번에 콧대가 확실히 꺾이기를 바란다고 하더군요.

그러면서 이와쿠라는 저를 협박했습니다. 이 일을 비밀에 부치고 싶으면 자기가 하는 말을 들으라면서요.

전부터 이와쿠라가 제게 관심이 있다는 건 알고 있었습니다. 하지만 설마 그런 타이밍에 그런 말을 꺼낼 줄은 몰랐죠.

그 말은 듣고 저는 아주 큰 충격과 혼란에 빠졌던 것 같습니다. 그 뒤로는 이와쿠라가 정확히 무슨 말을 했는지 잘 기억나지 않네요.

이와쿠라는 중간부터 제게 등을 돌린 채로 이야기했습니다. 그리고 그 순간 지금 이 아이의 입을 틀어막지 않으면 내 미래가 엉망진창이 될 거라는 생각이 들었죠.

빗소리가 워낙 요란해서 제가 가까이 다가가도 이와쿠라는 전혀 눈치채지 못했습니다.

저는 무아지경 상태로 발밑에 있던, 주먹보다 조금 큰 돌로 이와쿠라의 뒤통수를 후려쳤습니다. 그러자 이와쿠라는 우산을 손에 든 상태로 그대로 강에 떨어졌죠.

그 뒤에는 정신없이 학교 안에 다시 들어갔지만 교복이 빗물에 흠뻑 젖어 있었습니다. 이대로 음악실에 돌아가면 의심을 살 것 같아서 서둘러 체육복으로 옷을 갈아입었어요. 이후에는 반 아이들과 함께 움직였고요. 설마 저와 이와쿠라가 만나고 있을 때 건너편에서 미사키가 학교를 나갔을 줄은 상상도 못했습니다.

체육관에서 구조를 기다리는 동안 이와쿠라는 그대로 강하류로 떠내려갔다고만 생각했습니다. 그러니 이와쿠라의 시신이 도로에서 발견됐다는 소식을 들었을 때는 정말 소스라치게 놀랐고요.

이것이 제가 아는 이번 사건의 모든 진실입니다.

4

두 번째 폭우가 내린 날부터 미사키는 음악과 아이들과 사이가 완전히 틀어져 버렸다.

하루나가 자수한 덕에 미사키에게 씌워진 혐의는 사라졌지만, 미사키를 욕하던 아이들은 미사키와 마주칠 때마다 어색한 듯이 도망쳤고 사과의 말은 한마디도 입에 담지 않았다. 미사키는 미사키대로 그런 일에 무관심해서 결국 미사키와 반 아이들 사이에 벌어진 골은 다시 좁혀지지 않았다.

그리고 나 역시 미사키와 거리가 생기고 말았다. 그의 머리가 똑똑하다는 건 전부터 알고 있었지만 그래도 미사키가 밝혀낸 사건의 진실은 내게 그리 달갑지만은 않았다.

그래서 미사키에게 방과 후에 음악실에 와 달라는 말을 처음 들었을 때는 당혹감을 느꼈다. 솔직히 미사키의 얼굴을 똑바로 보기가 왠지 꺼려졌다.

마음이 동하지 않았지만 미사키가 워낙 진지하게 부탁해서 나는 결국 거절하지 못하고 각오를 다진 채 약속대로 음악실에 발을 들였다.

"다카무라, 와 줬구나."

나를 부른 주인공은 피아노 앞에 앉아서 나를 기다리고 있었다.

"벡스타인인가."

"이런 명기를 쓰지 않고 그대로 두는 것도 딱해. 소리를 내야 비로소 악기인데."

미사키의 목소리는 마치 어금니에 뭔가가 낀 것처럼 답답했고 이전만큼 친밀하지도 않았다. 어쩔 수 없다. 이 역시 내 책임이다.

"네가 날 왜 불렀는지 조금은 알 것 같아."

내가 그렇게 운을 떼자 미사키는 흠칫했다. 나는 속으로 이제는 시치미를 뗄 것도 없지 않느냐는 생각에 화가 조금 치밀었다.

"난 네게 숨기는 게 있었어. 그걸 비난하려고 지금 날 부른 거지?"

그러자 미사키는 이해한 것처럼 가볍게 고개를 끄덕였다.

"그래. 네가 사건의 범인이 하루나라는 걸 알고 있었다는 것 말이지?"

역시 눈치채고 있었나.

"……언제부터 알았어?"

"이와쿠라의 살해 현장이 밝혀졌을 때 속으로만 그렇게 예
상했어. 네가 음악실에 돌아왔을 때 하루나는 체육복으로 옷
을 갈아입었는데, 넌 그걸 따로 지적하거나 추궁하지도 않았
잖아. 그 이유를 곰곰이 생각해 보니 해답은 하나밖에 없더
라. 하루나가 옷을 갈아입어야 할 이유, 교복이 물에 젖은 이
유를 네가 알고 있었기 때문이야."

미사키는 마치 악곡을 해설하는 것처럼 담담히 설명했다.

"시간순으로 정리하면 이러지 않을까. 넌 그날 내가 강을
건너는 걸 확인하고 학교에 다시 돌아가다가 체육관 앞에서
대화를 나누는 이와쿠라와 하루나를 발견했어. 이런 폭우 속
에 왜 밖에 나와서 저러고 있을까. 누구든 신경 쓰이겠지. 너
라면 더욱 그랬을 테고. 그리고 그때 넌 하루나가 이와쿠라
를 살해하는 장면을 목격한 거야."

나는 미사키의 이야기를 들으며 머릿속에서 그날의 광경
을 재생했다.

절벽에 서 있던 이와쿠라. 그 뒤에서 하루나가 왼손에 든
돌을 휘둘렀다.

앞으로 고꾸라진 이와쿠라는 그대로 흙탕물이 들어찬 강
으로 떨어진다. 그보다 한 박자 늦게 이와쿠라가 들고 있던

우산도 허공에서 하늘거리며 떨어졌다.

하루나는 연결 통로 쪽으로 도망치듯 뛰어갔다. 나는 믿지 못할 광경을 본 것처럼 그 모습을 끝까지 눈으로 좇았다.

"알고 있었으면서 왜 날 비난하지 않았어?"

나는 비난받을 처지이면서도 되레 미사키에게 따졌다.

"네 말대로 난 범인이 하루나라는 걸 알고 있으면서도 숨겼어. 왜 뭐라고 하지 않아?"

"넌 무슨 일이 있을 때마다 나를 감싸 줬잖아. 심지어 반다이에게는 대신 덤벼 주기까지 했어. 고마워하면 모를까 널 비난할 이유는 없어."

"그게 말이나 돼? 내가 그날 본 걸 그대로 경찰에 증언했다면 넌 의심받거나 뒤에서 손가락질 당할 일도 없었어! 난 네 바로 옆에 있으면서도 널……."

"그런 걸 두고 무리라고 하는 거야. 네가 증언했다면 내 의혹은 풀렸겠지만 대신 하루나가 체포됐겠지. 그런 상황은 피해야 했어. 넌 하루나를 좋아했잖아."

가슴을 꿰뚫는 한마디였다.

남몰래 감춰 놓은 감정이었다. 지금껏 그 누구 앞에서도 말하지 않았고 아무도 모를 거라고 생각했다.

"설마 내가 모를 거라고 생각했어? 네가 말한 대로 난 네 바로 옆에 있었어. 그리고 넌 네가 생각하는 것만큼 약삭빠른 사람이 못 돼. 하루나를 향한 마음이 훤히 보이더라. 그건 이와쿠라와 하루나에게도 마찬가지였을 테고."

뭐라고?

나는 바보 같은 내 모습에 큰 소리로 웃음을 터뜨리고 싶어졌다.

결국 그 감정을 남몰래 감춰 두고 있었다고 생각한 사람은 나뿐이었다는 말인가.

그럼 하루나가 널 동경한다는 것도 알고 있었어?

내 상상이지만 하루나가 이와쿠라의 제안을 거절한 것은 미사키 때문 아니었을까. 나는 목구멍까지 차오른 말을 간신히 집어삼켰다. 내가 굳이 지금 그 말을 꺼내면 미사키를 쓸데없이 더 괴롭게 할 뿐이다.

"난 널 배신했어. 그래도 날 용서해 주는 거야?"

"내가 용서할 건 없어."

나는 하마터면 울음을 터뜨릴 뻔했다.

"그럼 뭐라고 할 것도 아니면서 이곳에 왜 날 부른거야?"

"연주를 들려주고 싶어."

"그런 건 언제든지 들려줄 수 있잖아."

"아마도 이번이 내 마지막 연주가 될 거야."

순간 나는 귀를 의심했다.

"……그게 무슨 뜻이야?"

"말 그대로야. 난 이제 피아니스트의 꿈을 버렸어. 언제 한쪽 귀가 들리지 않을지도 모르는데 연주 활동을 계속할 수는 없잖아. 피아니스트가 될 수 없는데 건반을 계속 두드리는 건 한심한 짓이고, 나 스스로도 견딜 수 없을 거야. 그러니 이번을 마지막으로 피아노를 그만두기로 했어."

"잠깐만!"

나도 모르게 소리를 버럭 질렀다.

"대체 무슨 말도 안 되는 소리를 하는 거야? 다른 사람들은 너 같은 재능을 가지고 싶어도 가질 수도 없는데. 게다가 네가 추앙하는 베토벤은 난청과 싸우면서도 작곡 활동을 이어 갔어. 너라면 그 용기를 보고 배워야 하는 것 아냐?"

"꿈을 버리는 데도 용기가 필요해."

미사키는 슬플 만큼 상냥한 목소리로 그렇게 말했다.

"기나긴 고민 끝에 내린 결정이야. 더는 나를 흔들지 말아 줘. 지금 난 네게서 들을 말들이 가장 괴로워. 마지막 청중으로 널 선택한 내 마음을 조금은 이해해 줬으면 해."

조용하지만 폐부에서 쥐어짜는 듯한 말에 나는 더 이상 거역할 수 없었다.

"만회라고 할 수는 없겠지만 그날 실패로 끝난 〈비창〉을 마지막까지 연주하고 싶어."

부드럽지만 반론을 허용하지 않는 목소리.

나는 자세를 가다듬고 피아노 옆 의자에 앉았다. 이것이 정말 미사키의 마지막 연주라면 그저 소리를 듣는 것에 그치지 않고 손가락 움직임과 자세, 표정까지 기억에 담아 두어야 한다고 생각했다.

"그때 중단한 2악장부터 다시 연주할게."

스스로 마지막 연주라고 선언해서인지 미사키는 평소와 다르게 부담을 느끼는 것처럼 보였다. 양손 손가락을 건반 위에 올렸을 때 표정에서는 망설임이 읽혔다.

그러나 그것도 찰나였다.

유려하면서도 귀에 익은 여덟 소절의 반주가 시작되자마자 미사키의 모든 신경은 피아노에 집중됐다.

단아하게 흔들리는 내림가장조. 소 론도 형식이라는 곡조 때문에 미사키의 손가락은 빠른 스텝을 밟는다. 그러나 축제 날 무대에서 들려준 것과는 전혀 다른 느낌이다. 연주자가 난청이라는 폭탄을 떠안고 있어서인지 평온함 속에 왠지 모를 염원 같은 것이 느껴진다. 그래서 듣고 있으면 애달픈 감정이 틈새를 비집고 들어왔다.

손가락 움직임이 격렬하지는 않지만 미사키는 한 음 한 음을 음미하듯 연주한다. 손가락에 사랑을 듬뿍 담아 건반을 부드럽게 쓰다듬는다.

이 행복한 시간이 영원히 이어지기를 바랐다. 이와쿠라의 죽음, 하루나의 체포, 그리고 미사키의 난청도 없던 일로 지나가 주기를 바랐다.

마장조로 조가 바뀌는 재현부에서 나는 적잖이 긴장했다. 지난번에 미사키가 처음으로 컨디션 난조를 보인 곳이다. 그러나 내 걱정을 아랑곳하지 않고 미사키의 연주는 유연하게 선율을 자아낸다. 아직 증상이 나타나지 않는 듯했다.

그리고 그 순간 나는 지극히 당연한 생각에 이르렀다. 듣는 사람도 언제 연주가 끊길지 알 수 없는 상황이다. 마치 살얼음 위에서 춤추는 사람을 보는 듯하지만, 춤추는 사람이 느끼는 공포와는 비할 수 없을 것이다. 시한폭탄의 타이머 소리를 들으며 연주하는 셈이다. 그런 무시무시한 연주를 미사키는 안색 하나 바뀌지 않고 담담히 해 나가고 있다. 이러려면 대체 어느 정도의 자제심과 자신감이 필요한 걸까.

마장조로 바뀐 멜로디가 불현듯 애수를 머금은 채 음량을 키워 나간다. 미사키의 왼손이 세밀한 리듬을, 오른손이 주제를 연주한다. 전에 보여 준 자유분방한 리듬에 더해 지금 미사키의 피아니즘에는 신중함이 넘친다. 한 음도 어긋나지 않고, 한 소절도 흔들리지 않겠다는 결의가 읽힌다. 자유분방함과 신중함이라는 상반된 요소를 집어넣어 연주 기술이 더 훌륭해진 느낌이었다.

그렇다. 지금 미사키 수준에서도 아직 완성형은 아니다. 이 어린 피아니스트는 앞으로 수련과 경험을 쌓아 더 높은 곳에 오를 가능성을 품고 있다. 그런데도 미사키는 이번 연주를 마지막으로 피아노 곁을 떠나야 한다.

부조리하다고 생각했다. 음악의 신은 왜 나처럼 평범한 사람은 그냥 내버려 두고 미사키 같은 재능 있는 사람에게 시련을 주는 걸까.

빈말이 아니라 운명을 바꿀 수 있으면 바꿔 주고 싶었다. 돌발성 난청에 걸린다고 해도 내 생활에는 그리 큰 지장이 생기지 않을 것이다. 그러나 미사키에게는 치명적인 장애다. 미사키에게 이런 지병이 있어서는 안 된다.

선율이 완만해지자 서서히 음량이 낮아지기 시작한다. 그러나 막 사라지기 직전에 또다시 소리가 이어진다.

덧없는 소리가 속삭이듯 가냘파진다. 약음이어도 속이 꽉 찬 소리를 발산하는 미사키의 피아니즘은 건재하다.

갑자기 서두의 주제가 반주를 셋잇단음표로 바꿔서 돌아온다. 이 역시 약음이라 나는 한층 온 신경을 집중해 잔향까지 놓치지 않으려 했다.

그리고 주제의 작은 조각을 아로새기며 2악장이 끝났다.

미사키는 한 박자 쉬고 곧장 다음 악장에 들어갔다. 한숨 돌리지 않는 것은 곡의 긴장감을 이어 나가는 효과가 있지만 미사키 스스로 난청이 찾아올 순간을 두려워하며 서두르는 것처럼 느껴지기도 했다.

제3악장 론도 알레그로 다단조.

시작은 경쾌하지만 슬픔을 머금은 스텝으로 최종 악장의 막이 오른다. 이 역시 클래식과 베토벤을 잘 모르는 사람도 들으면 알 만한 유명한 멜로디다.

강한 타건이 내 가슴에 쐐기를 박는다. 이어지는 슬픈 선율이 뻥 뚫린 가슴속에 파고들어 안쪽 가장 깊숙한 곳을 뒤적거린다. 당혹감, 벽에 부딪힐 것 같은 불안한 리듬으로 다짜고짜 마음이 혼란해진다.

이 악장의 주제는 분산화음 반주 위에 1악장의 2주제가 겹쳐져 있다. 원래라면 바이올린과 피아노 이중주를 위한 곡이지만 결국 피아노 소나타의 피날레로 쓰이게 되었다. 그래서인지 제시부 중간부터 내림가장조의 대위법이 나타난다. 악상이 듣는 이에게 절박감을 선사한다.

효과적인 푸가. 나는 순간 눈앞에 있는 연주자와 함께 누군가에게 쫓기는 듯한 기분에 사로잡혔다.

재현부에 들어가자 곡조는 한층 비극적인 색채를 머금는다. 1주제 역시 애수에 물든 변조를 보인다. 1주제는 다단조, 2주제는 다장조로 모습을 드러내더니 서로 엉키고 비틀리며 앞으로 나아간다.

여기에 이르러서 역시 이 피아노 소나타는 불행을 떠안은 숙명을 노래하는 곡임을 깨달았다. 난청의 전조 증상 때문에 겁을 먹은 베토벤이 자신의 운명을 저주하고 음악의 신을 향해 분노하는 모습이 눈에 보이는 듯하다.

그 모습은 지금 소나타를 연주하는 미사키와 정확히 겹쳤다. 곡을 쓴 사람을 경애하는 미사키도 자신의 운명에 화를 내고, 한탄하고 있다.

왜 하필이면 내가.

이렇게 음악을, 이렇게 피아노를 사랑하는데.

작곡자와 연주자의 분노를 떠안은 채 선율이 상향과 하향을 거듭한다. 리듬은 음산하고 낮게 춤춘다.

미사키는 입술을 꾹 다물고 온몸으로 연주하는 것처럼 보인다. 팔의 움직임, 건반을 뒤덮은 상반신, 페달을 밟는 발. 오감을 구사하며 몸의 모든 기능을 오직 이 한 곡을 위해 바치고 있다.

그 광기에서는 질투마저 느껴졌다. 오로지 피아노를 치기 위해 이 세상에 태어난 사람이 지금 자신이 지닌 재능의 최대치를 보여 주고 있다. 내가 갈망하면서도 끝내 손에 넣지 못한 희열을 미사키는 마치 숨 쉬는 것처럼 간단히 누리고 있는 것이다.

곡이 진행됨에 따라 비극의 예감이 더욱 커진다. 처음에는 봄 햇살 같은 선율에 긴장이 풀어지지만 어디까지나 한때의 안락에 불과하고 곧장 고독의 그림자가 길게 뻗친다. 인적이 드문 한겨울의 아스팔트 도로를 홀로 걷는 듯한 쓸쓸함이 가슴을 친다.

171번째 소절에서 또다시 론도 선율이 고개를 치켜들자 2주제는 셋잇단음표로 발전해 코다로 옮겨 간다.

마지막 질주. 미사키의 두 손은 속도를 단숨에 높인다.

바짝 달라붙는 멜로디.

팽팽하게 마음을 옥죄는 리듬.

나는 호흡조차 잊고 미사키의 일거수일투족을 가만히 지켜볼 수밖에 없었다.

이로써 정말 끝인 거니.

정말로 넌 음악과 연을 끊는 거니.

제발 거짓말이라고 해 줘.

아직 끝내지 말아 줘.

그러나 내 소망을 무시하고 멜로디는 절정을 맞이한다. 내림가장조가 한순간 얼굴을 보이지만 셋잇단음표의 하강 음형으로 또다시 음울한 다단조로 돌아간다.

그리고 모든 감정을 실은 최후의 일타.

포르티시모 아니면 포르티시시모일까. 숨통을 끊는 타건의 습격에 나는 옴짝달싹할 수 없었다.

최후의 한 음이 잠시 허공을 맴돌다가, 그리고 유령처럼 사라진다.

연주를 마친 미사키는 어깨를 떨군 채 소리의 여운을 확인하듯 굳어 있다. 나도 똑같이 소리에 단단히 속박돼 있었다.

눈을 감고 있던 미사키는 잠시 후 비로소 납득한 것처럼 고개를 한 번 끄덕였다.

"지금까지 고마웠어."

눈을 뜬 미사키는 꼭 그리운 사람을 만난 것처럼 내 얼굴을 봤다.

"이걸로 더 이상 미련은 없어."

그렇게 말하고 미사키는 내 어깨에 손을 한 번 얹고 조용히 음악실을 나갔다.

그날 이후 미사키는 우리 앞에서 자취를 감췄다. 그날이 그의 마지막 등교일이었던 것이다.

"갑자기 아버지의 전근이 정해졌다고 한다."

다나하시 선생님은 조회 시간에 꼭 변명처럼 그렇게 알려 줬다.

"본인도 유난스러운 건 싫다며 비밀로 해 달라고 부탁하더구나. 미사키가 우리와 함께한 시간은 결국 반년이라는 짧은 기간이었어."

반 아이들은 충격을 받은 듯했지만 그 뒤 곧장 안도감이 깔렸다. 반다이와 미카는 마치 십 년 묵은 체증이 내려간 사람 같은 표정이었다.

고작 반년. 그러나 더없이 농밀하면서도 긴장감으로 가득 찬 반년이었다. 반 아이들 모두가 음악의 위대함을 깨닫고 자신이 지닌 재능의 한계, 그리고 왜소함을 알게 되었다. 반다이와 미카가 보인 안도감은 그런 시련에서 벗어났다는 증거일 것이다.

나중에 쇼헤이에게 들은 이야기로는 그날 나는 하루 종일 멍해 있었다고 한다. 실제로 어떤 수업에서 무슨 이야기를 들었는지 전혀 기억이 없다.

유일하게 기억하는 것이라고는 수업을 마치고 미사키가 사는 아파트로 곧장 달려갔다는 사실뿐이다. 그러나 그전에 이미 이사를 마쳤는지 안에서 인기척은 느껴지지 않았다. 인터폰을 눌러도 물론 대답이 없었다.

　나에게는 한 번의 여름과 함께 또 하나의 다른 무언가가 끝나고 있었다.

에필로그

이것이 10년 전 내가 저지른 죄의 기록이다.

범인 은닉죄. 어설프게 아는 법률 지식으로는 2년 이하의 징역 또는 2천만 엔 이하의 벌금이라고 하지만, 어쨌든 공소시효 3년이 지났으니 지금 내게 죄를 물을 수 있는 사람은 없다.

단 한 명, 미사키 요스케를 제외하고는.

그가 사라진 뒤에도 나는 이런저런 방법을 동원해 그와 연락을 취하려 했다. 이대로 입을 계속 다물고 내 죄를 숨겨도 좋을지 그에게 대답을 듣고 싶었다. 그러나 그의 종적은 묘연했고 나도 매일매일 일상에 쫓기다가 결국 포기해 버렸다.

그는 '꿈을 버리는 용기'라고 했다. 내게도 제법 무겁게 다가온 말이지만 결국 그 말에 나는 구원받았다. 음악에 재능이 없음을 깨달은 나는 일찍이 다른 길을 찾을 수 있었다. 지금도 그런 선택을 한 것에는 후회도 미련도 없다. 내가 고른 직업은 천직이라고까지 할 수는 없어도 나와 다른 사람을 행복하게 하는 일이라서 나는 그럭저럭 만족스러운 일상을 보내고 있다.

그러나 미사키는 다르다.

그의 재능은 그렇게 지워져서는 안 되는 것이었다. 병마 따위에 굴복해서는 안 되는 것이었다. 어떤 경로로든 좋으니 언젠가 부활해 줬으면 해. 나는 속으로 그렇게 바라지 않고서는 배길 수 없었다.

그러던 어느 날, 나는 NHK 다큐멘터리 방송에서 우연히 미사키를 목격했다.

어느 신문사가 주최한 피아노 콩쿠르. 방송의 주인공은 전년도 쇼팽 콩쿠르 결선 진출자였는데 그 안에 미사키가 피아노를 치는 장면이 포함돼 있었다. 리스트의 초절 기교 연습곡 제4번 라단조 〈마제파〉. 전문 연주자도 콩쿠르나 리사이틀에서는 웬만해서는 피하는 어려운 곡을 미사키는 훌륭하게 연주했다.

그것을 본 순간, 나는 그가 되살아났다는 것을 뒤늦게나마 알게 되었다. 그리움과 동시에 환희가 몰려와 TV 앞에서 잠시 눈시울이 뜨거워졌다.

몇 년의 공백 동안 무슨 일이 있었는지는 알 도리가 없다. 그래도 그는 음악의 세계에 귀환했다. 그 아득해지는, 다른 사람을 미치게 하는, 절망시키는, 그리고 흥분시키는 비창의 세계로 말이다.

그리고 지금 그의 이름과 얼굴은 쇼팽 콩쿠르를 통해 전 세계에 알려지게 되었다. 그러나 세계적인 인물이 되었다고 해도 미사키는 미사키다. 10년이 흘러도 그는 별로 변하지 않았을 것이다. 변했다고 해도 좋은 방향으로 변했을 것이다. 속이 검고 비뚤어진 미사키의 모습만큼 상상하기 어려운 것도 없다.

나는 확실히 알 수 있었다.

미사키는 지금도 어디선가 베토벤을 연주하고 있을 것이 분명하다. 난청의 운명에 끊임없이 저항하기 위해, 그리고 청중들을 매료시키기 위해.

미사키에 대한 찬사는 마치 내 일처럼 기쁘지만 동시에 나의 죄를 떠올리게도 했다.

잊을 수 있는 게 아니고, 잊어서도 안 된다. 그러나 누구에게 진실을 전해야 참회할 수 있을까.

지금 미사키는 또다시 내 눈앞에 모습을 드러냈다. 이제는 더 이상 도망치지 말라며 하늘이 내게 보낸 경고다.

그래서 나는 비로소 결심했다.

나는 그해 여름에 일어난 일을 남김없이 기록해서 이 세상에 남기고자 한다. 사정을 아는 사람은 알 수 있는 형태로 말이다. 아마 소설 같은 것으로 선보인다면 가장 바람직할 것이다. 지금 나는 직업 관계상 다른 이름을 쓰고 있지만, 미사키의 실명을 적어 넣으면 언젠가는 그도 읽어 봐 줄 날이 올 것으로 믿는다.

10년 동안의 참회는 오직 그에게 바쳐야 한다.

나는 컴퓨터를 켜고 모니터에 뜬 새하얀 원고지에 제목을 적기 시작했다.

<어디선가 베토벤> - 나카야마 시치리

Concerto
협주곡

I

"미사키 검사님, 조서 여기에 둘게요."

지방 동사무소 직원과 비슷한 옷차림의 기도 사무관이 파일을 책상 위에 툭 내려놨다. 미사키 교헤이는 순간 화를 내려다가 아슬아슬하게 참았다. 이 젊은 사무관에게 악의는 없다. 그저 검사를 보좌하는 사무관으로서 훈련이 덜 됐을 뿐이라고 호의적으로 해석했다.

'이곳이 도쿄 지검이라면' 하는 생각이 들기 시작했지만, 그러면 더더욱 낙향한 자의 기분을 곱씹게 되니 그만두었다. 어쨌든 지금은 주어진 곳에서 주어진 일을 조용히 해 나갈 수밖에 없다. 교헤이는 마음을 가다듬고 파일을 펼쳤지만 기분이 나아지지는 않았다.

똑같은 지방 검찰청이라고 해도 도쿄 지검과 다른 지검은 규모가 다르고 조직력도 하늘과 땅 차이다. 구 단위의 검찰 청이라면 더욱 그렇다.

최근 3월까지 교헤이는 사이타마 지검에서 근무했다. 담당한 사건은 백전백승. 그대로 순조롭게 올라가면 인사이동 때 수도권에 있는 지검에서 삼석 또는 차장 지위를 얻어 도쿄 지검이나 고검의 더 높은 곳을 목표로 할 수 있었다. 그것이 교헤이에게 정해진 노선이었을 터였다.

그 노선이 갑자기 틀어져 버렸다.

전임 담당 검사에게 물려받은 지극히 단순한 살인 사건, 검찰 측 구형은 징역 15년이었다. 일본의 형사 소송은 유죄율이 99.9퍼센트다. 징역 15년 구형이라면 정상 참작을 고려해도 12년은 확실히 형량이었다. 그러나 지법의 판결은 징역 3년, 거기에 집행 유예까지 붙었다. 구형의 5분의 1 수준에 집행 유예까지 붙었다면 사실상 검찰의 패배였다.

그때 맞붙은 상대 변호사의 이름과 얼굴은 아마도 평생 잊지 못할 것이다. 미코시바 레이지. 압도적인 승률을 자랑하는 동시에 거액의 보수가 아니면 일을 받지 않는 것은 물론, 법정에서 다툴 때는 수단과 방법을 가리지 않는다는 점에서 '악랄'이라는 별명이 붙은 변호사다. 눈을 잠깐 감고 있어도 그 뾰족한 귀와 잔인해 보이는 입술이 자연히 떠올랐다.

다른 사람에게 물려받은 안건이라는 사정 때문에 공공연하게 교헤이를 비난하는 사람은 없었지만 4월 인사이동에서

윗선의 의향이 밝혀졌다. 수도권 지검에서 기후 미타케구 검찰청으로 이동. 규모든 방향이든 좌천이라고 할 수밖에 없는 결정이었다.

나라의 녹을 먹는 공무원이니 좌천의 이유를 세세히 캐물을 수도 없어서 내부 지시에 별 불만 없이 따랐다. 아마 뭔가 느낀 게 있었을 것이다. 그때 인사이동을 전한 차장 검사는 변명처럼 다음과 같은 말을 덧붙였다.

─이건 절대 징벌 인사 같은 게 아닐 거야. 그저 그런 판결이 떨어진 이상 당사자를 이대로 지검에 두면 안팎의 잡음이 자네 귀에 직접 들어갈 것을 염려했겠지. 그건 자네에게도 바람직하지 않아. 잠시 열기가 식을 때까지 고된 업무에서 벗어나 있으라는 뜻으로 보이네.

그렇게 에둘러 말했지만 결국 징벌 인사라는 사실에는 변함없다. 교헤이는 수치심을 품은 채로 미타케구에 전임했다.

이곳에 와서 새삼 깨달은 것이 바로 지방 도시의 실상이었다. 관청과 가장 가까운 미타케역은 나고야 철도 히로미선의 종착역이지만 신카니역부터는 노선이 하나인 데다가 모든 역이 무인으로 운영된다. 열차도 고색창연한 원맨 전철이라 시골 느낌이 물씬 풍겼다.

신기한 것은 부임할 때 함께 온 아들, 요스케의 반응이었다. 요스케는 도시에서 시골로 이사하는 것을 꺼리기는커녕 가모키타 고등학교 음악과로 전학이 결정되자 반가워했다.

이런 시골 벽지에 있는 고등학교의 어디가 그렇게 매력적인 걸까. 교헤이는 전혀 이해할 수 없었다.

교헤이는 한숨을 참고 조잡하게 만든 조서 파일을 펼쳤다. 사무관에게 건네기 전에 한 번 훑어봐서 내용은 대략 파악하고 있지만 지금 다루는 안건은 이것뿐이라 달리 볼 것도 없었다.

미타케구 검찰에서 교헤이가 처음 맡은 중대 사안은 다음과 같은 사건이었다.

5월 11일 새벽, 미타케구에 있는 초밥 가게 '스시쇼'에서 가게 주인 46세의 다테베 쇼노스케가 살해됐다는 신고가 접수됐다. 신고자는 피해자 쇼노스케의 큰아들인 20세의 겐조. 그는 집에 돌아왔을 때 가게 안에서 피투성이가 된 채 쓰러져 있는 아버지를 발견하고 곧장 경찰과 119에 신고했다. 신고를 받은 가니 경찰서의 강력계 형사 몇 명과 구조대가 즉시 현장에 달려갔지만 그 자리에서 다테베의 사망이 확인됐다.

굳이 검시관의 견해를 물을 것도 없이 누가 봐도 사인은 명백했다. 가슴에 깊숙이 꽂힌 회칼. 칼끝이 심장을 관통했고 그 밖의 다른 외상은 없었다. 검시관이 제시한 사망 추정 시각은 오후 10시에서 11시 사이. 시신 발견이 빨랐던 점도 있어 검시관의 견해는 사법 해부 결과와 거의 일치했다.

초밥 가게는 집과 연결된 구조로 당시는 집에 돌아올 겐조를 위해 가게 문이 잠겨 있지 않았다. 원래 이 일대는 범죄가 거의 발생하지 않는 지역이어서 방범 의식이 희박했던 것이 다테베에게 재앙이 되었다.

가니 경찰서 강력계의 견해로는 누군가가 가게 쪽 문으로 몰래 들어왔을 때 안쪽에서 나온 다테베를 맞닥뜨리고 결국 그를 살해했다고 한다. 흉기로 쓰인 회칼은 가게 주방에 있던 것으로 범인은 다테베와 난투극을 벌이다가 근처에 있는 회칼을 썼다고 추측했다. 가게 안에서는 두 사람이 몸싸움을 벌인 흔적도 나왔다.

인적이 드문 시골 마을일수록 인간관계가 촘촘해 이런 살인 사건의 용의자는 압축하기도 수월하다. 다테베 사건도 예외가 아니어서 용의자는 금세 특정됐다.

46세의 마키세 지로. 독신. 산업 폐기물 처리 업자. 이웃 증언에 따르면 그는 평소 다테베와 갈등이 있었고 애초에 지역 안에서 평판이 좋은 남자도 아니었다. 사건 발생 일주일 후 가니 경찰서는 마키세를 살인 용의로 체포했다.

물론 이웃의 평판만으로 체포한 것은 아니었고 결정적인 단서가 두 개 있었다. 하나는 다테베의 사망 추정 시각에 그의 알리바이가 없다는 점. 그리고 이것이 가장 큰 요인인데, 흉기로 쓰인 회칼에서 마키세의 지문이 나왔다는 점이다.

교헤이는 수사 자료에 첨부된 회칼 사진을 내려다봤다. 회칼은 생선을 해체할 때 좋지만 다테베는 칼을 더 쓰기 편하게 하려고 자루를 실짝 길게 만들었다. 수사원의 이야기에 따르면 다른 조리 기구들도 반대로 자루를 짧게 하거나, 쥐는 곳에 미끄럼 방지 스티커를 붙이는 등의 궁리를 했다고 한다.

칼날은 보통 칼끝에서 자루가 붙은 부분까지를 일컫는데 흉기로 쓰인 회칼은 심장을 관통해서 칼날의 거의 모든 부분이 피범벅이 돼 있었다.

손잡이 부분에서 검출된 지문은 다테베와 마키세의 것뿐. 덧붙여 지문 채취 직후 마키세가 수사 선상에 떠오른 것은 당사자에게 전과가 있어서 경찰 데이터베이스에 지문이 등록돼 있었기 때문이다.

기회와 방법, 그리고 흔들림 없는 물증. 이 세 가지만으로도 마키세의 유죄는 거의 확정이나 마찬가지다. 앞으로 교혜이가 할 일이라고는 검사 조사를 통해 살해 동기를 확정하고 공판을 위해 만전으로 준비하는 것뿐이었다.

그렇게 그때까지만 해도 간단한 사건이라고 생각했다.

오후가 되자 가니 경찰서에서 마키세가 이송되어 왔다. 교혜이는 기도와 함께 집무실에 가서 수갑과 포승줄에 묶인 마키세와 마주 보고 앉았다.

"그럼 조사를 시작하겠습니다."

검사 조사라고 해도 용의자에게서 들을 이야기는 경찰 취조실에서 조사한 내용과 크게 다르지 않다. 진술 조서도 사법 경찰관이 작성한 것을 원면 조서, 검사가 작성한 것을 검면 조서라고 부르는 정도의 차이다.

피의자 마키세 지로의 첫인상은 전형적인 양아치였다. 마키세는 자신을 산업 폐기물 처리 업자라고 했지만 최근 몇 년간은 제대로 일도 하지 않고 협박과 소액 사기 같은 건달 같은 행세로 매일 용돈을 벌어다 썼다고 한다. 40대 중반을 넘긴 남자를 양아치라고 부르는 게 조금 걸리기는 하지만 마키세의 얼굴을 보면 그렇게 표현할 수밖에 없었다. 세상을 싫어하고 남을 미워하는 마음이 얼굴에 고스란히 드러났다. 거기에 당사자가 거친 인상을 굳이 감추려 하지도 않아서 마치 왕년의 비행 청소년이 그대로 나이만 먹은 듯한 분위기를 자아냈다.

예전에 징역을 마친 수형자에게서 들은 이야기가 있다. 그는 교도소에 수감된 죄수는 크게 두 종류로 나뉜다고 했다. 하나는 인간의 어리석음과 비열함을 교훈 삼아 생각이 깊어지는 사람. 또 하나는 범죄자 무리에게 재교육이나 받는 얼간이. 마키세는 아마 후자일 것이다.

"강간 전과가 있더군요."

교헤이는 기선을 잡으려고 운을 뗐다. 아무리 전과자라고 해도 평소에는 이렇게 시작하지 않지만 이번 사안에는 그의 전과가 크게 영향을 미쳤다.

"이미 다 갚은 죄를 왜 또다시 언급합니까?"

마키세는 싸증스러운 듯이 항의했다. 교혜이는 그 항의야 말로 짜증스러웠다.

"담장 밖에 나와 또 같은 짓을 반복한다면 죄를 갚은 의미가 없지요."

그렇게 지적하자 마키세는 억울한 것처럼 코웃음을 쳤다.

"출소 뒤에 붙잡힌 적은 없었다고요."

"강간은 친고죄니까요. 아무리 부도덕하다고 해도 피해자가 신고하지 않으면 경찰도 손쓸 도리가 없습니다."

그것이 바로 다테베와 마키세가 겪은 갈등의 원인이었다.

출소 이후에도 마키세의 문제적인 성벽性癖은 고쳐지지 않았다. 반년에 한 번꼴로 강간과 준강간을 반복했지만 피해 여성들이 신고를 포기하는 바람에 지금껏 붙잡히지 않은 것이다.

그러나 체포되지만 않았을 뿐이지 마키세의 소문은 이미 자자했다. 그리고 이 악당에게 당당하게 맞선 사람이 바로 다테베의 아내 나나미였다. 지역 자치회 환경 위원을 맡고 있던 나나미는 협의회에서 마키세의 산업 폐기물 불법 투기를 문제시한 것이다.

그러나 마키세도 그저 넋 놓고 있을 인물이 아니었다. 어느 날 저녁 쇼핑을 마치고 돌아오는 나나미를 차에 강제로 태워 성폭행을 시도했다. 거기에 그치지 않고 성교 장면을

촬영해 이웃집 우편함에 사진을 집어넣는 극악무도한 짓을
이어 갔다.

나나미는 결국 스스로 목을 맸다.

홀로 남은 다테베는 경찰에 피해를 호소했지만 피해자가
사망해서 더는 방법이 없었다. 피해자 가족에게도 고소권이
있지만 시간이 흐르면서 강간 사실을 증명할 증거가 사라져
결국 어쩔 수 없이 포기에 내몰렸다.

그러나 다테베는 아내의 원한을 결코 잊지 않았다.

"피해자는 걸핏하면 나를 찾아와 시비를 걸었다……. 가니
경찰서 취조실에서 이렇게 진술한 게 맞습니까?"

"맞습니다. 그 자식은 집에까지 찾아와서 자기 아내를 돌
려놓으라느니 죽여 버리겠다느니 시끄럽게 굴었죠. 길가에
숨어 있다가 갑자기 절 공격한 것도 한두 번이 아닙니다. 뭐
그럴 때마다 혼내 주기는 했지만요."

마키세는 주눅 든 기색이 없었다.

"그래도 그런 일이 반복되다 보니 신변의 위험을 느끼기
시작했다. 그래서 10일 밤 피해자의 가게에 몰래 들어갔다
가 침입을 눈치챈 피해자와 난투극을 벌였고 주방에 있는 회
칼로 피해자를 살해했다."

그러자 마키세가 지금까지와 다른 반응을 보였다.

"그건 아닙니다. 전 그 양반을 죽이지 않았을뿐더러 그 가
게에 몰래 들어간 적도 없어요. 그날 밤에는 계속 집 안에만

있었습니다."

교헤이는 원면 조서를 훑어봤다. 거기에도 마키세는 같은 알리바이를 주장했다고 적혀 있다.

"그런데 그걸 증언해 줄 사람이 없죠. 당신에게는 증언자로서는 부적합한 가족조차 없고요."

"그래도 안 간 건 안 간 거예요."

"이웃들 말로는 그 시간에 당신은 늘 바깥을 돌아다녔다던데요? 왜 10일에만 집에 있었죠?"

"그 이야기도 형사님께 다 했습니다."

"다시 한번 말씀해 주시죠."

"밖에 나가려고 할 때 갑자기 누군가가 제게 페인트를 끼얹었습니다."

원면 조서에 적힌 내용은 이랬다. 10일 오후 8시 30분경 마키세는 외출하려고 집을 나섰는데 집 앞 모퉁이에서 누군가가 불쑥 튀어나와 마키세에게 대량의 페인트를 끼얹었다고 한다. 갑작스러운 일에 당황하자 그는 순식간에 다시 자취를 감췄다.

"래커 계열 페인트라 물로는 씻기지 않더군요. 냄새가 워낙 지독해서 아무리 샤워해도 지워지지 않았어요. 그래서 집 안에 계속 있을 수밖에 없었던 겁니다."

"그럴싸하게 끼워 맞춘 거짓말이로군요."

"거짓말이 아니에요!"

"그럼 왜 흉기인 회칼에 당신의 지문이 뚜렷이 묻어 있었던 겁니까? 그전까지 '스시쇼'에는 한 번도 가 본 적이 없었다고 하지 않았나요?"

성폭행을 저지른 여성의 남편이 운영하는 가게에서 술이나 밥을 먹을 수는 없었을 것이다. 실제로 '스시쇼'의 단골들은 가게에서 마키세를 보지 못했다고 증언했다. 다시 말해 그날 살해 현장에 가지 않았다면 흉기에 마키세의 지문이 묻을 수 없었다.

그러나 교헤이는 만약을 대비해 물어보기로 했다. 교헤이는 흉기로 쓰인 피투성이 회칼 사진을 마키세의 눈앞에 내려놨다.

"사건이 일어난 10일 전에 이 칼을 만진 적이 있습니까?"

"이런 건 본 적도 없어요."

"하지만 여기서 당신의 지문이 나왔습니다. 그뿐만이 아니죠. 칼을 세게 쥐었을 때 생기는 장문까지 나왔어요. 진술과 전혀 일치하지 않아요."

"정말이라고요. 그 가게에는 한 번도 간 적이 없어요."

마키세는 필사적으로 호소했다. 흉기에서 지문만 나오지 않았다면 교헤이도 믿었을 정도로 그는 절박했다.

실제로 감식반이 가게 구석구석을 뒤져도 현장에서 마키세의 다른 발자국이나 머리카락은 나오지 않았다. 지문이 남아 있었던 곳은 오로지 흉기뿐이었다.

그런 사실에 대해 가니 경찰서 강력계의 의견은 다음과 같았다.

—마키세는 전과범입니다. 강도나 살인 이후 뒤처리에 대해서도 담장 안에 있을 때 충분히 배웠겠죠. 모자를 깊숙이 눌러쓰면 머리카락이 빠지는 걸 막을 수 있습니다. 발자국 역시 지울 수 있고요. 현장에서 자신이 손을 댄 부분을 닦았을 겁니다. 다만 살인은 이번이 처음이니 흉기에 묻은 지문만은 지우는 걸 깜빡한 겁니다.

이렇게 당사자와 이야기를 나누다 보니 마키세라는 남자가 신중하지도 현명하지도 않다는 것을 느낄 수 있다. 따라서 수사원의 의견에 수긍이 가기도 한다.

그러나 한편으로 위화감도 지울 수 없었다. 만약 증거 인멸을 노렸다면 보통은 흉기에 묻은 지문을 가장 먼저 지울 것이다. 그것을 잊고 발자국과 머리카락만 없앴다는 것은 아무리 마키세가 멍청하다고 해도 좀처럼 말이 되지 않았다.

그래도 알리바이를 입증하지 못하는 이상 이 남자에게는 기회, 방법, 동기가 전부 갖춰져 있고 흔들리지 않는 물증까지 있다.

이 위화감을 어떡해야 없앨 수 있을까. 마키세의 진술은 원면 조서에 적힌 내용과 다를 바 없으니 이 이상의 조사는 무의미할 것이다.

교헤이는 개운치 못한 마음으로 마키세의 조사를 이어 갔다. 그것은 마치 미리 쓰인 대본을 둘이 함께 읽어 나가는 듯한 작업이었다.

한 시간에 걸친 조사가 끝나자 마키세는 함께 온 수사원과 가니 경찰서 유치장으로 돌아갔다. 법원에는 이미 구속 영장을 청구해서 교헤이는 앞으로 열흘, 연장이 인정되면 그 후 다시 열흘의 유예 기간 안에 기소 여부를 정해야 한다.

다만 최장 20일이라는 것은 어디까지나 제도상의 이야기이고 확실하게 유죄가 전망되는 안건은 반드시 그렇지만은 않다. 공판을 유지하는 데 모든 조건을 갖춘 마키세의 경우 내일 당장 기소를 결정해도 될 것이다.

범죄의 원인은 다양하지만 크게 꼽자면 색色과 욕欲, 그리고 공포다. 마키세는 다테베의 복수가 두려운 나머지 선수를 치려고 했다. 가게에 들어간 것도 당일 목적은 위협 정도였을지 모른다. 흉기가 주방에 있던 회칼이었다는 사실은 마키세가 사전에 다른 흉기를 준비하지 않았음을 암시한다.

그 위협 목적이 다테베의 예상치 못한 저항 때문에 살해로 발전했다. 예상치 못한 행동이었으니 증거 인멸은 어설펐고 알리바이도 부자연스러운 것밖에 마련하지 못했다. 스스로 만들어 낸 이야기에 교헤이는 고개를 끄덕였다. 이것이라면 마키세가 흉기의 지문을 닦지 않은 이유도 설명할 수 있다. 적어도 가니 경찰서 강력계가 세운 가설보다는 설득력이 있었다.

그러나 또 다른 자신이 그 이야기를 납득하지 못하고 있다. 이만큼 조건이 갖춰졌는데도 좀처럼 고개를 끄덕이려 하지 않는다. 위화감이 불식되지 않은 채 가슴 한구석에 그대로 남아 있다.

"검사님. 조사하시느라 수고하셨습니다."

원래 자리로 돌아가자마자 기도 사무관이 방금 떠오른 것처럼 말했다. 검찰 사무관은 검사의 그림자 같은 존재다. 도쿄와 사이타마 지검에서는 검사 조사에 함께 동석하지만 이곳은 사정이 조금 다른 듯하다. 기도는 사무관이 된 지 얼마 안 됐다고 들었는데 좀처럼 위로 올라가려는 상승 욕구가 느껴지지 않는다. 높은 곳을 노리며 검사로 승진할 마음 같은 건 없지 않을까.

"저, 조금 긴장했어요."

"구검 관할에서는 살인이 드물어서?"

"그것도 그렇지만 피의자인 마키세, 이름은 알고 있었거든요. 아, 물론 마을에서 도는 소문 정도로 말입니다."

"뭐야. 자네는 혹시 피의자와 가까운 곳에 살고 있나?"

"아뇨. 두 블록 옆이에요. 그래도 그 사람은 조폭이니 가까이 가지 말라는 이야기는 들어서 알고 있었죠."

"피의자에 대해 알고 있었다면 나 대신 물었어도 좋을 뻔했군."

그러자 기도는 고개를 절레절레 흔들었다.

"에이, 당치도 않습니다. 이름만 아는 정도이니 평소보다 더 주눅 들었을걸요."

교헤이는 속으로 탄식을 내뱉었다.

도쿄 지검과 전임지인 사이타마 지검과는 너무도 다르다. 그곳 검찰 사무관들은 검사 조사가 있을 때는 검사와 피의자의 대화를 열심히 옆에서 들었다. 검사가 없을 때 자신이 대신 피의자 조사를 맡아야 하기 때문이다. 그리고 그런 경험을 조금씩 쌓으며 기술을 단련해 검찰 사무관 3급에서 2급, 2급에서 부검사, 그리고 검사로 자신의 위치를 높여 간다.

교헤이는 평소 출세욕이 없는 사람, 패기가 없는 사람을 좋게 보지 않았다. 승진을 위해 모든 것을 걸지는 않아도 위로 올라갈 마음이 없는 사람에게는 성장도 없다고 생각했다.

요즘 젊은이들은 다 이런 식일까.

그렇게 생각했을 때 문득 아들 요스케의 얼굴이 떠올랐다.

2

안건이 적으면 그와 관련된 서류 업무나 잡무도 당연히 줄어든다. 미타케 구검에 오기 전까지는 야근을 밥 먹듯이 한 교헤이는 이곳에서는 이따금 일이 정시에 끝날 때도 있어서 놀랐다.

일찍 퇴근하는 것에 익숙하지 않은 것은 물론 뭔가 뒤가

켕기기도 했다. 일찍 돌아가면 아들과 함께 있어야 하는 시간도 길어진다. 아들과 한 지붕 아래에 사는 것이 왜 이토록 심적으로 부담인지 교헤이는 이해가 되지 않았다.

교헤이가 사는 아파트는 정부가 민간에서 임차해 공무원에게 제공하는 사택이다. 방이 세 개 딸린 집은 보통 가족에게는 좁겠지만 아버지와 아들, 둘이 살기에는 충분할 만큼 넓었다.

"다녀왔다."

현관문을 열자 요스케의 신발이 있었다. 아버지가 집에 왔는데도 아무런 반응이 없는 것은 방 안에 틀어박혀 피아노를 치고 있다는 증거다.

귀를 기울이자 요스케의 방에서 건반을 두드리는 소리가 들렸다. 피아노 소리가 들리지 않는 것은 음소거 기능을 쓰고 있기 때문이다.

저녁은 먹지 않았을 것이다. 요스케는 피아노를 한번 치기 시작하면 강제로 말리지 않는 한 몇 시간이고 먹고 마시지도 않고 피아노를 친다.

방문을 두드려도 어차피 들리지 않는다. 문을 확 여니 아니나 다를까 요스케는 헤드폰을 귀에 낀 채로 건반을 두드리고 있었다. 이런 상태로는 집 안에 폭탄이 떨어져도 눈치채지 못할지도 모른다.

등 뒤에서 어깨를 툭툭 두드리자 요스케는 지금 막 꿈에서 깬 것 같은 얼굴로 아버지를 돌아봤다.

"옹? 아빠 왔어?"

"밥은?"

"지금 차릴게."

교헤이는 직접 밥을 차려 먹는 일이 거의 없고 요스케가 집에 있을 때는 집안일을 아들에게 전적으로 맡기고 있다. 시켜 보니 어머니를 닮아서인지 식사 준비와 세탁까지 척척 잘 소화했다.

"피아노만 치지 말고 확실히……."

"『법률 개론』은 다 읽었어."

요스케는 아버지의 말을 차단하듯 대답하고 곧장 부엌으로 향했다. 이렇게 빈틈없는 모습은 아버지는 물론 어머니도 닮지 않았다. 아마 아버지와 둘이서만 살면서 자연히 길러진 것이리라.

옆을 지나칠 때 요스케의 왼쪽 볼에 반창고가 붙어 있는 것을 봤다.

"얼굴은 왜 그래?"

설마 집 안에서 넘어져서 생긴 상처는 아닐 것이다.

요스케는 무뚝뚝한 얼굴 그대로 대답했다.

"같은 반 아이랑 다퉜어."

"다퉜다니……."

"시비는 그쪽에서 먼저 걸었어. 난 어쩔 수 없이 반격한 거니 정당방위가 성립해."

아버지의 직업 때문인지 요스케는 아버지가 뭐라고 하기 전에 논리로 항변하려는 버릇이 생겼다.

"정당방위인지 아닌지는 몰라도 원인은 네게도 있지 않나? 이유도 없이 시비 걸 녀석은 드물 텐데."

"이유는 뭐든 갖다 붙일 수 있잖아. 당사자에게는 별것 아닌 이유더라도."

"어떤 이유였는데?"

"내가 나라는 이유."

요스케는 아무렇지 않게 툭 내뱉었다. 아들은 가끔 젠체하는 말을 입에 담을 때가 있다. 그것이 단순한 과장이나 허세가 아닌 것을 알기에 교헤이는 더욱 당황했다.

"설마 반에서 괴롭힘을 당하는 거냐?"

"날 멀리하는 것 같기는 해."

속으로 '역시 그런가' 하고 생각했다. 요스케가 주변 아이들과 잘 어울리지 못하는 것은 어제오늘 일이 아니다. 먼저 세상을 뜬 아내 요코에게 들은 이야기로는 유치원 시절부터 아이들 사이에서 유독 튀었다고 한다. 그리고 그런 경향은 초등학교, 중학교에 올라갈수록 더 두드러졌다. 사회성이 부족한가 싶어서 아버지로서는 걱정이 되었다.

그러나 요코는 걱정은커녕 요스케가 원하는 대로 하게끔 내버려 두었다.

—주변에 조금 못 녹아든다고 해도 상관없어. 요스케가 딱히 나쁜 짓을 저지른 것도 아닌데 튄다는 건 그 주변에 원인이 있는 거니까.

요코는 그렇게 말하며 아들을 감쌌지만 교헤이의 귀에 별로 설득력 있게 들리지 않았다. 그렇게 말하는 요코도 평범한 어머니들과는 조금 달랐기 때문이다.

실제로 요코와 요스케는 판에 박은 듯이 닮은 구석이 있었다. 세상에서 흔히들 말하는 어머니와 아들이 닮은 것과는 약간 다르다. 교헤이의 눈에는 마치 나이 차이가 나는 일란성 쌍둥이처럼 보였다. 부드러운 인상과 말투, 특히 피아노를 마주할 때의 늠름함은 그야말로 꼭 빼닮았다.

그리고 무엇보다 눈동자 색. 요코와 요스케의 눈동자는 둘다 일본인스럽지 않은 다갈색이었다. 요코가 러시아인 어머니를 둔 혼혈이라는 이유도 있겠지만, 그런 특징에 더해 요즘은 요스케에게서 요코의 인상이 더욱 짙게 배어났다. 피아노를 칠 때 옆얼굴은 이따금 요코와 헷갈릴 정도였다.

"그래도 괜찮아."

교헤이의 마음을 아는지 모르는지 요스케는 태연하게 말했다.

"반창고는 같은 반 아이가 붙여 준 거야. 그런 친구도 있어."

"음악과 안에서 벌어지는 경쟁 같은 거냐?"

교헤이가 그렇게 묻자 요스케는 신기한 것을 본 것처럼 아버지를 봤다.

"왜 그렇게 해석해? 음악은 사람과 사람을 이어 주는 매개체잖아. 거기에 조화는 있을지언정 경쟁은 없어."

요스케는 대답하며 부엌으로 향했다. 뒤에 남은 교헤이는 또다시 어머니와 아들 둘에게서 거절당한 듯한 소외감을 맛보았다.

교헤이는 음악에 소양이 없었다. 80년대 미국 팝 음악 정도는 들어본 적 있지만 클래식, 특히 피아노곡은 귀에 익숙하지 않았다. 무엇보다 학창 시절부터 사법 시험 준비에 매진했고 검찰청에 들어가서부터는 조서, 수사 자료와 일상을 함께했다. 한가로이 클래식 음악을 즐길 여유는 없었다.

그러나 반려자는 피아니스트를 만났다.

타고난 환경이 다르고 취미와 취향, 가치관도 달랐다. 믿는 신도 한쪽은 테미스, 한쪽은 뮤즈였다. 당시만 해도 사회는 혼혈인에게 편견에 있었고 굳이 따지면 보수적인 교헤이에게는 그 모두가 상반되는 요소였다.

그래도 마음이 강하게 끌렸다.

정신을 차렸을 때는 이미 그녀와 함께 살고 있었다. 교헤이를 잘 아는 사람일수록 두 사람의 조합에 놀랐고, 개중에는 위장 결혼을 의심하는 천박한 자도 있었다.

요코의 어떤 면에 마음이 끌렸는지는 지금도 설명하기가 어렵다. 자신이 지니지 못한 것을 지녀서 동경했을 수 있고 어쩌면 그냥 콩깍지가 씌었을지도 모른다. 확실한 것은 요코와 함께 보낸 10년동안 스스로 신기할 만큼 충실했다는 사실이다.

어쨌든 요코를 잃고 나서 교헤이는 자주 공허감에 시달렸다. 아내를 잃고 나서야 존재의 크기를 깨달았다. 내 삶에서 타인이 점유하는 면적이 이토록 클 줄은 예상하지 못했다.

동시에 요스케에 대한 무거운 책임감도 통감하게 되었다. 본인은 어머니의 유지를 이어 피아니스트가 될 생각인 듯하지만 요즘 같은 시대에 음악으로 먹고사는 것이 얼마나 어렵고 허황된 것인지는 교헤이도 잘 안다. 지금까지는 취미의 연장선으로 고등학교 음악과 편입도 허락해 줬지만, 슬슬 대학 입시를 앞둔 지금은 진지하게 법률가의 길을 걷도록 해야 한다고 생각했다. 매일 법률 관련 참고서를 읽히는 것도 그런 이유다.

남이 들으면 팔불출처럼 생각할 수도 있지만, 요스케는 법률가의 기본 소양인 탁월한 논리적 사고를 지녔다. 이해도를 시험하려고 사법 연수생용 시험지를 보여 준 적이 있는데, 때로는 정해진 해답 이상의 가능성을 언급할 때도 있었다. 솔직히 어린 시절의 나보다 더 총명할 수도 있다고 생각했다.

"채소볶음 다 됐어."

요스케의 목소리를 듣고 부엌으로 향했다. 식탁 위에는 정갈하게 만든 두 사람 몫의 식사가 놓여 있었다.

교헤이는 특별히 가리는 음식이 없고 아들이 만든 요리는 대부분 맛있게 먹었다. 가끔 맛이 너무 진하거나 연할 때도 있지만 오늘 만든 채소볶음은 간이 아주 잘 뱄다. 이런 솜씨라면 자취 생활도 잘해 나갈 수 있겠다고 생각했지만 그러면 나도 혼자 살아야 한다는 단순한 사실을 깨달았다.

"요즘 학교생활은 좀 어떠냐?"

침묵을 견디지 못하고 간신히 떠올린 질문이었다. 아들을 상대로 뭘 이렇게 조심스러운지 스스로도 의아하지만 실제로 피의자를 조사할 때가 오히려 훨씬 부담이 덜한 것이 사실이었다.

"어떠냐니? 뭐가?"

"수업이나 전국 모의고사는 잘 대비하고 있어? 여기는 시골이라 수도권 고등학교와는 이런저런 면에서 사정이 다를 텐데."

요스케는 천천히 시간을 들여 음식을 우물거리고서 입을 열었다.

"특별히 걱정되는 건 없어."

"내년에는 입시잖냐."

"아직까지는 필기에 자신이 있어. 실기도 현 상태를 유지하기만 하면 될 것 같고."

"실기라니. 그게 무슨 소리야?"

"무슨 소리기는. 당연히 음대 이야기지."

교헤이는 젓가락질을 멈췄다.

"음대는 허락하지 않겠다고 했을 텐데."

"나는 알겠다고 하지 않았어. 어떤 대학에 갈지는 내가 정해. 특기 장학생이면 학비도 전액 면제야. 아빠한테 경제적으로 손 벌릴 일도 없어."

"음대를 나와서 뭘 하려고?"

"이미 여러 번 말했잖아. 난 피아니스트가 될 거야. 아니, 나한테는 그 길밖에 없어."

"요스케. 네 나이 때는 물론 큰 꿈을 좇기도 하지만, 아빠는 네가 조금 더 현실을 봤으면 한다. 피아노 연주만으로 먹고 살 수 있을 것 같아? 독신으로도 힘든데 가정을 꾸리는 건 더욱 불가능하겠지. 여러 번 말했지만, 법조계를 목표로 해라. 너라면 사법 시험을 통과해서 법률가의 길을 차근차근 밟아나갈 수 있을 거야."

"내가 밟을 건 피아노 페달밖에 없어."

아버지가 진지하게 이야기하는데도 요스케는 한 귀로 흘려듣고 있다. 두 사람 사이에 불협화음이 맴돈다.

"꿈꾸는 것에도 나이 제한이라는 게 있다."

"꿈이라고 생각 안 해."

협주곡 *411*

"넌 지금 이 세상을 너무 얕보고 있어."

"아빠는 나와 엄마, 그리고 아빠 자신을 얕보고 있어."

"……그게 무슨 뜻이지?"

"난 아빠와 엄마 사이에서 태어난 자식이야."

교헤이가 되받아치려고 할 때 먼저 밥그릇을 비운 요스케가 일찍 자리에서 일어섰다.

"잘 먹었습니다."

다음 날, 교헤이는 곧장 마키세의 집으로 향했다.

검찰에 송치된 수사 자료는 여러 번 꼼꼼히 읽었다. 피의자 조사도 마쳤다. 심증이 아주 좋지 않아서 검사장에게 보고하면 오늘 당장 기소를 지시할 만한 사안이다.

그러나 교헤이는 아직 납득하지 못했다. 스스로 떠올린 추론도 냉정해진 머리로 되짚어 보니 검찰 측에서 창작한 소설처럼 느껴졌다. 그럴 만도 하다. 가니 경찰서와 검찰 모두 마키세가 범인이라는 전제로 수사하고 조서를 작성했다.

교헤이는 수사할 때만큼은 철저히 논리적이어야 한다는 것을 늘 되새기고 있다. 법정을 지배하는 것은 감정이 아닌 논리다. 범행 양상과 구형의 조화, 피의자의 반성 여부와 판례 비교. 모든 것은 법 이론에 바탕을 두며 판사의 감정이 판결에 미치는 영향력은 아주 작다.

교헤이의 좌천 계기가 된 재판이 정확히 그랬다. 미코시바라는 변호사는 과장과 허세로 가득한 변호를 펼쳤고 예상치 못한 증거를 연이어 제출했다. 그때마다 교헤이는 페이스가 흐트러졌고 평소라면 상상도 못할 실수를 잇달아 저질렀다. 혼란 때문에 사고력이 떨어져 결과적으로 대패를 기록하고 말았다.

패전은 소중한 체험이다. 내 부족한 부분이 무엇인지를 알 수 있기 때문이다. 그것을 통해 배우지 못하면 패배의 가치도 없다.

논리, 논리, 논리. 피의자에게 품은 악감정을 배제하고 철저히 이성적으로 생각한다. 그런 자세로 임해야 이전과 같은 전철을 밟지 않을 것이다.

마키세의 집은 담벼락에 둘러싸여 있었다. 담장 높이는 2미터쯤 될까. 모퉁이에서 갑자기 나타난 사람이 자신에게 페인트를 끼얹었다고 한 마키세의 증언은 일단 신빙성이 있어 보인다. 다만 미포장 도로의 흙 위에는 언뜻 보건대 페인트가 흐른 자국이 남아 있지 않다. 게다가 마키세의 집 세탁기에서 페인트가 묻은 옷을 압수하기는 했지만 페인트가 묻은 타이밍을 특정하지 못해서 역시 적극적인 증거가 될 수는 없었다.

간판에는 '마키세 산업 폐기물 처리 공장'이라고 적혔지만 작업장 같은 건물은 보이지 않았다. 건축 연수가 오래된 2층 높이 목조 주택과 색이 완전히 바랜 가건물이 있을 뿐이고 부지 대부분은 폐차와 대형 폐기물의 집하장이다. 집 앞에 가만히 서 있어도 기계유와 녹 냄새가 섞인 악취가 코를 찔렀다. 아마 이웃들에게도 눈엣가시 취급을 받을 것이다.

이웃 주민들의 방범 의식은 희박해 보였는데 마키세도 예외는 아니었다. 문이 활짝 열려 있어서 꼭 불법 침입자를 환영하는 듯한 분위기다. 아니, 부지 안에 눈에 띄는 물건은 대부분 쓰레기라 누가 훔쳐 가도 크게 신경 쓰이지는 않을 것이다. 거기에 문이 잠기지 않은 가건물 안에도 오래된 목공 도구와 폐자재뿐이어서 역시 훔쳐 갈 가치가 없는 물건들만 방치돼 있었다.

교헤이의 지론은 아니지만, 흔히 집 안에 있는 책장은 그곳에 사는 사람의 지성을 나타내고 집 안이 어지럽혀진 수준은 정신 상태를 암시한다고 한다. 그런 식으로 표현하면 집의 앞마당은 집주인의 성격을 나타낼지도 모른다. 이곳 앞마당 상태를 통해 유추할 수 있는 마키세의 성격은 '무질서'와 '무법'이었다.

경찰서 형사들이 이미 한 번 훑고 갔을 테니 집 안에 눈에 띄는 증거는 남아 있지 않을 것이다. 그렇게 수집한 것들은 마키세의 평소 피폐한 생활을 구성하는 퍼즐 조각은 될지언정 범행을 입증할 재료는 되지 못한 듯했다.

그러나 다음 순간 교헤이는 '아니야' 하고 고개를 세차게 흔들었다.

이 역시 커다란 편견이다. 앞마당과 어지럽혀진 집 안 상태는 거주자의 평소 성격을 아는 상태에서는 참고가 될 수 있겠지만 절대 거주자 본인을 나타내지 않는다. 교혜이는 자숙의 의미로 다시 한번 부지 안을 꼼꼼히 둘러봤다.

다음으로 향한 곳은 초밥 가게 '스시쇼'였다. 살해 현장이지만 이곳도 감식반이 여러 차례 조사했고 남은 가족이 지금도 거주하는 곳이다. 폴리스 라인은 이미 사라졌고 경찰의 감시도 없다. 사법 해부를 거친 다테베의 시신은 화장을 마쳤다. 지금은 그저 주인이 사라진 스시쇼의 포럼이 바람에 펄럭일 뿐이었다.

가게 문은 열려 있었다. 안에 들어가 누가 있는지를 묻자 조금 늦게 안쪽에서 대답이 들렸다. 모습을 드러낸 사람은 아직 얼굴에 앳된 기운이 남은 스무 살 남짓의 청년이었다.

교혜이가 신원을 밝히자 그도 자신을 소개했다. 예상한 대로 그는 다테베의 큰아들 겐조였다.

"검사님이 형사들처럼 수사도 하시는 건가요? 처음 알았네요."

"경찰 수사가 미비했던 건 아니지만 그래도 사람 한 명의 인생이 걸린 일이니까요. 신중에 신중을 기해야겠죠."

"마키세 같은 악당 놈들에게도 인권이란 게 있으니 그렇겠죠. 당연하겠지만……."

반응이 하나하나 신선하게 느껴져서 교헤이는 저도 모르게 자신의 아들을 떠올렸다. 요스케는 겐조보다 두 살 어리지만 부모의 직업 때문에 범죄에 익숙한지 늘 그 나이대 아이들보다 어른스럽게 굴었다.

"겐조 씨는 집에서 대학에 다닙니까?"

"비록 촌구석이지만 전철을 한 시간만 타고 가면 나고야나 다지미에 나갈 수 있습니다. 애초에 모험심 같은 게 별로 없어요. 어차피 비슷한 수준이라면 지역에 있는 대학도 좋을 것 같아서 가까운 곳에 갔습니다."

겐조는 천진난만하게 웃었다. 부모를 연이어 잃었는데도 이렇게 상대를 대하면 오히려 상대가 당황하기 마련이다.

"수사하러 오셨죠? 마음껏 둘러보고 가세요."

겐조가 흔쾌히 말해서 교헤이는 가게 안을 둘러봤다.

9평 정도 되는 가게 내부에는 카운터석 외에도 테이블석이 네 개 있다. 별로 넓지는 않지만 몇 명이 먹고 마시기에는 적당하다. 카운터 끝은 주방과 이어졌는데 다테베의 시신이 그곳에 쓰러져 있었다고 한다.

가니 경찰서 강력계의 견해는 단순하고도 명쾌했다. 가게 바깥문을 통해 침입한 마키세가 카운터까지 들어갔을 때 안에서 나온 다테베를 맞닥뜨렸다. 두 사람은 몸싸움을 벌이다가 마키세가 주방 안에 떠밀려 들어갔고 마키세는 주방 안에 있던 회칼을 집어 들어 다테베를 공격했다. 첫 번째 공격이 정확히 급소를 찌르자 다테베는 몸을 파고든 칼을 뽑으려고 자루에 손을 얹은 채 그 자리에서 무릎을 꿇고 앞으로 쓰러졌다. 그러나 바닥에 쓰러졌을 때는 칼이 더 깊숙이 다테베의 몸을 파고들었고 심장을 관통해 다테베는 결국 목숨을 잃었다. 처음에는 단순한 위협 목적으로 찾아온 마키세는 당황해서 증거 인멸도 제대로 하지 못하고 현장에서 도망쳤다.

검찰이 지은 소설이라고 스스로 깎아내린 가설을 이렇게 현장에 와서 직접 겹쳐 보니 설득력이 상당하다는 것을 알 수 있었다.

"카운터 근처에 난투극을 벌인 흔적이 있었다죠?"

"네. 테이블 다리 하나가 이렇게 어긋나 있었거든요."

교헤이는 머릿속으로 그때 상황을 재현해 봤다. 테이블 한 개의 크기가 의외로 커서 두 사람이 몸싸움을 벌였을 당시 다리 하나의 위치만 어긋났다는 이야기가 수긍이 됐다.

옆에 선 겐조를 보고 문득 궁금증이 생겼다.

"시신을 처음 발견한 분이 겐조 씨였다더군요. 오후 11시 30분경에 집에 왔을 때 발견하셨다고요."

"네. 밤 9시부터 그 시간까지 시내에 있는 패스트푸드점에서 학교 친구와 함께 있었어요."

겐조의 알리바이는 가니 경찰서에서 수사를 통해 확인했다. 여러 명의 증언이 있다고 하니 믿어도 될 것이다.

친구와 함께 시간을 보낸 직후 아버지의 시신을 발견한다.

그때 받았을 충격과 절망을 상상하니 가슴이 쓰렸다.

"사건과는 관련 없는 이야기지만 이 가게는 이제 어떡할 계획입니까?"

"원래부터 가업을 이을 생각은 없었어요. 혼자 살기에는 너무 넓기도 하니 사건의 여파가 좀 가시면 팔려고 생각 중입니다. 만약 아버지가 살아 계셨어도 이곳을 계속 꾸려 나갈 수는 없었을 테니까요."

교헤이는 자연히 고개가 아래로 내려갔다. 사법 해부를 통해 판명된 사실이지만 다테베는 사망하기 전에도 췌장암을 앓고 있어서 오래 살 수 없는 상태였다고 한다.

그건 그렇고 살인이 일어난 곳, 그것도 이런 외진 곳에 있는 가게를 매입하려고 보러 올 사람은 거의 없지 않을까.

생각이 얼굴에 드러났는지 겐조는 교헤이를 보며 희미하게 미소 지었다.

"걱정하지 않으셔도 됩니다. 그리 비싸게 처분할 생각은 없습니다."

"그런데 지금껏 살던 집을 처분하려면 그만 한 각오가 필요한 법입니다. 보상을 제대로 못 받으면 팔기도 어려울 텐데요."

"아뇨. 추억이 가득한 장소라서 더욱더 처분하고 싶습니다. 아버지의 시신을 화장하고 나서 며칠 혼자 살아 보니 어머니 일도 떠오르고 해서 마음이 도통 편치 않아요. 두 분을 떠올릴 때마다 마키세의 얼굴도 같이 떠오르고요."

젠조의 표정이 어두워졌다.

"떠올리지 않으려고 해도 좀처럼 안 되더군요. 두 분 다 마키세 한 명에게 살해됐다고 생각하면 원통해서 가슴을 쥐어뜯고 싶어집니다. 심지어 그 녀석이 체포됐다는 게 억울할 정도예요."

"왜죠?"

"체포돼서 재판을 받으면 그 뒤에는 제 손으로 죽일 수 없어지니까요."

"……검사 앞에서 상당히 위험한 발언이군요."

"죄송합니다……. 하지만 검사님. 전 이 나이가 되어서야 비로소 깨달았습니다. 인간이 이렇게 다른 인간을 증오할 수도 있다는 것을요. 밤에 마키세가 떠오를 때마다 잠을 이룰 수가 없습니다. 실연당했을 때도 하룻밤 잘 버티면 그 뒤로는 잠이 잘 왔는데 말이죠."

"노파심에 하는 말이지만, 되도록 빨리 잊는 게 좋을 겁니다. 안 그러면 젠조 씨 자신이 나중에 어떻게 될지 몰라요."

교헤이는 저도 모르게 젠조의 어깨에 손을 살짝 얹었다. 부모님을 잃은 젠조에게서 순간 요스케의 얼굴이 겹쳤다.

"괴로움과 증오가 마음을 잠식하면 앞으로 나아갈 수 없습니다. 그런 피해자 유족을 지금껏 수없이 많이 봐 왔어요. 젠조 씨는 모조록 그렇게 되지 않았으면 합니다."

3

피의자와 피해자의 집을 둘러보며 범행 당시 상황을 유추해도 교헤이는 여전히 납득하지 못하고 있었다. 구 검찰의 나베시마 검사장이 교헤이를 부른 것은 정확히 그럴 때였다.

"스시쇼 주인 살인 사건, 어떻게 돼 가고 있죠? 모레가 구속 기한 만료일 텐데요."

"구속 기한 연장을 청구할 생각입니다."

"구속 기한 연장이라. 가니 경찰서의 수사에 뭐 미비한 부분이라도 있었습니까?"

"아뇨. 그런 건 없었습니다."

"그럼 왜죠?"

"피의자의 진술에 잘 납득이 안 되는 부분이 있습니다."

"혹시 그 알리바이라고 부르기도 어려운 알리바이 말인가요? 어차피 피의자가 지어낸 이야기 아닙니까?"

"그 밖에 흉기에 묻은 지문도 있습니다."

"그건 가장 유력한 물증 아닌가요?"

"판사가 봐도 백 퍼센트 수긍할 수 있도록 준비해 두고 싶습니다."

그러자 나베시마는 반은 놀라고 반은 감탄한 듯이 입술을 오므렸다.

"역시 사이타마 지검의 에이스라고 불리던 검사님답네요.

성실하면서도 신중을 기하시는 모습이."

돌려 말하지만 표정으로는 기소가 늦어지는 상황을 질책하고 있다. 구속 기간 연장도 예상하지 못했다는 분위기다.

"물론 신중한 건 바람직한 태도라고 생각합니다. 그러나 다른 한편으로 이 관할에서 일어난 중대 사건에는 신속한 해결도 요구되죠. 중대 사건이 거의 일어나지 않는 만큼 시민의 관심이 특정 사건에 쏠리기 쉽습니다. 쓸데없이 수사가 길어지는 건 사법에 대한 불신을 키워요."

구 검찰이니 큰 안건을 동시에 여러 개 품으면 안 되는 사정은 이해할 수 있다. 되도록 빨리 사건을 기소해 종결하지 않으면 상급 검찰청에서 좋지 않게 볼 수도 있다.

그러나 애초에 검사 한 명은 검찰권을 행사하는 권한을 지닌 '관청'으로 정의된다. 이른바 검사 한 명 한 명이 독립된 소송 기관이다. 상급 검찰청이 무엇을 달갑게 여기지 않고, 검사장이 아무리 초조하게 굴어도 그것이 담당 검사의 생각까지 좌우하는 건 원리 원칙에서 어긋난다.

"수사의 장기화가 일반 시민의 불만을 초래하는 건 맞을 겁니다. 그러나 불만은 생겨도 불안이 생기지는 않죠. 조금 늦어지기는 해도 최대한 원죄* 사건을 만들지 않으려는 자세는 나중에 반드시 좋은 평가를 받을 겁니다."

* 억울하게 뒤집어쓴 죄.

"······일리는 있군요."

나베시마는 입으로만 웃고 눈은 웃고 있지 않았다.

"록히드 스캔들로 이름을 떨친 전직 도쿄 지검 특수부의 마쓰다 검사였나요? 절대 교만하지 않는다, 필요 이상 나서지 않는다, 그리고 겁먹지 않는다. 그것은 제 좌우명이기도 합니다. 바람직한 자세라고 생각합니다. 감탄스러워요."

"송구할 따름입니다."

"그러나 중심지에 있는 지검과 변두리 지검의 차이도 고려해 주셨으면 합니다. 사이타마 지검과 미타케 구검은 검사 한 명이 떠안는 안건 수가 하늘과 땅 차이예요. 그리고 사건에 쏠리는 주목도도 당연히 다릅니다. 주목도가 다르다는 건 사건에 힘을 쏟는 방식이 다르다는 뜻이기도 하고요."

설득력 있게 들려서 깜짝 놀랐다. 이쪽의 이상론에 맞서 확실한 현실론을 제시하고 있다.

"오류와 실수 같은 걸 없애려는 자세는 옳다고 봅니다. 그러나 작은 일에 얽매여 큰일을 놓치는 우행도 피해야겠죠."

"그 말씀은 왠지 모순되는 것 같습니다만."

"모순이 아니라 균형이에요, 교헤이 검사."

나베시마는 설득하듯이 말했다.

"원리 원칙을 지키면서 그때그때의 요청에도 최대한 호응한다. 작은 조직에서는 그런 유연한 태도가 필요합니다."

말은 하기 나름이라며 감탄했다. 상반된 조건을 언급하면서도 검사의 자유재량에 맡기겠다는 뜻이다. 그러지 못할 거면 처음부터 이상론을 늘어놓지 말라는 협박에 가깝다.

"명심하겠습니다."

교헤이는 그렇게 대답하고 고개를 숙일 수밖에 없었다.

집무실로 돌아가자 곧장 기도가 다가왔다. 이번에는 또 무슨 일일까.

"검사님. 신문 기자가 면회를 요청했습니다."

"이번에는 외부인인가……."

"네?"

"아니, 아무것도 아니야. 그런데 구검에서 기자와 면담할 일은 거의 없지 않나?"

"자주 있는 일은 아니죠."

"만나야 한다고 생각하나?"

"만나고 싶지 않은 이유가 없다면 만나는 게 낫다고 생각합니다. 매스컴이라고 해도 이곳에서는 거의 옆집에 사는 이웃이나 마찬가지라서요."

기도의 권유에 따라 응접실에 가자 손님이 기다리고 있었다. 그가 내민 명함에는 '도토 신문 기후 가니 지국 사회부 도아케 유사쿠'라고 적혀 있다. 기도의 설명으로는 이곳에서는 보기 드문 성이라 교헤이처럼 타지에서 온 외지인일 것이라고 했다.

"갑작스럽게 찾아뵈어 죄송합니다만, 마키세 지로 사건에 대해 여쭙고 싶습니다. 현재 그가 체포된 지 8일째로 모레가 구속 기한 만료인데 구검에서는 아직 기소 결정을 내리지 않았더군요. 혹시 무슨 문제라도 생긴 겁니까?"

도아케의 질문은 첫 질문에서부터 집요함이 엿보였다. 변두리에서 일어난 사건에 얼마나 큰 의혹을 품었는지 알 수 없지만 그렇다고 이쪽이 거기에 맞춰 줄 의무는 없다.

"특별한 문제는 없습니다. 검찰이 제출해야 할 것들을 아직 조사 중입니다."

"예상외로 시간이 오래 걸리네요."

"그냥 기소만 하면 끝이 아니니까요. 백 퍼센트 유죄로 확신하는 사건이 아니면 기소해 봐야 세간과 여론도 납득하지 않습니다."

"검찰이 그렇게 고심하지 않아도 이미 여론은 백 퍼센트 유죄라고 믿고 있습니다."

의미심장한 말이 마음에 걸렸다.

"그게 무슨 뜻이죠?"

"살해된 사람에게 살해될 만한 이유가 없었으니까요. 지역에서 마키세 지로를 아는 이들은 대부분 피해자를 동정하고 있습니다."

신문 기자 특유의 단정적인 말투가 거슬렸다.

"탐문 조사를 하셨을 테니 아시겠지만 피의자 마키세 지로는 평소에도 이 지역에서 평판이 별로 좋지 않았습니다. 수

차례에 걸친 부녀자 폭행과 공갈, 사기, 산업 폐기물 불법 투기. 피해자 다테베 쇼노스케의 아내가 어떤 경위로 스스로 목숨을 끊었는지도 이미 널리 알려진 마당이라 지역 주민들은 마키세가 한시라도 빨리 피고인석에 앉기를 기다리고 있습니다."

"그 말씀은 꼭 인민재판처럼 들리는군요."

"권선징악이라는 표현을 쓰면 조금 촌스러울 수도 있겠지만, 얼마 전 그 체포 소동이 정확히 그런 분위기였죠. 수갑을 찬 마키세가 경찰차에 강제로 타는 장면을 보고 모두 속으로 쾌재를 불렀을 겁니다."

여기까지 듣고 교헤이는 도아케의 취재 의도를 파악했다. 그는 지금껏 마키세를 기소하지 않은 검찰에 주민 대표로서 항의하러 온 것이다.

"무슨 말씀을 하고 싶으신지는 대략 알겠습니다. 하지만 검찰이 시민 감정에 영합할 수도 없어서요. 권선징악 자체는 옳을 수 있겠지만 그것과 졸속 일 처리는 별개의 문제입니다."

"설마 불기소 처분도 염두에 두고 계시는 겁니까?"

가능성 중 하나라고 대답하려다가 아슬아슬한 찰나에 집어삼켰다.

대답이 전부 기사화되는 것은 아니다. 그러나 부주의하게 불기소 같은 말을 흘리면 그 단어 하나에만 포커스가 맞춰

질지 모른다. 오보라고 할 수는 없겠지만 미디어에서 시작된 헛소문은 원래 이런 식으로 양산되기 쉽다.

교헤이는 재킷 옷깃에 단 검사 배지를 손으로 가리켰다.

"실례지만 기자님은 이 배지의 의미를 아십니까?"

"알다마다요. 추상열일秋霜烈日. 가을 서리와 여름 햇빛. 혹독한 계절의 형상을 사법과 형벌의 엄격함에 빗댄 것 아닙니까? 뭐 나중에 그렇게 갖다 붙였다는 설도 있습니다만."

"이 배지를 디자인한 사람의 설명으로는 균형과 조화를 이미지화한 추상적인 의장이라고 합니다. 그런데 나중에 갖다 붙였든 아니든 엄격함이 검사의 상징인 건 맞겠죠. 형벌을 엄격하게, 절차를 엄격하게. 그렇다면 사법에 종사하는 자역시 엄격한 마음가짐을 가져야 합니다. 도아케 기자님을 비롯한 신문 기자님들께도 비슷한 규율이 있지 않습니까?"

교헤이의 질문을 받은 도아케는 멍하니 있었다. 지금껏 질문을 던지던 상대가 자신의 직업윤리를 물을 줄은 상상도 못했을 것이다.

"설마 기사의 신속성만을 중시하고 정확성과 공평성, 중립성은 뒷전에 두는 방침은 아니겠죠?"

"당치도 않습니다. 신속성보다는 오히려 정확성이 우선되죠. 잘못된 정보, 한쪽에 쏠린 보도로는 사회의 등불인 언론의 기능을 발휘할 수 없으니까요."

"그러니까 저도 이러는 겁니다."

이렇게까지 설명해도 마음이 전해지지 않는다면 앞으로 이 기자에게는 무슨 말을 해도 소용없을 것이다.

"저는 지금 한 명의 인간을 단죄해서 벌을 주려는 일을 하고 있습니다. 사건의 양상을 정확히 파악하고 일 처리에 시간을 들이는 게 당연하겠죠. 나 자신이 피의자 입장이 되었다고 한번 상상해 보십시오. 주변 목소리에만 동조하는 졸속 일 처리와, 느리지만 끝까지 신중에 신중을 기한 일 처리. 둘 중 과연 어느 쪽이 바람직할까요?"

양자택일에 내몰린 도아케는 못마땅한 표정을 지었다.

잡음에는 내성이 있다고 자부했지만 안에서는 검사장, 밖에서는 매스컴의 압력을 받으니 마음이 무거워졌다. 사이타마 지검 시절에는 느끼지 못한 스트레스를 변두리 구 검찰에서 느끼게 될 줄은 예상 못했다.

중대 사안이라고 해도 하루 종일 마키세 사건을 붙잡고 있을 수만은 없다. 살인과 강도 같은 사건이 아니어도 교통 위반, 폭행, 소액 사기 같은 경범죄가 검찰에 송치되면 살인 사건과 동등한 절차와 시간이 필요하다.

경범죄여도 검사가 할 일은 자질구레하지 않다. 조서를 읽고 피의자를 불러 조사하다 보면 순식간에 퇴근 시간이 된다. 혼자 계속 남아 있을 수도 없고 막차 시간이 밤 10시 29분이라 거기에 맞춰야 한다.

마키세의 구속 기간 만료가 모레로 다가왔다. 나베시마에게 보고한 것처럼 구속 기간 연장 청구를 염두에 두고 있기는 하지만 동시에 압력도 거세질 것이다.

실제로 자신이 지금 사건의 어느 부분에 집착하고 있는지가 모호했다. 마키세의 심증은 그야말로 좋지 않다. 상황 증거와 물증도 모두 갖춰져 있다. 도아케 앞에서는 짐짓 않는 소리를 했지만 지금 단계에서 기소해도 아마 검찰의 승리일 것이다.

물론 기소장의 초안도 작성해 뒀다. 죄명 살인, 구형 무기징역. 사람 한 명을 살해하고 무기징역은 약간 무거운 구형이라 할 수 있지만 전과가 있는 것과 살인에 이르게 된 경위를 종합적으로 고려하면 타당한 수준일 것이다.

기소는 이미 최선을 다해 준비했다.

그러나 교헤이는 아직 기소하지 못하고 있었다.

전철에 올라타서 몇 십 분, 역에서 걸어서 5분. 집에 도착해도 머릿속은 여전히 마키세 사건으로 가득 차 있었다.

아들 요스케는 먼저 식사를 마치고 평소와 똑같이 음소거 피아노의 건반을 두드리고 있었다. 부엌에 가니 반쯤 해동된 연어구이 토막이 팩째로 놓여 있다. 전자레인지에 데워서 먹으라는 뜻일 것이다.

식욕이 별로 없었다. 목욕부터 하고 밥을 먹어야겠다고 생각했다. 지금은 생각을 정리할 시간이 필요했다.

욕조 물을 다시 데우려면 시간이 조금 걸린다. 교헤이는 부엌 식탁 위에 마키세 사건의 수사 자료를 펼쳤다. 눈을 감으면 눈꺼풀 안쪽에 글자가 떠오를 만큼 이미 여러 번 읽었지만 그래도 다시 같은 페이지를 펼쳤다. 간과한 부분이나 오해가 없는지 점검했다.

내가 집착하는 것이 대체 무엇일까. 어떡해야 머릿속에 깃든 안개가 걷힐 수 있을까.

자료를 잠시 훑어보고 있자 눈꺼풀이 무거워졌다. 요 며칠 피로가 쌓여서일지도 모른다.

5분만 눈을 붙이자. 머릿속에서 들리는 속삭임에 따른 순간 수마가 맹렬하게 덮쳐 왔다.

눈을 뜨자 눈앞에 요스케가 앉아 있었다. 잠든 모습을 보였다는 쑥스러움과 어느새 요스케가 수사 자료를 펼치고 있는 모습을 보고 단숨에 정신이 번쩍 들었다.

"뭐 하냐?"

"부엌에 오니까 식탁 위에 펼쳐져 있었어. 보지 않으려고 해도 눈에 들어왔어."

"이리 줘."

교헤이가 손을 뻗자 요스케는 순순히 파일을 넘겼다.

"……어디까지 읽었지?"

"거의 다."

"수사 자료의 비밀 엄수 의무에 대해 이미 여러 번 가르쳤을 텐데."

"애초에 집 안에 그런 자료를 들고 온 사람 잘못이야. 심지어 부엌 식탁 위에 떡하니 있었잖아."

아버지의 실수를 강조하듯 일일이 나열한다. 본인에게 악의가 없다는 건 알지만 지적하는 말이 틀릴 게 없어서 교헤이는 조금 화가 치밀었다.

냉정히 생각하면 분명 책임은 나 자신에게 있다. 이번 일로 요스케를 비난하는 건 번지수를 잘못 짚는 것이다.

"앞으로는 이런 게 있어도 멋대로 읽지 마라."

"꼭 위험물 같네."

"위험물이 맞지. 이 파일에 있는 내용으로 몇 사람의 운명이 바뀌니."

그러자 요스케는 순순히 고개를 끄덕였다.

"요즘 아빠를 고민에 빠뜨린 게 이 사건이었어?"

"무슨 뜻이지?"

"늘 뭔가 고민하는 것 같았고 식사 중에도 정신이 다른 곳에 팔려 있었잖아. 함께 있으면서 눈치채지 못하는 게 더 이상해."

교헤이는 어안이 벙벙해진 채로 아들의 말을 들었다.

그러고서야 떠올렸다. 내 아들은 비단 논리적 사고만 뛰어난 것이 아니다. 관찰력도 지나치게 예리해서 당사자는 느끼지 못한 것까지 지적할 때가 있다.

"그러고 보니 아까 이걸 거의 다 읽었다고 했지?"

"응."

"내용을 기억해?"

"내가 생각해도 기억력은 좋은 편이야."

그렇다면 더 숨겨 봐야 의미가 없다.

"모레면 총 열흘의 구속 기한이 끝나는데 아빠는 아직 기소장을 못 썼지?"

교헤이는 순간 대답을 망설였다.

"그걸 네가 어떻게 알아?"

"일단 기소를 결정한 사건의 수사 자료를 다시 읽는 일은 거의 없잖아."

거기까지 꿰뚫어 본 걸까.

그러나 교헤이를 더욱 놀라게 한 것은 요스케의 다음 한마디였다.

"모든 페이지를 읽어 보니 아빠가 기소를 망설이는 이유가 뭔지 알 것 같아."

"뭐?"

무심코 허리가 들썩였다.

"아빠는 완벽주의자니까. 자기 자신만이 아니라 다른 사람 일과 수사 자료에도 완벽성을 추구해. 그러니 앞뒤가 맞지 않는 게 하나라도 있으면 끝까지 신경 쓰는 거야."

"그게 뭔지 설명해 줄래?"

"이 사건은 언뜻 보면 단순한 사건처럼 보여. 동기도 간단히 예상할 수 있고, 살해 기회와 방법도 명백해. 거기에 피의자의 알리바이가 빈약한 데다 심증도 아주 좋지 않아. 하지만 딱 하나, 전체의 하모니에서 어긋난 음이 있어."

아들다운 표현이라고 생각했다.

"그것만 따로 들으면 그렇게 이상하지는 않지만 함께하면 불협화음이니 더 귀에 거슬린다는 말인가?"

"응."

"그게 뭐지?"

"흉기."

"흉기? 회칼이 피해자를 죽음에 이르게 했다는 건 틀림없어. 사법 해부 결과에서도 창상 모양이 실제 칼과 일치했고. 다른 흉기를 사용한 다음 회칼로 다시 찔렀을 리는 없다."

"흐음."

요스케는 잠시 곤란해하는 듯했다. 설명을 망설인다기보다는 아버지가 쉽게 이해할 말을 고르는 듯했다.

"아마 아빠를 고민에 빠뜨린 건 흉기에 피의자의 지문이 묻은 사실일 거야. 현장의 다른 곳에는 없는데 하필이면 흉기에만 지문이 묻어 있었으니. 범인이 범행 흔적을 없앴다고 생각하면 흉기에 묻은 것만 깜빡했다는 건 말이 안 돼. 정말로 깜빡했다면 다른 곳에서도 지문이 나와야 하고. 간단히 말하면 흉기에 피의자의 지문만 없었다면 이 범행은 정말로 단순해. 어디에도 불협화음은 생기지 않아."

그렇다. 그것이 바로 위화감의 정체였다.

요스케의 지적을 듣자 지금껏 목에 걸려 있던 잔가시가 떨어져 나간 느낌이었다.

"이건 분명 내가 아빠보다 유리한 입장이니 눈치챌 수 있었을 거야."

또 무슨 쓸데없는 생각을 한 거냐고 떠올렸지만 굳이 입 밖에 내지는 않았다.

"뭐가 유리한데?"

"난 피아노 연주에 익숙하고 어설프지만 요리도 제법 흉내는 내고 있어. 그런데 아빠는 그것들과는 연이 없잖아."

4

그로부터 이틀이 지나 구속 기한 만료일 당일에 교헤이는 집무실에 그를 불렀다.

"갑자기 연락하셔서 깜짝 놀랐습니다. 대체 무슨 일이죠?"

"오늘이 구속 기간 만료일인 열흘째 되는 날이라 연락했죠. 검찰이 어떻게 대응할지 신경 쓰고 계실 것 같아서요."

"그야 그렇죠. 그래서 앞으로 어떻게 되는 건가요? 역시 기소하는 거겠죠?"

"아뇨."

교혜이가 조용히 고개를 가로젓자 그는 놀란 것 같았다.

"그럼 기간 연장이겠군요. 아직 수사가 부족한 건가요?"

"수사는 이미 끝났습니다."

교혜이는 그렇게 선언했지만 정확히 말하면 모든 게 끝난 시점은 바로 어제였다. 요스케의 지적을 듣고 사건을 새롭게 수사할 필요성이 생겼다. 그 감식 결과가 나온 것이 어제 오후 9시가 지나서였다.

"이번 사안은 불기소 처리가 될 겁니다."

"네? 뭐라고요?"

어지간히 예상 못한 말일 것이다. 그의 목소리는 몹시 들떠 있었다.

"왜죠? 범인이 마키세 지로라는 흔들리지 않는 증거가 있잖아요. 범행 동기가 확실하고 알리바이도 없죠. 누가 봐도 마키세 외에는 범인이 없습니다. 기소하면 확실히 유죄가 나올 사안이에요. 그런데 불기소 처분이라고요?"

"이유는 단순합니다. 이대로 기소해도 재판을 이어 갈 수 없기 때문입니다. 검사로서 유죄를 확신하는 안건이 아니고서는 기소할 수 없습니다."

"그러니까 어째서……."

"범인은 마키세가 아닙니다. 범인이 아닌 사람을 기소하면 그 뒤로 어떤 지옥도가 펼쳐질지 알고 계시지 않습니까?"

그렇게 단언하자 상대는 입을 반쯤 벌린 채 교헤이를 바라봤다. 역시 알고 있는 듯하다.

깜빡 속아 넘어갔다. 그러나 교헤이는 신기하게도 상대를 미워할 수 없었다. 만약 자신도 같은 처지였다면 비슷하게 행동했을지 모른다.

교헤이로서는 이 단계에서 이번 사안을 마무리 짓고 싶었다. 사안은 불기소. 그 사실만 전하면 충분하다고 여겼다.

그러나 상대는 역시 받아들이지 못하는 듯했다. 그는 안색이 바뀐 채로 교헤이에게 따지고 들었다.

"그것만으로는 설명이 부족해요. 마키세가 범인이 아니라면 회칼에 왜 녀석의 지문이 묻어 있었던 겁니까? 그럼 진범이 누구라는 말이에요?"

"진범이 누군지를 떠나 애초에 이번 사건은 살인 사건이 아닙니다. 물론 모든 건 마키세를 살인범으로 연출하기 위한 공작이었지만, 그렇다고 다테베 씨 혼자서 모든 걸 준비했다고 생각할 수는 없겠죠. 당연히 조력자가 있었을 겁니다. 그렇습니다. 바로 당신이요."

그러자 겐조는 표정이 단숨에 굳었다.

"그렇게 듣고 싶으시다면 설명해 드리죠. 우선 마키세의 알리바이 말입니다만, 그가 집을 나간 직후 페인트 봉변을 당했다는 말은 사실일 겁니다. 비록 현장에는 흔적이 없었지만 대신 흥미로운 증언이 나왔죠. 겐조 씨, 당신이 다니는 학교는 지금 한창 축제 준비로 바쁜 시기일 겁니다. 겐조 씨가 속한 동아리는 축제에서 무엇을 합니까?"

"노점을 열 계획입니다."

"네, 그렇군요. 실은 어제 겐조 씨와 같은 동아리에 있는 학생에게 들었는데, 당신은 간판 제작을 맡았다더군요. 동아리 활동비로 래커 계열의 페인트를 대량으로 사들였다고 했습니다. 총무를 맡은 여학생이 명세서를 보관해 둬서 큰 도움이 됐습니다. 그 명세서를 통해 페인트 색과 종류도 판명됐고요. 마키세의 집에 있던 셔츠에 묻은 페인트와 비교하니 성분이 정확히 일치했습니다. 다시 말해 사건 당일 마키세에게 페인트를 끼얹은 사람은 겐조 씨, 당신이라는 말입니다. 물론 목적은 마키세를 집 안에 틀어박히게 해서 알리바이를 없애는 것이었겠죠. 그런 한편으로 당신은 그길로 친구들과 합류해 시내 패스트푸드점에서 밤 11시 30분까지의 알리바이를 확보했습니다. 이로써 당신은 용의자 목록에서 제외됩니다. 같은 시간에 다른 곳에서는 공작이 벌어지고 있었으니 이 시간대의 알리바이가 없으면 당신이 의심을 살 수밖에 없습니다. 친구와 만남은 당신의 계획에 꼭 필요했습니다."

그러자 겐조는 "검사님" 하고 메마른 목소리를 냈다.

"페인트 일은 뭐, 이해하겠습니다. 백번 양보해 제가 마키세에게 페인트를 끼얹었다고 치죠. 하지만 그 정도면 고작해야 경범죄 아닙니까? 결과적으로 그 녀석의 알리바이를 성립하지 않게 했다고 해서……."

"아직 제 이야기가 끝나지 않았습니다."

교헤이는 낮은 목소리로 겐조의 말을 차단했다.

"지금부터 제가 떠올린 이번 사건 트릭의 내막을 공개하겠습니다. 오후 10시부터 11시 사이에 당신의 아버지는 가게 주방에 나왔습니다. 당시 가게 문은 누구나 드나들 수 있게 잠그지 않았다는 건 이미 확인된 사실이죠. 당신의 아버지는 흉기로 준비한 회칼의 끝부분을 자신의 심장 위치에 갖다 댔습니다. 그리고 칼자루의 윗부분을 쥐어서 그 밑에 묻은 마키세의 지문이 지워지지 않도록 주의했고요."

교헤이는 설명하면서 겐조의 모습을 찬찬히 관찰했다. 계획의 전모를 알고 있다고 해도 그날의 광경을 떠올리면 마음이 편할 리 없다. 겐조의 시선은 교헤이를 똑바로 향하고 있지만 눈빛은 감정이 섞여 흔들렸다.

"원래 자기 자신을 찌를 때는 주저흔이라는 게 생깁니다. 아무리 굳게 마음먹어도 역시 막상 때가 오면 망설여지는 게 당연하니까요. 그러나 당신의 아버지는 단숨에 자신의 가슴을 찌르고 그대로 앞으로 고꾸라져 바닥에 쓰러졌습니다. 물론 가슴에 난 상처가 치명상이 되도록 말이죠. 스스로 목숨을 끊을 용기를 추켜세울 생각은 전혀 없지만, 바꿔 말하면 그만큼 아내의 원수인 마키세를 증오했다는 뜻이 되기도 할 겁니다."

"왜 위장 자살처럼 빙 둘러 가는 수법을 쓴다는 말인가요? 차라리 직접 가서 마키세를 죽이는 게 빠르잖아요."

"상대는 잔챙이기는 해도 싸움에 익숙한 사람이니까요. 일 대일로 맞붙었을 때 그를 죽일 확률은 50퍼센트 이하입니 다. 그보다는 자신을 죽이는 게 더 확실하다고 생각했을 수 있죠. 그리고 마키세를 죽이면 당신은 살인범의 아들이라는 오명을 쓰게 됩니다. 그런 상황만큼은 피하고 싶었을 겁니 다. 그리고 다행인지 불행인지…… 아니, 이 말은 조금 신중 하지 못하군요. 미안합니다. 사법 해부를 통해 밝혀진 것처 럼 당신의 아버지는 췌장암으로 앞으로 오래 살 수 없는 상 황이었습니다. 그러니 짧은 여생을 흉기 삼아 마키세의 사회 적 생명을 앗아 가고자 한 겁니다. 마키세가 일단 기소되면 당신의 어머니에게 저지른 잔악한 행위와 그 밖의 여죄도 하 나둘 나올 테니까요. 전과범이라 정상 참작도 바랄 수 없죠. 장기형을 면할 수 없게 됩니다. 그리고 형기를 무사히 마치 고 출소한다고 해도 그때 마키세는 이미 환갑이 지난 나이. 제대로 된 일을 구할 수 없을뿐더러 남들처럼 살아갈 수 없 습니다. 어디 길거리에서 객사하는 최후가 뻔히 보이죠. 두 사람의 목숨을 빼앗은 대가로 어울릴지도 모르겠네요."

설명 중간부터 겐조는 천천히 고개를 숙였다. 이제는 교혜 이를 똑바로 쳐다보지도 못했다.

푹 숙인 얼굴에서 힘없는 목소리가 들렸다.

"검사님······ 아직 전 흉기에 묻은 마키세의 지문에 대해서는 못 들었습니다. 그걸 설명해 주시지 않는 이상 아버지의 자살설은 허황된 가설에 불과합니다."

"다테베 씨는 일을 열심히 하는 초밥의 장인이셨습니다."

"그건 저도 동의해요."

"그는 평소에 주방 기구와 도구를 쓰기 편하도록 이런저런 궁리를 했습니다. 자루를 짧게 하거나 미끄럼 방지 스티커를 붙이는 등의 방법을 썼죠. 흉기로 쓰인 회칼도 그랬습니다. 칼자루가 시판 것보다 약간 길었으니까요. 그런데 생각해 보면 이상합니다. 시판되는 칼의 자루를 짧게 하려면 그냥 절단하면 됩니다. 그렇다면 길게 하려면 어떡해야 할까요? 간단합니다. 다른 자루와 바꿔치기하면 됩니다."

여기서부터는 실은 설명하기가 낯간지러웠다. 요스케에게 들은 내용을 그대로 옮기는 것이기 때문이다.

"전 그쪽 방면에 지식이 없어서 잘 몰랐지만, 칼자루를 교체하는 건 의외로 간단한 일이라더군요. 교체용 칼자루는 마트에서 흔히 팔고 있으니까요. 그러나 다테베 씨가 교체한 칼자루는 시판되는 물건이 아니었습니다. 그 칼에는 목공용 도구의 자루가 달려 있었거든요. 아마도 톱 같은 도구였겠죠. 마키세는 집 부지 안의 가건물에 오래된 목공 도구들을 방치해 두고 있었습니다. 그가 집을 비울 때를 노리면 쉽게 훔칠 수 있었겠죠. 그리고 훔쳐 온 목공 도구의 자루에는 당연히 마키세의 지문과 장문이 잔뜩 묻어 있었습니다. 그 뒤에는 자루 부분을 약간 손보면 그만이에요."

자랑스럽게 설명하기에는 죄책감이 들어서 담담히 이야기했다. 트릭 공개라고 하기에는 우스울 만큼 간단해서 교헤이 자신도 어처구니가 없었다.

요스케는 그 트릭을 악기의 부품 교체에서 떠올렸다고 했다.

—피아노라면 현과 펠트, 클라리넷이라면 리드, 플루트라면 코르크처럼 열화되는 부품은 쉽게 교체할 수 있도록 돼 있어. 훌륭한 악기일수록 오래오래 쓸 수 있으니까. 그건 주방 조리 기구들도 마찬가지야. 악기 연주, 요리와 연이 없는 아빠는 잘 모르겠지만.

겐조는 마지막 저항을 시도했다.

"그것 역시 추론이잖습니까."

"아뇨. 이미 입증을 마쳤습니다. 흉기로 쓰인 칼의 자루를 감식반이 재조사하니 그곳에 미량이지만 기계유가 스며든 흔적이 나왔다더군요. 그리고 그 역시 마키세의 가건물 안에서 나온 것과 성분이 일치했고요. '스시쇼'의 주방에 있던 칼에 왜 그런 기계유가 스며들었는지에 대해 다른 해석이 있다면 알려 주시죠."

그 말이 체크메이트의 신호가 되었다.

겐조는 힘을 다한 것처럼 어깨를 축 늘어뜨렸다.

불기소 보고와 설명을 듣고 나베시마는 짧게 탄식했다.

"교헤이 검사님. 정말 고생하셨습니다. 그대로 기소해 공판에 들어갔다면 원죄 사건으로 기록될 사례였네요."

"아뇨. 다 제게 열흘의 유예 기간을 주신 검사장님 덕분입니다."

실제로는 아들 덕분이지만 그 말을 입에 올리면 설명이 길어질 것 같아서 그만두었다.

"아뇨, 역시 사이타마 지검의 에이스로 불리셨을 만합니다. 검사님께 빠른 기소 처분을 권한 제가 부끄럽네요."

부끄러운 건 오히려 이쪽이다. 칭찬받을수록 나 자신의 어리석음을 비웃는 것 같아서 등줄기가 왠지 근질거렸다.

"그때는 위에서도 구검에 조기 해결을 요구했으니까요. 괘념치 않으셔도 됩니다."

"검사님이 이곳에 오셔서 구검에는 큰 도움이 됩니다. 하지만 역시 검사님 같은 인재는 구검에 있기에 아까운 것 같습니다. 더 중대한 사안이 집중되는 무대가 어울립니다."

나베시마는 마치 보상이라도 내리듯이 말했다.

"인사 데이터 시트를 받았는데, 교헤이 검사님의 희망은 도쿄 고검 관내라고 하셨죠?"

검사는 관례상 매년 봄이 되면 데이터 시트에 인사이동 희망지를 적어 넣는다. 겉으로는 본인의 희망을 고려해 인사를 정하는 척하지만 특별한 이유가 없는 한 좀처럼 이뤄지지 않는다.

"희망에 변동 사항이 있나요?"

"없습니다만, 그건 왜?"

"실은 도쿄 고검 관내에 결원이 한 명 나왔다더군요. 지병이 악화돼 일상 업무를 소화하기가 힘든 상태라고 합니다."

"설마요."

"검사의 인사이동은 매년 4월로 정해져 있지만 결원 등 특별한 사정이 있을 때는 특례도 인정됩니다. 이르면 다음 달에라도 지시가 내려올 겁니다."

그럼 조금 전 그 말은 의향을 묻는 것이었나.

"감사합니다."

교헤이는 일단 감사 인사를 하고 검사장실을 나갔다.

나베시마의 말을 곱씹어 봤다. 만약 8월에 지시가 떨어진다면 9월 안에 10월 1일 날짜로 이동 지령을 받게 될 것이다. 그야말로 이례적이지만 그렇게 되면 미타케 구검에서의 임기는 고작 반년인 셈이 된다.

뭐 상관없다.

지금까지도 내 인사는 계속 이례적이었다. 이번에 하나 추가됐을 뿐이다.

불손한 말일 수 있지만 이 지역에 딱히 애착은 없다. 변두리이기는 해도 사법 체계는 엄연히 작동하고 있고 검사는 역시 자신의 식견을 최대한 발휘해 업무를 수행해야 한다는 교훈을 얻었다. 이번 일로 얻은 경험치는 결코 헛되지 않았다.

교헤이의 마음은 일찍이도 도쿄 고검 관내로 향했다. 영전, 아니, 이번에는 복귀라고 해야 할까. 어쨌든 10월부터는 또 바쁜 날들이 나를 기다리고 있을 거라 생각하니 가슴이 뛰었다. 새로운 임지, 새로운 땅, 그리고 새로운 사건. 나를 기다리는 것이 무엇이든 나를 열심히 뛰게 해 준다면 두 손 들고 환영할 일이다.

불현듯 아들 요스케의 얼굴이 떠올랐다. 여름방학이지만 요스케가 다니는 음악과는 연습을 위해 오늘도 학교에 나간다고 한다.

전학은 요스케에게도 첫 경험이었다. 그 생활이 고작 반년 만에 끝난다는 것을 알면 요스케는 어떤 표정을 지을까.

그래도 요스케에게도 좋은 기회다. 다음으로 전학 갈 학교에서는 음악과가 아닌 일반과에 진학시키자. 이번 일로 요스케가 범죄 수사에 뛰어난 자질을 지녔다는 걸 알게 되었다. 둘이 협력해서 해결한 사건. 그 사실만으로도 반년의 전근에는 크나큰 가치가 있었다.

음악가가 되도록 그냥 내버려 둘 수 없다. 녀석은 반드시 법조계에서 살아가게 할 것이다.

교헤이는 검찰 청사 창문을 통해 장대비가 퍼붓는 바깥 풍경을 내다봤다.

7월 말이 되어 장마가 이틀째 이어지고 있었다.

성장은 알싸한 비 냄새와 함께

어느 날 문득 내가 가진 재능은 강가에 굴러다니는 돌맹이와 같다고 깨닫게 될 때가 있습니다. 어린 시절부터 틈만 나면 "넌 세상에서 가장 특별한 존재야"라는 말을 듣고 살아왔지만, 진정 '재능' 있는 사람이 눈앞에 나타났을 때 그동안 재능이라 믿어 온 나의 능력이 그야말로 평범한 것이었음을 알게 되는 순간을 말합니다. 내가 재능이라고 믿어 온 것은 다른 사람의 것과 비교해 고작 돌맹이가 둥그냐 각지냐의 차이에 불과했고, 돌맹이가 아닌 '원석'을 처음 목격하게 됐을 때 누군가는 크나큰 충격을 받습니다. 그 후 그것에서 눈을 돌리려 하고, 또 누군가는 상대와의 격차를 순순히 인정하고 착각이 아닌 자신의 진정한 능력을 깨닫게 되는 등의 가치관의 변화를 겪습니다. 독자 여러분께서는 그런 뛰어난 재능을 지닌 사람을 실제로 목도하고 좌절과 외면, 또는 변화를 겪은 경험이 있으신지요.

『어디선가 베토벤』의 주인공 다카무라 요는 TV 뉴스를 보고 오래전 같은 반 친구였던 미사키 요스케와 그 시절 함께 겪은 어떤 사건을 떠올립니다. 어느 산골 마을 고등학교의 음악과. 다른 아이들보다 그저 음악을 조금 더 좋아하는 평범한 학생들이 모인 그곳에 미사키 요스케가 전학을 옵니다. 다카무라를 비롯해 그전까지는 평범하게 살아 온 아이들은 그와 함께 지내는 시간이 길어질수록 마치 알에서 깨어난 것 같은 충격을 겪고 그전까지와는 조금 다른 일상을 보내게 됩니다. 그러던 어느 날, 폭우 때문에 학교 뒷산에서 산사태가 일어나 아이들이 학교 안에 갇히는 일이 벌어지고, 반의 문제아였던 이와쿠라가 시신으로 발견되자 경찰은 미사키를 용의자로 지목합니다. 주변의 싸늘한 시선을 받고 있던 미사키는 자신의 혐의를 벗기 위해 주인공 다카무라와 함께 아마추어 탐정이 되어 독자적인 조사 및 사건 해결에 나섭니다. 작품 속에서 주변 시선을 신경 쓰지 않지만 본의 아니게 다른 사람들과 빚어지는 마찰 때문에 남몰래 속앓이를 하는 미사키의 모습, 그리고 '천재'로 불릴 만한 엄청난 재능을 목격한 사춘기 고등학생들의 좌절, 방황, 체념, 성장의 모습은 마치 베토벤 〈월광〉 소나타의 선율처럼 격정적이면서도 변화무쌍합니다.

이렇듯 일본에서 시리즈 판매 누계 140만 부를 기록한 인

기 시리즈 '음악 탐정 미사키 요스케' 시리즈 네 번째 작품(스
핀오프 작품인 『안녕, 드뷔시 전주곡』 제외) 『어디선가 베토벤』
은 시리즈의 주연이자 조연인 캐릭터 미사키 요스케의 과거
시절을 다룬 이야기입니다. 『안녕, 드뷔시』, 『잘 자요, 라흐
마니노프』, 『언제까지나 쇼팽』으로 이어지는 전작들에서도
미사키 요스케 개인에 관한 이야기가 조금씩 언급되지만 이
작품은 미사키 요스케가 어린 시절 어떤 아이었고, 어떤 일
을 겪었으며, 그 일이 현재에 어떤 영향을 끼치게 되었는지
를 본격적으로 다룬 전일담입니다. 작품 속에서 그려지는 사
건은 미사키 요스케의 첫 번째 사건이 되었고 고로 굳이 꼽
자면 『어디선가 베토벤』은 1편 이전의 '0편'에 해당하는 셈
입니다. 또 고등학생 시절의 이야기를 그리는 만큼 이야기는
자연스럽게 청춘 성장 소설의 형태를 보이고 성장은 무릇 아
픔을 동반하기 마련이라 이번 작품은 전작들과 달리 처음부
터 끝까지 왠지 쓸쓸한 잿빛 분위기를 자아내는 것이 특징입
니다.

시리즈 전작과 비교해 음악 묘사가 차지하는 비중이 약간
줄었지만 '글로 읽는 음악'을 방불케 하는 베토벤의 〈월광〉,
〈비창〉 등의 섬세한 곡 묘사는 여전합니다. 개인적으로 이번
작품에서는 시종일관 달콤하면서도 애달픈 〈비창〉 2악장의
선율이 잔잔히 흐르는 듯한 느낌을 받았습니다. 미사키와 주

인공 다카무라가 각각 홈스와 왓슨 역할을 맡아 작품 속 사건의 진상을 파헤치기 위해 동분서주하는 모습을 그리며 미스터리의 재미를 한층 더한 것도 특징입니다. 거기에 후반부의 연이은 반전과 예상치 못한 범인의 정체, 그리고 작품 마지막에 깜짝 등장하는 충격적인 또 다른 반전은 나카야마 시치리를 이야기할 때 항상 같이 언급되는 '반전의 제왕'이라는 수식어가 아깝지 않게 크나큰 놀라움을 선사합니다. 이 마지막 반전은 현지에서도 큰 관심을 불러 모아 지금까지도 독자들이 여러 '설'을 주고받으며 독후감을 만끽할 수 있는 또 하나의 재미 요소로 남게 되었습니다. 문고본 출간 기념으로 작품 말미에 실린 단편 〈Concerto 협주곡〉 또한 '협주곡'이라는 제목에 걸맞은 이야기의 재미를 비롯해 항상 독자를 즐겁게 하기 위한 마음으로 가득 찬 작가만의 서비스 정신을 톡톡히 느낄 수 있습니다.

이다음으로 이어지는 시리즈 다섯 번째 작품 『다시 한번 베토벤』은 아버지와의 갈등을 피해 결국 법률가의 길을 택한 미사키가 어떤 사건을 겪고 다시 음악의 길로 돌아오기까지의 파란만장한 사법 연수생 시절을 다루며 청춘과 성장을 다시 한번 그립니다. 책장을 한번 펼치면 아릿하고 쏩쓸한 청춘의 선율이 마치 귀에 들리는 듯한 두 작품을 읽으면서 지금 청춘의 한복판에서 한창 방황하고 성장하고 있을 분들,

그리고 지금은 그 시절과 멀어진 독자분들까지 작품 속 선율에 귀 기울이며 달콤쌉싸름한 여운에 잠겨 보셨으면 좋겠습니다. 2020년은 베토벤 탄생 250주년입니다. 그런 뜻깊은 해에 국내에 출간되는 『어디선가 베토벤』의 번역을 맡고 그의 음악과 함께 일상을 보낼 수 있어서 행복했습니다. 그리고 책의 표지들처럼 속편이 거듭될수록 더 다양한 매력을 보여 주는 이 독보적인 음악 미스터리 시리즈가 앞으로도 꾸준히 이어져 국내에서도 널리 사랑받기를 마음속 깊이 기원해 봅니다.

2020년 여름
이연승